AF304362

MICHAEL MAMMAY

PLANET SIDE

Die Rebellion

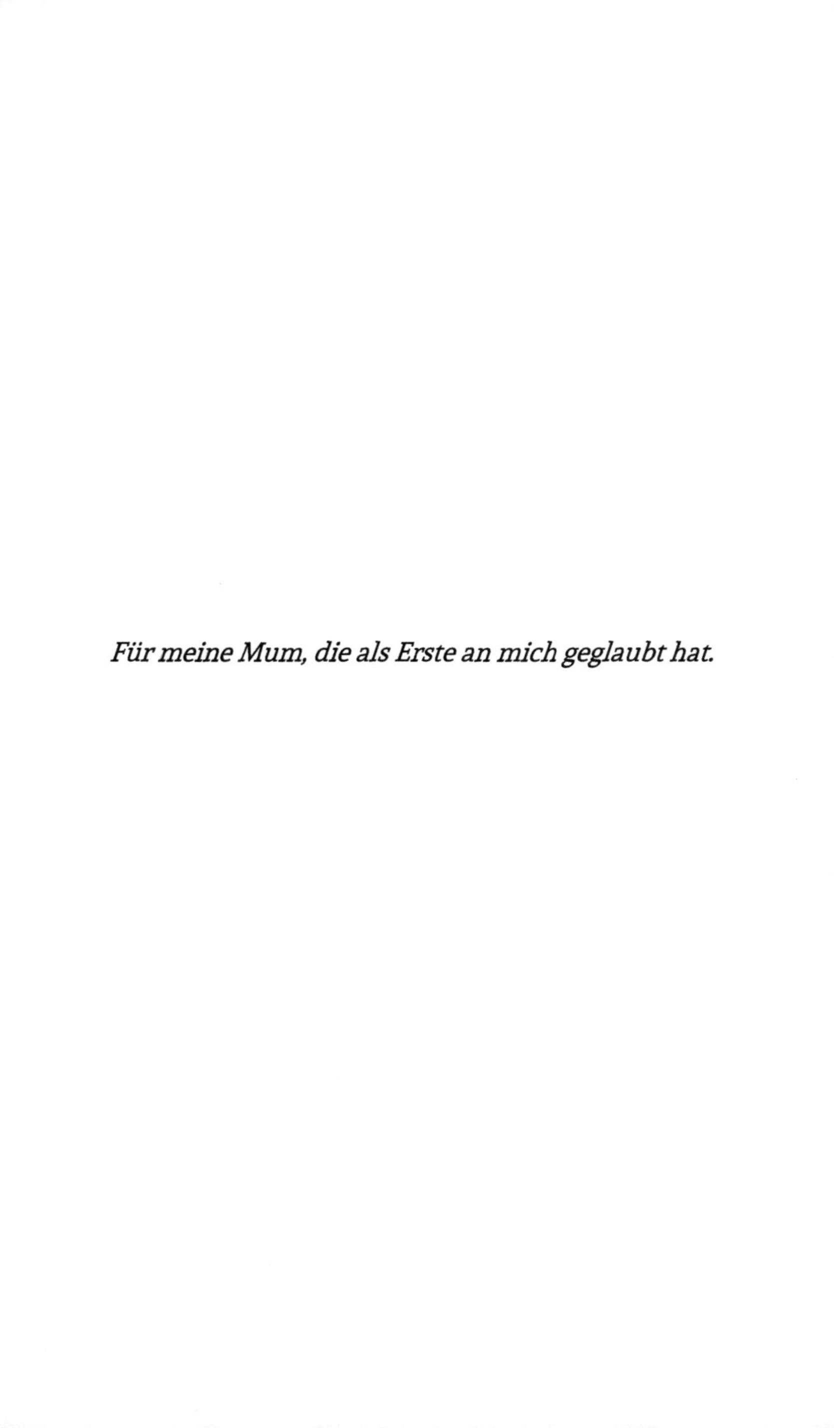

Für meine Mum, die als Erste an mich geglaubt hat.

Kapitel Eins

Ich stieg mit beschissener Laune aus dem Shuttle. Drei Tage am Stück auf einem überfüllten Schiff, zwei Sprünge und der fehlende Schnaps richteten sowas an. Es kommt nie etwas Gutes dabei heraus, wenn man mitten in der Nacht an den Kommunikator geht. Aber wenn dich ein Freund anruft, nimmst du ab. Wenn der Freund zufälligerweise der zweitmächtigste Mann beim Militär ist … nun, er hätte so oder so einen Weg gefunden, mich zu erreichen.

Die geschäftige Menge rauschte in alle Richtungen an mir vorüber, jeder Zehnte in irgendeiner Militäruniform. Jede glatte Oberfläche war mit Werbung der Rüstungs- und Verteidigungsunternehmen gepflastert, alles in grellen Farben und voller Lichter. Ich ignorierte ihre Botschaften und erspähte ein Schild für Bodentransport. Ich hängte mir meine Tasche über die Schulter und watete in den Strom von Menschen.

„Colonel Butler?" Ein Lieutenant in gebügelter Uniform und mit einem runden Space-Command-Aufnäher auf dem Ärmel stand in respektvollem Abstand da. Hauptquartier-Kerl.

Ich blickte auf mein Namensschild hinunter. „Ja."

„Sir, Lieutenant Hardy–"

„General Seratas Stabsmitarbeiter?", fragte ich.

„Ja, Sir." Seine Augen weiteten sich in seinem dunklen Gesicht, seine Haltung ließ für eine Sekunde nach. Stabsmitarbeiter sahen für gewöhnlich alle gleich aus. Steif und offiziell. Jung. Hardy war da nicht anders. „Wie war Ihr Flug."

„Scheiße." Ferra 3 nach Gamma 6 war einer der kürzesten interplanetarischen Flüge, aber das half auch nicht sonderlich. „Wie haben Sie mich gefunden?"

„Der General sagte mir, ich solle nach dem Colonel Ausschau halten, der den Student-Command-Aufnäher trägt, Sir. Der sticht hervor." Er zeigte auf den dreieckigen, grüngelben Aufnäher auf meiner Schulter, der nicht ganz so liebevoll als „Pyramide des Todes" bekannt war.

„Das hat er Ihnen gesagt?"

Hardy wandte eine Sekunde lang den Blick ab. „Nicht direkt, Sir."

Ich lachte. „Was hat er gesagt?"

„Er sagte, suchen Sie nach dem wütenden, glatzköpfigen Colonel mit dem STUCOM-Aufnäher, Sir."

Ich lachte wieder. Typisch Serata. „Als ob es das einfacher machen würde, mich zu finden. Jeder Zweite von uns hat eine Glatze und wir sind *alle* wütend."

Hardy sah mich an, ohne zu reagieren. „Unser Auto wartet nur ein paar hundert Meter entfernt. Darf ich Ihre Tasche nehmen, Sir?"

„Nein, ich komme klar."

Er hielt inne und legte die Stirn in Falten, unsicher, was er tun sollte, drehte sich aber schließlich um und ging voran.

Der Fahrer des Hover-Cars setzte uns bei SPACECOM ab, im reservierten Bereich. Promi-Behandlung. Serata hatte es entweder sehr eilig, mit mir zu sprechen, oder wollte mir Honig ums Maul schmieren.

Vermutlich beides.

Das Gebäude ragte vor uns auf, riesig, aus imposantem Stahl und Panzerglas, das das Rotorange der Morgensonne reflektierte. „Verdammt", sagte ich.

„Sie waren noch nie hier, Sir?"

„Ich habe immer versucht, es zu vermeiden." Vor meiner jüngsten Aufgabe bei Student Command war ich siebenunddreißig Jahre bei SPACECOM gewesen, vierundzwanzig davon ohne Kälteschlaf. Irgendwie hatte ich es geschafft, stets in Einsatzteams zu bleiben. Das Hauptquartier war nicht mein Stil.

„Sie haben schon mal mit dem General gedient, nicht wahr, Sir?"

Ich lächelte. „Das stimmt." Zweifelsohne hatte Hardy meine Akte gelesen und wusste über jeden Einsatz Bescheid, wollte aber Konversation machen. Ich nahm es ihm nicht übel. Serata und ich hatten drei Mal zusammen gedient, und über mindestens zwei dieser Einsätze waren Bücher geschrieben worden. Hardy wollte, dass ich ihm eine Geschichte über seinen Boss erzählte. Aber das würde *nicht* passieren. Ich erzähle diese Geschichten nicht, wenn ich nüchtern bin. „Weshalb will der Boss mich sehen?"

„Ich bin mir nicht sicher, Sir. Er hat es mir nicht gesagt." Es spielte keine Rolle. Selbst wenn er es wusste, würde Hardy mir nichts sagen. So wie jeder von Seratas Leuten. Der Mann erweckte in den Menschen eine beinahe fanatische Loyalität. Ich musste es wissen.

Wieso sollte ich sonst durch den Haupteingang von SPACECOM spazieren, drei Tage, nachdem ich seinen Anruf erhalten hatte?

Wir nahmen den Fahrstuhl für den Führungsstab und schlossen uns einem mageren Lieutenant Colonel an, der Infanterie-Abzeichen trug. Er nickte zum Gruß, warf einen Blick auf meinen STUCOM-Aufnäher und ignorierte mich dann. Ja. Du mich auch, Kumpel. Ich hatte den Mann nie zuvor gesehen, aber ich kannte ihn trotzdem. Ein aufgeblasener Stabs-Typ.

„Ich brauche fünf Minuten mit dem Boss", sagte der Stabs-Typ zu Hardy. „Ich brauche seine Zustimmung hierfür." Er trug ein großes Tablet mit einem weißroten Level-4-Geheimhaltungs-Bildschirm unter dem Arm. Er hämmerte auf den Knopf fürs oberste Stockwerk.

„Ja, Sir", sagte Hardy. „Jetzt hat er ein Meeting, aber ich schiebe Sie nach dem Mittagessen dazwischen."

„Das wird nur eine Minute dauern." Der Stabs-Typ starrte mich an und forderte mich heraus, etwas zu sagen. Ich machte mir nicht die Mühe. Meine Schwanzvergleich-Tage waren seit ein paar Jahren gezählt.

Wir erreichten das oberste Stockwerk und der Stabs-Typ trat schnell hinaus, um sicherzustellen, dass er vor uns war. Er legte seine Hand auf den Scanner, die Tür zur Kommando-Suite piepte und öffnete sich dann zischend. Serata, ein großes Tier von einem Mann, wartete im Vorzimmer und sprach mit seiner Sekretärin.

„Sir, ich brauche Ihre Zustimmung–"

„Carl! Bruder!" Serata unterbrach den Stabs-Typen und schob sich an ihm vorbei. Er umschlang meine Hand mit einer seiner gewaltigen Pranken, wir schüttelten uns die Hände und umarmten uns halb, auf die Art, wie es männliche Freunde tun.

„Sir, ich brauche nur–“

„Später, Canforra“, sagte Serata. „Kommen Sie schon, Carl.“

Ich blickte nicht zum Stabs-Typen zurück – Canforra. Ich musste es nicht. Ich wusste sofort, wie sein Gesicht aussah.

„Lassen Sie Ihre Tasche bei Hardy. Er wird Sie im QBB unterbringen“, sagte Serata. QBB – Quartier für bedeutende Besucher. Sie behandelten mich wirklich erstklassig. Ich blickte mich nach irgendwelchen Hinweisen dafür um, sah aber nichts. Serata führte mich in sein Büro, dann zog er die Tür zu. Eine echte Holztür. Wer hatte eine Holztür?

„Verdammt Sir, hübsch haben Sie es hier.“ Große, raumhohe Fenster dominierten das Zimmer auf zwei Seiten; ein riesiger Holzschreibtisch, der aussah, als hätten wenigstens ein Dutzend Leute zum Dinner daran Platz, stand mindestens zehn Meter von mir entfernt. Erinnerungsstücke aus alten Einsätzen dekorierten die anderen beiden Wände und ein gerahmtes Foto von vor zehn Jahren zog meinen Blick auf sich. Serata stand in der Mitte, zu beiden Seiten drei von uns, auf einem verschneiten Hügel. Nur vier von uns hatten nach dem Foto länger als ein Jahr überlebt.

„Ja, man behandelt mich hier ziemlich gut.“ Er setzte sich hinter den Schreibtisch, lehnte sich zurück und verschränkte die Finger hinter dem Kopf. Er hatte kurzgeschnittenes, silbernes Haar, ärgerlich dicht für einen Kerl, der etliche Jahre älter war als ich. „Es ist schön, Sie zu sehen, Carl.“

„Ebenso, Sir."

„Was macht STUCOM?"

Ich schnaubte. „Ich gebe ein paar Kurse, eskortiere gelegentlich VIPs. Ziemlich anstrengendes Zeug. Ich bin mir sicher, dass sie gar nicht bemerken, dass ich weg bin. Aber guter einheimischer Schnaps."

„Ferra 3 hatte immer guten Whisky."

„Ich habe eine Flasche mitgebracht." Ich sah mich um. „Mist. Hardy hat meine Tasche mitgenommen."

Serata winkte ab. „Wir holen sie später. Wie geht's Sharon? Gefällt es ihr dort?"

„Sie hasst es. Zu kalt." Meine Frau Sharon liebte warmes Wetter.

„Ja. Lizzie hat es dort auch immer gehasst." Er hielt inne, der Smalltalk war vorüber und das Schweigen wurde unbehaglich.

„Dieser Canforra, der ist ein ziemlicher Arsch", sagte ich.

Serata lachte. „Nee, der ist gut. Er denkt lediglich, dass alles ein Notfall ist. Die Galaxie wird nicht implodieren, wenn ich den Einsatzbefehl erst in einer Stunde unterschreibe."

„Schicken Sie weitere Truppen?" Bei STUCOM zu leben bedeutete, nichts mitzubekommen. Ich hätte auf dem Laufenden bleiben können, wenn ich mich angestrengt hätte.

Ich tat es nicht.

„Nur ein Korps", sagte er. „Das wird uns etwas mehr Kampfkraft verschaffen, bis wir sie zurückbeordern. Einen kleinen Vorstoß auf Cappa 3 machen."

„Dafür brauchen Sie mich nicht, oder, Sir?" Es schien unwahrscheinlich. Er hatte bessere Leute dafür. Eine

Kampfbrigade zu befehligen entsprach nicht meinen Fähigkeiten.

„Nein, darum würde ich Sie nie bitten." Sein Tonfall machte deutlich, dass er mich um etwas anderes bitten würde. Er könnte mir einen Befehl geben, aber das würde er nicht tun. Ich war mir nicht sicher, woher ich das wusste. Die gemeinsame Vergangenheit, vielleicht. Instinkt.

„Wollen Sie mir jetzt den Todesstoß versetzen, Sir?" Man ruft nicht jemanden an, der halb im Ruhestand ist, und setzt ihn in einen interplanetaren Flug, um ihm gute Neuigkeiten mitzuteilen.

Serata legte die Füße auf den Schreibtisch, fast zu lässig. „Aufklärung. Wir haben einen vermissten Lieutenant."

Ich starrte ihn einen Moment lang an. Er konnte mich unmöglich für etwas so Einfaches brauchen. Dann kam der nächste Hammer.

„Der Name des Lieutenants lautet Mallot. So wie in *High Councilor* Mallot", verdeutlichte er. „Ich weiß, Sie schenken den Nachrichten dieser Tage nicht viel Aufmerksamkeit, aber wenn Sie es täten, hätten Sie es gesehen."

„Oh. Shit."

„Ja. Der Bursche ist MIA, auf Cappa Base", sagte er.

„An der Front. Was macht der Sohn eines Councilors da draußen? Ich meine, es ist momentan ziemlich ruhig, aber dennoch."

„Familientradition. Seit vierhundert Jahren hat jeder Sohn gedient. Auch viele der Töchter. Haben Sie je von Emily Eckstedt gehört?"

„Der Engel des Todes? Ja, Sir, jeder hat von ihr gehört."

„Sie war die Schwester der Urgroßmutter des Burschen."

„Wow. Sind wir sicher, dass das kein Fall eines Jungen ist, der nicht Schlange stehen will, um zu Hause anzurufen? Passiert andauernd." Eine dumme Frage, aber ich brauchte Zeit, um die Dinge zu verarbeiten. Verfickte Cappa Base.

„Kommen Sie, Carl. Sie wissen doch, dass wir alles getan haben, was wir können. Und Sie wissen auch, dass ich Sie nicht fragen würde, wenn es nicht wichtig wäre. Nicht nach Cappa. Nicht nach–"

„Das war vor langer Zeit, Sir. Ich bin drüber weg", log ich. „Sie wollen, dass ich nach Cappa gehe. Wie lange wird der Trip dauern? Neun oder zehn Monate Kälteschlaf pro Strecke? Ich soll in einem Jahr in Ruhestand gehen. Deswegen hat man mich zu STUCOM versetzt." Ich wollte es nicht tun, aber es wäre nicht einfach, Serata einen Korb zu geben. Nicht nach allem, was wir zusammen durchgemacht hatten.

„Ich weiß das." Serata schwang die Füße vom Tisch und ging zum Fenster. Etliche flache, kastenförmige Gebäude reihten sich jenseits eines großen, offenen Platzes aneinander. „Sie können Nein sagen, wenn Sie wollen. Sie haben so viel Kälteschlafzeit wie jeder andere Colonel bei der Truppe. Genau so viel Gefechtszeit. Sie haben Ihren Teil geleistet."

Ich seufzte. Mir zu sagen, dass ich Nein sagen könnte, machte es nur schwerer. Scheiße. „Sharon wird ausrasten. Ich bin bereits dreizehn Jahre jünger als sie, wegen all der Zeit im Kälteschlaf."

„Also fünfzehn Monate Kälteschlafbezahlung, plus einen Bonus für Ihren Ruhestand. Kaufen Sie ihr eine

Behandlung. Die können zehn Jahre entfernen." Serata lächelte.

„Fünfzehn Monate? Die Reise dauert länger", sagte ich.

„Ich habe Sie für den Hinweg auf einem XT-57 untergebracht. Weniger als fünf Monate."

„Verdammt." Ich setzte mich auf. Der Executive Transport 57 war der schnellste Transporter des Militärs. Es gab etwa fünfzehn oder zwanzig davon im Bestand, und sie wurden nicht benutzt, um beliebige Colonels zu transportieren. „Das ist *wirklich* wichtig."

„Ja. Wir brauchen Sie schnell vor Ort, ehe alle vergessen, was passiert ist", sagte er.

„Ergibt Sinn. Wie lange war seine Einheit dort?" Wieder stellte ich Fragen, während meine Gedanken rasten. *Er könnte jemand anderen holen. Eine einfache Mission. Eine Menge Kerle könnten das erledigen ...*

„Etwas weniger als fünf Monate." Serata hielt inne. „Ich habe auch etwas für Sharon. Vielleicht ist sie dann nicht so sauer auf mich. Damit es funktioniert, werden wir Sie zu SPACECOM versetzen müssen. Wir werden Sie 5th Space zuteilen."

Mir stockte der Atem. „Sir ..."

„Ja." Er wandte sich zu mir um. „Es ist wichtig. Aber es ist auch ein guter Deal."

5th Base, auf Elenia 4. Mein erster Posten. Sharons Heimatplanet.

Selbst wenn ich bisher nicht vorgehabt hätte, es zu tun, konnte ich dieses Angebot nicht mehr ausschlagen. Meine Frau würde mich umbringen. „5th Space hat eine freie Stelle?"

Er verzog die Lippen zu einem Strich und nickte. „Jetzt ja."

Ich schluckte, dann nickte ich. „Was soll ich tun, Sir?"

„Gehen Sie einfach da raus, stochern Sie herum und erstatten Sie Bericht. Es gibt eine Menge Special Ops dort, außerdem eine Linienbrigade. Ich brauche jemanden, der ihre Sprache spricht, aber auch die Wichtigkeit dessen versteht, was ich hier tue. Das ist eine ziemlich kleine Teilmenge."

„Ja, Sir." Die meisten Kerle an der Front würden keinen halben Gedanken an einen High Councilor der Föderation verschwenden. „Was soll im Bericht stehen?"

Serata lachte. „Ich wusste, ich habe den richtigen Mann." Ich würde keinen Bericht fälschen. Das wusste er. Aber man konnte in jeder Situation ein Dutzend Wahrheiten finden. Ich hatte kein Problem damit, die zu erzählen, die dem Team half.

„Die Wahrheit ist, dass ich nicht weiß, was ich will." Er saß auf der Kante seines riesigen Schreibtischs.

Ich hielt inne, um darüber nachzudenken, fand aber keine Antwort. „Ich verstehe es nicht, Sir. Wieso dann ich?"

„Weil ich keine Ahnung habe, was Sie finden werden. Es könnte sauber sein, es könnte schmutzig sein. Und ich brauche jemanden, der weiß, was es ist, wenn er es sieht." Er hielt inne. „Also, es sieht so aus: Es *muss* sauber sein. Es ist mir egal, was Sie tun müssen, es ist mir egal, was Sie in Brand stecken müssen. High Councilor Mallot hat so viel Einfluss, dass ihm praktisch gesehen unser Budget gehört, und ich hab ihn am Arsch. Finden Sie diesen Burschen oder finden Sie heraus, was ihm zugestoßen ist. Diese Sache muss schnell erledigt werden und wasserdicht sein. So dicht wie eine verfickte Luftschleuse."

Ich saß einen Moment schweigend da. Serata tat so, als würde er aus dem Fenster schauen, und ließ mir Zeit, um ohne Druck nachzudenken. „Scheiße, Sir. Ich hoffe, dieser Bursche weiß, wie viel Ärger er macht."

„Er weiß es vermutlich nicht …" Er verstummte, so als hätte er vielleicht noch etwas anderes zu sagen, entschied sich aber dagegen. Seltsam. Serata tat nie etwas aus Versehen.

„Ich tue es."

„Großartig. Wichtige Leute werden die Sache im Auge behalten."

Ich stand auf. „Ist gut, Sir. Sie kennen mich."

Serata kicherte. „Ja, tue ich. Deswegen habe ich es erwähnt."

Ich legte mir in einer gespielt verletzten Geste eine Hand aufs Herz. „Verstanden, Sir."

„Danke, Carl."

„Ja, Sir. Sharon wird begeistert sein. Elenia 4, außerdem ist sie mich ein Jahr lang los."

Serata lächelte. „Wollen Sie sie anrufen?"

„Zur Hölle, nein, Sir. Das spare ich mir für meine Heimkehr auf."

Kapitel Zwei

Zwanzig Tage nachdem ich Seratas Büro verlassen hatte, betrat ich den Hangar im Orbit über Elenia 4 und dem Hauptquartier der 5th Space Command. Es gibt Leute, die sagen, man könne sein gesamtes Leben nicht innerhalb von zwei Wochen von einem Planeten auf einen anderen verlegen. Diese Leute haben einfach nicht genug Übung.

Ich brachte Sharon in einem Mietshaus unter, weit entfernt von jeder Militärbasis, aber in der Nähe ihrer Schwester und ihrer älter werdenden Eltern. Mit unterbringen meine ich, dass ich sie mit ein paar hundert Containern voller Zeug allein ließ, die sie auspacken musste, aber sie hatte es noch nie gemocht, wenn ich ihr beim Dekorieren in die Quere kam.

Zumindest sagte ich mir das.

Sie kam nicht, um mich zu verabschieden. In dieser Phase unseres Lebens waren wir darüber hinaus. Wir hatten das schon mehr als einmal hinter uns, diese tränenreichen Abschiede, daher hatten wir nicht das Bedürfnis einer Wiederholung. Es war leichter, sich zu Hause zu verabschieden, unter vier Augen. Das ist immer besser, wenn Sie mich fragen, weil manche es missbilligten, wenn man sich im Hangar nackt auszog.

Stattdessen traf ich mich mit Hardy, den ich als Ersatz etwas mangelhaft fand. Ich hatte ihn auf diesem Trip nicht dabeihaben wollen, aber Serata hatte darauf bestanden. Ich bin ein Colonel. Colonels haben keine Stabsmitarbeiter und ich brauchte keinen, aber der Boss glaubte, der Junge hätte Potenzial und wollte ihm die Chance geben, an die Front zu gehen. Serata mochte den Knaben. Das bedeutete etwas. Für den Anfang bedeutete es vermutlich, dass Serata ihn damit beauftragt hatte, über mich Bericht zu erstatten.

„Haben Sie die Nachrichten gesehen, Sir? Es gibt eine Menge Gerede über unsere Mission." Hardy trug immer noch seinen gebügelten Kampfanzug, was angesichts unseres Ziels lächerlich war.

„Ich versuche, es zu vermeiden."

„Ich verstehe nicht, Sir. Müssen Sie nicht wissen, was vor sich geht?" Er ging mein Gepäck holen. Zwei Taschen und eine Kiste.

„Ich kenne die Mission, Hardy. Alles andere vernebelt die Sicht."

Hardy hielt inne und sah mich an. Als ich es nicht erklärte, packte er die Kiste, die bei jeder Bewegung klirrte.

„Sir … was–"

„Es ist Whisky, Hardy. Sehr guter Ferra-3-Whisky."

„Sir, es ist uns nicht erlaubt, Alkohol auf einem SPACECOM-Schiff zu transportieren."

Ich starrte ihn an. „Was sollen sie tun? Mich in den Ruhestand schicken? Moment, vielleicht schicken sie mich zur Strafe an die Front."

Hardy sah mich mit dem Ausdruck im Gesicht an, den Leute kriegen, wenn sie sich nicht sicher sind, ob ich es ernst meine. „Sir, die Piloten werden Ihnen nicht erlauben, ihn an Bord zu nehmen."

„Deswegen ist die erste Flasche für sie", sagte ich.

„Sir–“

„Schauen Sie, Hardy, Sie werden sich an etwas gewöhnen müssen. Ich bin nicht General Serata. Ich mache Dinge ... anders. Ich komme damit davon – hauptsächlich, weil ich kein General bin. Ich habe nicht die Disposition dafür. Oder die Haare.“ Ich hielt inne. „Wo war ich?“

„Der Schnaps, Sir.“

„Richtig. Hardy, wenn wir wegen des Schnapses in Schwierigkeiten geraten, werde ich schwören, dass ich Ihnen gegen Ihren Willen befohlen habe, ihn mit an Bord zu nehmen. Dass Sie vehement protestiert haben, ohne Erfolg. Können wir jetzt weitergehen?“

„Ja, Sir.“ Er lächelte beinahe. Er schaffte es vielleicht. Wenn ich einen Stabsmitarbeiter beschäftigen müsste, bräuchte er unbedingt Sinn für Humor.

Der XT-57 ruhte auf einer erhöhten Plattform, zu der eine Reihe von Treppen hinaufführten; ein Monstrum von einem Schiff. Niemand würde es schnittig oder sexy nennen. Eher stupsnasig und klotzig. Der äußere Anschein aber täuschte: Form spielt im All keine große Rolle, nur Schub und Masse. Und da trumpfte der XT auf. Er beförderte nur sechs Passagiere und drei Crewmitglieder, was die Masse niedrig hielt. Alles andere: Antrieb und Brennstoffzelle. Lächerlich ineffizient, es sei denn, man wollte einen Colonel eilig über eine lange Strecke transportieren.

Meine Stiefel schepperten auf der Eisentreppe und eine leichte Brise traf mich, als ich die Tür erreichte; der Überdruck wich aus dem Schiff. Als ich eintrat, sah das Innere zu klein aus, um zur gleichen Bestie zu gehören. Es strahlte, als hätte jemand die Innenausstattung kürzlich ausgetauscht, und es roch beinahe steril. Neun horizontale Kälteschlafkabinen dominierten in Dreierreihen das Passagierabteil. Selbstverständlich weiß ich nicht, wieso wir es Kälteschlaf nennen. Man benutzte schon seit mehreren hundert Jahren keine Kältetechnologie mehr für die Stasis. Tradition, vermute ich. Wie auch immer sie hießen, die Kabinen waren von sechs großen, schwarzen und gemütlichen Stühlen eingefasst, drei an jeder Wand. Ich gab der Pilotin, dem Co-Piloten und der Ärztin die Hand. Ich folgte der gleichen Routine, der ich immer folge, wenn ich etwas Fliegendes betrete. Nennen Sie es Aberglaube, wenn Sie wollen, aber ich lebe noch, also kümmert es mich nicht. Hauptsächlich flog der Computer das Schiff, aber diese Leute kümmerten sich um die Aufgaben beim Start und innerhalb des Sonnensystems, ehe sie ihre eigenen Kälteschlafkabinen bestiegen. Sie konnten nicht so gut fliegen wie ein Computer, aber ich denke, es gab den Passagieren ein besseres Gefühl, zu wissen, dass ein Mensch das Sagen hatte. Ich weiß, dass es mir so ging. Die Ärztin würde uns alle unter Narkose setzen, und sich dann selbst narkotisieren. Ich wollte nicht mal darüber nachdenken, wie man das anstellte.

„Sir, ich habe Ihren Körperpanzer, für den Fall, dass Sie ihn anprobieren wollen, ehe wir starten", sagte Hardy.

„Ist er Größe L?" Ich konnte mich in eine M quetschen, wenn ich musste, aber ich zog ein bisschen Bewegungsfreiheit vor, und die Schulterplatten einer Größe M stachen mir manchmal in die Schultern.

„Ja, Sir."

„Dann wird er passen." Dann warf ich einen Blick darauf. „Heilige Mutter der Galaxie, Sie haben wohl nichts Glänzenderes finden können, was?" Die Polymer-Brustplatte glühte förmlich.

„Er ist brandneu, Sir."

„Das kann ich sehen, Hardy. Keine Sorge, das wird an der Front überhaupt nicht auffallen." Nachdem ich das gesagt hatte, fühlte ich mich schlecht. Hardy ähnelte einem Hund, der ein Häufchen gemacht hatte, wo er es nicht sollte. Der Junge meinte es gut. Ich zeigte zwei Spinde weiter auf eine getragene Garnitur, die hellbraune Oberfläche pockennarbig, mit einer Schramme auf der rechten Seite. „Sehen Sie, so sollte eine Panzerung aussehen."

Ein Mann erhob sich von dem am weitesten entfernten Stuhl. „Das ist meine, Sir. Staff Sergeant McCann. Ihr PS." PS. Personenschutz. Ein weiterer Streit, den ich gegen Serata verloren hatte. Im Grunde genommen war er ein Bodyguard, den ich für diesen Trip nicht brauchte. Aber wenn ich unbedingt einen haben musste, passte McCann zur Rolle. Er war mindestens sechs oder sieben Zentimeter kleiner als ich, aber was ihm an Größe fehlte, machte er durch Breite wett. Er bestand nur aus Schultern und Muskeln, hatte vermutlich nicht ein Gramm Fett in seinem ganzen Körper.

„McCann. Kann ich Sie Mac nennen?"

„Ja, Sir. Ich wäre froh, wenn Sie das täten", sagte er.

„Freut mich, Sie kennenzulernen, Mac. Was in aller Welt trinken Sie da?" Er hatte ein 1-Liter-Gefäß in der Hand, in dem sich etwas befand, das wie eine Kreuzung aus Avocado und Kotze aussah.

„Proteinshake, Sir. Wollen Sie einen?"

Ich zuckte angeekelt zusammen. „Ich passe, danke."

„Man muss dafür sorgen, dass die Waffen geladen bleiben, Sir." Mac schlug sich auf einen Bizeps, der so groß war wie der Oberschenkel anderer Männer.

„Ich bevorzuge es, wenn meine Waffen eine höhere Reichweite haben." Ich zeigte auf die Biskoski 71, die er um die Brust geschlungen hatte. Liebevoll die Bitch genannt. „Sie tragen die Biskoski statt einer Pulswaffe?"

„Ja, Sir." Mac lächelte stolz. „Ich vertraue diesen Pulswaffen nicht. Wenn sie nass werden, sind sie im Arsch."

„Wo wir hingehen, sollten wir nicht nass werden", sagte ich.

„Man weiß nie, Sir. Ich habe diese Bitch mit jedem intelligenten Projektil im Bestand ausgerüstet. Explosiv, panzerbrechend, Lenkgeschosse ...“

Mir gefiel der Kerl schon jetzt. Eine Pulswaffe war sexyer, leichter und stets der Favorit auf einer Basis, wo niemand erschossen wurde, aber echte Infanteristen wollten eine Bitch. „Man weiß nie. Sind Sie der Spion des Generals oder ist es Hardy?" Ich sagte es halb im Scherz, warf es aber so unverblümt in die Unterhaltung, dass ich die Botschaft rüberbrachte.

Mac zuckte mit den Schultern. „Ich nicht, Sir. Ich habe den General nie getroffen, abgesehen davon, ihm im Flur ‚Guten Morgen' zu sagen."

Ich nickte. „Also Hardy, wie oft sollen Sie Bericht erstatten?"

„Sir, ich ... Sir ..." Hardys Gesicht bekam Falten, als könne er sich nicht entschieden, ob er etwas sagen sollte, und vergessen hätte, zu atmen.

Ich ließ betretenes Schweigen entstehen.

„Ich habe Ihre Faustfeuerwaffe hier, wenn Sie bereit sind, Sir“, sagte Mac nach einem Moment. Er hielt mir eine Mark-24-Pistole hin und ich nahm sie. Eher eine Dekoration als alles andere. Ich überprüfte den Lauf, um sicherzustellen, dass sie leer war. Gewohnheit. Ich warf sie mit meiner Tasche in meinen Spind. Ich würde sie holen, wenn wir aus dem Kälteschlaf aufwachten.

Mac nickte in Richtung meiner Schnaps-Kiste. „Ist der von Ferra 3, Sir?“

„Ist er. Fünfzehn Jahre alt.“

Mac stieß einen Pfiff aus. „Es wird mir Spaß machen, mit Ihnen zu dienen, Sir.“

„Das hoffe ich. Was haben Sie angestellt, um diesen Einsatz am Hals zu haben?“

„Ich habe mich freiwillig gemeldet, Sir.“

Ich schaute ihn genauer an. „Wirklich?“

„Ja, Sir. Sie haben im Hauptquartier nach jemandem mit Erfahrung gesucht, und ich habe die Chance ergriffen.“

„Was haben Sie im Hauptquartier gemacht?“, fragte ich.

„Verwaltungsangestellter, Sir.“

Ich starrte ihn eindringlicher an, unfähig zu sagen, ob er mich verarschte oder nicht. Alles an ihm schrie Infanterie. „Sie sehen nicht aus wie Verwaltung …“

„Ich war früher bei der Infanterie, Sir. Vor über drei Jahren gewechselt. Dachte, es würde mir mehr Zeit mit meiner Frau verschaffen.“

Ich ging aus dem Weg, sodass Hardy etwas Ausrüstung verstauen konnte. „Ergibt Sinn. Wie läuft es?“

„Wir haben uns letztes Jahr scheiden lassen“, sagte er.

Ich nickte ernst. „Tut mir leid, das zu hören.“

„Alles gut, Sir." Er lächelte mit dem halben Mund.

Unsere Pilotin steckte den Kopf aus dem vorderen Abteil, kurze schwarze Haare über einem goldenen Gesicht. Sie wartete darauf, dass ich Augenkontakt mit ihr aufnahm. „Sir, wir haben unsere Checks gemacht, ehe Sie an Bord kamen. Wann immer Sie bereit sind, machen wir uns auf den Weg."

„Danke. Wie lange, bis der Kälteschlaf beginnt?"

„Etwa ein Tag, Sir. Wir können die Geschwindigkeit des XT erst nutzen, wenn wir den fünften Planeten hinter uns gelassen haben. Zu viel Verkehr."

„Verständlich", sagte ich. „Schnallen wir uns an, Team. Uns steht ein langer Trip bevor, es hat keinen Sinn, den Start auf die lange Bank zu schieben." Ich suchte mir einen der übergroßen Sitze und machte es mir gemütlich. Ich schlief ein, ehe wir die Station verließen.

Kapitel Drei

Ich wachte nicht direkt auf, als ich aus der Stasis kam. Es war eher so, dass ich eingeblendet wurde. Mein siebzehntes Mal, aber wer zählt schon? Es heißt, man sei für ein paar Stunden wach, merke es aber noch nicht. Sie ziehen dir den Beatmungsschlauch raus, dann ist da Licht und deine Augen beginnen zu funktionieren, aber du verarbeitest nichts von dem, was du siehst. Ich bin mir nicht sicher, womit ich es vergleichen soll, da es anders ist als alles, was ich je getan habe. Ich hatte mal einen Kollegen, der es damit verglich, einen Zwanzigkilometerlauf zu machen, verbunden mit einem Kater und Schwindel.

In anderen Worten: Es ist beschissen.

Ich sah auf die große Uhr an der Wand, die mit der Zeitangabe in hellroten digitalen Ziffern. Vier Monate und neunzehn Tage, seit ich betäubt wurde.

„Doc, ich bin zurück", sagte ich, meine Stimme war kratzig vom Nichtgebrauch, mein Hals trocken und rau vom Schlauch, den ich monatelang drin gehabt hatte. Ich stemmte mich in meiner Kabine in eine sitzende Haltung und ließ etwas von der klebrigen orangenen Sauerei meine Brust und Schultern hinuntergleiten.

„Colonel. Schön, Sie zu sehen." Sie trug einen weißen Overall unter dem Laborkittel, ihr blondes Haar war hinten hochgesteckt, als käme sie aus einem Ärztinnenkatalog. Sie musste zwei Tage früher aufgewacht sein, um sich für den Rest von uns vorzubereiten, sodass ihr das Haar nicht am Kopf pappte wie meines. Das wenige Haar, das ich hatte.

Sie drückte mir ein Stethoskop auf die Brust und horchte einen Moment lang durch meinen klebrigen Stasis-Anzug hindurch. „Klingt gut. Ich hole Ihre Spritze."

„Keine Spritze", sagte ich.

„Sir, sie wird bei der Übelkeit helfen."

„Ich brauche sie nicht." Ich begann, meine Beine aus der Kabine zu heben, dann entschied ich, dass ich noch einen Moment brauchte. „Alles, was ich brauche, sind ein paar Kekse und Bratensoße."

„Sir, Sie werden sich wirklich besser fühlen–"

„Ich kann nicht glauben, dass man Ihnen im Medizinstudium nichts über Kekse und Bratensoße beibringt."

Sie stemmte sich eine Hand in die Hüfte und sah mich mit verärgerten Ärztinnen-Augen an.

„Ich werde mir keine Spritze geben lassen." Ich scherzte nicht – Kekse und Bratensoße funktionierten bei mir wirklich.

„Als Sanitätsoffizierin der Mission könnte ich es Ihnen befehlen." Sie starrte mich weiterhin wütend an, aber ich zuckte mit den Schultern. Sie seufzte. „Sie wollen die Spritze wirklich nicht, Sir?"

„Nope. Wer ist sonst noch wach?"

„Nur die Pilotin und der Co-Pilot. Ich habe Sie vor den beiden anderen Passagieren rausgeholt, wie von Ihnen befohlen."

„Gut. Holen Sie Mac als Nächstes raus. Ich werde diesen Schleimanzug ausziehen und unter die Dusche gehen. Dann suche ich mir Kekse und Bratensoße."

Ich klopfte an die Tür zum Cockpit, ehe ich eintrat, das Nachglühen der Bratensoße war noch frisch. Der Co-Pilot steckte eilig seinen Reader weg. Vielleicht dachte er, ich wüsste nicht, dass das Schiff von selbst flog, oder dass es mich nicht kümmerte.

„Wie weit draußen sind wir?", fragte ich. Ich konnte die weiße Sonne des Cappa-Systems durch das vordere Ansichtsfenster sehen, weit entfernt. Ich hatte nie zuvor etwas Vergleichbares aus der Nähe gesehen, das selbst in der Entfernung noch so hell war. Ich wusste nicht, ob es einen weiteren Klasse-F-Stern gab, der Leben ermöglichte, andererseits studierte ich solche Dinge nicht wirklich.

„Vier Tage, acht Stunden", sagte die Pilotin. Ich hätte mich vor der Stasis nach ihrem Namen erkundigen sollen, aber das hatte ich nicht getan. Ich bin schlecht in solchen Dingen. „Wir müssen langsam fliegen, wegen des Verkehrs im Kampfgebiet."

„Vier Tage entfernt? Warum so weit?" Ein bis zwei Tage waren normal.

„Ich bin mir nicht sicher, Sir. Das war der Computer", sagte die Pilotin. „Es ist alles automatisiert."

„Klar. Passiert das oft?", fragte ich.

Die Pilotin zuckte mit den Schultern. „Es passiert, Sir. Nicht oft."

Ich schüttelte leicht den Kopf und versuchte, mich wieder zu konzentrieren. „Wie lang ist die Kommunikationsverzögerung bis zu SPACECOM?"

„Achtundzwanzig Sprünge, Sir. Siebzehn Minuten, neunzehn Sekunden", sagte der Co-Pilot. Das klang in etwa richtig – man kann nur eine gewisse Strecke weit springen, und jeder Sprung bedeutet eine Relaisstation für die Kommunikation. Mehr Relaisstationen, größere Verzögerung.

„Stellen Sie eine Verbindung her." Ich setzte mich auf den Notsitz. Meinem Magen ging es gut, aber meine Beine hatten sich noch nicht ganz von der Stasis erholt.

Die Pilotin reichte mir ein kleines Tablet. „Brauchen Sie einen Privatbereich, Sir?"

„Nein, es geht um nichts Geheimes. Ich muss lediglich einen Statusbericht abgeben und schauen, ob es neue Handlungsempfehlungen gibt."

Ich tippte die Nachricht mit den Daumen.

General Serata, Sir, wir sind live und nur etwas über vier Tage von Cappa entfernt. Keine Probleme. Melde mich wegen aktualisierter Handlungsempfehlungen.

„Noch irgendwas, Sir?", fragte die Pilotin.

„Nein. Lassen Sie mich nur wissen, wenn Sie eine Antwort erhalten." Ich ging zum Passagierabteil zurück, sodass ich Hardy verarschen konnte, wenn er aus der Stasis kam. Es war sein erstes Mal. Auf gewisse Weise schuldete ich es ihm.

Ich bekam Seratas Antwort weniger als fünfundvierzig Minuten später. Ich wusste nicht, wie spät es bei SPACECOM war, aber bei beinahe fünfunddreißig Minuten Verzögerung für die Übertragung antwortete er schnell. Ich versuchte, nicht zu raten, was das bedeutete, als der Co-Pilot mir ein Gerät reichte.

„Haben Sie sie gelesen?"

„Nein, Sir. Wir wussten, dass sie für Sie war, als sie reinkam, also haben wir sie direkt an den Gäste-Reader weitergeschickt." Ich an seiner Stelle hätte sie gelesen. Ich könnte nicht mit einem Relikt von einem Colonel an Bord den ganzen Weg mitten ins Nirgendwo fliegen, ohne neugierig zu sein. Der Co-Pilot aber sah ehrlich aus, also glaubte ich ihm.

Butler: Noch vier Tage? Sie sind spät dran. Ich hatte erwartet, vor zwei Tagen von Ihnen zu hören und dass Sie spätestens morgen landen würden. Die Medien schnüffeln immer noch in der Ermittlung herum. Es ist ein bisschen weniger geworden, aber sie geben keine Ruhe. Ich glaube, jemand in High Councilor Mallots Stab bringt das Thema immer wieder zur Sprache, um es am Leben zu halten. Fliegen Sie hin und erledigen Sie die Sache. Sorgen Sie dafür, dass es wasserdicht ist. Serata.

Ich fluchte stumm. Mein Bauchgefühl war, ich sollte ihm eine Nachricht zurückschicken und ihm sagen, dass ich keine Kontrolle über die Dauer des Flugs hatte. Aber er wusste das, und selbst wenn nicht, würde er keine Ausreden hören wollen. Serata wollte alles sofort, ungeachtet des ursprünglichen zeitlichen Ablaufs, den er einem gegeben hatte. Das war schon immer so gewesen. Allerdings wusste ich die Vorwarnung bezüglich der Presse zu schätzen, auch wenn ich als ermittelnder Offizier eine magische Rüstung hatte: „Es tut mir leid, aber eine laufende Ermittlung kann ich nicht kommentieren." Nicht dass ich die Medien draußen auf Cappa Base erwartete. Nun, vielleicht einen Reporter, der an der Front arbeitete und Nachrichten vom Krieg in den Rest der Galaxie schickte. Aber woher sollte ich das wissen – solche Nachrichten mied ich zu Hause.

Kapitel Vier

Das Innere des Hangars von Cappa Base sah in etwa so aus, wie ich es in Erinnerung hatte. Stahl und Aluminium, in diesem Hellgrün gestrichen, das sagte: „Das hier ist zu militärisch, um weiß gestrichen zu werden." Er sah wie jeder Hangar jeder Systembasis aus, die ich je angeflogen hatte: Hohes Dach, Polymerwände und rutschfreier Boden. Ich glaube, ein Unternehmen hatte den Vertrag für alle, entwickelte ein Modell, baute es dann abhängig von den Anforderungen maßstabsgetreu und wendete dabei so wenig Einfallsreichtum wie möglich an.

Ich hatte die neue Situation absichtlich nicht allzu genau studiert. Nur gut genug, um meine Erinnerungen aufzufrischen. Ich wollte mit klarem Kopf auftreten und alles, was ich vor dem Kälteschlaf gelesen hätte, wäre so oder so nicht mehr aktuell. Das ist die Sache im Krieg. Wenn man neunzig Tage weg vom Fenster ist, weiß man nichts. Dinge ändern sich. So viele Leute vergessen das. Wenn man in die Zivilisation zurückkehrt, ist alles, was man wusste, bereits obsolet.

Ich ging die Rampe des XT hinunter, auf den Ausgang des Hangars und das Hauptquartier der Brigade zu, und vertraute darauf, dass Hardy mir folgen würde. Er würde darauf achten, dass unsere Sachen vom Schiff geholt wurden. Ich hörte Macs Schritte, der sich beeilte, um mich einzuholen. Er würde sich nicht beschweren, weil ich ihn zurückgelassen hatte. Er würde mich ebenfalls nicht alleine losgehen lassen, selbst auf einer befreundeten Basis nicht, die ein paar hunderttausend Kilometer vom nächsten Feind entfernt war. Ich verlangsamte meine Schritte, um ihn aufholen zu lassen. Auch er musste seine Arbeit machen.

„Colonel Butler?“ Eine weibliche Stimme. Eindeutig nicht Mac. Ich blieb stehen, drehte mich um und wartete darauf, dass die Offizierin die letzten vierzig Meter zurücklegte. Sie trug das Schulterholster für ihre Pistole über dem Kampfanzug. Breite Schultern, wie eine Schwimmerin. Sie hatte Haut wie gebürstetes Kupfer, kurze, dunkle Haare, beinahe eine Igelfrisur, und keine Kappe. Ohne Kappe in einem aktiven Hangar. Ich weiß nicht, wieso.

„Sir? Ich bin Major Alenda. Im Namen von Colonel Stirling möchte ich Sie auf Cappa Base willkommen heißen.“

„Freut mich, Sie kennenzulernen, Alenda. Sie haben den Kürzeren gezogen und müssen mich begrüßen?“ Dumme Frage, aber ich musste irgendetwas sagen.

„Der Colonel hat mich gebeten, Sie abzuholen, Sir. Colonel Stirling ist auf dem Planeten. Er wird erst spät am Abend zurücksein.“

Eine interessante Wendung. Ich kannte Stirling nicht, nur seinen Ruf. Von der schnellen Truppe, ein zuverlässiger Vorgesetzter, der vermutlich eine Zukunft hatte. Er wusste, wann ich eintreffen würde, und hatte entschieden, nicht auf der Basis zu sein. Vielleicht meinte er, mir damit eine Botschaft zu senden. Oder er hatte einfach einen Krieg zu führen und keine Zeit, mit einem Arschloch vom Hauptquartier Spielchen zu spielen.

Vermutlich ein bisschen von beidem.

Ich verlagerte mein Gewicht von einem Fuß auf den anderen. „Ich will meine Ermittlung nicht beginnen, ohne vorher mit ihm gesprochen zu haben." „Ja, Sir. Der Colonel hat das vorausgesehen. Sie stehen für Morgen in seinem Kalender, gleich nach dem Frühstück."

„Wenn das passt. Ich will keine Last sein." Ich folgte dem Gesetz der Lüge. Ich bestand darauf, keine Last zu sein, obwohl wir alle wussten, dass ich eine sein würde. Ein Colonel von draußen, der herumschnüffelte, konnte nie *keine* Last sein.

Sie schien es zu verstehen. „Wenn Sie mir folgen wollen, Sir, zeige ich Ihnen Ihr Quartier. Meine Leute werden sich um Ihr Gepäck kümmern." Drei Soldaten standen etwas außer Hörweite und warteten auf Befehle.

„Großartig." Ich stieß ein stilles Gebet aus, in der Hoffnung, sie würden meine Whiskyflaschen nicht kaputtschlagen. „Ist Sergeant McCann in meiner Nähe untergebracht?

„Ja, Sir", sagte Alenda.

Natürlich hatte sie dafür gesorgt. „Dann gehen Sie voraus. Also, was tun Sie hier, Alenda?"

„Ich arbeitete in der Aufklärungsstelle. Jetzt bin ich Ihre Verbindungsoffizierin."

Ich blieb stehen, und Alenda blieb mühelos mit mir stehen. „Meine *Verbindungsoffizierin*?"

„Ja, Sir. Colonel Stirling will, dass ich Ihnen bei Ihrer Ermittlung assistiere. Meetings und Befragungen vereinbare, Ihnen jegliche Information beschaffe, die Sie vom Führungsstab brauchen."

Das hatte ich nicht erwartet, aber ich nehme an, dass es nicht allzu weit von der Normalität abwich. Selbstverständlich wollte Stirling meine Ermittlung so sehr beschleunigen wie möglich. Jemanden zu haben, der ein Auge auf mich hatte, war lediglich ein Bonus. „Interessant." Ich sagte es vor allem, um eine Reaktion zu provozieren.

Sie lächelte ausdruckslos, ihre Lippen ein Strich, und schluckte den Köder nicht.

Ich nickte. „Okay. Aber wenn wir zusammenarbeiten sollen, werden wir uns besser verstehen, wenn wir einander nicht verscheißern. Wir wissen beide, dass Sie für Stirling arbeiten, und wir wissen beide, was das bedeutet."

Etwas huschte über ihr Gesicht, für einen Moment, verschwand aber genauso schnell wieder.

„Ja, Sir. Ich arbeite für Colonel Stirling, aber ich habe keine Dienstanweisung, irgendetwas zu melden, was die Ermittlung betrifft."

„Aber das könnte sich ändern", sagte ich.

„Ja, Sir. Meine Befehle könnten sich ändern."

„Schön und gut. Wie ist Ihr Vorname, Alenda?"

„Lexa, Sir."

„Macht es Ihnen etwas aus, wenn ich Sie so nenne?"

„Nein, Sir. Das wäre in Ordnung. Lexa, oder Lex."

„Lex. Eine Silbe ist immer gut." Ich würde versuchen, daran zu denken, sie Lex zu nennen, obwohl ich eigentlich nur ihren Vornamen wissen wollte, um mir später ihre Akte anzusehen. Wenn ich schon eine Spionin haben müsste, wollte ich ihre Vorgeschichte kennen. Ich musste eine Vorstellung davon bekommen, wie sehr ich ihr vertrauen konnte. Gerade sagte mein Bauchgefühl ‚nicht sehr‘, aber das lag eher an Stirling als an ihr. Bestimmt hatte er einen loyalen Menschen für diesen Job ausgewählt. Ich würde daran arbeiten müssen, das zu schwächen. Ich musste zumindest versuchen, sie dazu zu bringen, neutral zu sein, selbst wenn sie sich nie ganz auf meine Seite schlagen würde.

Lex blickte zu Boden, dann wieder hoch. „Sir, ich weiß, es ist nicht sehr professionell, das zu sagen, aber …“

„Sagen Sie schon“, forderte ich sie auf.

„Sir, ich will nur sagen … es ist mir eine Ehre, mit Ihnen zu arbeiten. Ich habe eine Menge Geschichte gelesen–“

„Ja, danke“, sagte ich und unterbrach sie, ehe es peinlich wurde. Ich zwang mich zu einem Lächeln. „Wir werden sehen, ob es für Sie nach ein paar Tagen noch eine Ehre ist.“

Ich kannte mein Quartier, ehe ich es betrat, aber ich erzählte es Lex nicht. Sie wusste es vermutlich. Man hatte die Suite für besondere Besucher nicht verändert, seit ich das letzte Mal hier gewesen war. Das Zimmer mit frisch poliertem Polymer und Kunstleder, das vor fünfzehn Jahren gut ausgesehen hatte, glänzte immer noch. Es war eine Kombination aus Wohnzimmer und Büro, ein Sofa und ein Couchtisch an der linken Wand und ein Essbereich an der rechten. An der hinteren Wand stand eine Computerstation und darüber befand sich ein digitales Fenster mit einer Aussicht auf einen entfernten Planeten außerhalb der Station, was so realistisch aussah, dass es auch der Blick aus einem echten

Fenster hätte sein können. In Wahrheit lag kein Quartier in der Nähe von Außenwänden, und die Station hatte keine Fenster. Eine offenstehende Doppeltür führte am Essbereich vorbei in ein Schlafzimmer, komplett mit eigener Dusche und Toilette. Mir machte dieser Vorteil nichts aus. Je älter ich wurde, desto mehr wusste ich es zu schätzen, nachts eine Toilette in der Nähe zu haben.

Ich wartete darauf, dass Lex ging, stellte meine Schultertasche ab, dann holte ich Mac und Hardy ab und ging in die Kantine. Ich würde später genug Zeit haben, um mein Zimmer einzurichten.

Menschen hetzten durch den großen Raum, in Uniform und ohne, Militärpersonal mit den Leuten der Rüstungskonzerne, die die Basis am Laufen hielten. Dem Anschein nach hatte ich eine Hauptzeit fürs Essen erwischt, und ich trat aus der Schlange, um meinen Blick durch den Raum schweifen zu lassen. Köpfe wandten sich zu mir um, als ich eintrat, der Effekt, den ein fremder Colonel verursachte. Stimmen verstummten um mich herum und die Leute gingen ihren Angelegenheiten viel schneller nach, als sie es vielleicht sonst getan hätten.

Ich hatte Mac und Hardy gebeten, zurückzubleiben, sodass ich alleine eintreten konnte. Ich wollte mich zugänglich machen. Irgendwo würde ich jemanden finden, den ich kannte, jemanden, mit dem ich gearbeitet hatte, aber zu viele Gesichter zogen vorbei, um sie zu verarbeiten, es gab zu viel Bewegung. Ich war sowieso nie gut darin gewesen, mich an Menschen zu erinnern.

Ich bahnte mir einen Weg zur Schlange und schnappte mir ein Tablett. Selbst wenn ich niemanden fand, mit dem ich mich unterhalten konnte, konnte ich wenigstens was in den Magen kriegen. Ich zeigte auf eine der beiden Hauptspeisen, die, die am wenigsten aussah wie ein grauer Haufen zusammengeschmolzener Scheiße, und der Servierer klatschte sie mir aufs Tablett. Wenigstens hatten sie frisches Gemüse, vermutlich in der Basis oder auf einem Landwirtschaftsschiff in der Nähe angebaut.

Ich schlängelte mich zwischen den langen, rechteckigen Tischen hindurch, bis ich einen mit mehreren leeren Plätzen fand. Ich setzte mich ein paar Plätze von drei Unteroffizieren entfernt, die augenblicklich aufhörten, sich zu unterhalten. Einer nickte mir zu, respektvoll, und ein paar Minuten später gingen sie. So viel dazu, mittels einer lockeren Unterhaltung etwas herauszufinden. Ich zuckte gedanklich mit den Schultern und machte mich dann daran, mir mein Essen reinzuschaufeln.

„Sir! Ich dachte doch, dass Sie das sind." Ein Master Sergeant stand ohne Teller auf der anderen Seite des Tisches. Ich kramte in meinen Erinnerungen und versuchte, ihn zuzuordnen. Ein Koch. Goodell ... nein, Goddard. Er war damals kein Master Sergeant gewesen.

„Hey! Wurden Sie befördert?" Ich ließ meinen Blick zu seinem Namensstreifen schweifen, um meine Erinnerung zu bestätigen.

„Ja, Sir, vor etwa einem Jahr."

„Schön. Sie kochen doch hier draußen nicht, oder?" Ich blickte auf meinen Teller hinunter.

Er lachte. „Nein, Sir. Das ist alles an Dritte vergeben. Ich mache Qualitätskontrolle. Sorge dafür, dass das Fleisch die richtige Temperatur hat, solches Zeug."

„Es gibt Fleisch?"

Er lachte wieder. „Kommen Sie morgen wieder. Dann haben wir echtes Hühnchen."

„Kein Scherz?"

„Nein, Sir. Sie ziehen die Hühner unten auf dem Planeten groß."

„Ausgezeichnet", sagte ich. „Ich freue mich drauf."

„Was führt Sie nach hier draußen, Sir? Übernehmen Sie die Befehlsgewalt?"

Etwas an der Art, mit der er sprach, machte mich argwöhnisch. Als wüsste er vielleicht etwas, wollte aber, dass ich es bestätigte.

Ich schüttelte den Kopf und spielte mit. „Nichts dergleichen. Ich bin nur für eine Ermittlung hier draußen."

Goddard stieß einen tiefen Pfiff aus. „Dann ist es wahr."

„Was denn?", fragte ich und tat so, als ich wüsste ich von nichts.

„Es geht das Gerücht um, dass ein hohes Tier aus dem Hauptquartier herkommt, um die Brigade zu prüfen. Ich hörte, dass Ihr Name fiel."

Ich verkniff mir eine Grimasse. Es würde meiner Sache nicht helfen, wenn sie mich in die Außenseiter-Schublade steckten. Soldaten neigten dazu, angesichts von Druck von außen zusammenhalten, und in diesem Fall bedeutete zusammenhalten, den Mund zu halten. Ich fragte mich, ob die Medien das verursacht hatten oder jemand, der eine Absicht verfolgte.

Goddard sprach einen Moment später weiter. „Wenn sie jemanden wie Sie hier rausbringen, muss es etwas Gutes sein. Ein höherer Offizier, der seinen Schwanz irgendwo reingesteckt hat, wo er nicht hingehört?"

Ich lächelte. „Offiziell kann ich das weder bestätigen, noch bestreiten. Aber nein, nichts dergleichen. Ein MIA-Fall."

Goddard kniff die Augen leicht zusammen, als dächte er angestrengt über etwas nach. „Doch nicht dieser Bursche in den Nachrichten."

„Eben der", sagte ich.

„Verdammt, Sir. Ich kann nicht glauben, dass sie dafür einen Colonel den ganzen Weg hier rausgeschickt haben." Er hielt inne und ließ eine offensichtliche Lücke für mich, das zu kommentieren.

Ich aß einen Bissen Mystery Meat, um Zeit zu schinden. Das machte die Pause in der Unterhaltung weniger peinlich und gab ihm den Hinweis, dass ich vermutlich nicht allzu bald antworten würde.

„Ich lasse Sie weiteressen, Sir. Wollte nur Hallo sagen." Er lächelte immer noch. Guter Kerl.

Ich stand auf und schüttelte ihm die Hand. „Es ist schön, Sie wiederzusehen, Master Sergeant. Ich bleibe in der Nähe."

„Freut mich auch, Sir. Schön, Sie zu sehen." Als er wegging, konnte ich nicht entscheiden, ob er mir gute oder schlechte Nachrichten gebracht hatte.

Kapitel Fünf

Ich lief etwa vier Minuten durch die hauptsächlich leeren Korridore der Cappa Base und versuchte, irgendwelche Orientierungspunkte in der fensterlosen Konstruktion auszumachen, sodass ich mich ohne Karte bewegen konnte. Ich hatte vergessen, wie uniform sämtliches Leben im All war, wo es lediglich farbige Symbole an Wänden gab, um anzuzeigen, wo man sich befand. Ich hätte gut weiterleben können, ohne es noch mal zu erleben.

Zehn Minuten vor der verabredeten Zeit tauchte ich in Colonel Stirlings Vorzimmer auf. Ein Soldat bot mir Kaffee an, den ich annahm. Ich schaffte es, einen Schluck der kochend heißen Flüssigkeit zu trinken, ehe Stirling herauskam. Keine Wartespielchen. Gut.

Er war ein kleiner Mann, mindestens sechs oder sieben Zentimeter kleiner als ich, und ich war durchschnittlich groß. Er war außerdem dünn, aber nicht auf schwache Weise. Eher wie ein Läufer oder Triathlet. Er hatte sein Haar kurz und streng geschnitten, was seinen Poster-tauglichen, kantigen Kiefer akzentuierte. „Willkommen, Carl. Freut mich, dass Sie es einrichten konnten. Ich bin Aaron."

Ich nahm meinen Kaffee in die linke Hand, sodass ich die Hand schütteln konnte, die er mir angeboten hatte. „Froh, hier zu sein." Ich fühlte mich gut bei der Lüge, immerhin hatte er zuerst gelogen.

„Kommen Sie rein." Er führte mich in sein funktionales Büro, moderat groß und angemessen. Bilder von Soldaten, die auf dem Planeten in Aktion waren, dekorierten zusammen mit Leistungen der Einheit die Wände. Militärische Texte und Zeitschriften füllten das einzige Regal, zusammen mit einigen Bänden über Menschenführung. Nichts Persönliches, abgesehen von den Fotos seiner Familie auf seinem Schreibtisch. Eine Ehefrau, zwei Jungs. Standardmilitärbeiwerk, das ihn menschlich wirken lassen sollte, ohne irgendetwas zu verraten.

„Sie wissen, wieso ich hier bin", sagte ich.

Stirling zeigte auf einen Platz auf dem Kunstledersofa. „Ja. Lieutenant Mallot. Der Sohn des Councilors. Guter Mann, nach allem, was ich gehört habe. Guter Infanterist."

„Sie haben ihn nie getroffen?"

Er schüttelte den Kopf und trank einen Schluck Kaffee. „Ich kenne die meisten Lieutenants nicht. Zur Hölle, ich kenne nicht mal alle Captains. Ich führe ein Buch mit den Gesichtern der Kommandanten, damit ich sie erkenne."

„Smart." Mit fast vierzig Kompanien musste man üben.

„Sie haben eine vorläufige Ermittlung durchgeführt", sagte ich.

Er nickte. „Haben wir. Natürlich. Nach Vorschrift. Sie ist aber nicht viel wert."

Ich winkte mit der Hand ab. „Ich brauche lediglich das Wesentliche, damit ich anfangen kann: Wo er verschwunden ist, wer ihn zuletzt gesehen hat, Feinde in der Umgebung, so was in der Art."

Stirling erstarrte, mit dem Kaffee auf halbem Weg zum Mund, und fixierte mich. Ich hörte ebenfalls auf, mich zu bewegen, sein Blick nahm mich gefangen.

„Sie haben das Wesentliche nicht bekommen, bevor Sie flogen?"

„Ich hab nicht gefragt. Ich wollte es erfahren, wenn ich ankomme, mit frischen Augen, aufgeschlossen bleiben."

Stirling stand auf und lief zur Wand hinter seinem Schreibtisch, den Rücken zu mir. Er hielt einen Moment inne, dann drehte er sich um und lief zurück. Er legte seine Handflächen auf den Schreibtisch und lehnte sich herüber. „Er ist nicht im Gefecht verschwunden. Nicht direkt."

Etwas an seinem Tonfall, an der Art, wie er seine Augen bewegte, wenn er sprach, brachte mich dazu, mich aufzusetzen. Die Haare auf meinen Armen kribbelten. Ich stellte meinen Kaffee auf dem Beistelltisch ab, nahm mein Gerät hervor und öffnete mit dem Daumen eine Notiz. „Was ist passiert?"

Er stieß zwischen geschürzten Lippen Luft hervor, hielt inne und dachte über seine Worte nach. „Ich weiß es nicht."

Das war nicht die Antwort, die ich erwartet hatte, aber ich sagte nichts. Stirling sprach weiter.

„Sein Bataillon hatte sein Platoon zu den Special-Ops-Jungs rübergeflogen. Sie wurden getroffen. Niemand in meiner Truppe wusste etwas über den Kampf, bis wir die Aufforderung bekamen, medizinische Evakuierung zu schicken. Wir konnten den Vogel nicht sofort reinbringen. Zu viel Feuer rund um die Landezone. Das Bataillon schickte eine halbe Kompanie raus, um die

Stelle zu sichern. Sie kamen dort an und Mallots Beine waren Matsch. Meine Jungs sagten, es habe ausgesehen wie eine Kartoffelmine."

Ich zuckte zusammen. Eine Kartoffelmine war eine cappanische Erfindung, eingegraben in der Erde, auf organischer Basis, was es beinahe unmöglich machte, sie aufzuspüren. Nicht immer tödlich, aber immer schlimm. „Ich dachte, Sie hätten gesagt, dass es nichts mit einem Kampf zu tun hatte."

„Ich sagte, das Verschwinden hatte nichts damit zu tun. Er kam in den MEDEVAC. Meine Jungs sahen, wie man ihn einlud."

„Also ist er verschwunden, nachdem er im Krankenhaus eintraf?"

Er schüttelte den Kopf. „Er ist nie eingetroffen."

Ich hörte mitten im Satz auf zu schreiben und ließ beinahe meinen Eingabestift fallen, ehe ich mich erholte und aufsah, um Stirlings Blick zu begegnen. „Wo ist er hin?"

„Das ist die alles entscheidende Frage." Stirling setzte sich an seinen Schreibtisch, senkte den Blick und rieb sich die Schläfen. „Er kam in den Vogel. Das ist das letzte Mal, dass ihn irgendjemand gesehen hat."

„Wo ist der MEDEVAC hin?"

„Seine Aufzeichnungen sagen, dass er direkt hierher zur Basis zurückkam. Aber das Krankenhaus hat keine Aufzeichnungen über sein Eintreffen."

Ich tippte rasch eine Notiz. Nicht, weil ich mich sonst nicht erinnern würde. Ich brauchte einen Moment, um nachzudenken. „Hm."

Ich brauchte vielleicht mehr als einen Moment.

„Das ist Schwachsinn." Er hieb mit der Faust auf den Schreibtisch.

Der Ausbruch fühlte sich ein wenig gekünstelt an, aber ich ließ es auf sich beruhen, ohne zu reagieren. „Was sagt der Pilot des MEDEVAC?"

„Er sagt gar nichts. Er ist tot. Die gesamte Crew starb drei Tage später, getroffen während einer anderen Evakuierung."

„Shit." Ich hielt inne. „Ist das gewöhnlich?"

„Unglücklicherweise ist es nicht *un*gewöhnlich. In den letzten fünf Monaten haben wir vier verloren. Die cappanischen Rebellen haben sie gezielt angegriffen."

Gezielt Evakuierungsschiffe angegriffen? Ich blickte auf meine Notizen hinunter, die mir nicht viel erzählten. Es spielte keine Rolle. Die Ideen hatten bereits begonnen, in meinem Kopf hin und her zu hüpfen, und ich brauchte den Blick in die Notizen als Ausrede, um über meine nächste Frage nachzudenken. „Drei Tage später. Sie mussten vorher gewusst haben, dass er vermisst wird."

„Natürlich wussten wir das. Wir haben versucht, reinzukommen, um ihn zu sehen. Nicht sofort. Er musste operiert werden, das wussten wir. Aber innerhalb eines halben Tages."

„Und?"

„Und er war nicht da. Es dauerte vielleicht noch einen halben Tag, ehe das jemand an mich herantrug. Das steht alles in den ursprünglichen Ermittlungen. Aussagen, zeitliche Abläufe, fehlende Kooperation des Krankenhauskommandanten."

Stirling klang beim letzten Teil verbittert und ich beobachtete ihn einige Sekunden lang. Er begegnete meinem Blick ohne zu wanken, aber auch ohne Kampfansage. „Er erlaubte Ihnen nicht, Mallot zu sehen?", fragte ich.

„Sie. Colonel Mary Elliot. Die Krankenhauskommandantin."

„Sie erlaubte Ihnen nicht, ihn zu sehen?", wiederholte ich.

„Ich sagte Ihnen doch – Mallot war nicht da. War nie dort, nach dem zu urteilen, was wir wissen. Nach dem zu urteilen, was sie uns gesagt haben, hat ihn niemand gesehen." Stirling stieß sich beinahe aus dem Stuhl empor.

„Die fehlende Kooperation … der Pilot … sie erlaubte Ihnen nicht, mit ihm zu reden?"

„Richtig." Er entspannte sich ein wenig. „Elliot berief sich auf ihre Zuständigkeit. Sagte, sie würde ihre Leute selbst befragen und der Sache auf den Grund gehen."

„Aber das tat sie nicht."

Stirling seufzte, seine Schultern sanken etwas ab. „Nicht, dass ich wüsste. Falls sie es getan hat … nun, sie muss sich mir gegenüber nicht verantworten."

„Sie sind der Kommandant der Basis."

„Ich bin der Kommandant der Basis für *SPACECOM*", sagte er ein bisschen zu eilig. „Sie ist direkt MEDCOM unterstellt. Und Karikov – er ist direkt dem Special Ops Command unterstellt."

„Ich verstehe." Karikov. Ich kannte ihn nicht, hatte aber von ihm gehört. Jeder hatte das. Eine Legende und ein harter Typ. „Das ist eine ziemlich beschissene Art, Krieg zu führen."

Stirling presste die Lippen zu einem Strich zusammen. „Ja."

„Verstanden. Nicht, was ich erwartet habe, das ist alles." Ich saß schweigend da, aber Stirling ließ mir Zeit zum Nachdenken. Serata hatte die Probleme mit der Befehlsstruktur nicht erwähnt. Er hatte es vielleicht gewusst, aber das schien mir zu weit hergeholt zu sein.

„Ich habe eine Verbindungsoffizierin für Sie. Major Alenda. Sie hat eine Kopie des Erstberichts", sagte Stirling nach einer Weile.

„Ich habe sie schon kennengelernt." Ich nahm an, dass er das wusste, aber es kam mir nicht besonnen vor, das zu betonen.

„Sie ist zuverlässig. Setzen Sie sie ein, wie Sie wollen, wenn Sie ihre Hilfe brauchen. Sie müssen sie nicht auf dem Laufenden halten, wenn Sie nicht wollen." Er wusste, dass ich sie für eine Spionin hielt. Stirling und ich hatten in etwa die gleiche Vorgeschichte, hatten die gleichen Erfahrungen gemacht. Wir würden allgemein betrachtet immer wissen, was der andere dachte, weil wir den gleichen Denkprozess hatten. Darauf würde ich achten müssen.

Ich nickte. „Danke. Ich werde ihr eine Chance geben. Haben Sie irgendjemanden im Krankenhaus, den ich einsetzen kann?"

Stirling schüttelte den Kopf. „Ich fürchte, da sind Sie auf sich allein gestellt. Elliot und ich liegen im Streit, wie Sie vielleicht schon vermutet haben."

„Okay. Nun, dann muss ich vermutlich dort anfangen."

„Viel Glück", sagte er.

„Danke. Ich werde Sie auf dem Laufenden halten."

Stirling stand auf, kam um den Schreibtisch herum und zwang sich zu einem Lächeln. Ich erwartete, dass er sich ein wenig entspannen würde, jetzt, da die Befragung vorüber war, aber die Muskeln in seinem Nacken und die Anspannung in seinem Handschlag sagten etwas anderes. Er begegnete meinem Blick mit voller Absicht. „Danke, Carl. Wenn es irgendetwas gibt, das Sie von meinem Führungsstab brauchen und nicht bekommen, lassen Sie es mich wissen. Wir wollen hier vollkommen transparent sein und mit Ihrer Ermittlung vollumfänglich kooperieren.“

Ich nickte. Er benutzte die richtigen Worte. Er hatte keine Wahl. Nicht zu kooperieren würde ein schlechtes Licht auf sein Kommando werfen. Ich würde erst später wissen, ob er es so meinte oder nicht, aber für den Moment spielte ich mit. „Danke, Aaron.“

„Ich will, dass diese Sache schnell erledigt und sauber abgeschlossen wird.“

„Das wollen wir alle.“ Schnell und sauber abgeschlossen. Seratas Worte. Es mochte ein Zufall gewesen sein, aber das bezweifelte ich.

Kapitel Sechs

Major Lex Alenda klingelte um präzise dreizehnhundert Standardzeit an meiner Tür, exakt die Zeit, zu der ich sie gebeten hatte, hier zu sein. Sie hielt ein Tablet mit einer blauen Bildschirmhülle in der Hand.

„Kommen Sie rein, Lex." Ich ging aus dem Weg, um ihr Platz zu machen. „Mac, Sie können gehen, wenn Sie wollen." Er hatte ein paar Stunden dagesessen und als Schallbrett fungiert. Ich brauchte wirklich keine Security im Zimmer.

„Ja, Sir", sagte er. „Ich gehe in den Fitnessraum. Ich bin zurück, ehe Sie irgendwo hingehen müssen."

Alenda hielt das Tablet hoch, das sie mitgebracht hatte. „Ich habe eine Kopie des Berichts für Sie, Sir. Und ich habe ihn außerdem in Ihren Account im Netzwerk geladen. Hatten Sie Schwierigkeiten, Zugriff zum System zu bekommen?"

„Nein, ich bin ohne Problem reingekommen. Was tun Sie normalerweise, Lex? Sie sagten Aufklärung, aber in welcher Funktion?"

„Aufklärungszusammenführung", sagte sie. „Hauptsächlich Zielauswahl."

„Schön. Ich habe ein paar Jahre bei der Zielauswahl verbracht." Ich war kein Aufklärungsoffizier gewesen, hatte aber viel Zeit mit ihnen verbracht. Ich mochte sie größtenteils, obwohl sie damit eine seltsame Wahl für eine Verbindungsoffizierin war. Es kümmerte mich aber nicht sonderlich. Ich musste anfangen, eine Beziehung aufzubauen. Ich musste erreichen, dass Alenda mich mehr als Mensch sah und weniger als Colonel aus dem Hauptquartier. So würde sie besser für mich arbeiten oder ich würde herausfinden, dass ich sie überhaupt nicht gebrauchen konnte. So oder so.

„Also können Sie mir sagen, was auf dem Planeten vor sich geht?"

„Ja, Sir", sagte sie. „Oder ich kann ein Operationsbriefing anberaumen. Das wäre vielleicht besser – Sie bekommen gleichzeitig die Informationen und die Strategie."

„Sicher, arrangieren Sie es. Ich gehe das hier heute durch." Ich wedelte mit dem Tablet in der Luft herum. „Ich werde herausfinden, wessen Aussage standhält und mit wem ich sprechen muss. Ich warne Sie fairerweise: Ich werde mit fast jedem sprechen wollen, denke ich. Nur zu, setzen Sie sich."

Alenda ging zum Sofa und setzte sich auf den äußersten Rand, ihre Beine gerade vor sich.

„Sie können sich entspannen, Lex."

Sie rutschte vielleicht vier Zentimeter weiter aufs Sofa zurück, die Schultern immer noch straff und der Rücken steif.

„Wo kommen Sie her?", fragte ich. Grundkurs Vorgesetzter. Bring die Leute dazu, davon zu erzählen, wo sie herkommen, um eine persönliche Beziehung herzustellen.

„Eigentlich nirgendwoher, Sir. Ich bin ein Soldatenkind. Wir sind mit meinem Vater viel umgezogen. Mittlerweile habe ich ein Haus auf Elenia 4, also schätze ich, das ist jetzt mein Zuhause."

„Elenia 4. Meine Frau lebt auch dort. Sie kommt ursprünglich von dort. Sie ist zurückgegangen, um in der Nähe ihrer Familie zu sein."

Der Anflug eines Lächelns huschte ihr übers Gesicht. „Es ist ein nettes System. Großartiges Wetter, und mir gefällt, dass das Terraforming abgeschlossen ist, sodass die Aminosäuren stimmen und es mehr oder weniger eigenständig ist. Das Leben wird besser, wenn man sein Essen frisch bekommt. Ich kann mir vorstellen, mich dort eines Tages niederzulassen."

„Ja. Ich kann mir auch vorstellen, mich dort niederzulassen. Und nicht nur, weil meine Frau gesagt hat, dass sie nie wieder weggeht." Ich lächelte. „Also ... haben Sie sich Gedanken gemacht, wo wir mit dieser ganzen Sache anfangen?"

Sie ließ sich etwas ins Sofa sinken. „Ja, Sir. Ich habe mir den Erstbericht durchgelesen. Er ist ... nun, er ist nicht sehr hilfreich. Ich weiß nicht, ob die Leute nicht geredet haben oder ob der Ermittler nicht die richtigen Fragen gestellt hat."

Ich nickte. „Ist okay. Ich benutze ihn als Ausgangspunkt, um zu schauen, ob die Leute bei ihrer Geschichte bleiben."

„Ja, Sir. Eine Menge der Jungs sind auf dem Planeten. Mallots Einheit, die meisten der Spec-Ops-Leute. Sie kommen und gehen. Ich kann daran arbeiten, dass sie hierher zurückrotieren. Zumindest die, die für uns arbeiten. Bei den Spec Ops klappt das so nicht."

„Ich bin mir nicht sicher, ob ich jetzt schon anfangen will, Leute von der Oberfläche herzuholen. Wir reden erst hier mit allen und überlegen uns dann den Rest.

Haben Sie das Meeting mit der Krankenhauskommandantin vereinbart?"

Lex antwortete nicht sofort.

Ich hob die Augenbrauen. „Nichts?"

„Es hieß, sie würden sich bei mir melden, Sir."

„Glauben Sie, das wird passieren?"

„Nein, Sir, glaube ich nicht." Sie zögerte nicht. Der Graben zwischen Stirling und dem medizinischen Kommando war offensichtlich tief.

„Können Sie mir eine Marschskizze mit dem Weg zum Krankenhaus zeichnen? Ich kann mich nicht genau erinnern, wie man dort hinkommt."

„Ich kann Sie hinbringen, Sir. Oder für einen Transport sorgen. Es ist ein weiter Marsch."

Ich lächelte. „Lex, Sie wollen da nicht mitten drin sein."

Sie sah mich ob dieser Aussage etwas eindringlicher an, betrachtete mich genau. „Was werden Sie tun, Sir?" Ihre Frage war keine Anmaßung, nur Neugier.

„Darüber bin ich mir noch nicht im Klaren. Aber ich werde Sie informieren, wenn ich es weiß." *Vielleicht.*

Sie lächelte. „Ja, Sir. Ich organisiere das Operations- und Aufklärungsbriefing. Ist nach dem Abendessen okay? Wie schlimm ist Ihr Spacelag?"

„Nach dem Abendessen passt", sagte ich. „Ich bin ziemlich erschlagen vom Trip, aber ich werde durchhalten. Ich werde den Nachmittag mit diesem Bericht verbringen und werde mehr wissen, wenn ich Sie wiedersehe."

„Ja, Sir." Sie stand auf, ging hinaus und ließ mich mit dem Bericht allein.

Die Ermittlung enttäuschte mich nicht. Oder anders, sie hätte mich enttäuscht, hätte ich die Hoffnung gehegt, darin irgendetwas Nützliches zu finden. Ich fand ein paar Namen, die ich mir ins Gerät speicherte. Leute, die gesehen hatten, wie Mallot ins MEDEVAC verladen wurde. Der Spec-Ops-Gruppenführer hatte keine Aussage gemacht, was mir ins Auge fiel. Das konnte kein Versehen gewesen sein. Leute wie Stirling übersahen etwas so Simples nicht. Ich würde das überprüfen müssen. Ich hatte drei Bildschirme voller Notizen. Erinnerungen.

Es war ein Anfang.

Das Operations- und Aufklärungsbriefing war etwas mehr von Nutzen. Es brachte mich den Krieg betreffend auf den neusten Stand. Wir gewannen nicht, aber wir verloren auch nicht, also hatte sich nicht viel verändert. Auf Cappa änderte sich nie etwas.

Wenn Menschen einen neuen Planeten entdeckten, wurde er in eine von zwei Kategorien eingeteilt: Bewohnbar oder unbewohnbar. Wenn Menschen nicht in einigem Komfort dort leben konnten, kamen die Förderunternehmen und machten vom Orbit aus ihr Ding, aber das war es in etwa. Niemand dachte je wieder an diese unbewohnbaren Planeten. Aus den Augen, aus dem Sinn. Wenn es auf einem für Menschen ungeeigneten Planeten einheimische Lebensformen gab, die die Förderung beeinträchtigten, konnten wir sie einfach vom All aus mit XB25ern zerstören. Planetenbrecher. Solange es dem Handelswert nicht schadete, kümmerte es niemanden. Nun, es kümmerte schon *jemanden*. Nur nicht genug, um einen Unterschied zu machen.

Falls Menschen dort leben konnten, wurde ein Planet eine potenzielle Kolonie. Das veränderte die gesamte Rechnung. Menschen kümmerten sich bedeutend mehr um Orte, die sie sehen konnten. Orte, an denen sie leben konnten. Da kam das Militär ins Spiel. Wir gingen vor den Siedlern rein und befriedeten das Siedlungsgebiet. Angesichts unseres technologischen Vorsprungs dauerte das für gewöhnlich nicht lange. Aber einige Planeten ließen sich leichter befrieden als andere.

Wir mussten Bodentruppen schicken. Wir konnten uns nicht darauf verlassen, vom Orbit aus zu kämpfen, weil der Preis für das Ökosystem in den meisten Fällen nicht vertretbar war, um das in großem Maßstab zu machen. Also kämpften wir. Gegen Tiere, hauptsächlich. Gegen Pflanzen, manchmal. Wir taten, was immer wir tun mussten, um den Planeten für Besiedlung und Industrie sicher zu machen. Wenn wir eine einheimische Spezies bewahren konnten, versuchten wir es, auch wenn wir sie in Gegenden ohne Menschen umsiedeln mussten. Die Leute verlangten das. Aber am Ende hatten die Bedürfnisse der Menschen Vorrang. Ich bin nicht hier, um darüber zu urteilen, ob das richtig oder falsch ist. So liefen die Dinge einfach.

Bis Cappa.

Wir hätten den Planeten vermutlich vollkommen in Ruhe gelassen, wäre da nicht das Silber gewesen. So viel Technologie verwendete Silber und keiner der Ersatzstoffe funktionierte ansatzweise so gut. Der Preis war fünfzehnmal höher als der von Gold und Cappa 3 hatte riesige Adern davon. Wenn so viel Geld im Spiel war, neigten Politiker dazu, ihre Sichtweisen zu ändern.

Wenn ich diesbezüglich verbittert rüberkomme, das bin ich nicht. Nun, vielleicht ein bisschen. Eher müde als verbittert. Des bürokratischen Bullshits müde, der beschissenen Beziehungen zwischen den einzelnen Kommandos und der vielen Absichten müde. Wir hätten vor Jahren mit dem Ding fertig sein können, wenn wir es geschafft hätten, uns selbst aus dem Weg zu gehen.

Keine Chance.

Mit diesem heiteren Gedanken holte ich eine Flasche guten, importierten Whisky hervor und schenkte mir in einen falschen Glas-Tumbler ein. Kein echtes Glas im VIP-Bereich. Ich schenkte mir noch einen ein. Ich musste schlafen. Ich erwartete, dass der nächste Tag lang werden würde.

Kapitel Sieben

Ich lehnte mich im schwachen Licht des Korridors vor dem Eingang des Krankenhausflügels an eine Polymerwand, ein leichter Kater drückte mir von hinten gegen die Augen. Mac hatte mich begleitet, war aber einen Schritt hinter mir geblieben und hatte zum Glück auf dem Marsch hierher geschwiegen.

„Sie warten hier draußen", sagte ich.

„Sind Sie sich sicher, Sir?"

„Ja. Ich will nicht, dass Sie irgendjemanden erschießen." Das war halb im Scherz gemeint, aber nicht ganz. Ich hatte das Gefühl, manche Leute könnten sich ans Bein gepinkelt fühlen. Sogar mehr als gewöhnlich. Ich hatte keine Ahnung, wie sie reagieren würden. Medizinisches Personal sah die Welt anders als andere Soldaten. Es war besser, Mac da rauszuhalten.

Mac sah mich an, als sei er sich nicht sicher, ob ich das ernst meinte.

„Nehmen Sie meine Waffe." Ich entriegelte mein Beinholster und reichte ihm beides, Pistole und Holster. Sie würden mich so oder so entwaffnen, ehe ich das Krankenhaus betrat. Standardprozedur. Vermutlich wegen psychisch kranker Patienten.

„Ich bin genau hier", sagte Mac.

Ich ging durch die Schleuse und bis zur Einlasskontrolle, dann winkte ich mit dem Ausweis, den Alenda mir gegeben hatte. Ich hatte keine Ahnung, ob man ihn akzeptieren würde, aber ich verließ mich darauf, dass mein Rang mir trotzdem Zugang verschaffte. So oder so, es funktionierte, und ein gelangweilter Corporal winkte mich durch.

Ich ging durch eine zweite, breitere Schleuse und zuckte angesichts des beißenden Gestanks zusammen. Wieso muss jedes Krankenhaus den gleichen Geruch haben? Es stank nach Chemikalien, nicht nach Sauberkeit, was schlechte Erinnerungen an vorangegangene Krankenhausbesuche wachrief. Ich blieb einen Moment stehen und musterte die Hinweisschilder an den weißen Wänden. Ich wollte nicht zu lange stehen bleiben, denn wenn ich das täte, würde unweigerlich jemand versuchen, mir zu helfen, etwas zu finden. Eine Militärorganisation hasste einen unbegleiteten Colonel wie die Natur ein Vakuum hasste. Ich nahm wahllos den Flur zu meiner Rechten. Das stellte sich als gute Entscheidung heraus, denn dreißig Meter weiter fand ich, was ich suchte. Eine Tür, auf der NUR FÜR PERSONAL stand.

Ich drückte den Knopf und nahm halb an, dass sie mich ohne Ausweis oder biometrischen Scan nicht einlassen würde. Als sie zischend aufging, ging ich durch. Ich nehme an, das bedeutete, dass ich zum Personal gehörte. Ein dunkelhäutiger, weiblicher Sergeant in Laborkittel sprach mich beinahe augenblicklich an.

„Sir, suchen Sie etwas? Kann ich Ihnen helfen? Patienten sind in diesem Teil der Einrichtung nicht erlaubt." Sie kniff die Augen zusammen, ihre dunklen Brauen näherten sich einander, aber sie zeigte ansonsten keine offene Feindseligkeit.

„Ich habe ein Meeting mit Colonel Elliot. Ist Ihr Büro hier hinten?"

„Oh. Ja, Sir. Den Flur runter, zweiter Gang rechts, ihr Büro ist dann links.

„Danke, Sergeant." Während des gesamten Austauschs war ich nicht stehen geblieben. Ich wollte nicht, dass sie sich entschloss, mir den Weg zeigen zu wollen. Menschen erwarteten nicht, dass Colonels sie anlogen, und ich wollte es vermeiden, einen einwandfreien, jungen Sergeant zu desillusionieren.

Ich fand das Büro genau dort, wo sie es beschrieben hatte, und trat durch die offenstehende Tür ein. Ein Lieutenant saß an einem Metallschreibtisch und studierte auf einem großen Reader irgendeine Art Medizinzeitschrift. Er sah auf, als ich hereinkam.

„Kann ich Ihnen helfen, Sir?"

„Ich bin hier, um Colonel Elliot zu sehen." Er blickte auf die zweite Tür im Zimmer, dann wieder zu mir.

„Darf ich fragen, worum es geht?" Er blickte auf einen Monitor, von dem ich annahm, dass ein Terminplan darauf zu sehen war, der kein Meeting verzeichnete.

„Ich muss nur mit ihr reden", sagte ich mit einer Handbewegung, als wäre es nichts. Ich ging weiter auf die Tür zu, drückte den Knopf, um sie zu öffnen, dann ging ich hinein und klopfte auf dem Rahmen, nachdem ich eingetreten war.

„Sir! Sie können nicht–" Der Lieutenant rief mir nach, aber seine Stimme wurde abgeschnitten, als sich die Tür zischend hinter mir schloss.

Colonel Mary Elliot blickte von einem Bericht auf und sah, dass ich sie anlächelte. Wenn meine Ankunft sie überraschte, ließ sie es sich nicht anmerken. Ich schätzte sie auf Mitte fünfzig, ihr Haar würdevoll graugefärbt, Falten an den Augen- und Mundwinkeln. Sie sah fit aus.

„Dr. Elliot?", fragte ich. Die Frage hatte einen Grund. Manchmal waren Krankenhauskommandantinnen Verwalterinnen, keine Ärztinnen. Meine Begrüßung würde das schnell klären.

„Ja", sagte sie, ihr Ausdruck war immer noch ohne sichtbare Emotion.

„Hi. Ich bin Carl Butler. Gerade von SPACECOM hergekommen."

„Wieso sind Sie hier, Butler? Wir haben kein Meeting." Direkt und auf den Punkt. Das gefiel mir, abgesehen davon, dass es mir nicht half.

„Sehen Sie, Doc ich habe diese Schmerzen im Knöchel."

Sie kniff die Augen zusammen. Das sprach nicht gerade für einen Sinn für Humor. Ich bekam das Gefühl, dass wir uns nicht gut verstehen würden.

Sie stand auf. „Wie sind Sie hier reingekommen?"

Die Tür hinter mir öffnete sich zischend. „Ma'am, es tut mir so leid." Der Lieutenant aus dem Vorzimmer hatte es endlich geschafft.

Sie winkte ab und entließ ihren Assistenten auf dieselbe Weise wie ich, als ich ihr Büro betreten hatte.

„Ich bin reingegangen", sagte ich, nachdem die Hilfskraft gegangen war. „Sie haben keine besonders gute Security."

„Ich dachte nicht, dass wir die brauchen, angesichts der Tatsache, dass das hier eine befreundete Basis ist, auf der die Leute für gewöhnlich Befehle befolgen." Sie lächelte ein gehässiges, falsches Lächeln, eins von der

Sorte, mit der meine Frau immer Leute anlächelte, die sie nicht mochte. Ein anderer Mann hätte es vielleicht furchteinflößend gefunden.

Ich bin nicht so helle. Ich zuckte mit den Schultern.

„Was kann ich für Sie tun, Butler?" Sie lief um ihren Schreibtisch herum, lehnte sich dagegen und saß halb auf der Kante, ohne mir eine Hand entgegenzustrecken.

„Ich bin wegen einer Ermittlung hier. Ein Lieutenant ist verschwunden."

Sie sah mich weiterhin an, ohne mir irgendetwas anzubieten.

„Mallot. Vielleicht erinnern Sie sich an den Fall?", soufflierte ich.

„Sagt mir nichts." Sie setzte ein halbes Lächeln auf, das ihre Augen nicht erreichte. „Vielleicht hätte ich die Aufzeichnungen heraussuchen können, wenn Sie einen Termin vereinbart hätten." Ihre Körpersprache sagte: *Fahr zur Hölle.*

Ihr Tonfall sagte: *Fick dich.*

„Ihre Leute wollten mir keinen Termin geben. Mir war nicht nach Warten."

Sie hielt Blickkontakt. „Sie machen ihren Job und sparen mir damit Zeit. Wir hatten eine Menge Verluste in letzter Zeit, und neben meinen administrativen Pflichten habe ich auch noch Operationstermine."

„Was ist Ihr Spezialgebiet?" Ich versuchte, uns auf einen Kurs zurückzubringen, der zu etwas anderem als meinem Rauswurf führte.

„Genetik und orthopädische Robotertechnik." Ihre Haltung wurde nicht sanfter. Diese Information hätte ich selbst nachschauen können.

„Interessantes Fachgebiet für einen Ort wie diesen."

„Es ist ein Kommando. Wir gehen, wohin man uns schickt", sagte sie. „Ich bin mir sicher, dass Sie das verstehen."

„Vollkommen. Wir gehen, wohin man uns schickt. Deswegen bin ich hier. Können wir den Scheiß einfach lassen und zur Sache kommen?"

Sie presste die Lippen zu einem Strich zusammen. „Was wollen Sie?"

„Ich will mit einigen Ihrer Leute reden." Ich lehnte mich neben der Tür an die Wand und nahm eine möglichst wenig streitlustige Haltung ein. Ich stellte kein Risiko dar. Sie könnte mir Zugang gewähren.

Sie bewegte sich nicht. „Wen müssen Sie sprechen?"

„Alle, die zwischen 13.11.3943 um zwölfhundert und 14.11.3943 um nullsechshundert Zugang zu ankommenden, evakuierten Patienten hatten."

Sie kniff wieder die Augen zusammen. „Das sind über einhundert Leute. Es würde einen Tag dauern, um herauszufinden, wer in dieser Zeit Dienst hatte. Und es ist beinahe fünf Monate her. Einige von denen sind nicht mal mehr hier."

„Natürlich. Ich verstehe, dass das viel verlangt ist. Selbstverständlich würde ich gern mit denen sprechen, die noch hier sind. Und ich kann Ihnen ein paar Tage Zeit geben."

„Das ist großzügig von Ihnen."

Ich wusste sofort, dass sie mir nicht bereitwillig helfen würde.

„Wieso reichen Sie Ihre Fragen nicht ein? Lassen Sie sie bei Lieutenant Jacoby im Vorzimmer. Ich werde einen meiner Offiziere an der Liste arbeiten lassen und dann alle befragen, die involviert sind. Wir geben Ihnen einen vollständigen Bericht. Wir bearbeiten es schnell. Geben Sie uns zehn Tage." Sie lächelte mich ausdruckslos an, was auf Selbstzufriedenheit schließen ließ. Gut gekontert.

„Ich glaube wirklich, dass es besser wäre, wenn ich direkt mit den Leuten sprechen würde." Ich stieß mich von der Wand ab, bewegte mich aber nicht vorwärts. Bereitete mich lediglich darauf vor, rausgeworfen zu werden.

„Natürlich", sagte sie. „Und ich bin mir sicher, dass es mir egal ist. SPACECOM hat hier keine Befugnis. Andererseits wissen Sie das bereits."

„Ja, tue ich. Ich hatte gehofft, wir könnten es uns leicht machen."

Sie grunzte und kicherte gleichzeitig. „Es uns leicht machen. Das tun wir hier?"

„Ja. Schauen wir, wie es läuft." Ich trat vor und bot ihr meine Hand an. „Nett, Sie kennenzulernen, Doktor."

„Nett, Sie kennenzulernen, Butler." Sie schüttelte meine Hand mit gleicher Kraft, hatte einen schönen, festen Händedruck. Sie hielt meinen Blick.

„Ich melde mich", sagte ich. „Ich finde selbst raus."

„Ich freue mich drauf." Die Tür öffnete sich, als ich das Hand-Feld berührte. „Und Butler?"

„Ja?" Ich blickte über die Schulter zurück.

„Bleiben Sie verfickt noch mal meinem Krankenhaus fern."

Ich ging ohne zu antworten weiter. *Na, das lief aber gut.*

Kapitel Acht

Kurz nachdem ich in mein Büro zurückgekehrt war, trafen Lex und Hardy ein. Mac ließ ich sein eigenes Ding machen. Er würde wiederauftauchen, falls ich entschied, irgendwo hingehen zu wollen.

Hardy bot mir einen Behälter mit Essen aus der Kantine an. Mir war nicht aufgefallen, dass das Mittagessen schon vorüber war. Ich hatte nicht viel Zeit im Krankenhaus verbracht, aber es hatte fast eine halbe Stunde gedauert, von einem Ende der Basis zum anderen zu laufen. Cappa Base protzte mit einem Labyrinth zusammengewürfelter Flure und Stockwerke, akzentuiert von riesigen, mehrstöckigen, offenen Bereichen, über denen sich nichts befand als die Hülle der Basis. An manchen Orten war das Dach so hoch, dass es sich beinahe wie eine echte Welt anfühlte. Ich schätze, es ließ die Menschen vergessen, dass sie auf etwas lebten, das einem riesigen Raumschiff glich und einen Planeten umkreiste. Ich bin mir sicher, dass irgendwelche Psychologen dazu Studien angestellt haben.

Ich warf einen Blick in den Behälter, den Hardy mir gegeben hatte, dann stellte ich ihn für später auf meinen Schreibtisch.

„Wie lief es im Krankenhaus, Sir?" Lex hatte einen neutralen Gesichtsausdruck und ich konnte nicht sagen, ob sie es wirklich wissen wollte oder bereits einen

Bericht hatte und lediglich eine Bestätigung hören wollte.

Ich entschied mich für Ersteres und lächelte. „In etwa so, wie Sie dachten."

Sie schürzte die Lippen. „Was jetzt, Sir?"

„Also, Elliot ist eine Sackgasse." Ich hielt inne. Ich hatte meinen nächsten Zug bereits durchgedacht, aber ich musste mich davon überzeugen, dass ich richtiglag.

„Wenn Sie wollen, kann ich mit ein paar Leuten dort reden, die auf einer niedrigeren Ebene sind, Sir", bot sie an.

„Vielleicht." Ich ging und füllte mir ein Trinkglas mit Wasser, um Zeit zu schinden, damit ich nachdenken konnte. „Selbst, wenn Sie irgendwas erreichen könnten, glaube ich, dass Elliot es unterdrücken würde. Ich glaube, wir brauchen eine Intervention auf *hoher* Ebene." Ich hasste es, den Boss zu ersuchen, aber Serata wollte, dass der Job schnell erledigt wurde, und ich sah keine andere Möglichkeit.

„Ja, Sir. Soll ich eine Verbindung herstellen?"

„Nein, das kann Hardy tun. Schreiben Sie Folgendes." Hardy hatte sein Gerät beinahe augenblicklich zur Hand. „Nachricht an General Serata. Sir, ich bin beim Krankenhaus auf eine Hürde gestoßen. Ich bitte Sie, auf höheren Ebenen bei MEDCOM zu intervenieren, damit ich Zugang zu deren Personal bekomme. Der Fall ist komplizierter als erwartet und ich brauche ihre Informationen. Hochachtungsvoll, Butler."

„Ich hab's, Sir", sagte Hardy.

„Lesen Sie es noch mal vor." Er hatte alles richtig notiert und ich schickte ihn los, um die Nachricht zu übermitteln und auf eine Antwort zu warten. Ich hätte sie vom Terminal in meinem Zimmer aus abschicken können, aber so hatte er etwas zu tun.

„Was kann ich tun, Sir?" Lex meinte es gut, das konnte ich in ihrem Gesicht sehen, aber Stirling gehörte zu diesem Abschnitt ihrer Karriere, und das zu vergessen, wäre naiv. Dennoch nahm ich es ihr nicht übel. Ein Major musste auf den Boss hören.

„Haben Sie Familie auf Elenia 4?" Ich schindete Zeit, während ich darüber nachdachte, wie viele Informationen ich teilen sollte.

„Ja, Sir. Meine Frau lebt dort, mit unseren Zwillingen."

Ich lächelte. „Schön. Wie alt sind sie?"

Sie erwiderte das Lächeln auf die Art, wie Menschen lächeln, wenn sie über ihre Kinder reden. „Vier. Ein Junge und ein Mädchen."

„Das ist ein gutes Alter", sagte ich. „Wie heißen sie?"

„Allen und Ella."

„Gute Namen." Ich trank einen Schluck Wasser, jetzt war ich bereit. „Schauen Sie, ob sie mir Zugang zu den Einsätzen verschaffen können. Ich will mir die Flüge an dem Tag ansehen. Nicht nur die Aufzeichnungen. Ich will die Radarspuren sehen. Ich will sehen, wo jedes Schiff im Sonnensystem hinflog, und ich will es damit vergleichen, wo sie laut Aufzeichnungen hin sind."

„Ja, Sir." Sie zögerte nicht einmal ob der monströsen Menge an Daten, um die ich sie gebeten hatte.

„Fangen Sie mit dem Datendownload 13.11 mittags an und gehen dann zwölf Stunden vorwärts. Was meinen Sie, wie lange dauert es, bis ich das sehen kann?"

„Ich bin mir nicht sicher, Sir. Aber ich werde es herausfinden und Sie wissen lassen. Sollte aber nicht lang sein. Ich muss es lediglich mit dem Ops Chief klären, um sicherzustellen, dass sie einen Techniker entbehren kann."

„Großartig. Ich werde mein Sandwich essen und dann aufs Ops-Deck gehen."

Sie ging hinaus. Ich setzte mich und zwang mich, ein halbes Sandwich zu essen, während ich wartete.

Das Ops-Deck erinnerte mich an jedes andere Ops-Deck, egal wo: Ein drei Stockwerke hoher Raum, der irgendwie gleichzeitig dunkel und hell war. Bildschirme verströmten Bilder und Worte in zusehende Gesichter, während die Luft umgewälzt wurde – etwas zu kühl, um gemütlich zu sein. Trotz des Gefühls von Geschäftigkeit war es still, Menschen kommunizierten mittels kleiner Mikrofone und lauschten über Headsets. Ein Blick auf die großen Bildschirme sagte mir, dass der Krieg für den Moment ruhig blieb, aber selbst mitten drin, während eines Angriffs, würde das Ops-Center die Kontrolle behalten. Erfahrene Truppen gerieten nicht in Panik, es sei denn, etwas wahrhaft Beispielloses ereignete sich, und selbst dann nur für einen Moment.

Ich konnte mir beinahe die Nacht vorstellen, in der der Sohn des Councilors getroffen worden war. Sie hätten den Namen erhalten, ihn vielleicht erkannt, geflucht ... und dann mit der Mission weitergemacht.

Ich winkte dem Ops Chief zu, einem Lieutenant Colonel, um sie wissen zu lassen, dass ich ihr Reich betreten hatte. Höflichkeit. Wir hatten uns am Abend zuvor gesehen, also verspürte ich nicht das Bedürfnis, mich noch mal vorzustellen, aber sie musste erfahren, dass ich eingetreten war. Ich schloss mich Lex an, die neben einem Mitarbeiter stand, der in einem rollbaren Stuhl vor zwei Bildschirmen saß, die zu einem ganzen Dutzend gehörten. Soldaten nahmen nur die Hälfte der Stühle ein, also gab es genug Platz zum Sitzen.

„Sir, das ist Sergeant Sandoval", sagte Lex. „Er kann die Daten abrufen, die Sie brauchen." Ein kleiner, dünner und dunkelhaariger Mann erhob sich und stand auf eher grobe Weise stramm. Er war nervös. Er setzte vermutlich nicht viele Colonels ins Bild, besonders nicht von außen.

„Schön, Sie zu sehen, Sandoval. Entspannen Sie sich." Ich bot ihm meine Hand an und er nahm sie mit schwachem Händedruck. „Wie lange machen Sie das schon?"

„Hier oder allgemein?

Ich erkannte seinen Akzent. „Beides", sagte ich. „Sind Sie von Elenia 4?"

„Ja, Sir." Er lächelte. „Ich habe einen starken Akzent."

„Meine Frau ist von dort." Jedes bisschen Gemeinsamkeit würde ihm helfen, sich zu entspannen.

„Wirklich, Sir? Aus welchem Teil?"

„Aus der Nähe von Lake Mobile."

„Oh, wow. Ich stamme aus der Gegend. Fünfhundert Klicks, vielleicht." Es war immer komisch, zu sehen, wie die Zeit, die man zwischen den Sternen verbrachte, die Vorstellung von nah und fern verzerren konnte. „Was Ihre Frage betrifft, Sir: Ich bin seit etwa neun Monaten hier. Ich mache diesen Job seit fünf Jahren."

„Gefällt's Ihnen?"

„Ja, Sir, ist okay. Es gefiel mir unten auf der Oberfläche besser", sagte er.

„Das geht uns allen so, denke ich. Wieso zeigen Sir mir nicht, was Sie hier haben?" Ich zeigte auf seinen Bildschirm.

„Ja, Sir. Sie können sich hierhin setzen, wenn Sie wollen." Sandoval zog einen der anderen Stühle herüber und rutschte etwas zur Seite, sodass ich etwas sehen konnte. „Das ist eine Live-Übertragung."

„Das ist ein Schiff?", fragte ich und zeigte auf einen blauen Punkt, der sich langsam über den Bildschirm bewegte. Ich wusste, dass es so war. Ich konnte das meiste deuten, was auf einem Radarschirm zu sehen war, aber ich wollte, dass er es mir erklärte. Ein Techniker lebte mit seiner Maschine, kannte ihre Macken so gut, wie ich die Macken meiner Frau. Sie liebten es. Man konnte hören, wie stolz sie auf ihre Arbeit waren.

Und wenn man ihnen Respekt zollte, zauberten sie für einen.

„Ja, Sir. Man sieht am Symbol, dass es ein kleiner Transporter ist, und wenn ich drauf gehe, so ..." Er zog den Cursor auf das sich langsamen bewegende Symbol. „Gibt es mir alle Daten. Geschwindigkeit, Höhe, Rufzeichen, Ziel. Und wenn ich es anklicke, kann ich sogar noch mehr öffnen. Alternative Frequenzen, Passagierliste ..."

„Das ist ausgezeichnet. Genau, was ich brauche." Ich hatte nicht gewusst, dass er in der Lage sein würde, eine Passagierliste zu laden. Das könnte sich als nützlich erweisen. „Können Sie Daten von einem früheren Zeitpunkt abspielen?"

„Ja, Sir. Alles aus den vergangenen zwei Jahren, plus minus. Jeden Monat laden sie den ältesten Monat runter und schiffen ihn ins Archiv, sodass die Maschinen nicht totlaufen. Welches Datum müssen Sie sich ansehen?"

„13.11, ab etwa zwölfhundert."

„Kein Problem, Sir. Geben Sie mir eine Sekunde." Er klickte ein paar Mal und tippte einige Daten ein. Er hätte es mit Stimmeingabe abrufen können, aber die meisten Techniker bevorzugten es, zu tippen. Ich habe nie gefragt, warum.

Sandoval starrte den Bildschirm an. Er tippte auf ein paar weitere Tasten, hielt inne, tippte weiter, etwas heftiger. Allgemeine Technikersprache dafür, dass etwas nicht funktionierte.

„Was ist los?" Ich ließ meine Stimme ausgeglichen klingen, nicht vorwurfsvoll, versuchte, mich wie ein Mitverschwörer zu verhalten, nicht wie ein Boss.

„Sir … ich weiß es nicht. Die Daten sind nicht da." Er tippte etwas anderes ein und eine Reihe von Spuren erschien auf dem Bildschirm, dann versuchte er es erneut und bekam eine andere Reihe ähnlicher Grafiken.

„Ist es das?", fragte ich.

„Nein, Sir. Das ist drei Tage nach dem Datum, das Sie wollten. 16.11. Und vorher habe ich 10.11 abgerufen. Drei Tage vor dem Datum, das Sie wollten."

„Also fehlen die Daten?" Meine Eingeweide zogen sich zusammen und ein Frösteln, das nichts mit der gekühlten Luft zu tun hatte, durchfuhr meinen Körper.

Sandoval hackte erneut auf ein paar Tasten ein und starrte auf den Bildschirm. „Es scheint so, Sir. Die fünf Tagen rund um den Tag, den Sie wollen … die sind nicht da. Alles von diesen Tagen ist weg."

„Sind Sie sich sicher?"

„Ja, Sir." Er hieb auf ein paar weitere Tasten ein. „Scheiße ... Entschuldigung, Sir."

„Nein, das ist okay. ‚Scheiße' ist angemessen. Wie oft passiert das?"

Sandoval sah mich an. „In meinem Leben? Nie, Sir."

„Hm. Interessanter Zufall." Ich versuchte, den Sarkasmus aus meiner Stimme herauszuhalten, aber ich bezweifle, dass ich Erfolg hatte. „Könnten wir von einer anderen Station auf die Daten zugreifen? Von irgendwo anders auf der Basis?"

„Nein, Sir. Sie sind nicht hier. Wenn sie irgendwo im System wären, wäre ich in der Lage, sie zu finden. Jemand muss diese Tage absichtlich entfernt haben."

„Könnte das vielleicht Teil der Routine-Entfernung sein?", fragte ich. „Wie das, was Sie vorhin über den ältesten Monat gesagt haben?"

Er zögerte. „Vielleicht ..."

„Okay. Nun, es war einen Versuch wert." Innerlich kochte ich, aber das wollte ich Sandoval nicht wissen lassen. Das hier würde sich verbreiten. Er würde es jemandem erzählen. Zwangsläufig. Unweigerlich würde ihn ein Vorgesetzter fragen, wie ich reagiert hatte. Ich wollte ihnen nichts in die Hand geben, besonders nicht, bevor ich herausfinden konnte, woran man sich vielleicht sonst noch zu schaffen gemacht hatte.

„Tut mir leid, Sir." Er blickte zu Boden und ließ die Schultern hängen. Ich entschied, dass er an der Sabotage nicht beteiligt war.

Sabotage.

In meinem Kopf hatte ich es bereits so eingeordnet.

„Kein Problem, Sandoval." Ich drehte mich um und ging Richtung Tür, blieb stehen und wandte mich um. „Hey, hat SPACECOM vielleicht ein Backup?"

Er dachte darüber nach. „Ich bin mir nicht sicher, Sir. Ich glaube nicht. Ich glaube, sie haben nur die Archive."

„Okay. Ich sage Ihnen was: Stellen Sie eine Anfrage, wenn Sie Gelegenheit haben, nur um nachzusehen."

„Ja, Sir. Kein Problem. Kann ich noch etwas tun?"

„Nein, danke ... Moment. Sie glauben, jemand hat das gelöscht, richtig?"

Er nickte. „Ja, Sir. Ich meine, nicht mit Gewissheit, aber das ist alles, was mir einfällt."

„Wer könnte das tun?"

Er dachte darüber nach. „Ich weiß es nicht, Sir. Niemand hier auf der Ebene. Ich kann es nicht. Ich kann nichts ändern, abgesehen davon, manuell Informationen hinzuzufügen. Hinzufügen, aber nicht löschen, es sei denn, ich bin derjenige, der es hinzugefügt hat. Und selbst das wird stets markiert."

„Okay. Das habe ich mich nur gefragt. Danke vielmals, Sandoval. Sie waren eine große Hilfe."

„Danke, Sir."

Ich ging, ohne auf Lex zu warten, und lief zu meinem Zimmer zurück. Ich musste meinen Kopf gegen eine Wand rammen, wo mich niemand sehen konnte. Der Gestank rund um Mallots Verschwinden wurde stärker. Der Sohn eines High Councilors war spurlos verschwunden und jemand wollte es vertuschen.

Ich saß am Tisch in meinem Zimmer und nagte an der zweiten Hälfte meines Truthahnsandwiches. Ich war noch nicht ansatzweise lange genug dort, um mich zu beruhigen, als es an der Tür klingelte und Hardy mit einem Stück Papier in der Hand hereinkam.

„Geben Sie mir ein paar gute Neuigkeiten, Hardy." Ich stand auf, unfähig, mich von der Bewegung abzuhalten.

Er blickte aufs Papier und zögerte.

„Shit", sagte ich. „Sagen Sie's mir einfach."

„Es ist nicht schlimm, Sir. Der General hat schnell geantwortet, also braucht er vielleicht mehr Zeit."

„Lesen Sie vor."

„Ja, Sir. ‚Butler: Verstanden. Fange baldmöglichst an, mich zu MEDCOM durchzuarbeiten. Bestenfalls: Erwarten Sie Verzögerungen. Fangen Sie an, nach einem anderen Weg zu suchen. Serata.' Das ist es, Wort für Wort."

Ich schlug einen Plastikbecher vom Schreibtisch, er fiel scheppernd zu Boden, schlitterte gegen die gegenüberliegende Wand und drehte sich einen Moment. *Fangen Sie an, nach einem anderen Weg zu suchen.* Serata hätte genauso gut sagen können: *Rechnen Sie verfickt noch mal nicht damit.*

„Tut mir leid, Sir."

„Hardy, falls Sie je zu mir kommen und sagen, dass sie schlechte Nachrichten haben, rolle ich mich vielleicht zusammen und beginne zu wimmern. Denn wenn das nicht schlimm ist, weiß ich nicht, was schlimm ist."

Hardy stand schweigend da. Er wusste vermutlich nicht, was er tun sollte. Es passierte nicht jeden Tag, dass man einem Colonel dabei zusah, wie er ausrastete. Zur Hölle, ich wusste nicht, was ich sagen sollte ...

„Fuck!"

Ich schüttelte den Kopf. Fangen Sie an, nach einem anderen Weg zu suchen. Keine Hilfe von MEDCOM und jemand, der die Daten sabotierte, die ich brauchte. Welchen anderen Weg sollte ich finden? Ich könnte versuchen, mit den Special-Ops-Jungs zu reden, aber das war weniger vielsprechend als die Sackgassen, auf die ich bereits gestoßen war. Diese Kerle redeten nicht mal an einem guten Tag.

„Sie können gehen, Hardy.“

„Sicher, Sir?“

„Ja. Sicher. Gehen Sie, erstatten Sie dem General Bericht und sagen Sie ihm, dass ich angepisst bin.“

„Sir …“

Ich holte dreimal tief Luft und senkte die Stimme bis zu einer normalen Stimmlage. „Was?“

„Sir, ich weiß, was Sie denken, aber ich erstatte General Serata nicht Bericht. Ich arbeite für Sie.“

Ich nickte. „Ja. Okay.“ Ich glaubte ihm. Ihm fehlte die Arglist zum Lügen.

„Brauchen Sie noch etwas anderes, Sir?“

„Was ich brauche, ist ein Nickerchen.“

„Ja, Sir.“ Er ging.

Der Druck hinter meinen Augen wurde wieder stärker und diesmal konnte ich es nicht dem Kater in die Schuhe schieben. Ein Teil von mir fühlte sich schlecht, weil ich meinen Ärger an Hardy ausgelassen hatte. Ich würde mich später bei ihm entschuldigen.

Kapitel Neun

Ich stand zehn Minuten später vom Sofa auf. Ich konnte unmöglich schlafen und es kam mir lächerlich vor, wach herumzuliegen. Es war zu früh, um mit dem Trinken anzufangen. Irgendwann in dieser kurzen Zeit in der Horizontale hatte ich mich entschieden. Ich musste herausfinden, wo ich stand. Wie in einer Pokerpartie, in der man nicht wusste, was die anderen auf der Hand hatten. Manchmal musste man einen Einsatz machen, den Pott fluten und alle zu einer Reaktion zwingen. In ihren Gesichtern lesen. Es gab immer einen Startpunkt, einen anderen Spieler in der Partie, der einen Einsatz wert war. Ich schnappte mir Mac und ging zu ihm.

Ich betrat die Schleuse zu Stirlings Kommando-Suite, ging an seinem Assistenten vorbei, da ich sah, dass die Tür zu seinem Büro offenstand, und trat ein. Der Soldat sah kaum auf und machte keine Anstalten, mich aufzuhalten. Sie erwarteten mich vermutlich, nach dem, was ich auf dem Ops-Deck herausgefunden hatte.

Stirling blickte von seinem Monitor auf, als ich hereinkam. „Carl. Wie läuft die Ermittlung?“

Ich blieb etwa einen Schritt vor seinem Schreibtisch stehen und lehnte mich hinüber, sodass unsere Augen auf gleicher Höhe waren. „Was ist mit den Radaraufzeichnungen passiert, von dem Tag, als Mallot verschwand?“

Ich las in seinem Gesicht, ging aber leer aus. Meine Frage überraschte ihn überhaupt nicht. Er zog die Lippen zu einer dünnen Linie zusammen. „Ich habe keine Ahnung.“

„Aber Sie wissen, wovon ich rede.“

„Ich weiß, wovon Sie reden, weil mein Ops-Offizier mich vor fünfzehn Minuten anrief und mir sagte, was Sie gefunden haben. Oder eher, was Sie nicht gefunden haben.“

Er hatte seine Stimme leicht erhoben, aber nicht ansatzweise so sehr wie es angesichts meines aggressiven Tonfalls gerechtfertigt gewesen wäre.

„Also haben Sie keine Ahnung, wer die Daten gelöscht hat?“

„Ich habe keine Ahnung, wer die Daten gelöscht hat.“

„Haben Sie sie gesehen?“, fragte ich.

„Vermutlich.“

„Was verfickt noch mal heißt vermutlich? Entweder haben Sie sie gesehen oder nicht.“

„Vermutlich, Carl, ist ein Ausdruck, der bedeutet, dass es wahrscheinlich ist, dass ich sie gesehen habe.“ Sein Tonfall wurde härter, bekam etwas Biss. „Ich erinnere mich nicht daran, sie gesehen zu haben, aber wenn der Sohn eines Councilors getroffen wird, ruft man den Boss an. Das bin ich. Sie haben mich angerufen und ich ging auf die Ops-Ebene. Während ich dort war, verfolgten sie vermutlich die Spur des MEDEVAC. Also wenn ich *vermutlich* sage, meine ich vermutlich.“

„Aber Sie haben sie seitdem nicht gesehen.“ Ich blieb bei meinem Tonfall. Ich wollte ihn verärgern. Die Chips in den Pott schieben, schauen, wie er reagierte.

„Habe ich nicht.“ Er lehnte sich auf seinem Schreibtischstuhl zurück, vergrößerte den Raum zwischen uns, ohne wirklich zurückzuweichen, und durchbohrte mich mit seinen Blicken.

Ich senkte meine Stimme auf ein normales Niveau. „Wieso wurde das im Erstreport nicht erwähnt? Macht es Ihnen was aus, wenn ich mich setze?“ Ich nahm mir einen Stuhl, ohne auf eine Antwort zu warten.

„Ich nehme an, der ermittelnde Offizier dachte nicht daran, sich die Radaraufzeichnungen anzusehen. Das gehört nicht zur Routine. Ich habe nie einen Bericht gesehen, der solche Daten enthielt. Abgesehen von einem Absturz.“

Ich weiß nicht, was mich mehr ärgerte: Die Tatsache, dass er recht hatte, oder dass ich ihn nicht einordnen konnte. Er hätte lügen, aber genauso gut die Wahrheit sagen können. Falls er log, hatte er sich gut vorbereitet. Scheiße.

„Wer hat Zugang?“, fragte ich.

Er legte die Stirn in Falten. „Wie bitte?“

„Zu den Daten. Wer hat Zugang?“ Mehr Verwirrung. „Ich frage nicht, wer sie gelöscht hat. Ich will wissen, wer sie hätte löschen *können*.“

„Ah.“ Seine Schultern entspannten sich und er dachte darüber nach. „Das ist eine gute Frage. Ich weiß es nicht.“

„Können Sie es herausfinden?“

Er machte eine längere Pause als nötig und ließ mich warten. „Sicher. Ich setze die Computertechniker dran. Ich werde herausfinden, wer Zugang hatte, und noch einen Schritt weiter gehen. Vielleicht können sie nachverfolgen, wo der Zugriff stattfand. Wo die Person gewesen sein mag.“

„Danke. Entschuldigung.“ Ich versuchte, reuevoll zu klingen. Es tat mir nicht ansatzweise leid, aber ich brauchte Stirlings Leute und seine Kooperation. Ich hatte geblufft und er wollte sehen. Es hatte keinen Zweck, schlechtem Geld gutes hinterher zu werfen.

„Kein Problem, Carl. Ich will genau so sehr wie Sie Antworten. Hatten Sie heute drüben im Krankenhaus kein Glück?“

„Das, ähm … ja. Das lief nicht so gut, wie es hätte laufen können.“

„Verficktes MEDCOM.“ Er sagte es wie ein Mann, der nicht viel fluchte. Als wüsste er, dass er das Medical Command verfluchen sollte, und es deshalb tat. Es ging ihm seltsam über die Lippen, und ich fühlte mich etwas schlecht wegen der amateurhaften Vorstellung.

Ich bin in gewisser Hinsicht ein Experte für Obszönität.

„Ja. Sie könnten helfen, aber ich bezweifle, dass sie es tun würden. Ich habe eine Nachricht zu SPACECOM geschickt und darum gebeten, dass sie intervenieren, aber auch da bin ich nicht optimistisch.“

„Also, was kommt als Nächstes?“, fragte er.

Ich zuckte mit den Schultern. „Ich weiß es nicht. Schauen wir, was Ihre Computertechniker ans Licht holen können. Es ist beinahe fünf Monate her, seit der Junge verschwand. Ein weiterer Tag wird keine Rolle spielen.“

Er nickte. „Ich werde ihnen sagen, dass sie sich beeilen sollen.“

Ich stand auf. „Danke. Ich weiß das zu schätzen. Ich brauche irgendwo einen guten Durchbruch.“

„Sie werden ihn finden.“

Ich ging hinaus und fragte mich, ob er das tatsächlich glaubte.

Ich tat es nicht.

Kapitel Zehn

Am nächsten Morgen saß Major Alenda auf meinem Sofa. Ich lehnte mich auf dem Schreibtischstuhl vor, die Augen geschlossen, den Kopf in den Händen, während mein Schädel die Überreste des Saufens der vergangenen Nacht zur Welt bringen wollte. Lex hatte viel zu früh angerufen, um mir zu sagen, dass die Computertechniker Antworten für mich hatten. Offenbar hatten sie die ganze Nacht daran gearbeitet. Der Techniker beantwortete eine meiner Fragen über die Verbindung. *Wer hatte Zugang, um die Aufzeichnungen zu löschen? Niemand.*

Niemand auf der Basis konnte das befehlen, nicht mal Stirling. Das durchbrach meinen Kater.

Der Befehl musste aus dem SPACECOM-Hauptquartier gekommen sein. Als ich das hörte, entschied ich, dass ich besser aufstehen und von Angesicht zu Angesicht mit den Technikern sprechen sollte. Ohne die Augen zu öffnen, trank ich einen Schluck von meinem Kaffee und wartete darauf, dass es an der Tür klingelte.

Die Computertechniker gaben ein nicht zueinander passendes Paar ab. Die eine war eine dünne, blasse, teigige, junge Frau mit Spuren von Akne, der andere ein großer Schwarzer mit muskulösen Armen und den Schultern eines Gewichthebers. Der große Kerl sprach. „Sie wollten uns sehen, Sir? Wegen dem, was wir gefunden haben?"

„Ja. Setzen Sie sich." Ich deutete aufs Sofa und Alenda rutschte beiseite, um Platz zu machen. Die Frau setzte sich ans gegenüberliegende Ende, sodass der große Soldat sich unbeholfen in die Mitte setzen musste.

„Was haben Sie gefunden?" Ich stellte ihnen absichtlich eine offene Frage, sodass sie die Freiheit hatten, mir Dinge zu erzählen, an die ich nicht dachte. Das war immer eine gute Sache bei Techies, da ich nicht mal wusste, wonach ich fragen musste. Ich riskierte, mehr übers Coden zu lernen, als ich wissen wollte – obendrein mit einem Kater –, aber manchmal muss man für die Mission Opfer bringen.

„Niemand auf der Basis hat den benötigten Zugang, um die Daten zu löschen, die Sie haben wollten, Sir", sagte der große Mann.

„Richtig. Das sagten Sie schon über die Verbindung. Also muss der Befehl von SPACECOM kommen? Können Sie das durch all die Sprungportale machen?"

„Nun, sie *könnten* es so machen", sagte der große Mann und seine Hände zappelten herum.

„Aber Sie glauben nicht, dass sie es so gemacht haben."

Er schüttelte den Kopf und seine Partnerin spiegelte die Bewegung. „Nein, Sir. So würden sie das nie machen. Zu leicht nachzuverfolgen, wenn es über all die Sprünge kommt."

Ich versuchte, das durch den Nebel meiner Kopfschmerzen hindurch zu enträtseln. „Sandoval hat mir erzählt, dass sie monatliche Backups machen und dafür jemanden herfliegen."

Die Frau sprach, als ihr Partner zögerte. Sie hatte eine tiefere Stimme, als ich es von einer Frau ihrer Größe erwartet hätte. „Ja, Sir. Jeden Monat. Auf jedem eintreffenden Transporter ist ein Techniker, vorangemeldet."

„Wieso?", fragte ich. „Ich dachte, sie könnten das über große Entfernung initialisieren."

„Sicherheit, Sir", sagte die Frau. „Die Daten manuell zu transportieren ist viel sicherer, als sie durch all diese Verbindungen zu schicken."

„Ich verstehe." Das hatte ich nicht gewusst, aber ich nahm sie beim Wort. „Also hat es seit der fraglichen Zeit mindestens vier Backups gegeben und jeder dieser Techniker hätte zusammen mit der Standardentfernung des Monats die entsprechende Information löschen können."

„Ja, Sir", sagte der große Mann. Die weibliche Technikerin zappelte, als sei sie im Begriff, sich einzunässen.

„Sie haben was hinzuzufügen?"

„Sir …"

„Na los", sagte ich. „Sie können sagen, was immer Sie zu sagen haben." Sie sah immer noch nervös aus, aber nichts, was sie sagte, würde mich zu diesem Zeitpunkt noch überraschen können.

„Wir haben das zurückverfolgt. Wir dachten uns, Sie würden wissen wollen, bei welcher der vier Datenentfernungen die Aufzeichnungen gelöscht wurden." Sie platzte beinahe vor Stolz.

„Gute Arbeit. Und Sie haben rausgefunden, dass …?"

„Sir … es war keine von ihnen." Sie sprang beinahe von ihrem Platz auf. „Jemand hat die Daten vor einer Woche gelöscht. Die letzte Person, die ein Backup gemacht hat, ist vor mehr als zwei Wochen abgereist."

Vor einer Woche. Etwa zu der Zeit, als ich durch das letzte Portal kam und Verbindung zur Basis aufnahm.

Zur gleichen Zeit, als ich im All aufgehalten wurde. Könnte ein Zufall sein. Mir wurde ein wenig kalt. Zufälle stellten sich selten als zufällig heraus. „Also, wie ist es passiert?"

Die zwei Techniker sahen sich an. „Wir wissen es nicht", sagte der große Kerl.

„Aber Sie sind sich den Zeitpunkt betreffend sicher."

„Ja, Sir", sagten sie gleichzeitig.

„Okay. Lassen Sie mich nachdenken." Ich legte mir die Handflächen an die Schläfen und massierte den Schmerz. „Was sind die Möglichkeiten?"

Der Mann antwortete. „Darüber haben wir diskutiert, Sir. Ich und Ganos." Ganos war die Soldatin, laut ihres Namensschilds.

„Was sind die Möglichkeiten?", fragte ich.

„Nun, Sir, SPACECOM könnte es tun, aber das ergibt keinen Sinn", sagte der männliche Soldat. Parker. „Die andere Option ... nun, das wäre schwer."

Ich blickte auf. „Weil das System keinen Zugang gewähren würde?"

Ganos bewegte den Kopf ruckartig auf und ab. „Genau richtig, Sir. Es sei denn, sie hätten sich physisch eingestöpselt. Oder hätten einen verdammt guten Hack hingelegt."

„Aber es ist möglich?", fragte ich.

Ganos legte die Stirn in Falten. „Möglich, aber unwahrscheinlich. Es ist nur ... Die Idee, dass es ein Hack von außen war, ist zu weit hergeholt. Wer sollte das tun?"

Ich hatte einige Theorien, aber ich behielt sie für mich. Ich blickte den großen Mann an. Parker. „Sie glauben nicht, dass die Cappaner das hätten tun können, oder?"

„Ausgeschlossen, Sir. Sie haben Computer auf der Oberfläche, aber nichts, das bis hier rauf reicht."

„Ja, das habe ich mir auch gedacht." Die vorherrschende Lebensform auf Cappa war eine intelligente Spezies, intelligenter als alle anderen, denen die Menschen je begegnet waren, aber sie hatten noch nicht einmal die Technologie entwickelt, den Planeten zu verlassen. Netzwerke anzugreifen ging weit über ihre Möglichkeiten hinaus. Die Optionen, die übrigblieben, gefielen mir nicht. „Okay, um es deutlich zu machen: Sie sagten, es würde keinen Sinn ergeben ... aber gibt es irgendeine Möglichkeit, dass es SPACECOM war?"

Parker schürzte die Lippen. „Nein, Sir. Ich glaube nicht."

„Okay. Führen Sie das für mich aus." Ich widerstand dem Verlangen, aufzustehen. Diese beiden hatten vielleicht den Durchbruch, den ich brauchte. Computertypen verspürten keinen politischen Druck. Sie waren auf natürliche Weise immun. Oder nahmen ihn nicht wahr. Ich schenkte dem, was sie sagten, Glauben.

Er rutschte ein wenig auf seinem Platz herum. „Es gibt keine Aufzeichnungen, Sir. Ein Löschbefehl von SPACECOM ... nun, sie sind dazu autorisiert, das zu tun."

„Richtig–"

„Andererseits", sagte er, ohne sich bewusst zu sein, dass er einen Colonel unterbrach, „falls sie es waren, wieso sollten sie es verbergen? Sie *dürften* das tun. Und doch ging jemand rein und hat jegliche Anzeichen dafür, dass sie da waren, ausradiert."

„Ausradiert?“ Ich hob die Augenbrauen. „Tun Sie so, als wüsste ich nichts davon, wie Computer funktionieren. Was bedeutet das in Ihrer Welt?“

„Cyberbombardement, Sir“, sagte Ganos, die immer noch etwas hüpfte. „Die Daten wurden gelöscht, dann die Tatsache gelöscht, dass sie gelöscht wurden, dann die Löschung gelöscht. Eine Millionen Mal.“

„Das ist schlecht.“ Diesmal stand ich auf. Ich musste auf und ab gehen, um nachzudenken. Ganos lehnte sich vor, die Fäuste in ihrem Schoß geballt. Sie hatte noch etwas anderes zu sagen, und es waren gute Neuigkeiten. „Sie können es nachverfolgen“, sagte ich. Es war keine Frage.

„Ja, Sir.“ Ihr selbstzufriedenes Grinsen sagte mir, dass sie es ernst meinte. „Parker und ich haben eine Wette um einen Fünfer laufen.“

„Also, was brauchen Sie von mir? Wie kann ich helfen?“, fragte ich.

„Zeit, Sir“, sagte Parker. „Wir können es nachverfolgen. Aber wir brauchen einen Tag. Vielleicht zwei. Und einiges an Rechenpower.“

Ich sah Alenda an. „Besorgen Sie ihnen alles, was sie brauchen.“

„Ja, Sir.“ Sie zögerte nicht. Gut.

„Ganos, Parker. Wenn irgendjemand versucht, Sie aufzuhalten ... falls irgendjemand durchblicken lässt, dass Sie nicht tun sollten, was Sie tun, kommen Sie sofort zu mir und sagen mir das.“

„Ja, Sir“, sagten sie zeitgleich.

„Kommen Sie zu mir, sobald Sie eine Antwort haben. Es ist mir egal, wie spät es ist. Sie beide sind großartig.“

„Danke, Sir", sagte Parker. Sie standen auf, um zu gehen, und zum ersten Mal glaubte ich, dass mir vielleicht tatsächlich jemand helfen würde, voranzukommen. Dieser Glaube wäre vermutlich von kurzer Dauer, aber dennoch. Jeder Sieg war gut.

Lex stand auf, um ihnen nach draußen zu folgen, aber ich rief sie zurück. „Ich meine es ernst. Stellen Sie sicher, dass sich ihnen niemand in den Weg stellt."

„Roger, Sir."

„Das schließt Colonel Stirling mit ein. Und alle anderen, selbst wenn sie ranghöher sind."

„Ja, Sir. Ich werde mein Bestes geben." Ihre Stimme stockte beinahe unmerklich.

„Lex. Hören Sie genau zu. Falls jemand Ihnen sagt, dass Sie etwas anders machen sollen, irgendjemand – *egal wer* –, sagen Sie Folgendes. Schreiben Sie sich das auf." Ich wartete, bis sie ihr Gerät herausgeholt hatte. „Sagen Sie, dass Colonel Butler sagte, er betrachte es als Störung einer offiziellen Ermittlung, wenn sich jemand irgendwie den Computertechnikern in den Weg stellt, und er werde entsprechende Schritte einleiten."

Sie sah auf. „Ja, Sir. Ich hab's."

„Benutzen Sie genau diese Worte." Es würde niemanden aufhalten, der wirklich entschlossen war, aber es würde einen karriereorientierten Offizier wie Stirling dazu veranlassen, es sich noch mal zu überlegen. Der einzige Vorteil, den ich hatte, war, dass er das Ausmaß dessen, was ich tun konnte, nicht kannte. Fairerweise muss ich sagen, dass ich es auch nicht kannte. Ich hoffte, er würde es nicht herausfinden.

„Ja, Sir." Sie wartete darauf, entlassen zu werden. „Sir …"

„Na los."

„Sir, wenn es Ihnen nichts ausmacht … was werden Sie als Nächstes tun? Ich würde gerne einen Vorsprung herausarbeiten."

Gute Frage. Ich konnte unmöglich herumsitzen und darauf warten, dass zwei Techniker ihre Computermagie wirkten. Ich würde verrückt werden.

Mich traf eine Eingebung. „Ich denke, ich versuche es noch mal beim Krankenhaus."

Der überraschte Ausdruck, der über Alendas Gesicht huschte, verschaffte mir ein wenig Genugtuung. „Wirklich, Sir? Ich dachte, sie hätte Ihnen gesagt, Sie sollten draußen bleiben."

„Hat Sie. Deswegen brauche ich Sie, um einen Transport zu arrangieren. Sehen Sie, mein Fuß tut wirklich weh. Ich bin mir nicht sicher, ob ich so weit laufen kann." Elliot hatte mir gesagt, ich solle draußen bleiben, aber sie würden keinen Patienten abweisen. Ich hatte die Ahnung einer Idee. Vielleicht keine großartige, meiner Geschichte nach zu urteilen, aber meine einzige Alternative war es, mich mit Colonel Karikov und den Special-Ops-Jungs abzugeben.

Kapitel Elf

Der beißende Geruch des Krankenhauses durchzog den Patientenflügel sogar noch mehr als den Verwaltungstrakt. Meine Augen tränten und es brannte mir in der Nase. Wie konnten Ärzte das für längere Zeit ertragen? Sie gewöhnten sich vermutlich dran, bis es ihnen nicht mehr auffiel. Vermutlich auf die gleiche Weise, wie Soldaten sich an Feldrationen gewöhnten.

Ich hatte keinen Termin, aber wie ich vermutet hatte, wollte niemand einen Colonel abweisen, dessen Fuß schmerzte. Und er tat wirklich weh. Er tat jeden Tag weh, aber normalerweise plagte es mich nicht genug, um mich vom Leben abzuhalten. Wie bei dem Gestank im Krankenhaus: Ich hatte mich an den Schmerz gewöhnt. Er hielt sich im Hintergrund, war immer da, störte mich aber eigentlich nicht mehr, es sei denn, er stieg über das normale Level. Was er nicht getan hatte.

Aber das wussten sie nicht.

Ich zog meine Uniform aus, damit eine große Medizintechnikerin ihre Arbeit machen konnte. War sie eine Krankenschwester? Ich konnte den Unterschied nie erkennen. Sie maß meinen Puls, meine Temperatur und meinen Blutdruck. Das taten sie immer, selbst bei Schmerzen im Knöchel. Auch das verstand ich nie.

Sie blickte den Monitor schräg an. „Ihr Blutdruck ist zu hoch."

„Das passiert, wenn man alt und wütend ist und zu
viel trinkt.“

Sie blickte mich wütend aus hellblauen Augen an, die
für ihr schmales Gesicht ein wenig zu groß waren.

„Hoher Blutdruck ist eine ernste Sache, Sir. Sie könnten einen Schlaganfall erleiden.“

„Ich weiß. Ich benutze Humor als Schutzmechanis-
mus.“

„Der Humor ist mir wohl entgangen.“ Ich glaube, ein
Mundwinkel verzog sich zu einem Lächeln. Vermutlich
aber nicht.

Ein kleiner Arzt mit zu viel Haar für jemandem beim
Militär kam herein und rettete mich aus der peinlichen
Stille mit der Technikerin-Krankenschwester-Person.
Ich steckte ihn in die Ärzte-Schublade, weil er eintrat
und so tat, als gehöre ihm der Laden. Die Technikerin-
Krankenschwester ging ihm aus dem Weg, dann folgte
sie ihm mit ihren Blicken, als warte sie auf eine Anwei-
sung. Eindeutig der Typ, der das Sagen hatte.

Er blickte auf die Stationskurve hinunter und sprach,
ohne mich anzusehen. „Colonel, was können wir heute
tun, um Ihnen zu helfen?“

„Fuß tut weh.“ Ich fing an, meinen Stiefel aufzu-
schnüren. Ich wusste, wie es lief.

„Ich habe mir Ihre Akte von SPACECOM noch nicht
besorgen lassen. Ist das eine alte Verletzung oder etwas
Frisches?“

„Alt. Definitiv alt.“ Ich zog meinen Stiefel aus und
dann den Strumpf. „Roboterfuß.“ Medizinleute hassten
es, wenn ich ihn so nannte, was mich dazu brachte, es
öfter zu tun. Ich hatte vor etwa zehn Jahren auf einem
anderen Planeten einen Fuß verloren. Ich erzähle die

Geschichte nicht oft, weil es keine gute Geschichte war. Die meisten Leute wussten nicht mal, dass ich den Fuß hatte.

„Wo tut's weh?", fragte der Arzt.

„Überall", sagte ich. Die ganze Wahrheit. Egal, wie gut die Technologie war, das Gehirn konnten sie nicht reparieren. Man würde annehmen, dass ein falscher Fuß nicht wehtun kann, aber egal, wieviel Reha man machte, sie konnte den Körper nicht davon abbringen, dass etwas nicht passte. Sie nannten es Zubehörabstoßung. Große Worte, die bedeuteten, dass der Körper versuchte, sich selbst in Ordnung zu bringen, obwohl er einen vollkommen funktionsfähigen Roboterfuß hatte. Oder ein kybernetisches Körperglied, wenn man den medizinischen Ausdruck benutzen wollte.

„Bringen Sie ihn zu einem Scan, dann in die Ortho-Robotik", sagte der langhaarige Arzt.

„Ja, Doktor." Die Technikerin mit dem verkniffenen Gesicht gab mir Krücken und ich humpelte hinter ihr her den Flur hinunter.

„Sie haben keinen tragbaren Scanner?", fragte ich, als wir an huschenden Krankenpflegern und Ärztinnen vorbeikamen, eine undefinierbare Welle verschiedenfarbiger Kleidung.

„Nein, Sir", sagte sie.

„Hm. Ich hätte gedacht, dass ein Krankenhaus, das so ausgelastet ist, einen haben würde. Wie lange sind Sie schon hier?"

Der Flur öffnete sich zu einem Wartebereich mit gepolsterten, an die Wände geschraubten Bänken, belegt von einigen Patienten, die auf einen Bildschirm schauten, der in der Mitte des Raumes hing. Wir blieben vor einem geschlossenen Zugang stehen, über dem ein leuchtendes „Warten" stand. Meine Erfahrung sagte mir, dass das bedeutete, dass der Scanner zwar gleich auf der anderen Seite, aber vermutlich besetzt war. „Acht Monate, Sir."

„Sind Sie mit einer Einheit hereinrotiert oder als Individuum?" Ich wollte, dass sie weiterredete. Es spielte keine Rolle, worüber.

„Bei uns gibt es keine rotierenden Einheiten", sagte sie. „Was ist mit Ihnen, Sir? Wie lange sind Sie hier?"

Danke der Nachfrage. „Ich bin gerade hergekommen." Ich sprach laut, sodass Leute in der Nähe mich hören konnten. Vielleicht ein Dutzend waren in Hörweite, die vier Angestellten hinter einem großen Tresen auf der gegenüberliegenden Seite eingeschlossen. Außerdem kamen Menschen hier durch, was mir ein gutes Publikum bescherte. Ich machte mit meinem kleinen Monolog weiter.

„Ich führe eine Ermittlung. Untersuche Anomalien in Patientenakten. Sowas in der Art." Ich widerstand dem Verlangen, mich umzusehen. Menschen würden zusehen. Während eines Einsatzes suchten Soldaten nach allem Andersartigen, um sich die Zeit zu vertreiben.

„Sie ermitteln gegen das Krankenhaus?", fragte sie, ihre Augen wurden irgendwie noch weiter.

„Nein, nichts dergleichen. Niemand hier ist in Schwierigkeiten. Ich suche lediglich nach Dingen, die aus dem Rahmen fallen."

„Hm. Ich habe nichts gesehen", sagte sie. Ich konnte nicht sagen, ob sie defensiv war oder traurig, weil sie sich nicht beteiligen konnte. Es spielte keine Rolle. Ich hatte den Köder ausgelegt. Jetzt musste ich nur eine

Untersuchung meines Fußes über mich ergehen lassen und schauen, ob ihn jemand schluckte.

Die Tür zum Scanner-Raum öffnete sich und ich durchlief die Standardroutine. Als wir fertig waren, führte mich die Technikerin in ein weiteres Behandlungszimmer, während sich jemand die Ergebnisse anschaute. Es überraschte mich ein wenig, als Colonel Elliot hereinkam, ihr graues Haar fast ganz unter eine Operationshaube gesteckt. Ich schätze, es hätte mich nicht überraschen sollen – ich erinnerte mich jetzt daran, dass sie gesagt hatte, ihr Spezialgebiet sei orthopädische Robotertechnik.

„Butler. Ich wünschte, ich könnte sagen, dass es schön ist, Sie wiederzusehen."

Ich lächelte sie an und zeigte auf meinen Fuß. „Schlimmer Fuß."

Sie nickte. „Das sehe ich. Ich habe mir Ihren Scan angesehen und nichts scheint außergewöhnlich. Es könnte eine leichte Entzündung sein, also behandeln wir die, nur für den Fall. Es besteht die Möglichkeit, dass es Zubehörabstoßung ist. Ich gebe Ihnen zusammen mit der Behandlung der Entzündung Steroide." Elliot blickte zu ihrer Assistentin hinüber. „Kappernon, ziehen Sie mir fünf Milliliter Ephmernol auf."

„Ja, Ma'am." Die Technikerin ging zu einem Tresen und holte eine große Nadel. Großartig. Eine angepisste Ärztin mit einer Nadel. Das würde nicht gut ausgehen.

Elliot ihrerseits verhielt sich komplett professionell. Sie bewegte meinen Fuß hin und her, bis sie die Stellen fand, die sie suchte, und markierte sie mit einem Werkzeug, das für diesen Zweck entworfen worden war. Sie würde die Medizin direkt in die falschen Nerven injizieren und den Schmerz betäuben. Ich hatte das bereits Dutzende Male gesehen.

„Das sollte sechs Wochen halten", sagte sie. „Ich hoffe, wir sehen Sie nicht wieder."

„Nein, das Ephmernol trägt mich für gewöhnlich", sagte ich.

„Gut." Sie nahm die Spritze von der Technikerin entgegen und tippte dagegen, um die Luft herauszubekommen, dann brachte sie sie bei ihrer Markierung in Anschlag, knapp über meinem Knöchel. Sie drückte die Hälfte der Flüssigkeit auf dieser Seite hinein und es brannte, als sie eintrat. Sie ging auf die andere Seite und wiederholte die Prozedur bei ihrer zweiten Markierung.

„Danke." Der Schmerz begann beinahe augenblicklich nachzulassen. Seine Abwesenheit würde mich mindestens eine Woche lang ärgern – ich hatte mich so an den Schmerz gewöhnt, dass ich ihn vermisste, wenn er verschwand.

Sie ließen mich allein, sodass ich mir die Stiefel wieder anziehen konnte, und ich fragte am Tresen nach, um sicherzustellen, dass sie nichts von mir brauchten, ehe ich ging. Als man das verneinte, machte ich mich auf den Weg, das Krankenhaus zu verlassen, und schwankte ein wenig, da ich den Schmerz nicht mehr ausgleichen musste. „Colonel?" Ich drehte mich um, blieb aber nicht stehen. Jemand mit normalen Schritten würde mich ohnehin einholen, angesichts meines seltsamen Gangs.

„Was gibt es?", fragte ich. Ein kleiner, dunkelhaariger Sergeant beeilte sich, um mich einzuholen. Ein feiner Schimmer von Schweiß bestäubte ihre hellbraune

Haut, so als wäre sie gerannt. Sie fasste neben mir Schritt und passte sich an mein Tempo an.

„Jemand erzählte mir, dass Sie eine Ermittlung durchführen, Sir."

„Das ist richtig." Ich zwang mich dazu, meine Begeisterung aus meinem Gesicht fernzuhalten, und ging weiter, während wir uns dem nächsten Ausgang näherten.

„Ich habe etwas, das ich Ihnen erzählen will."

Ich blieb stehen. „In Ordnung. Was haben Sie auf dem Herzen?"

„Gehen Sie weiter, Sir. Draußen." Sie hielt mir die Tür auf und ich ging hindurch.

„Niemand hier will reden", sagte ich, sobald wir aus dem Krankenhaus raus waren. „Was macht Sie anders?"

Sie brauchte einen Moment zum Antworten. „Ich habe nicht mehr viel Zeit, Sir. Weniger als eine Woche, bis ich rausrotiere. Etwas stimmt nicht und ... ich bekomme es nicht aus dem Kopf. Ich habe das Gefühl, dass ich es bereuen werde, wenn ich gehe, ohne etwas zu sagen."

Ich nickte langsam. „Na gut. Was wissen Sie?"

Sie blickte über ihre Schulter zurück zur Schleuse zum Krankenhaus, dann schüttelte sie den Kopf. „Nicht hier. Können Sie sich mit mir treffen?"

„Ja. Egal wo." Ich blickte hinter mich. Mac wartete ein paar Dutzend Meter den Flur runter, an die Wand gelehnt.

„Nicht heute Abend, Sir. Ich habe Dienst. Morgen", sagte sie.

Ich nickte erneut. Zu diesem Zeitpunkt hätte ich allem zugestimmt. „Okay. Wo?"

„Wissen Sie, wo die K Bar ist?“

„Ich werde sie finden.“ Ich presste die Lippen zu einem Strich zusammen und versuchte, nichts preiszugeben, obwohl ich das Gefühl hatte, platzen zu müssen. Mir gefiel die Vorstellung nicht, eine weibliche Unteroffizierin in einer Bar zu treffen, aber ich wollte kein Zögern zeigen, das sie vielleicht verängstigt hätte.

„Treffen Sie mich dort um einundzwanzighundert, Sir.“

„Mache ich. Ich sehe Sie dann.“ Ich warf einen Blick auf ihr Namensschild. Santillo. Wir drehten uns um und gingen in unterschiedliche Richtungen davon, ohne noch etwas zu sagen.

„Was war das, Sir?“ Mac stieß sich von der Wand ab, als ich mich näherte.

„Ich bin mir nicht sicher. Könnte ein Durchbruch sein. Könnte nichts sein. Ich muss abwarten. Haben Sie von der K Bar gehört?“

„Nein, Sir.“

„Ich möchte, dass Sie sie heute Abend finden. Machen Sie etwas Aufklärung, kommen Sie zurück und erzählen Sie mir davon. Ich muss sie dort morgen treffen.“

„Verstanden, Sir. Mache ich.“ Er grinste leicht.

„Was?“, fragte ich lächelnd.

Er kicherte. „Sorry, Sir, ich stelle Sie mir nur gerade bei einem Date vor.“

„Ja.“ Ich rollte mit den Augen. „Ich habe ein Date. Hoffentlich hat sie ein paar Antworten.“

Mac und ich mühten uns auf dem Rückweg nicht mit Beförderung ab. Ich konnte gehen, und es würde mir helfen, mich an das Fehlen von Schmerzen zu gewöhnen.

Kapitel Zwölf

Mac fand die K Bar am nächsten Tag und erstattete Bericht, beinahe unfähig, sich das Lachen zu verkneifen. Er sagte, sie würde mir nicht gefallen. Ich bezweifelte das nicht, also tat ich das, was Vorgesetzte immer tun, wenn etwas scheiße sein wird. Ich zwang Hardy dazu, mich zu begleiten. Er wirkte begeistert davon, involviert zu sein, was einiges von dem Vergnügen schmälerte.

Die K Bar befand sich auf dem K-Deck. Soldaten hatten nicht viel Fantasie, wenn es darum ging, Dingen Spitznamen zu geben. Sie lag tief im MEDCOM-Bereich der Basis und bewirtete hauptsächlich Soldaten aus dem Medizinbereich, die nicht im Dienst waren, und gelegentlich einen Tisch voller Mitarbeiter privater Militärfirmen. Das hatte Mac mir beschrieben. Seine Beschreibung bereitete mich nicht auf die Wirklichkeit vor, die hinter dem breiten Eingang auf mich wartete.

Blinkende rote und gelbe Lichter begleiteten Musik, die zwei Jahrzehnte neuer war als alles, was ich hörte, getrieben von einem stampfenden Beat, der in meiner Brust vibrierte. Soldaten nahmen etwa 80 Prozent der kleinen Tische ein, um die sich mehr Stühle drängten, als für den Raum geplant waren. Die halbvolle Tanzfläche bebte vor Menschen, einige in Uniform, einige nicht. Ich warf Hardy einen Blick zu. Ich musste schreien, um mich gegen den Lärm durchzusetzen. „Das gefällt Ihnen vermutlich nicht, oder?“

Er zuckte mit den Schultern. „Ist okay, Sir.“

Ich lehnte mich näher, sodass ich nicht brüllen musste. „Ich werde an die Bar gehen. Gehen Sie auf die andere Seite des Raumes. Ich will ihr keine Angst machen.“

„Ja, Sir“, sagte Hardy. „Was soll ich dort drüben machen?“

„Halten Sie die Augen offen. Schauen Sie, was Sie sehen. Und versuchen Sie, weniger auszusehen wie ein Stabsmitarbeiter“, sagte ich.

Er kratzte sich am Kopf und legte die Stirn in Falten. „Sir ... äh ... was meinen Sie damit?“

„Versuchen Sie einfach auszusehen, als gehörten Sie hierher.“

„Richtig. Ja, Sir.“

Ich verscheuchte ihn mit einer Handbewegung und wenig Hoffnung darauf, dass er Erfolg hatte. Dann schob ich mich an zwei männlichen Soldaten in Uniform vorbei, um zur Bar zu gelangen, wo ich einen freien Platz ergatterte. Ich hatte noch dreißig Minuten Zeit bis zu dem Treffen. Nachdem ich einen Tag lang auf einen Techniker gewartet hatte, der nicht gekommen war, hatte ich es nicht länger in meinem Zimmer ausgehalten. Zumindest würde ich ein Gefühl für den Ort bekommen, ehe die Soldatin eintraf. Sergeant Santillo. Die Frau hatte hoffentlich ein paar Informationen, die es wert waren, an einen Ort wie die K Bar gekommen zu sein. Etwas, das mir einen Ermittlungsansatz lieferte.

„Haben Sie Whisky?“, fragte ich.

Der Barkeeper blickte mich über seine Drahtgestellbrille hinweg an. Ein Spleen. Niemand trug Brillen. „Wir haben Synthanol."

„Großartig. Ich nehme ein Bier." Im Notfall konnte ich Synth trinken, aber ich war nicht verzweifelt, und ich wollte sowieso nicht betrunken werden.

Der Barkeeper brachte mir eine Plastikflasche und sein Scan Pad. Ich trug ein ordentliches Trinkgeld ein und legte meinen Daumen auf den Bildschirm. Seine Augenbrauen hoben sich, als er die Höhe des Trinkgelds sah, weil es ein großer Betrag für eine Soldatenbar war. Für den Rest des Abends würde ich guten Service kriegen.

Ich drehte mich um, lehnte mich mit dem unteren Rücken an die Bar, trank einen Schluck von meinem Bier, das nicht kalt genug war, und ließ den Blick durch den Raum schweifen. Gruppen und Paare drängten sich eng zusammen, sodass sie trotz der Musik miteinander reden konnten. In einer Ecke saß ein Kerl mit der Hand zwischen den Beinen seiner Freundin und rieb ihren Oberschenkel. Ich suchte keinen Augenkontakt. Technisch gesehen verboten die Regeln sowas, aber niemand setzte es durch. Wir führten eine Organisation voller junger Leute. Wenn sie es nicht hier taten, würden sie einen anderen Ort finden.

Ich schaltete gedanklich immer mal wieder ab, bestellte ein weiteres Bier, schaute zum fünfzehnten Mal auf die Uhr: einundzwanzig fünfzehn. Sie war spät dran. Ich machte eine Runde durch die Bar, um zu schauen, ob sie gekommen war und ich sie verpasst hatte. Ich stieß beinahe mit einem beschwipsten Sergeant zusammen, der abrupt stehenblieb, als er meinen

Rang sah. Vermutlich kamen nicht viele Offiziere in die K Bar. Niemand hatte sich auf meinen Platz an der Bar gesetzt, als ich zurückkehrte, also nahm ich meinen Posten wieder ein.

Weitere dreißig Minuten und noch ein Bier später entschied ich, zu gehen, hatte mich aber noch nicht motiviert, aufzustehen, als eine Frau an mich herantrat. Nicht Santillo. Diese Frau hatte helle Haut und blonde Haare, zurückgebunden in einen professionell aussehenden Dutt.

„Colonel Butler?" Sie wartete, bis sie nur ein paar Schritte entfernt war, ehe sie sprach, wegen der Musik. Nicht so alt wie ich, vermutlich, aber sie hatte Anzeichen von Falten an den Augen, die ich sogar in der schummrigen Barbeleuchtung sehen konnte.

Ich nickte.

„Ich hörte, dass ich Sie hier vielleicht finden könnte. Karen Plazz, von der *Times*."

Die *Times*, nicht die *Talca Times*, ihr offizieller Name … niemand nannte sie so. Nur „die *Times*". Nicht das größte existierende Medienunternehmen, aber wohl das einflussreichste.

Großartig.

„Woher wussten Sie, wo Sie mich finden?" Ich deutete auf den freien Platz neben mir. Sie würde nicht gehen, also konnte ich auch höflich sein.

Sie lächelte. „Nun, ich wäre keine gute Reporterin, wenn ich meine Quellen offenbaren würde, oder?"

Ich entschied, dass ich sie mochte. Ich traute ihr nicht. Würde ich nie. Aber das gehörte zum Job. „Ich war tatsächlich im Begriff zu gehen."

„So früh?"

Sie fragte auf eine Weise, die es mir offenließ, das zu erklären. Ich tat es nicht. Ich hatte nicht die Absicht, ihr zu helfen, indem ich etwas bestätigte, was sie vielleicht vermutete.

„Ja. Bin nicht mehr so jung wie früher."

Sie hielt ihr Lächeln aufrecht. „Nicht wie auf Omicron, hm?"

Omicron 4. Ich hatte vor mehr als zwanzig Jahren einen Einsatz dort. Sie hatte ihre Hausaufgaben gemacht. „Nein. So nicht."

„Macht es Ihnen was aus, wenn ich Sie begleite?"

Ich zuckte mit den Schultern. „Ich glaube nicht, dass es sich für Sie lohnt."

„Es lohnt sich vielleicht für Sie. Ich weiß, warum Sie hier sind. Mallot. Und ich weiß, dass Sie mir das nicht bestätigen werden. Ich habe Informationen, die Sie werden hören wollen."

Ich lächelte. „Also geben Sie *mir* Informationen." Aber trotz der Tatsache, dass ich Blödsinn vermutete, war es besser als nichts. Zur Hölle, sie sagte vielleicht die Wahrheit. Ich konnte sie nicht richtig einordnen. Falls sie aber etwas hatte, würde sie es mir nicht umsonst erzählen. Also dachte ich, es wäre an der Zeit, den Preis herauszufinden. Ich ließ mein halbes Bier auf dem Tresen stehen. „Gehen wir."

Die Absenz eklatanten Lärms außerhalb der Bar hinterließ eine Leere, und wir gingen schweigend durch die gut beleuchtete Passage, unsere Schritte übertönt von den Überbleibseln des stampfenden Beats. Rennende Schritte waren hinter uns zu hören. Hardy. Ich hatte ihn in der Bar gelassen. „Sir!"

„Ja, Sie können bleiben und in der K Bar was trinken“, sagte ich.

Er schüttelte den Kopf, dann warf er Plazz einen Blick zu. Ich blickte rasch zu ihr hinüber, um zu schauen, ob sie es bemerkt hatte, aber sie hatten auf den Boden gesehen.

„Entschuldigen Sie uns einen Moment“, sagte ich.

„Sicher. Ich bin hier.“ Plazz lächelte.

Ich ging ein paar Schritte weg, meine Hand auf Hardys Schulter, und zog ihn mit.

„Was gibt es?“

„Da war ein Kerl in der Bar, Sir. Er hat Sie beobachtet. Er tat so, als tue er es nicht, aber er blickte immer wieder rüber.“

Ich ballte eine Hand zur Faust, dann entspannte ich sie. Santillo, die nicht aufgetaucht war, jetzt das. „Wirklich. Wie hat er ausgesehen?“

„Großer Kerl, militärischer Haarschnitt, trug aber Zivilkleidung“, sagte Hardy. „Ich würde ihn wiedererkennen, aber er ist weg. Er ist vor zehn Minuten gegangen.“

Ich nickte und atmete geräuschvoll durch die Nase aus. „Vermutlich hätten Sie ihm folgen sollen, aber gute Arbeit. Tun Sie mir einen Gefallen. Schauen Sie, was Sie über Sergeant Santillo rausfinden können und warum sie unser Treffen verpasst hat. Fangen Sie im Krankenhaus an. Versuchen Sie, behutsam zu sein.“

Hardy hob das Kinn. „Ja, Sir.“

Ich gesellte mich wieder zu Plazz und wir liefen los. Mac sah uns kommen und neigte den Kopf leicht, um mich so zu fragen, ob ich gefunden hatte, weshalb ich gekommen war. Ich schüttelte unmerklich den Kopf, dann nickte ich ihm zu und bedeutete ihm, vorauszugehen und mir etwas Freiraum zu lassen. Er verstand und lief in einigem Abstand vor uns. Er hielt einen Proteinshake in der Hand. Keine Ahnung, wo er den herhatte.

„Ich habe stets bewundert, dass Militärleute wie Sie so kommunizieren können", sagte Plazz. Sie sah mich an, während sie sprach, beobachtend. Hielt nach meinen Reaktionen Ausschau, dachte ich.

Es beeindruckte mich, dass sie es mitbekommen hatte, aber das ließ ich sie nicht wissen. Ich fragte mich, was sie Hardy betreffend gespürt hatte. „Übung. Also, Sie haben erwähnt, dass sie etwas wissen ..."

Sie lächelte erneut. Sie wusste, dass sie mich hatte. „Ich hätte liebend gern ein Statement von Ihnen."

„Sicher. Fühlen Sie sich frei, das aufzunehmen. Bereit? Gut: Angesichts der laufenden Ermittlung, kann ich zu diesem Zeitpunkt nicht über diese Angelegenheit sprechen."

„Ach, kommen Sie." Sie verzog einen Mundwinkel, sodass ein sarkastischer Ausdruck entstand.

Ich zuckte mit den Schultern. „Ja, ich weiß. Das sagen wir immer. Macht es nicht weniger wahr."

„Nicht mal inoffiziell?"

Ich lachte. „Kommen Sie, ich bin kein Anfänger."

„War den Versuch wert."

„Welche Story wollen Sie erzählen?", fragte ich. „Ich sehe zum jetzigen Zeitpunkt keinen Ansatz."

„Ich weiß es noch nicht." Sie senkte den Blick, dann schaute sie mich wieder an. „Mein Boss will eine Story haben und im Moment habe ich sie nicht. Falls ich heute ein Thema bräuchte, wären Sie es."

„Ich?"

„Sicher. Dekorierter Veteran, der für eine Ermittlung mitten ins Nirgendwo geschickt wird. Es ist nicht viel, aber ich kann es mit Informationen aus Ihrer Vergangenheit unterfüttern."

Ich schnitte eine Grimasse. „Also eine Geschichte aus dem Leben?"

„Sowas in der Art", sagte sie. „Aber eine, die vielleicht auf der Titelseite laufen wird. Mallot ist nachrichtenwürdig."

„Mallot ist nicht nachrichtenwürdig. Also machen Sie mich zur Story, in der Hoffnung, dass ich Ihnen etwas gebe, dass Sie dazu bringt, Ihre Meinung zu ändern. Das ist niederträchtig."

Sie zuckte leicht mit nur einer Schulter. „Nur ein wenig niederträchtig. Wir werden so oder so etwas bringen. Wenn ich den Artikel nicht liefere, finden sie jemanden, der es tut. Oder sie schreiben ihn von zu Hause aus."

Ich seufzte. „Wie viel Kontrolle werden Sie haben, wenn Sie etwas schicken? Lassen die Sie veröffentlichen, was Sie wollen?"

Sie lachte. „Keine Chance."

„Das befürchtete ich", sagte ich. Manchmal konnte man Reporterinnen trauen. Besonders denen, die ins Feld rauskamen. Aber Redakteuren konnte man nie trauen. Sie veröffentlichten, was immer die Blicke anzog, selbst wenn das bedeutete, ihre eigenen Reporterinnen aus einer Luftschleuse zu stoßen.

Sie nickte. „Schauen Sie. Ich werde Ihnen sagen, was ich weiß, aber es ist nicht viel. Aber denken Sie drüber nach, ob Sie mit mir reden wollen. Nicht jetzt, aber wenn Sie es können. Wenn Sie etwas haben."

„Ich verspreche Ihnen Folgendes: Falls ich mit jemandem rede, werden Sie es sein." Ich wusste nicht, welche andere Unternehmen Leute hierhatten. Es kümmerte mich nicht. Ich hatte keine Absicht, mit irgendjemandem zu reden, und ich konnte mit der Halbwahrheit leben.

Sie blickte mich einen Moment lang an, vielleicht versuchte sie einzuschätzen, wie aufrichtig ich war. Ich hätte vermutlich beleidigt sein sollen, aber wir beide hatten einen Job zu tun. „Deal." Sie streckte mir ihre Hand hin und ich schüttelte sie.

„Wie gesagt, es ist nicht viel." Sie blieb stehen, also hielt auch ich an. „Stirling und Elliot haben sich übers Telefon angeschrien. Lange und wütend. Zwei, vielleicht drei Tage, nachdem Mallot verschwunden war."

Ich hielt inne. Ich wusste nicht, was das bedeutete, aber es war ein weiteres Problem. „Wer hat Ihnen das erzählt?"

Sie schüttelte den Kopf. „Kann ich Ihnen nicht sagen."

„Was haben sie gesagt?"

„Das weiß ich nicht", sagte sie. „Alles, was ich habe, ist, dass sie sich angeschrien haben. Meine Quelle hat nur eine Seite gehört."

„War er sich sicher, dass es Stirling und Elliot waren?"

„Er ... oder sie ... war sich todsicher. Sagte, sie hätten fünf Minuten lang gestritten, lautstark, konnte mir aber nicht mehr sagen."

„Glauben Sie ihm? Oder ihr?"

„Genug, um es zu drucken, wenn ich eine Story hätte."

Ich nickte. Das sagte eine Menge. Die *Times* hatte Standards, und wenn sie es drucken lassen würde, glaubte sie es. „Interessant."

„Ich dachte mir, dass Sie das so sehen.“

„Ich habe wirklich nichts, was ich Ihnen geben kann.“ Ich hätte ihr einen Informationskrümel gegeben, wenn ich etwas gehabt hätte. Ihre Information war es wert. Ein weiterer kleiner Riss, durch den etwas Licht auf die Sache fallen mochte.

Sie blickte mich einen Moment lang an. „Ich glaube Ihnen. Aber denken Sie nicht, dass das ewig hält.“

Ich zuckte mit den Schultern. „Ich hoffe nicht.“

Sie tippte auf ihr Gerät und meins vibrierte antwortend. „Rufen Sie mich an.“

Ich nickte.

Wir gingen in unterschiedliche Richtungen davon und ich spielte die Unterhaltung noch mal in meinem Kopf durch. Sie ließ mich beinahe Santillo vergessen und was es bedeutete, dass sie nicht aufgetaucht war. Ich wusste nicht, ob sie kalte Füße bekommen oder jemand sie drangekriegt und überzeugt hatte, nicht zu reden. Hoffentlich fand Hardy etwas heraus.

Ich erreichte mein Zimmer und Lex wartete davor. „Sie hätten reingehen können“, sagte ich. Mac trat durch die Tür, während ich zum Reden stehenblieb.

Alendas kurze Haare klebten an ihrem Kopf, als hätte sie trainiert. Sie blickte den Flur hinunter und stellte fest, dass niemand da war. „Die Computertechniker sind fertig, Sir. Wollen Sie sie heute Abend sehen oder morgen?“

„Heute Abend.“ *Als ob ich schlafen könnte, wenn ich wusste, dass sie etwas zu sagen hatten.*

„Ja, Sir. Ich kann sie in fünfzehn Minuten hierhaben.“

Kapitel Dreizehn

Parker und Ganos kamen herein, ich führte sie zur Couch und versuchte, nicht zu ungeduldig zu wirken. Ich wollte sie nicht wissen lassen, wie dringend ich ihre Informationen brauchte, weil es nur Druck auf sie ausüben würde. Sie mussten ruhig und unvoreingenommen sein. Ganos setzte sich mit angespannten Schultern und wippte mit dem Fuß. Alenda lehnte sich an die Wand zu meiner Rechten und beobachtete die beiden Techniker.

„Also, sagen Sie mir, was Sie wissen", sagte ich.

„Sir ... wir haben den Riss gefunden." Ganos lehnte sich zurück, ein schüchternes Lächeln in ihrem schmalen Gesicht.

„Und?"

„Es war ein Profi-Job, Sir", sagte Parker und gestikulierte mit seinen großen Händen. „Wirklich erstklassige Arbeit."

„Wir konnten es kaum nachverfolgen", fügte Ganos hinzu. „Wenn wir nicht gewusst hätten, dass es etwas zu sehen gibt, hätten wir es nie gefunden."

Ich lächelte sie an. „Aber Sie haben es gefunden."

„Ja, Sir", sagte sie gleichzeitig.

„Und Sie wissen, wer es getan hat ..."

Ihnen fielen die Kinnladen runter.

Sie wussten es nicht.

„Wir wissen, wer es *nicht* getan hat", bot Parker an.

Ich bemühte mich um einen möglichst neutralen Gesichtsausdruck, um meine Enttäuschung zu verbergen. „Das ist immerhin etwas. Sagen Sie mir einfach, was Sie wissen."

„Es kam von außerhalb unseres Hauptquartiers, Sir", sagte Ganos.

„Also SPACECOM."

„Nein, Sir. Definitiv nicht SPACECOM. Es kam von dieser Basis."

„Sind Sie sich sicher?", fragte ich.

„Ja, Sir", sagte sie beide.

Ich blickte sie nacheinander an. „Also hier, Cappa, aber nicht von innerhalb der Brigade."

„Es sei denn, jemand von der Brigade verließ unsere Einrichtungen und hat von anderswo darauf zugegriffen", sagte Ganos.

„Wie ein öffentliches Terminal?" Ich stand auf und ging ein paar Schritte, weil ich zu aufgewühlt war zum Sitzen.

„Nein, Sir", sagte Parker. „Ausgeschlossen. Wer auch immer das getan hat, hat eine militärische Maschine benutzt, um reinzukommen. Eine von uns."

„Definitiv ausgeschlossen", stimmte Ganos zu.

„Sir ..." Ganos blickt zu Parker hinüber, der nickte. „Wir denken, dass eines der anderen Kommandos der Basis eingebrochen ist und die Aufzeichnungen gelöscht hat."

„Also entweder MEDCOM oder Spec Ops."

„Ja, Sir", sagte Parker und Ganos nickte ebenfalls.

Ich kratzte mich am Kinn. „Ich werde das bereuen, aber woher wissen Sie das?"

Sie sahen einander an, dann sagte Ganos: „Sir, wer immer ins Netzwerk eingebrochen ist, war im WAN, aber nicht im LAN.“

„Das sind Netzwerke“, sagte ich.

„Ja, Sir. Local Area Network und Wide Area Network“, sagte Parker.

„Und das bedeutet ...“

„Das WAN umfasst die gesamte Basis, Sir. Aber jedes Kommando hat sein eigenes LAN“, sagte Ganos.

Ich nickte. Ich verstand das meiste. „Irgendein Hinweis darauf, von welchem Kommando es kam“?

Diesmal übernahm Parker die Führung. „Nichts in den Computern hat uns einen Hinweis gegeben, Sir. Aber es ist High-End-Arbeit.“

„Also denken Sie an Spec Ops“, sagte ich.

„Es liegt innerhalb ihrer Möglichkeiten, Sir“, sagte Parker. „Nicht, dass sie ihre Fähigkeiten gegen uns einsetzen würden, aber ... nun, sie könnten.“

„Okay. Danke ... Ihnen beiden. Ich kann Ihnen nicht sagen, wie wichtig das für meine Arbeit war. Falls Sie jemand fragt, was Sie gefunden haben, will ich, dass Sie sagen, Sie hätten nichts gefunden.“

Sie sahen einander an. Sie taten das oft, als hätten sie ein geheimes Kommunikationssystem.

„Sie haben es bereits jemandem erzählt?“ Ich hörte auf, auf und ab zu gehen.

„Nicht direkt, Sir. Wir haben niemandem erzählt, was wir gefunden haben. Aber wir waren ziemlich aufgeregt. Ich denke, die Leute wissen, dass wir etwas gefunden haben“, sagte Ganos.

Ich dachte ein paar Sekunden lang nach, dann nickte ich. „Ja. Okay. Nun, dann werden die Leute Sie definitiv danach fragen. Sagen Sie ihnen, dass ich Ihnen befohlen habe, nicht darüber zu reden. Nicht mal mit Ihrem Boss."

Parker zögerte, ehe er sprach. „Ja, Sir."

Ich hob die Augenbrauen. „Ist das ein Problem? Wenn das ein Problem wird, sagen Sie es mir jetzt."

„Es könnte eins werden, Sir", sagte Ganos. „Lieutenant Colonel Beckenridge ... das ist unser Boss ... er ist ein wenig ..."

„Kontrollsüchtig", sagte Parker.

„Ja, Sir", sagte Ganos. „Kontrollsüchtig. Zum Beispiel will er alle Informationen haben, die bei uns entstehen."

„Okay. Ich kümmere mich um Beckenridge. Der Befehl steht aber. Sagen Sie nichts, gegenüber niemandem."

„Ja, Sir", sagten sie gemeinsam.

Ich ließ sie aus der Tür treten und wartete, bis diese sich hinter ihnen geschlossen hatte, ehe ich Alenda ansprach. „Haben sie recht, was ihren Boss betrifft? Wird Beckenridge ein Problem darstellen?"

Lex zog die Lippen zu einem schmalen Strich zusammen, so als würde sie über ihre Worte nachdenken. „Ich denke, das passt; ja, Sir. Er ist ein kleiner Micromanager."

„Dann muss ich ihn sprechen. Es sei denn, Sie glauben, dass er die Botschaft auch von Ihnen akzeptiert."

„Ich kann es ihm begreiflich machen, Sir", sagte sie.

„Okay. Aber seien Sie nicht zu weich. Sorgen Sie dafür, dass er weiß, dass ich nicht zögern werde, jeden Nachrichtenoffizier anzurufen, den ich kenne, und ihn auf die Abschussliste zu setzen.

Lex lächelte. „Ja, Sir. Das wird funktionieren."

„Gut. Und ich werde Colonel Karikov aufsuchen müssen." Ich hatte Karikov bisher gemieden, vor allem, weil ich wusste, dass er schwierig war. Er hatte eine Vorgeschichte. Eine dekorierte, sicher, aber ebenfalls den Ruf eines Mannes, der die Dinge auf seine eigene Weise erledigte. Und er wäre an meiner Mission bestenfalls verhalten interessiert. Dass Sergeant Santillo nicht aufgetaucht war, deutete in Richtung Krankenhaus, und ich war nicht überzeugt, dass Special Ops für den Hack verantwortlich war, aber Parker hatte recht damit, dass es innerhalb ihrer Möglichkeiten lag.

„Das habe ich vorausgesehen, Sir. Ich habe Spec Ops kontaktiert. Colonel Karikov ist auf der Oberfläche."

Ich nickte. „Natürlich. Wann kommt er zurück?"

„Auch das habe ich erfragt, Sir. Laut seiner Leute nie. Er ist Vollzeit dort unten."

Ich schnaubte. „Großartig." Bei jedem anderen würde ich es nicht glauben, aber es passte zu dem, was ich über Karikov gelesen hatte. Er mochte der einzige Kerl in diesem Teil der Galaxie sein, über den mehr geschrieben worden war als über mich. Er hatte viel Zeit auf Cappa verbracht. Es wurde schwer, nachzuverfolgen, wo ein Einsatz endete und der nächste begann. Allerdings konnte man den Aufzeichnungen von Spec Ops ohnehin nie trauen.

„Möchten Sie gern mit jemand anderem im Kommando sprechen?", fragte Lex.

Ich dachte darüber nach. „Nein. Ich glaube nicht, dass das sonderlich von Nutzen wäre. Ich werde auf den Planeten runter müssen." Es verschaffte mir ein wenig

Genugtuung, den überraschten Ausdruck in Alendas Gesicht zu sehen.

Sie setzte sich und sagte einen Moment lang nichts, dann: „Sir ... Ich werde das mit Colonel Stirling besprechen müssen. Um eine Genehmigung für ein Raumschiff zu bekommen."

„Besprechen Sie es mit wem Sie müssen. Was soll ich sonst tun? Sie haben Parker und Ganos gehört. Jemand hat das System geknackt und Daten gelöscht. Es ist ausgeschlossen, dass irgendwer bei Spec Ops so eine Operation unternommen hat, ohne dass Karikov davon wusste. Karikov ist auf dem Planeten. Das bedeutet, dass die Ermittlung auf dem Planeten ist."

„Ja, Sir." Lex zögerte wieder.

Ich ließ sie einen Augenblick darüber grübeln. „Was haben Sie auf dem Herzen?"

Sie dachte darüber nach. „Nichts. Alles gut, Sir."

„Kommen Sie schon, Lex. Das ist es offensichtlich nicht. Spucken Sie es aus. Ich komme mit Ehrlichkeit zurecht."

Sie nickte etliche Male, ehe sie sprach. „Ich glaube nicht, dass es eine gute Idee ist, Sir. Auf die Oberfläche zu gehen."

Ich dachte einen Moment darüber nach und begegnete ihrem Blick. Ihre Schultern waren angespannt, auf Kinnhöhe, ohne zu zucken. Ich hatte meine Entscheidung getroffen, aber sie musste darüber reden. „Okay. Wieso nicht?"

Sie dachte einen Augenblick länger darüber nach und wählte ihre Worte mit Bedacht. „Es ist ein unnötiges Risiko, Sir. Sie werden Mallot nicht finden. Bestenfalls haben Sie schlechte Chancen. Falls er dort unten wäre, würde es jemand wissen. Jemand hätte es gemeldet. Dass Sie auf die Oberfläche gehen, wird nichts daran ändern, unabhängig davon, was Sie sonst finden."

Ich überlegte einen Augenblick. Sie hatte einen Punkt. Mallot war fort, und selbst wenn ich herausfand, wieso, würde sich das nicht ändern. Aber ich konnte die Sache nicht auf sich beruhen lassen. Vielleicht wäre es anders gewesen, wenn ich geglaubt hätte, irgendeine Chance auf Hilfe von MEDCOM zu haben, aber ich erwartete, dass die Leute dort weiterhin so dicht halten würden wie eine Luftschleuse.

„Es ist kein sonderliches Risiko", sagte ich. „Falls es so gefährlich ist, wird Stirling nein sagen."

„Sie und ich wissen beide, dass das nicht wahr ist", sagte Lex, ohne über ihre Worte nachzudenken.

Ich lächelte unwillkürlich. Sie wusste genau wie ich, dass Stirling sich um seine eigene Karriere kümmerte. Er *konnte* nicht nein sagen, ohne so auszusehen, als würde er die Ermittlung blockieren. Und obwohl er nicht so wirkte, als wäre er so ein Typ, war ihm vermutlich in den Sinn gekommen, dass es eine Menge seiner Probleme beseitigen würde, wenn ich tot wäre. „Schauen Sie. Wenn ich nie wieder einen Fuß auf Cappa setzen müsste, würde mich das sehr glücklich machen. Ich bin mir sicher, dass Karikov das auch weiß. Aber Karikov weiß ebenfalls, dass ich komme."

Ich las die Verwirrung in Lex' Gesicht, aber sie würde es selbst durchschauen müssen. Karikov wollte, dass ich ihn aufsuchte. Ich konnte es spüren. Ich war nicht klug genug, die Einladung abzulehnen.

„Ich werde es arrangieren, Sir", sagte sie nach einem Augenblick Stille. „Es könnte einen oder zwei Tage dauern."

„Ich bin nicht in Eile. Zwei Tage sind in Ordnung. Wenn ich schon runtergehe, will ich auch Mallots Einheit besuchen. Ich kann die Soldaten befragen, ehe ich ausrücke, um Karikov zu sehen. In der Zwischenzeit will ich alles wissen, was über die Gegend bekannt ist. Aufklärung, Satellitenaufnahmen, gegenwärtige freundliche und verfeindete Stellungen und Truppenstärken. Was immer Sie in die Finger kriegen. Ich will sogar die Logistikpläne sehen." Ausgeschlossen, dass ich blind auf die Oberfläche gehen würde.

„Ja, Sir. Ich kümmere mich drum." Jetzt klang sie etwas sicherer. Vielleicht klang ich vernünftiger. Vielleicht hatte sie es einfach akzeptiert.

„Danke, Lex."

„Ich tue nur meinen Teil, Sir. Andere Leute werden die meiste Arbeit haben."

Ich schüttelte den Kopf. „Nein, nicht das. Danke, dass Sie den Mumm haben, zu sagen, was Sie auf dem Herzen haben. Ich schätze das." Das tat ich wirklich. Ich vertraute ihr immer noch nicht ganz, aber ich respektierte sie definitiv mehr.

Stirling rief mich am nächsten Morgen an und vergewisserte sich, dass ich wirklich gehen wollte. Er bot sogar an, mir die Mission zu verweigern, sodass ich das Gesicht wahren konnte, falls ich das wollte. Klug von ihm. Biete dem anderen immer einen Ausweg. Natürlich hätte ich genug Köpfchen haben müssen, um das anzunehmen. In Wahrheit wollte er, dass ich gehe, denke ich, und zwar aus einem Grund, der mir zuvor nicht klar gewesen war. Sein Netzwerk war gehackt worden und das musste ihm zumindest ein bisschen auf den Sack gehen.

Alenda lud alles, was ich über den Planeten wissen musste, auf mein System. Ich hatte mich gerade mit ihr hingesetzt, um mir alles anzuschauen, als Hardy auftauchte.

„Was haben Sie über Santillo herausgefunden?" Ich deutete aufs Sofa, für den Fall, dass er sich hinsetzen wollte.

Er zögerte. „Stasis, Sir."

„Wie bitte?" Ich warf Alenda einen Blick zu und sie nickte mir beinahe unmerklich zu und bestätigte seine Antwort. Natürlich hatte sie es ebenfalls überprüft.

Hardy setzte sich, das Kunstledersofa quietschte protestierend. „Ja, Sir. Sie sollte in drei Tagen aufbrechen. Man hat ihre Stasis vorgezogen."

Ich starrte ihn an. „Hm." Es hätte ein Zufall sein können. Auf großen Truppentransporten wurden alle bereits vor dem Start in den Kälteschlaf geschickt, weil sie nicht das Personal hatten, um das während des Flugs zu machen. Aber drei Tage. „Haben Sie von irgendjemandem eine Reaktion bekommen?"

Er schüttelte den Kopf. „Ich hatte nicht den Eindruck, Sir. Ein Kerl hat mich gefragt, wieso ich das wissen will, aber ich habe mir etwas ausgedacht. Ich glaubte, jemand sei mir aus dem Krankenhaus gefolgt, aber ich bin wahllos abgebogen und er folgte mir nicht."

Ich legte meine Faust in die Handfläche und drückte zu. Scheiße. Ich brauchte Santillos Informationen über das Krankenhaus. Sie war meine einzige Spur gewesen.

Ich dachte darüber nach, sie aus der Stasis herauszuholen, aber das würde gewaltigen Aufwand erfordern und all jene alarmieren, die nicht wussten, dass ich mit ihr reden wollte. Zumindest bestärkte es mich in meinem Entschluss, Karikov aufzusuchen. Ich hatte keine anderen anständigen Optionen.

„Gute Arbeit, Hardy. Lex, tun Sie mir einen Gefallen. Während Hardy und ich weg sind, stochern Sie herum und schauen Sie, ob Sie herausfinden können, wer den Befehl gab, Santillo früher in Stasis zu schicken."

„Ja, Sir", antwortete sie.

„Wo gehen wir hin, Sir?", fragte Hardy.

„Bereiten Sie Ihre Ausrüstung vor. Wir gehen auf die Oberfläche."

Kapitel Vierzehn

Mit neun anderen Soldaten bestiegen Mac, Hardy und ich ein Shuttle nach Cappa. Das Schiff hatte sechs Sitze an jeder Wand und Stirling hatte darauf bestanden, es zu füllen, obwohl wir bei einer seine Basen laden würden, umgeben von seinen Leuten. Mein Magen rumorte etwas und ich war froh, das Frühstück ausgelassen zu haben. Ich war seit ein paar Jahren nicht mehr auf einen feindlichen Planeten geflogen, aber mich überkam jedes Mal das gleiche Gefühl. Ich fühlte mich in einem vollen Schiff nicht sicherer.

Mac reichte mir ein Gewehr und einen Haufen Magazine. „Hab ihnen eine Bitch besorgt, Sir."

„Schick. Was sind meine Ladungen?

„Drei Magazine explosiv, vier Mal Lenkgeschosse. Bereits auf Ihren Helm eingestellt."

„Danke." Ich steckte ein Magazin Lenkgeschosse in die Waffe, lud aber noch nicht durch. Sobald ich es tat, wäre ich in der Lage, die Flugbahn der Kugeln mit meinen Gedanken zu kontrollieren. Sie ein wenig krümmen. Das machte es schwer, das Ziel zu verfehlen. Wenn ich jetzt noch jemanden dazu bringen könnte, mir den Glanz vom Körperpanzer zu entfernen ...

Wir planten, bei Mallots alter Kompanie in der Base 17A zu landen, etwa einen Tag dort zu verbringen, Fragen zu stellen und uns zu zurechtzufinden, und dann am Boden zu Karikovs Hauptquartier weiterzufahren. Ziemlich einfach für einen Kampfeinsatz.

Ich beobachtete Hardy und versuchte, zu erkennen, wie es um seinen Geisteszustand bestellt war. Man musste einen Kerl, der das erste Mal in ein Kampfgebiet geht, immer beobachten. Er sah okay aus, aber man konnte sich nie sicher sein. Wir schnallten uns für den dreißig minütigen Flug zur Oberfläche an.

„Alles gut?", fragte ich.

Hardy nickte. „Ja, Sir. Ein wenig nervös. Ein wenig aufgeregt."

„Das ist normal. Keine Sorge, wir fliegen in ein freundliches Gebiet. Es gibt nicht viele Einheimische in der Gegend, und die, die dort *sind*, unterstützen uns hauptsächlich."

„Das ist gut, Sir. Ist das normal?"

Ich zuckte mit den Schultern. „Es ist eine Weile her, seit ich hier war, aber ich glaube nicht, dass sich viel geändert hat. Der Großteil des Planeten unterstützt uns. Nur ein kleiner Prozentsatz kämpft gegen uns."

Diese Spaltung der Cappaner – die 90 Prozent, die uns unterstützten, und die 10, die es nicht taten – machte Cappa so anders. Wir hatten schon zuvor Planeten mit intelligentem Leben entdeckt, aber nie auf diesem Level. Cappaner waren humanoid. Niemand würde sie für Menschen halten, angesichts ihrer großen, runden hervorquellenden Augen, der länglichen Gesichter und der blaugelben Haut. Aber sie gingen auf zwei Beinen. Sie *gingen*. Wenn es nur das gewesen wäre, hätten wir vielleicht gekämpft wie in jedem anderen Krieg. Aber die Soziologen, die in Scharen kamen, um sie zu studieren, fanden mehr heraus. Sie konnten kommunizieren.

Viele Spezies kommunizierten untereinander, aber die Cappaner ... sie konnten mit *uns* reden. Sie lernten. Es dauerte eine Weile, um das Piepsen und Klicken zu durchschauen, aber innerhalb von ein paar Jahren hatten Linguisten es verstanden und wir hatten eine rudimentäre Übersetzung.

Diese Entdeckung stoppte den Krieg. Für eine Weile. Wir holten Diplomaten dazu. Siedler. Gaben uns Mühe, eine friedliche Koexistenz hinzubekommen. Wie bei den meisten Dingen, verbockten die Menschen es am Ende. Das Geld kam in die Quere und wir expandierten zu schnell, um ans Silber zu gelangen, was die Cappaner anpisste. Sie waren anfangs froh gewesen, es gegen unsere Technologie zu tauschen, aber als die Förderunternehmen weiter Druck ausübten, begannen die Cappaner, Widerstand zu leisten. Proteste wurden gewalttätig und entwickelten sich dann zu regelrechter Feindseligkeit.

Das war der Moment, in dem wir Soldaten hinzuholten. Selbst damals war es anders als jeder andere Krieg in den vergangenen paar hundert Jahren. Er hatte ein moralisches Element und ein Maß an Komplexität, das über jeden Kampf hinausging, den ich je gesehen hatte. Denn die Cappaner stellten sich auf eine Seite, und wir konnten sie nicht auseinanderhalten. Achtzehn Jahre Krieg hatten die Situation nicht sonderlich verändert, und wir steckten im Kampf gegen einen Aufstand fest, den wir nicht gewinnen konnten und den Politik und Industrie uns nicht beenden ließen.

Stoß und Beschleunigung des Starts wichen der sanften Stille einer Reise durchs All. Ich schloss die Augen und tat so, als würde ich ein Nickerchen machen. Mein

Körper wollte sich ausruhen, aber mein Kopf war hellwach und meine Gedanken rasten. Wie bei einer Generalprobe gingen mir die Fragen durch den Kopf, die ich stellen wollte, wenn wir landeten. Nach ein paar Minuten gab ich es auf, so zu tun, als würde ich schlafen, und folgte unserem Vorankommen auf einem Bildschirm an der Wand, auf dem ein Bild von außerhalb des Schiffs zu sehen war. Cappa füllte das Display aus, eine fleckig braune Kugel mit ein paar Klecksen von blassem Grün und einigen blauen Flecken. Cappa hatte auf der uns abgewandten Seite des Planeten ein großes Meer, aber in dieser Hemisphäre befand sich ein großer Teil des Wassers unter der Erde, was hauptsächlich hügelige, felsige Wüste zurückließ.

Ich hatte gehofft, diesen Anblick nie wiederzusehen.

Wir stiegen an der Basis 17A aus, einer von ein paar Dutzend kleinen Außenposten auf dem nur von Menschen bewohnten Kontinent auf Cappa. Die trockene Hitze traf mich im Gesicht, als ich das Schiff verließ, rasch gefolgt vom Gestank. Cappa im Sommer roch nach muffiger Wäsche mit einem Hauch von Schwefel. Die Basis befand sich in der Mitte einer flachen Ebene aus festgetretenem, kiesigem Dreck mit hier und da eingestreuten eiergroßen, braunen Steinen. Eine Gruppe felsiger, brauner Hügel mit spitzen Winkeln und ein paar Flecken Vegetation dominierte in zwei Richtungen den Horizont. Ich wusste vom vorherigen Studieren, dass es kleine Gipfel waren, vielleicht fünfzehnhundert Meter hoch, aber etwa zehn Kilometer entfernt und so, wie sie sich abrupt aus der flachen Erde erhoben, wirkten sie viel größer. Was sie wirklich bedeutend machte, war, dass sie voller Silber waren, was Förderung bedeutete, was Basis 17A nötig machte.

Der Kompaniekommandant, Captain Zattel, empfing uns am Fuß der Rampe. Er hatte seine Ausrüstung nicht an, was auf eine niedrige Bedrohung hinwies. Sein welliges, schwarzes Haar, etwas länger, als es die Vorschriften erlaubten, wogte ob der Unruhe der Triebwerke. Das Haar pisste mich etwas an, immerhin war er ein Kommandant, aber ich entschied, ihm einen Vertrauensvorschuss zu geben.

„Willkommen auf der Basis Siebzehn Alpha, Sir", rief er über den Lärm hinweg.

Ich nickte und lief los, um die Startzone freizumachen. Nur zwei von Stirlings Männern stiegen mit uns aus, und das Schiff startete, sobald wir den Bereich der Druckwelle verlassen hatten. Die Stille, die es zurückließ, war beinahe greifbar. Als Zattel wieder etwas sagte, wirkte es fast wie ein Schrei, obwohl er mit normaler Lautstärke sprach. „Schön, Sie hier zu haben, Sir."

„Schön, hier zu sein." Er log, ich log. Der Schweiß lief mir bereits über das Gesicht, und unter dem Panzer klebte mir mein Shirt am Rücken.

„Ich habe die Männer versammelt, mit denen Sie reden wollten. Sie können mein Büro für die Gespräche benutzen."

„Das wird gehen", sagte ich. „Wann soll ich anfangen?"

Kawumm. Eine Rakete schlug etwa tausend Meter entfernt ein, nah genug, dass ich den Druck spürte, und ich zuckte unwillkürlich zusammen.

Captain Zattel sah nach links und ich folgte seinem Blick dorthin, wo Hardy auf dem Boden lag.

„Stehen Sie auf Hardy", sagte ich. „Das war nicht nah genug, um sich Sorgen zu machen."

Hardy blickte sich um, dann kämpfte er sich auf die Füße. „Sorry, Sir."

Ich machte eine wegwerfende Handbewegung und ignorierte sein rotes Gesicht. „Ist keine Schande. Macht jeder beim ersten Mal. Wenn man sie hört, ist es eh zu spät, um sich zu ducken." Ich drehte mich zu Zattel um. „Passiert das öfter?"

„Eigentlich nicht, Sir. Ein paar Mal die Woche, vielleicht. Sie sind nicht präzise. Keine Lenksysteme."

„Kleiner Segen. Was war das, hundertfünfundzwanzig Millimeter?" Ich wusste, dass ich recht hatte. Munition machte unverwechselbare Geräusche. Nach einer Weile lernte man, sie zu erkennen. Aber ich wollte, dass Zattel wusste, dass ich es wusste. Er würde mir weniger Schwierigkeiten machen, wenn er dachte, dass er mich nicht verarschen konnte.

„Ja, Sir. Vermutlich. Wir bekommen die Analyse, um sicher zu gehen, aber fast alle sind Fünfundzwanziger."

Ich nickte. „Also nur Belästigung."

„Ja, Sir." Zattel lief weiter und ich folgte. „Zurück zu Ihrer Frage: Wir können mit den Befragungen starten, sobald Sie bereit sind."

Ich wischte mir Schweiß aus den Augen. Ich hatte vergessen, wie elend Cappa sein konnte. „Jetzt wäre gut."

„Ja, Sir. Ich bereite das Büro für Sie vor und sage dem First Sergeant, er soll sie antreten lassen."

Sechs Stunden später trat ich aus dem Büro heraus und warf mein Notizbuch etwas zu fest auf einen Tisch. Ein Teil von mir wollte es hochheben und noch mal werfen. Ich hatte einundzwanzig Soldaten befragt und sie hatten mir alle eine Variante derselben Geschichte erzählt. Niemand hatte irgendetwas gesehen. Zuviel Tumult. Die Aufmerksamkeit auf den Kampf um sie herum gerichtet, Sicherung der Landezone. Wenigstens sechs von ihnen logen. Vielleicht mehr, aber sechs sicher. Sie waren nicht mal gute Lügner. Jemand hatte ihnen die Geschichte vorgegeben, aber nicht genug mit ihnen geprobt, damit sie Druck aushielten. Sie stolperten über Worte und mehr als einer stand auf und hörte ganz auf zu reden.

Ich versuchte jede nur denkbare Taktik – und einige nicht denkbare –, um zur Wahrheit durchzudringen. Ich versuchte es mit guter Bulle, böser Bulle und jedem Bullen dazwischen. Ich versuchte es mit Befehlen, Einschüchterung, Flehen, Täuschung. Ich beschimpfte mehr als ein Dutzend Soldaten. Ich stellte die Männlichkeit eines großen Corporals in Frage. Nichts davon funktionierte.

„Haben Sie bekommen, was Sie brauchten, Sir?" Zattel näherte sich mir, als ich sein Büro verließ. Schlechtes Timing.

Scheiß auf dich, Zattel. Langhaariges Arschloch. „So viel, wie man erwarten konnte", sagte ich.

Er blieb plötzlich stehen. „Es tut mir leid, Sir, aber ich verstehe nicht."

„Ich glaube, Sie verstehen vollkommen. Jemand hat Ihren Leuten befohlen, den Mund zu halten. Waren Sie das?" Ich musterte sein Gesicht, den durch Schweiß verkrusteten Dreck unter seinen Augen und auf seinen Wangen.

Sein Gesicht spannte sich an, seine Augen wurden etwas schmaler. „Nein, Sir.“

Ich starrte ihn weiter an und er begegnete meinem Blick ruhig, mit gestrafften Schultern und einem kühlen Kopf. Scheiße. Ich glaubte ihm. „Wissen Sie, wer das war?“

Er zögerte.

„Ich verstehe. Sie wollen Ihren Leuten nicht in den Rücken fallen. Würde ich auch nicht. Aber wir wissen beide, was hier vor sich geht.“

Er stand schweigend da, hielt den Blick gesenkt und verlagerte sein Gewicht von einem Fuß auf den anderen. Ich hätte ihn gleich hier unter Druck setzen und zum Reden bringen können, aber so sehr ich Antworten hören wollte, so wenig wollte ich, dass er seinen Soldaten die Treue brach. Die Einheit würde sich von so einem Verrat vielleicht nie erholen.

„Ich sage Ihnen was, Zattel. Ich lasse das fürs Erste auf sich beruhen“, sagte ich, nachdem ich ihn einen Moment lang hatte schmoren lassen. Ich würde irgendeinen Weg finden, ihm später das Leben schwer zu machen.

„Ja, Sir.“ Er begegnete meinem Blick und ein Hauch Anspannung wich aus seinem Gesicht. Ich wusste nicht, ob er die Logik nachvollziehen konnte, die in meinem Rückzug lag, aber ich verspürte auch nicht das Bedürfnis, mich zu erklären.

„Ich will morgen früh zu Colonel Karikovs Standort ausrücken.“

„Ja, Sir. Das dritte Platoon wird Sie hinbringen. Wollen Sie Ihren Lieutenant mitnehmen oder soll er hier warten?“

„Ja, er begleitet mich“, sagte ich. Drittes Platoon. Mallots Platoon. Oder das, was einmal sein Platoon gewesen war. Jetzt hatten Sie einen neuen Zugführer. Ich hatte ihn nicht getroffen, aber ich hatte den Namen gelesen. Lieutenant Politte.

„Verstanden, Sir. Wir sorgen dafür, dass Platz ist. Heute Abend versorgen wir Sie mit den Informationen bezüglich der Abfahrt.“

Das Platoon stand zusammengedrängt auf der Schattenseite der vier Fahrzeuge, als ich am nächsten Morgen auf sie zuging, und die Männer und Frauen sahen in ihren Panzerwesten kopflastig aus. Hardy und Mac folgten hinter mir. Ich hatte mein Gewehr mit einem einfachen Gurt an meine Ausrüstung geklippt, was mir erlaubte zu Schießen, ohne es auszuhaken, und ich trug den Helm in der anderen Hand. Mac hatte mir die Frequenz des Platoons auf ein Ohr gelegt, das Hauptquartier der Kompanie auf das andere. Ich würde hinten in einem der Fahrzeuge fahren und nicht das Sagen haben, aber ich war gerne über die Situation um mich herum auf dem Laufenden. Ich versuchte, auf der Heimatbasis und sogar im All recht entspannt zu sein, aber wenn man sich in feindlichem Gebiet entspannte, in dem gefeuert wurde, passierten schlimme Dinge.

Ich erreichte das Ende der Traube aus Soldaten und schloss mich ihnen an. Alle sahen den Lieutenant mit dem jugendlich frischen Gesicht und der Holo-Karte an. So jung. Er hatte sein dunkles Haar sehr kurz geschnitten, es sah aus, als hätte ihm jemand gesagt, er solle sich die Haare schneiden lassen, bevor er an die Front ging, ihm aber nicht erklärte, wie. Er begann zu reden, sobald ich eingetroffen war.

„Wir sind die Route gestern Abend durchgegangen. Hundertfünfzig Klicks." Die Route leuchtete auf dem Holo auf. „Es ist eine saubere Route, wir erwarten also keinen Kontakt. Aber seien Sie wachsam. Sie haben schon zuvor saubere Routen angegriffen, erst vor zwei Monaten. Wenn sie uns angreifen, wird es wahrscheinlich an einem dieser beiden Punkte sein. Engpässe." Er ließ einen Punkt etwa in der Mitte der Route aufleuchten, an dem die Straße zwischen zwei Hügeln hindurchführte, und dann einen weiteren, der aussah wie ein kleiner Wald, etwa dreiviertel des Wegs entfernt, die einzige Vegetation auf der sonst kahlen Route.

„Mein Fahrzeug übernimmt die Führung", fuhr er fort. „Sergeant Stanzi kommt als Zweiter, Sergeant First Class Belham als Dritter. Jones, Sie bilden das Schlusslicht. Platoon-Frequenz wie üblich. Wird jemand getroffen, sichern wir das Fahrzeug, kämpfen uns durch die Angreifer durch und rufen, wenn benötigt, ein MEDEVAC. Nichts, was wir nicht schon mal getan hätten. Denken Sie dran, wenn Sie Cappaner sehen: Fünfundneunzig Prozent wollen uns nichts Böses. Bestätigen Sie, dass es sich um eine Bedrohung handelt, ehe Sie angreifen. Fragen?" Er sah sich um und erntete wie erwartet nur Kopfnicken. Veteranen.

„Wir brechen in fünf Minuten auf", schloss er. Der junge Mann näherte sich mir.

„Sir, ich bin Lieutenant Politte." Er war größer als ich anfangs angenommen hatte. Vielleicht fünf Zentimeter größer als ich. Das änderte nichts an der Tatsache, dass er mit seinem Milchgesicht und den roten Wangen aussah wie ein Fünfzehnjähriger.

„Schön, Sie kennenzulernen, Politte", sagte ich. „Ich weiß die Mitfahrgelegenheit zu schätzen."

„Hooah, Sir. Ich habe Sie und Staff Sergeant McCann bei meinem Platoon Sergeant in Fahrzeug drei untergebracht. Wollen sie Ihren Stabsmitarbeiter bei sich haben?"

„Colonels haben keine Stabsmitarbeiter. Aber Hardy kann bei Ihnen mitfahren, wenn das in Ordnung ist. Hardy!"

„Ja, Sir. Ich habe einen Platz frei", antwortete Politte.

Hardy kam herübergetrottet. „Ja, Sir?"

„Sie fahren mit Politte. Das gibt Ihnen Gelegenheit zu sehen, was ein Zugführer tut."

„Ja, Sir", antwortete Hardy.

„Ist das Ihr Platoon Sergeant?" Ich nickte in Richtung eines kleinen, dunkelhäutigen Mannes mit dichtem Schnurrbart.

„Ja, Sir", sagte Politte. „Sergeant First Class Belham."

„Ich werde mich vorstellen." Ich kannte Belham nicht. Ich hatte gehofft, Glück zu haben und jemand Vertrautes zu finden, aber das war weit hergeholt gewesen. Ich erkannte niemanden im Platoon, abgesehen von denen, die ich gestern befragt hatte.

„Sir." Belham drehte sich zu mir um, als ich mich näherte.

„Sergeant Belham. Schön, Sie kennenzulernen." Ich bot ihm meine Hand an und er nahm sie mit festem Griff, nachdem er seinen Helm in die andere Hand genommen hatte.

„Waren Sie schon mal in einer Ziege, Sir?" Das MT-488 Hover-Fahrzeug wurde liebevoll Ziege genannt, weil es überall hinfuhr und alles tat. Kein großartiges Kampffahrzeug, aber gut gepanzert und sicher. Perfekt für eine Truppe, die auf Verluste achtete.

„Ja, ein paar Mal", sagte ich. Hunderte Male, um die Wahrheit zu sagen. Aber ich wollte nicht aussehen, als hätte ich etwas zu beweisen.

„Verstanden, Sir. Das ist gut. Also kennen Sie und Ihr Mann den Ablauf, wenn wir getroffen werden. Sie werden hinten sitzen. Wir ziehen den Schützen aus dem Turm, fahren weiter durch die Todeszone, wenn wir können, steigen aus und kämpfen uns durch, wenn wir es nicht können. Achten Sie beim Aussteigen auf Nebenangriffe."

„Alles klar. Erleben Sie dieser Tage viele Nebenangriffe?" Eine Nebenangriffsvorrichtung war etwas, das der Feind ablegte, um uns nach dem Hauptangriff zu treffen, oft eine Kartoffelmine. Die Cappaner legten sie gerne in Durchlässen und an Stellen ab, wo man gut Deckung suchen konnte. Wenn Soldaten aus einer unfähig gemachten Ziege ausstiegen, suchten sie natürlich diese vermeintlich sicheren Orte auf und lösten so die Sprengfallen aus. Auf diese Weise verursachten die Cappaner eine Menge Verluste.

„Nein, Sir. Nicht in letzter Zeit. Aber man weiß nie." Belham setzte seinen Helm auf, der an der Oberseite einen Projektilkratzer hatte. Irgendwann mal hatte er Glück gehabt.

„Sind Sie bereit für uns? Können wir einsteigen?", fragte ich.

„Ja, Sir. Einer auf jeder Seite. Mittelsitze."

Ich setzte meinen Helm auf, dann löste ich das Visier aus und ließ Gesichtsschutz und Vorwarnungsschutz herunter. Als ich bestätigt hatte, dass alles funktionierte und ich alle Daten sehen konnte, die ich brauchte, klappte ich es wieder hoch, kletterte die Rampe rauf in die Ziege, duckte meinen Kopf unter dem Hinterdeck hindurch und kroch in den engen Raum. Es gab auf jeder Seite drei Sitze mit hohen Rückenlehnen, die zwei vordersten mit Soldaten besetzt, die anderen vier leer. Ich nahm den Mittelsitz auf der linken Seite ein und Mac setzte sich mir gegenüber. Zwei weitere Soldaten stiegen hinter uns ein und setzten sich auf die hinteren Sitze. Belham würde vorne neben dem Fahrer sitzen. Man zähle den Schützen dazu und wir hatten eine volle Besetzung von neun Leuten.

Einer der Soldaten betätigte den Hebel der Rampe und sie schloss uns ein. Es drang immer noch Licht herein, durch die gepanzerten Fenster auf beiden Seiten, so dick, dass sie die Sicht verzerrten. Wir konnten nicht hinten rausgucken, aber die Fenster gaben einem ein Gefühl dafür, wo man war. Ich synchronisierte meinen Helm mit der internen Kommunikation; gerade rechtzeitig, um Belham sprechen zu hören.

„Alle drin?"

„Check, Sergeant." Der Soldat direkt neben mir sprach. Eine weibliche Stimme.

„Es geht los." Die Stimme des Lieutenants ertönte über die Lautsprecher mit einem etwas anderen Summen, was bedeutete, dass es Funk war, nicht intern. Mein Helm konnte bis zu fünf Kommunikationskanäle gleichzeitig verarbeiten. Ich konnte sie alle hören und dann zu der Übertragung dessen wechseln, den ich brauchte. Es brauchte Übung, die unterschiedlichen Kanäle auseinanderzuhalten, die sich in meinem Ohrhörer vermengten, aber davon hatte ich eine Menge. Für den Moment hatte ich einen Kanal innerhalb unseres Fahrzeugs offen, einen für das Platoon, sodass ich die vier Fahrzeuge in unserem Konvoi hören konnte, und einen für die Verbindung zum Kompaniehauptquartier. Auf dem würde ich alles hören, was Politte an seinen Boss sandte, und eingehende Befehle.

Der Antrieb der Ziege heulte auf und die gereizte Bewegung meines Magen sagte mir, dass wir uns etwa einen Meter vom Boden erhoben hatten. Als wir uns vorwärtsbewegten, drückten sich die Anschnallgurte in meine Schultern, bis sich unsere Geschwindigkeit normalisierte. Ich warf einen Blick aus dem Fenster und sah die verschwommene Basis verschwinden, aber es gab nicht viel zu sehen. Das Braun von diesem Teil von Cappa verschmolz zu einem endlosen Fleck. Ich lehnte meinen Kopf zurück und schloss die Augen.

„Kontrollpunkt eins." Wieder der Lieutenant. Das erste Mal, dass sie einen Funkspruch tätigten, und wir waren beinahe zehn Minuten unterwegs. Gute Disziplin. Funkstille war ein Kennzeichen für eine erfahrene Einheit. Der Feind konnte die Übertragung nicht entschlüsseln, aber sie konnten die Energie aufspüren, die das Signal ausstieß. Es war besser, die Kommunikation auf ein Minimum zu reduzieren, selbst auf einer sauberen Route.

Wir passierten zwei weitere Kontrollpunkte ohne Zwischenfall. Wir würden sieben Stück passieren, ehe wir unser Ziel erreichten, basierend auf der Holo-Karte, die Politte mir gezeigt hatte, bevor wir aufgebrochen waren. Mein Kopf begann, etwas zu wippen. Ich war aufgedreht gewesen, als wir aufgebrochen waren, aber rasch hatte sich Routine breitgemacht und die sanfte Bewegung und das weiße Rauschen der Ziege wiegten mich in den Schlaf.

Ich war gerade eingenickt, als eine Explosion mich augenblicklich wach machte ... eine leichte Erschütterung schüttelte das Fahrzeug durch. Es hatte uns nichts getroffen, aber etwas war nah dran gewesen. Mein Herz schlug gegen die Rippen, wie es das tut, wenn man aus dem Schlaf gerissen wird. Einen Atemzug lang schwieg der Funk und mein Herz hämmerte schnell und hallte mir in den Ohren.

Dann explodierte das Netz vor lauter Stimmen.

„Was verfickt noch mal!" Belham, intern. „Lieutenant getroffen. Kontakt, vorne rechts. Feuer erwidern." Das große Geschütz setzte sich ratternd in Bewegung und fügte der Ziege eine weitere Vibration hinzu, schüttelte sie beinahe.

„Fahrer, rechts halten, geben Sie ihnen die Frontpanzerung!" Wieder Belham.

„Ziege zwei, fahren Sie am Führungsfahrzeug vorbei und sichern Sie die Front." Diesmal funkte Belham über die Frequenz des Platoons. Da der Lieutenant getroffen war, hatte er das Kommando übernommen, ein weiteres Zeichen für eine erfahrene Einheit. Die unterschiedlichen Kommunikationen in meinem Helm überschnitten sich, aber ich konnte sie zuordnen.

Das Fahrzeug ruckte nach rechts und warf mich gleichzeitig in den Sitz zurück und gegen den Soldaten zu meiner Rechten. Ich versuchte, tief durch die Nase einzuatmen, mich zu beruhigen, das Adrenalin davon abzuhalten, die Kontrolle zu übernehmen. Ich konnte von hinten im Fahrzeug aus nichts tun, aber ich brauchte einen klaren Kopf, wenn der Moment kam.

„Roger, drei. Ich kann nicht sehen, wo das Feuer herkommt." Eine Antwort vom anderen Ende des Funks.

„Keine Sorge wegen des Feuers. Rauf da!" Belham sprach entschlossen und mit Autorität, hielt aber seine Stimme unter Kontrolle.

„Roger. In Bewegung."

Kugeln knallten auf der Seite gegenüber von mir gegen unsere Panzerung und mein Herz begann wieder zu pochen. Hinten in einem Fahrzeug angeschnallt zu sein, während ein Kampf vor sich geht und man nichts sehen kann, erzeugt ein hilfloses Gefühl. Ich wollte dort sein, wo ich den Kampf visualisieren, wo ich handeln konnte. Stattdessen versuchte ich, nicht gegen irgendetwas geschleudert zu werden, das zu sehr wehtat, während die Ziege wieder abtauchte und auswich.

„Verdammt, Sergeant, sie sind an zwei Positionen!" Der Schütze, glaube ich. Unmöglich zu sagen, sobald Leute gleichzeitig über Funk und intern zu sprechen beginnen, es sei denn, man kannte die Stimme.

„Weiter auf die Raketenstellung feuern. Machen Sie sich keine Sorgen um die kleinen Waffen", sagte Belham. „Ziege vier, Sperrfeuer rechts. Wir müssen vor zum Lieutenant."

„Roger." Hinter uns heulte eine Pulswaffe auf. Das Platoon hatte vermutlich schwere konventionelle Waffen und Pulswaffen auf abwechselnden Fahrzeugen. Ich hätte das prüfen sollen, ehe wir losfuhren. Die schwere, am Fahrzeug angebrachte Pulswaffe würde einen guten Job machen, um feindliche Bodentruppen zu unterdrücken. Sie brauchte eine Menge Energie, aber die Ziege konnte das entbehren.

„Blue Leader, Status." Belham, der den Lieutenant rief.

„Leader ist erwischt. Mehrere Verwundete", ertönte die Antwort.

„Können Sie sich bewegen?", fragte Belham.

„Negativ, drei. Wir sind fertig." Ich kannte die Stimme nicht, aber aus dem Zusammenhang musste es jemand aus dem Leitfahrzeug sein. Das Fahrzeug, das getroffen worden war. Mehrere Verluste und ein Fahrzeug außer Betrieb, auf einer sauberen Route. Nicht gut. Ich schlug vor meinem Gesicht eine Faust in meine Handfläche. Ich war nicht angepisst, weil wir getroffen worden waren, sondern weil ich gedacht hatte, dass das nicht passieren würde. Ich war lange nicht mehr im Gefecht gewesen und das hatte meine Gedanken getrübt. Ich packte meinen Gurt und löse ihn beinahe, als das Fahrzeug erneut vorwärts schlingerte und ich es mir anders überlegte.

„Verdammt", sagte Belham über die interne Verbindung. „Wir müssen aufrücken. Bereitet euch darauf vor, auszusteigen. Verletzte rausziehen und so viele laden, wie reinpassen."

„Blau vier, hier ist Blau drei", übermittelte Belham. „Sperrfeuer aufrechterhalten, aber folgen Sie mir zum Leader. Bereiten Sie sich darauf vor, Verletzte aufzunehmen."

„Roger, drei. Wir folgen Ihnen."

Wir beschleunigten, dann hielten wir ruckartig an. „Rampe!" Der Mann neben mir hieb auf den Knopf für die Tür und sie öffnete sich zischend. Ich öffnete meinen Gurt und folgte dem vorangehenden Mann nach draußen, je drei von uns auf jeder Seite, wie es Standard war beim Aussteigen. Mein Team war auf der Seite, die nicht unmittelbar unter Feuer stand. Das machte uns zum Rettungsteam, die anderen drei gaben Feuerschutz. Allen Himmeln sei Dank für Standardisierung. Alle taten die Dinge auf die gleiche Weise, was es Neuankömmlingen in der Einheit wie Mac und mir einfach machte.

Einer der Soldaten gab dem anderen ein Handsignal und bereitete sich darauf vor, sich zu bewegen. Ich folgte ihnen in Richtung der rauchenden Ziege vor uns, die jetzt in einem unheilvollen Winkel auf der Seite lag. Falls die Soldaten überrascht waren, weil ich folgte, hielt keiner inne, um das zu sagen. Wir gingen an der Vorderseite des Fahrzeugs zu Boden, wirbelten Staub auf und legten uns im struppigen braunen Gras auf den Bauch. Kugeln barsten durch die Luft, aber nicht so nah, dass wir uns sorgen mussten. Der beißende Gestank des brennenden Fahrzeugs brannte mir in der Nase, also senkte ich mein Visier und löste mit einem Augenzwinkern den Luftfilter in meinem Helm aus. Hinter meinen Ohren setzte ein leises Surren ein und die saubere Luft pustete die ätzenden Dämpfe raus.

„Alle einladen. Wir müssen das Paket zur Basis bringen, wir werden von dort aus ein MEDEVAC rufen." Belham, über Funk. Ich brauchte einen Moment, um zu begreifen, dass er mich meinte, als er „Paket" sagte.

Was.

Verfickt.

Noch mal.

Er hatte vor, sich meinetwegen zurückzuziehen und andere Jungs in Gefahr zu bringen? Absolut ausgeschlossen. Wenn wir die Verletzten einluden und abhauen würden, hieße das, dass es länger dauerte, bis sie behandelt werden konnten. Die Chance, dass sie es nicht schafften, wäre größer.

Ich erhob mich von meiner liegenden Position und eilte vorne um unser Fahrzeug herum. Kugeln flogen von dem felsigen Hügel herunter, der das Gebiet beherrschte, knallten gegen die Seite der Ziege und prallten blitzend gegen die Panzerung. Ich tauchte in Richtung Dreck. Mein Ellbogen stieß gegen einen kleinen Stein und Schmerz explodierte bis in meine Finger hinein.

Ich machte den Ursprung des Feuers schnell aus, erhaschte einen Blick auf ein fleckig blaues Gesicht, das hinter einem spitzen Felsen auftauchte, der aus dem steilen Berghang herausragte. Der Feind hatte seinen Hinterhalt gut gewählt. Zwei Cappaner feuerten aus einer Entfernung von einhundertfünfzig Metern, vielleicht vierzig Meter höher als wir. Ich hob mein Gewehr, um das Feuer zu erwidern, aber als ich es im Anschlag hatte, waren sie verschwunden.

Ich kämpfte mich nach ein paar Sekunden auf die Füße und kam mir dumm vor. Die Kugeln waren nicht für mich bestimmt gewesen. Zu hoch. Sie hatten vielleicht versucht, den Schützen zu treffen, der von seiner Position im Geschützturm weiterhin schwer feuerte. Meine Sinne funktionierten nicht, meine Reaktionen waren zu langsam.

Ich rannte vier schnelle Schritte und erwischte Belham, als er aus dem Vorderteil des Fahrzeugs ausstieg.

„Was zur Hölle tun Sie?" Ich packte seine Ausrüstung und schrie ihm ins Gesicht, sodass er mich trotz der Waffen und des Funks hören konnte.

Belham öffnete einen privaten Kanal. „Sir! Was machen Sie? Gehen Sie runter!" Der Schütze feuerte eine lange Salve, die ihn hauptsächlich übertönte, aber ich erfasste das Wesentliche. Ich ließ mich auf ein Knie fallen und er machte meine Bewegung nach.

„Wieso ziehen Sie sich zurück? Wir müssen den Bereich sichern und einen MEDEVAC rufen."

„Sir, wir müssen Sie–"

„Drauf geschissen." Ich unterbrach ihn. „Wir kämpfen uns durch, vernichten den Feind und holen unsere Leute raus. Verstanden?"

Belham zögerte vielleicht einen Herzschlag lang. „Ja, Sir."

Seine Stimme ertönte über das Platoon-Netz. „Blau vier, Blau zwei, kämpft euch durch den Feind durch. Blau eins, Sperrfeuer. Alle ausgestiegenen Soldaten kämpfen. Ausgestiegene folgen den Bewegungen von Ziege vier und zwei." Damit setzten sich die Soldaten, die hinten aus den Ziegen kamen – die Ausgestiegenen – sprintend in Bewegung.

Belham sah mich an.

Ich winkte ihn weg. „Gehen Sie! Kümmern Sie sich um die Ausgestiegenen. Ich helfe bei den Verwundeten." Jeder Teil von mir schrie, mich dem Kampf anzuschließen, aber das würde Belham ablenken. Er musste seine Truppe anführen, nicht auf einen Colonel aufpassen. Er drehte sich um und sprintete den beiden Fahrzeugen hinterher, das Gewehr in beiden Händen. Ich schaltete auf den Funk der Kompanie um, rief das

Hauptquartier, gab ihnen unsere Koordinaten durch und forderte Luftunterstützung an.

Sieben Minuten, antworteten sie.

Eine Ewigkeit.

Ich übertrieb nicht. Für einige dieser Soldaten war das vielleicht alles an Lebenszeit, die sie noch übrighatten.

Ich rannte zurück in Richtung des umgedrehten Fahrzeugs und ignorierte dieses Mal das Feuer um mich herum. Nichts war nah genug, um eine Rolle zu spielen. Die erste Rakete hatte die Vorderseite des Fahrzeugs zerfetzt. Drei Soldaten mühten sich damit ab, den Platoon Leader aus der zerquetschten, halboffenen Beifahrertür zu ziehen. Ich packte das zerklüftete Metall und zog, im Versuch, ihnen ein paar zusätzliche Zentimeter zu verschaffen. Schließlich zerrten sie einen blutverschmierten Körper durch die Lücke, den Rücken dabei den Feinden ausgesetzt.

Wir vier trugen Politte auf die sichere Seite des Fahrzeugs, damit es zwischen uns den bösen Jungs war. Das Feuer hatte sich wegbewegt und konzentrierte sich auf die Angreifer, aber wir gingen kein Risiko ein, für den Fall, dass es wieder losging.

Für Politte spielte es keine Rolle. Er verblutete.

Scheiße.

Ich kniete mich hin, rieb meine blutigen Hände und Unterarme im Dreck und im dünnen Gras und bedeckte mich mit rotbraunem Dreck, anstatt sauber zu werden.

Hardy lag in einer Reihe mit den anderen Verwundeten. Sie hatten die Verletzten vor den Toten evakuiert. Kaltes, aber korrektes Prozedere. Er blutete aus der

Schulter und noch stärker aus der Hüfte, wo ein Stück Knochen herausragte, erschreckend weiß im Vergleich zur blutroten Wunde. Ein Sanitäter beugte sich über ihn.

Hardy hatte die Augen geschlossen, aber er schien mich zu bemerken, als ich mich näherte, und neigte den Kopf etwas in meine Richtung. „Es tut mir leid, Sir."

„Es ist nicht Ihre Schuld …" Ich wollte mehr sagen – viel mehr –, die Beliebigkeit des Kampfes erklären, aber ich musste mich abwenden, ehe ich würgte. Das konnte ich einen verwundeten Mann nicht sehen lassen.

„Ich habe ihn betäubt", sagte der Sanitäter ein paar Sekunden später. Wir nannten es Mini-Stasis. Sie würde Hardys Körper und Blutungen verlangsamen, ihn umhauen, sodass der Sanitäter arbeiten konnte.

Ich nickte, ohne zurückzublicken, und ging weg. Ich traute es mir nicht zu, zu sprechen.

Kapitel Fünfzehn

Ich stand neben Belham, einen Moment lang unfähig, irgendetwas über mein Headset zu hören, weil die Triebwerke des MEDEVAC-Schiffs beim Start schrien. Wir standen abseits des Druckwellenbereichs, aber nur knapp, und die Hitze brannte stark genug in meinem Gesicht, dass ich mich abwand. Fünf von unserem Team waren mit dem Schiff fort. Zwei Tote, Lieutenant Politte eingeschlossen, und drei Verwundete, darunter Hardy, der zusätzlich zu seiner zerschmetterten Hüfte eine Menge Blut verloren hatte. Ich konnte immer noch nicht glauben, dass der blöde Hund sich bei mir entschuldigt hatte, als wäre es irgendwie seine Schuld.

Der Evac-Vogel verschwand hinter einer kleinen Wolkenbank und ließ triste Stille zurück. Als ich sprach, ertappte ich mich dabei, beinahe zu schreien, obwohl das nicht länger nötig war. „Weiter zum Ziel oder zurück zur Basis?", fragte ich Belham.

Er nahm den Helm ab und hielt ihn in der Armbeuge. „Zurück zur Basis."

Nicht die Antwort, die ich erwartet hatte. Wenn ich gedacht hätte, dass er die Mission aufgeben würde, hätte ich ihm vielleicht nicht die Wahl gelassen. Aber nachdem ich ihn gefragt hatte, konnte ich es jetzt nicht zurücknehmen. „Sind Sie sich sicher?"

„Yessir." Belham dehnte das „s" und verwandelte es beinahe in einen „z"-Laut, zog die Worte zusammen, sodass sie wie eins klangen. „Hier stimmt etwas nicht. Dieser Angriff ... der kommt mir komisch vor. Das hier war eine saubere Route.“

„Manchmal werden saubere Routen angegriffen“, sagte ich.

Er hielt inne. „Das ist es nicht, Sir.“ Etwas huschte über sein Gesicht. Verwirrung? „Die Cappaner ... die greifen so nicht an. Ein ununterbrochener Hinterhalt, bei dem wir unsere volle Feuerkraft entfalten können? Das passiert nie. Wir haben neunzehn von ihnen getötet. Unmöglich zu sagen, wie viele wir verwundet haben, ehe sie entkommen konnten.“ Nicht, dass die Verwundungen wirklich eine Rolle spielten: Cappaner hatten hervorragende Heilfähigkeiten und konnten beinahe jeden Schmerz ausblenden. Wenn man sie nicht tötete, entkamen sie fast immer. Oder kämpften weiter.

Ich dachte darüber nach. Ich hatte das auch noch nie zuvor gesehen. Nicht seit den ersten Tagen, in denen sie ihre Lektion über Frontalangriffe lernen mussten. Danach hielten sie sich an Überfall-Taktiken. Aber ich war in jüngster Vergangenheit nicht hier gewesen, also hatte Belham neuere Informationen. „Das scheint ungewöhnlich. Sie haben so noch nicht angegriffen?“

Er begegnete meinem Blick. „Nie, Sir.“

Ich kaute auf meiner Unterlippe. „Was, glauben Sie, bedeutet das?“

„Ich weiß es nicht, Sir. Aber ich will nicht weiter vorstoßen, ehe ich nicht Zeit hatte, das zu Ende zu denken und mit der Aufklärung zu reden.“

Ich wägte das ab, dann nickte ich. „Okay. Zurück zur Basis.“

„Abgesehen davon, Sir, es sind ein paar Jungs dort, mit denen Sie werden reden wollen, denke ich.“

„Ich habe gestern mit allen geredet“, sagte ich.

Belham lächelte matt. „Nicht mit jedem, Sir. Sie haben nur mit den Jungs auf Ihrer Liste geredet.“

„Und einige von denen haben mich angelogen.“ Ich machte einen Schuss ins Blaue und hoffte, Glück zu haben. Vielleicht wollte er mir etwas erzählen. Feuergefechte hatten seltsame Effekte auf Leute, veränderten manchmal die Art, wie sie über Dinge dachten.

Er zuckte mit den Schultern. „Vielleicht. Aber von denen wusste sowieso niemand etwas. Keiner von den Leuten, mit denen Sie gesprochen haben, hat irgendetwas gesehen.“

„Aber jemand anderes schon?“

Belham hob die Augenbrauen. „Es gibt zwei Soldaten, mit denen Sie reden müssen, Sir.“

„Wieso haben Sie nicht …“ Ich hatte meine Stimme erhoben, also unterbrach ich mich, und als ich wieder sprach, kontrollierte ich meinen Tonfall. Meine Worte enthielten dennoch etwas mehr Gift, als ich beabsichtigt hatte. „Wieso haben Sie mir das nicht vorher erzählt?“

Belham wandte sich um, entfernte sich von den beiden Soldaten in unserer Nähe und bedeutete mir, ihm zu folgen. „War nicht böse gemeint, Sir. Aber Sie tauchten mit Ihrem glänzenden neuen Körperpanzer aus dem Hauptquartier auf. Wir wussten nicht, wieso Sie hier sind, aber kommen Sie schon. Colonels von außerhalb tauchen nicht auf, um zu helfen.“

Ich hielt inne und kicherte dann. „Ja. Ich verstehe. Ich komme von Ihrem obersten Hauptquartier und ich bin hier, um zu helfen. Also, was hat sich geändert?"

Belham blieb stehen und bedeutete einigen der Männer, einzusteigen. „Sie sind einer von uns, Sir."

Ich nickte. „Danke."

„Ich danke *Ihnen*, Sir. Ich habe nicht an Luftunterstützung gedacht. Und wenn wir uns eilig zurückgezogen hätten, anstatt uns durchzukämpfen, und der MEDEVAC nicht gekommen wäre, bin ich mir nicht sicher, ob Jacobsen überlebt hätte."

Ich nickte wieder. „Okay. Also, zurück zur Basis, mit Ihren Leuten reden, und dann was?"

„Dann versuchen wir herauszufinden, woher die Bastarde wussten, dass wir kommen", sagte Belham.

Belham hielt Wort und brachte zwei Soldaten dazu, sich ein paar Stunden, nachdem wir zurück waren, mit mir zu treffen. Wir alle hatten Zeit gehabt, um unsere Einsatzberichte zu erstellen und uns sauberzumachen, aber nicht viel mehr als das. Belham wollte nicht, dass ich im Hauptquartier mit ihnen sprach, also fand er eine Stelle hinter einem der Fahrzeuge im Fuhrpark. Die Sonne hing gerade noch so über dem Horizont, warf lange Schatten und tauchte die Welt in einen rötlichen Farbton. Angesichts der kühleren Abendluft und einer leichten Brise – und der Tatsache, dass niemand auf mich schoss – hatte ich endlich zu schwitzen aufgehört.

Er brachte mir einen kleinen Holzhocker, auf den jemand ein Schaumpolster geklebt hatte – die Vorteile des Ranges, schätze ich. Die Soldaten – Essenbach und

Xiang – standen mit dem Rücken zu dem Fahrzeug, das sie vom verbleibenden Sonnenlicht abschirmte. Beide waren unruhig, als wären sie lieber woanders. Sie hatten die gleiche Größe und obwohl es im Sitzen schwer zu beurteilen war, nahm ich an, dass ich ihnen genau in die Augen sehen würde, würde ich stehen. Essenbach trug ihr Schiffchen auf dem blonden Haar, während Xiang seins abgenommen hatte. Sein kurzes, schwarzes Haar wogte leicht in der Brise.

„Wollen Sie sie zusammen oder einzeln befragen?", fragte Belham.

„Wir können zusammen anfangen", antwortete ich. „Ich kann sie später einzeln befragen, um offizielle Aussagen zu bekommen."

„Verstanden, Sir. Sie zwei antworten auf alles, was der Colonel fragt, klar?"

„Ja, Sergeant!" Die beiden Soldaten antworteten gleichzeitig.

„Entspannen Sie sich", sagte ich zu ihnen, sobald Belham uns alleingelassen hatte. Sie veränderten ihre Haltung kein bisschen.

Privates neigten dazu, Schwierigkeiten zu haben, in Gegenwart eines Colonels lässig dazustehen, selbst wenn man ihnen die Gelegenheit dazu gab. „Sie können sich gegen das Fahrzeug lehnen, wenn Sie wollen."

Keiner von beiden bewegte sich.

„Okay", sagte ich. „Ihr Platoon Sergeant sagt, Sie wüssten etwas über Lieutenant Mallot."

Sie blickten einander an, als diskutierten sie schweigend, wer sprechen würde. Xiang gewann. Oder verlor. Ich war mir nicht sicher. „Ja, Sir. Wo sollen wir anfangen?"

„Wieso fangen Sie nicht am Anfang an? Erzählen Sie mir, was bei der Patrouillenfahrt passiert ist."

Xiang nickte. „Ja, Sir. Es war ein anderes Basiscamp. Wir verstärkten die Special Forces, stellten Wachen in der Umgebung bereit, sorgten für Konvoi-Sicherheit, solche Sachen."

„Richtig." So viel hatte ich im Bericht gelesen, aber das ließ ich sie nicht wissen. Es war besser, wenn sie mir die ganze Geschichte in ihren eigenen Worten erzählten.

„Wir waren auf Patrouille, zu Fuß, eskortierten ein paar der Spec-Ops-Jungs für ein kleines Training zu einem cappanischen Camp. Wir hatten ein paar freundliche Caps bei uns, sie gingen vorne weg. Wir wurden schwer getroffen. Auf Befehl detonierende Minen – Sie wissen schon, Fernauslöser –, und ein paar schwere Waffen eröffneten das Feuer. Sie haben uns wirklich gut niedergehalten. Der Lieutenant ging bei der ersten Minenexplosion zu Boden, die die Mitte unserer Kolonne traf. Hat einen Teil seines Beins sauber abgesprengt. Ich erinnere mich, dass ich seinen Stiefel auf der Erde liegen sah. Das Feuergefecht dauerte ziemlich lange, bis wir Luftunterstützung bekamen, dann wich der Feind zurück."

Alles, was er gesagt hatte, passte zu den früheren Berichten. „Was ist dann passiert?", fragte ich.

„Einer der Special-Ops-Jungs, ein Captain–"

„Captain Sessma", warf Essenbach ein.

„Richtig, Sessma", sagte Xiang. „Er begann, einen der freundlichen Cappaner in der Patrouille anzubrüllen."

„Was hat er gesagt?", fragte ich.

„Kann ich nicht sagen, Sir. Er hatte seinen Übersetzer an, ich meinen nicht.“

„Aber er brüllte?“

„Ja, Sir“, sagte Xiang. „Auf jeden Fall. Brüllte und ging vorwärts, und der Cappaner sprach auch, wich aber zurück. Ich glaube, der Captain gab ihm die Schuld dafür, dass wir getroffen worden waren. Wir hatten sieben Verluste und der Captain war angepisst. Aber drei der sieben waren Cappaner, also weiß ich nicht, wieso er sie angebrüllt hat. Auch sie hatten Leute verloren.“

„Ich verstehe“, sagte ich. Seine Geschichte wich leicht von dem ab, was ich zuvor gehört hatte, aber nicht maßgeblich. „Was passierte dann?“

Xiang drehte sich zu Essenbach um und sie nickte. „Dann, Sir, haben wir die Sicherheitskräfte abgezogen, sodass sie einen MEDEVAC reinbringen konnten. Essenbach und ich, wir waren für die innere Zone verantwortlich.“

„Also waren Sie nah am Vogel, als er reinkam?“

„Ja, Sir“, sagten sie gemeinsam.

„Okay, gut.“ Ich tippte eine Notiz auf meinem Gerät. „Das ist jetzt wichtig. Haben Sie gesehen, wie Lieutenant Mallot an Bord geladen wurde?“

„Ja, Sir“, sagte Xiang.

„Sind Sie sich sicher?“ Ich unterstrich meine Notiz.

„Ja, Sir“, sagte Xiang, dann nickte Essenbach. „Aber das ist nicht alles.“

Ich versuchte, meine Euphorie zu zügeln. Das war der erste definitive Beweis, dass jemand gesehen hatte, wie Mallot eingeladen wurde. „Okay. Was noch?“

„Sir–“ Xiang hielt inne. „Sie haben alle Verluste auf das Schiff geladen.“

„Okay“, sagte ich. Er sagte es, als wäre es wichtig, aber es kam mir ganz gewöhnlich vor.

Xiang starrte mich unverwandt an. „Sir, Sie verstehen nicht. Sie haben *alle* Verluste eingeladen. Auch die Cappaner.“

Mich durchfuhr ein Schaudern. „In unser Schiff? Sie haben die verfickten Cappaner in *unser* Schiff geladen?“

„Ja, Sir“, sagten sie gemeinsam.

„Wo ist das Schiff hin?“ Ich kannte die Antwort instinktiv, aber ich musste fragen. Eine lebende Spezies von ihrem Heimatplanet zu entfernen, verstieß gegen mindestens ein halbes Dutzend Gesetze. Ein paar Pandemien und Millionen Tote vor hunderten von Jahren sorgten dafür, dass diese Gesetze in Kraft blieben und streng durchgesetzt wurden.

Xiang zuckte mit den Schultern. „Ich weiß es nicht, Sir. Hoch.“

„Also runter vom Planeten?“, fragte ich.

Xiang sah Essenbach an, dann wieder mich. „Das können wir nicht mit Sicherheit sagen, Sir. Es sah aus, wie jeder andere startende Medi-Vogel.“

„Heilige Scheiße.“ Ich stand auf und begann, auf und ab zu gehen. „Wem haben Sie das noch erzählt?“

„Niemandem, Sir“, sagte Xiang.

„Niemandem?“ Ich blieb stehen und wandte mich an Xiang. „Wieso nicht?“

Xiang zuckte zusammen und mir wurde bewusst, dass ich meine Stimme erhoben hatte.

„Sorry.“ Ich zwang mich dazu, mich wieder zu setzen. „Wieso haben Sie es niemandem erzählt?“

„Sergeant Belham befahl uns, es niemandem zu erzählen“, sagte Essenbach mir hoher, schriller Stimme.

„Das stimmt, Sir“, sagte Xiang. „Am Tag nach dem Angriff. Da hat uns Sergeant First Class Belham gesagt, dass wir den Mund halten sollen.“

„Ich verstehe.“ Ich lehnte mich auf meinem Hocker zurück, sodass er auf zwei Beinen stand.

Ich hielt einen Moment lang inne, bekämpfte das Verlangen zu explodieren, dann beruhigte ich mich, ehe ich wieder sprach. „Sergeant Belham hat das Richtige getan.“ Ich war mir nicht sicher, ob das stimmte, aber die Privates musste es dennoch glauben.

Ich holte Belham ein, als er aus dem Hauptquartier kam, nachdem ich mit den Soldaten fertig war. Es war einer dieser Zufälle, bei denen er nach mir suchte, während ich zur gleichen Zeit nach ihm Ausschau hielt. Ich ließ ihm keine Gelegenheit zu sprechen, ging auf ihn zu und konfrontierte ihn. „Wieso haben Sie diese beiden vor der Untersuchung verborgen?“

Dem kleinen Sergeant klappte die Kinnlade runter, als hätte ich ihm in die Magengrube geschlagen, aber er erholte sich rasch. Er machte mit einem Fuß einen halben Schritt zurück, sodass er schräg zu mir stand und etwas Platz zwischen uns war. „Ich nehme an, Sie haben Ihnen also etwas Nützliches erzählt, Sir?“

„Sie wissen verdammt gut, dass sie das haben.“ Ich senkte bewusst die Stimme, sodass ich nicht die ganze Basis beschallte.

„Das ist gut“, sagte er.

„Ja, das ist gut. Aber wenn sie es vorher jemandem erzählt hätten, wäre ich vielleicht nicht einmal hier.“ Es kam beinahe wie ein Zischen heraus. „Sie haben bewusst Informationen zu einer Untersuchung vertuscht.“

Belham hielt inne und schürzte die Lippen. „Ja, Sir. Das habe ich“, sagte er nach einem Moment.

„Das ist es?“ Ich gestikulierte mit beiden Händen vor ihm herum, so wie ich es tue, wenn ich frustriert bin. „Keine Erklärung?“

„Wollen Sie eine Erklärung, Sir?“

„Natürlich will ich eine verfickte Erklärung!“

Er nickte. „Gehen Sie ein Stück mit mir.“ Er ging los, ohne zu schauen, ob ich folgte. Ich tat es beinahe nicht, aber etwas an der Art, wie er es gesagt hatte, packte mich. Er hatte zu viel Selbstvertrauen, und das machte mich neugierig.

„Ich habe vorschriftsmäßig über die Situation berichtet“, sagte er, nachdem wir zwei Dutzend Meter gegangen waren.

„Ich glaube nicht–“

„Lassen Sie mich ausreden, Sir“, sagte er und unterbrach meinen Einwand. „Lassen Sie mich sagen, was ich zu sagen habe, dann urteilen Sie und tun, was Sie tun müssen.“

Ich blieb stehen. „Okay. Aber Sie erzählen mir alles.“

„Yessir. Alles. Als wir von der Mission zurückkamen, am Tag, als Lieutenant Mallot getroffen wurde, ließ ich Sergeant Caena berichten, was er gesehen hatte. Was sein ganzes Team gesehen hatte. Caena war Essenbachs und Xiangs Gruppenführer. Sie haben alle das Gleiche gesehen, also ging er zur Einsatznachbesprechung ins Hauptquartier. Standardprozedur.“

„Caena hat Ihnen auch davon erzählt?“

„Yessir, er hat es mir erzählt, ehe er es dem Hauptquartier berichtete. Ich war derjenige, der ihn dort hingeschickt hat. Ich nahm an, der Captain würde ausflippen, aber nichts geschah. Es war spät und wir mussten an unserer Ausrüstung arbeiten und außerdem Inventur von Mallots Ausstattung machen, also habe ich es erst am nächsten Morgen nachverfolgt.“

„Ihnen musste bewusst gewesen sein, dass es eine große Sache war“, sagte ich.

„Yessir, ich wusste, was das bedeutet. Aber wenn man hier unten in der Scheiße steckt, spielt das große Ganze manchmal nicht so eine große Rolle wie die kleinen Dinge. Ich tat, was ich tun musste, habe meine Soldaten ins Bett gehen lassen und hatte vor, mich am nächsten Morgen danach zu erkundigen.“

„Sie hatten vor ...“

„Yessir. Aber in dieser Nacht wurde es verrückt. Mehrere Raketenangriffe. Wir waren immer wieder auf den Beinen und bekamen nicht viel Schlaf. Lange Rede, kurzer Sinn: Es war beinahe Mittag, als ich es zum Kommando-Hauptquartier schaffte.“

„Einen Moment, ehe Sie weitererzählen. Mit wem genau beim Kommando haben Sie gesprochen?“

„Dem Captain, Sir.“

„Captain Zattel?“

Belham nickte. „Ja, Sir. Ich habe direkt mit ihm gesprochen.“

„Okay.“ Ich atmete durch die Nase aus. „Seien Sie sehr präzise. Was haben Sie ihm erzählt?“

„Ich habe ihm erzählt ... nein, warten Sie, ich habe ihn gefragt, ob Caena Bericht erstattet hätte. Und er sagte mir, das hätte er.“

„Was dann?“, fragte ich.

„Dann sagte der Captain, dass Caena Unsinn berichtet hätte und er ihn evakuieren ließe, für eine psychologische Beurteilung.“

Ich stand für mindestens eine halbe Minute schweigend da und verarbeitete das. Zattel wusste Bescheid. Oder er dachte wirklich, dass Caena verrückt war, aber das glaubte ich nicht eine Sekunde lang. „Also, was haben Sie getan?“

„Was glauben Sie, was ich getan habe, Sir? Ich sagte dem Captain, dass mein Mann gesehen hat, was er gesehen hat.“

„Was hat Zattel dazu gesagt?“

„Er hat mich ganz direkt gefragt, ob ich selbst etwas gesehen hätte. Was ich nicht hatte. Dann wiederholte er sich. Er sagte Caena. Hätte. Nichts. Gesehen. So hat er es gesagt. Dann erhob er die Stimme und fragte mich, ob ich ein Problem hätte.“

„Und was haben Sie gesagt?“

„Ich sagte: ‚Nein, Sir, ich habe kein Problem.‘ Sie können jeden fragen, der an jenem Tag im Befehlsstand war, wenn Sie wollen. Alle haben den letzten Teil gehört ... wie der Captain brüllte.“

Ich nickte. „Nein, ich glaube Ihnen. Deshalb also sagten Sie Essenbach und Xiang, sie sollen den Mund halten.“

Er nickte. „Yessir.“

„Scheiße.“ Ich wirbelte mit dem Fußballen Staub auf. „Yessir.“

„Und als die Ermittlung durchgeführt wurde ...“

„Ich habe dem Major, der die Untersuchung geleitet hat, keine Namen genannt. Ich sagte ihm, dass Caena glaubte, er hätte etwas Ungewöhnliches gesehen, aber Caena war fort. Habe ihm gesagt, dass niemand sonst etwas gesehen hat. Ich wollte nicht, dass noch jemand in der Psychiatrie verschwindet."

„Moment mal, Sie haben dem ermittelnden Offizier von Caena erzählt?" Ich hatte zu Boden gesehen, hob jetzt aber wieder den Blick.

„Ja, habe ich definitiv."

„Das stand nicht im Bericht." Oder? Ich weiß, dass ich es nicht gesehen hatte, denn daran hätte ich mich erinnert. Ausgeschlossen, dass ich das übersehen hätte.

„Dabei kann ich Ihnen nicht helfen, Sir. Ich weiß, dass ich es ihm erzählt habe."

„Als Teil Ihrer Aussage?", fragte ich.

Belham dachte einen Augenblick lang nach. „Nein, Sir, ich glaube nicht. Ich glaube, das war davor. Als der Dienstälteste, der bei Mallots Verwundung vor Ort war, sprach der Major zuerst mit mir. Ich habe ihm hauptsächlich die Namen der Leute genannt, mit denen er reden sollte."

Ich schlug mir in die Handfläche. „Okay ... okay."

„Was tun wir jetzt, Sir?"

„Einen Moment, ich muss nachdenken." Belham hatte dem Ermittler von Caena erzählt, und Zattel wusste ganz sicher von Caena. *Wer sonst wusste davon, und seit wann?* „Ich muss mir den Bericht noch mal anschauen, aber ich habe ihn auf der Raumstation gelassen. Ich will Zattel nicht zur Rede stellen, weil ich damit zu viel preisgeben würde."

„Yessir. Ich würde es vorziehen, wenn Sie nicht mit dem Captain sprächen."

„Deswegen ließen Sie mich außerhalb des Hauptquartiers mit Ihren Leuten sprechen.“
„Yessir.“

„Und ich muss immer noch raus und mit Karikov
sprechen.“

„Sir … was das betrifft …“

„Oh, spucken Sie es einfach aus.“ Ich kicherte beinahe
unwillkürlich. Was könnte sonst noch kommen?

„Als Sie mit Essenbach und Xiang sprachen, habe ich
mir die Satellitenübertragung des Gebiets angesehen,
in dem wir in den Hinterhalt gerieten. Sie werden es
nicht glauben.“

„Keine Erfassung?“

„Sie haben uns in dem 55 Minuten langen Zeitfenster
zwischen zwei Vorbeiflügen angegriffen“, sagte er.

„Was ist mit dem Geo-Synch?“ Wir hatten zwei Typen
von Satelliten: Die High-Tech-Dinger, die einem die
meisten Daten beschafften und etwa jede Stunde vorüberflogen, und die weniger hoch aufgelösten geosynchronen Vögel, die ein paar Fähigkeiten gegen ein ununterbrochenes Bild tauschten.

„Die Geo-Synch-Übertragung war ausgefallen. Fiel
etwa eine Stunde aus, ehe wir angegriffen wurden, und
war erst deutlich danach wieder online.“

Ich starrte ihn an. „Fuck.“

„Yessir.“

„Das sind eine Menge Zufälle.“

„Yessir. Erinnern Sie sich daran, dass ich nach dem
Hinterhalt sagte, mir käme etwas komisch vor? Jetzt ist
es beinahe ein komplettes Stand-up-Special.“

„Ja.“ Ich ließ die Arme an meine Seiten fallen. Wir waren in einem perfekten Zeitfenster, das beinahe nie auftrat, in einen Hinterhalt gelockt worden, an einem Ort, an dem niemand hätte sein sollen. Ich wusste, was die Daten mir sagten, aber ich wollte es immer noch nicht glauben. Und ich wollte es definitiv nicht laut aussprechen. Aber es deutete alles auf eine Sache hin:

Jemand hatte uns eine Falle gestellt.

Sie hatten einheimische Truppen benutzt, und das wies auf Karikov hin, denn seine Spezialkräfte arbeiteten eng mit ihnen zusammen. Aber es hätte vielleicht auch jemand anders tun können, in dem Wissen, dass ich an Karikov denken würde. Vielleicht machte ich mir zu viele Gedanken. Karikov bot die einfachste Erklärung.

„Sir?", fragte Belham und mir wurde bewusst, dass ich eine Weile dagestanden hatte, ohne etwas zu sagen.

„Sorry. Wir können nicht wieder raus, bevor wir ein paar Antworten haben. Ich muss auf die Raumstation." Ich hatte die Entscheidung getroffen und wusste augenblicklich, dass es die richtige war. Ich konnte nicht noch mehr Soldaten in Gefahr bringen, nur um zu Karikov zu gelangen, bis ich wusste, wer mich aufhalten wollte. Und bis ich wusste, wie weit sie zu gehen bereit waren.

„Yessir, ich verstehe." Er hielt inne. „Sir, was immer passiert, Sie müssen meine Leute schützen."

„Ich werde tun, was ich kann", sagte ich.

Belham trat mir in den Weg, als ich weggehen wollte, seine dunklen Augen starrten in meine herauf. „Nein, Sir. Bei allem gebotenen Respekt: Das ist Scheiße. Geben Sie mir nicht diese Offiziersantwort, die Sie vom Haken lässt, wenn meine Leute gefickt werden, indem

Sie sagen: ‚Ah, ich habe getan, was ich konnte.‘ Ich brauche mehr als das.“

„Belham. *Ich werde verfickt noch mal tun, was ich kann.*“

Er lächelte. „Yessir. Das ist besser.“

Kapitel Sechzehn

Im Shuttle nach Cappa Base sah ich meine Notizen durch. Ich hatte eine Menge Probleme und nicht viele Lösungen. Das Verschwinden von Sergeant Caena via Psychiatrie deutete darauf hin, dass er vermutlich durchs Krankenhaus gekommen war, wo man mich nicht sonderlich herzlichen empfangen würde. Erstens hatte jemand außerirdisches Leben von seinem Heimatplaneten entfernt, ein klarer Verstoß gegen das Gesetz. Zweitens war die Crew, die das getan hatte, tot, und drittens konnte ich niemandem von meinen beiden Zeugen erzählen, ohne sie in Gefahr zu bringen. Dazu kamen die Möglichkeit, dass Karikov unsere eigenen Truppen in einen Hinterhalt gelockt hatte, um zu verhindern, dass wir zu ihm gelangten, und die liebliche Tatsache, dass ich absolut keine Möglichkeit hatte, das zu beweisen oder zu widerlegen ... ja, ich steckte fest.

Mein Bauchgefühl sagte mir, zuerst den Special-Ops-Ansatz zu verfolgen. Ich könnte ein paar Techniker an die Arbeit schicken, um herauszufinden, was mit den Satelliten passiert war, um dort vielleicht eine Spur aufzutun. Aber das würde Stirling alarmieren, und ich wusste noch nicht, ob er etwas mit Caenas Verschwinden zu tun hatte – ich konnte die Möglichkeit nicht ausschließen, dass Karikov und Stirling zusammengearbeitet hatten. Definitiv nicht bei allem. Es war ausgeschlossen, dass Stirling an dem Angriff auf seine eigenen Männer tags zuvor beteiligt gewesen war. Stirling war ein Arschloch, aber so weit würde er nicht gehen. Ich hätte dasselbe gerne über Karikov gesagt, es gab genug Anlässe für Zweifel. So oder so, ich kannte die ganze Beziehung zwischen den beiden nicht, und bis ich das tat, wollte ich Stirling nicht mehr als nötig erzählen.

Das Shuttle landete etwas härter als normal im Hangar, mit einem heftigen Knall, und katapultierte mich wieder in die Gegenwart zurück.

Ich war auf den Beinen, ehe sich die Tür ganz geöffnet hatte, hüpfte die Rampe hinunter und durch den Tunnel in die Dekontaminationskammer hinein. Mac folgte mir eilig. Je weniger man über Dekontamination sagt, desto besser. Der Hinweis möge genügen, dass man auf unangenehme Arten besprüht, bestrahlt und gescannt wird, um sicherzustellen, dass man keine unangenehmen Überraschungen von der Oberfläche mitbringt. Das Ganze hatte einen seltsamen Geruch, den mir nie jemand erklärte, wie eine Kreuzung zwischen Ammoniak und angebranntem Toast.

Es war nicht das Schlimmste, was ich je erlebt hatte, aber es war in den Top Ten.

Major Alenda wartete unmittelbar außerhalb der Kammer, was sich als nutzlos herausstellte, da wir immer noch im Hangar waren und einander nicht hören konnten, bis wir uns ein wenig von der Kakophonie aus Triebwerken und Maschinerie entfernt hatten.

Sie sprach, sobald der Lärm abgeebbt war. „Wie war der Trip zur Oberfläche, Sir?"

Ich warf ihr einen bösen Blick zu. „Wir wurden in einen Hinterhalt gelockt und Hardy wurde verletzt. Was glauben Sie, wie es war? Und sagen Sie mir ja nicht, dass Sie mich gewarnt haben. Nicht nachdem Hardy getroffen wurde.“

„Würde nicht mal im Traum dran denken, Sir.“

Ich nickte knapp. „Wie geht es ihm?“

„Er ist stabil, Sir. Seine Hüfte war ziemlich übel zugerichtet und sie haben ihn betäubt, mindestens für die nächsten 72 Stunden, um die Heilung zu beschleunigen. Der Arzt sagt, er wird vermutlich zehn Tage im Bett liegen und danach eine weitere Woche brauchen, ehe er wieder vollkommen fit für den Dienst ist.“

„Siebzehn Tage für eine zerschmetterte Hüfte? Das ist eine ziemlich gute Einrichtung“, sagte ich. „Man würde es im zivilisierten Teil der Galaxie nicht viel besser treffen.“

„Das ist eine Tatsache, Sir. Wir haben einige ziemlich hochwertige Ärzte hier draußen.“

„Ich schätze schon.“ Ich drückte den Knopf und die Tür, die aus dem Hangar hinausführte, öffnete sich zischend. „Danke, dass Sie nach ihm gesehen haben, Lex.“ Ich fühlte mich mies, weil er bei seiner ersten Mission getroffen worden war, als wäre ich irgendwie dafür verantwortlich.

Alenda wartete darauf, dass ich zuerst durchging, dann machte sie ein paar schnelle Schritte, um mich wieder einzuholen. „Haben Sie bekommen, was Sie für die Untersuchung wollten, Sir?“

„Captain Zattel hatte alles vorbereitet, als ich ankam, genau wie Sie es sagten“, sagte ich. Alenda fischte nach etwas, aber das bedeutete nicht, dass ich es ihr leicht machen musste. Falls sie etwas wissen wollte, sollte sie danach fragen. Etwas bezüglich der Frage ließ mir keine Ruhe. Ich konnte es nicht erklären, aber ich begann zu vermuten, dass jemand anders Antworten wollte. Jemand über ihr. Es mag meine Einbildung gewesen sein. Mein Gehirn macht seltsame Dinge, wenn meine eigenen Leute mich in einem Hinterhalt zu töten versuchen. Wir liefen schweigend nebeneinander her, bis wir beinahe die Tür zu meinem Quartier erreicht hatten.

„Sir …", sagte sie schließlich.

„Ja?" Ich blieb stehen und drehte mich um, um sie anzusehen.

„Wir haben Berichte von dem Angriff erhalten, und dann das Ersuchen für das Shuttle." Sie hielt inne. „Und sonst nichts."

Ich lächelte. „Ich weiß. Das ist alles, was ich geschickt habe."

„Ja, Sir. Wir haben einen Bericht von Captain Zattel, aber alles was darinstand, war, dass sie Befragungen durchgeführt haben, nicht aber, worum es ging."

„Jepp." Ich nickte. „Ich habe allen, die ich befragt habe, befohlen, nicht darüber zu reden. Freut mich zu sehen, dass sie zugehört haben."

„Ja, Sir." Alenda blickte zu Boden und verschränkte die Hände vor sich. „Es ist nur so … mein Boss kommt nicht gut damit klar, wenn er nicht weiß, was in seinem Kommando vor sich geht."

„Ich verstehe. Wenn ich an Colonel Stirlings Stelle wäre, würde es mir ganz genauso gehen." Ich ließ meine Stimme etwas sanfter klingen. „Ich verstehe, in welche Lage Sie das versetzt."

Alenda atmete geräuschvoll aus. „Das ist großartig, Sir. Also werden Sie mit ihm reden?"

Ich dachte einen Moment lang nach. „Sicher, ich werde mit ihm reden. Lassen Sie mich duschen, dann gehe ich gleich rüber. Man sollte meinen, dass man sich nach der Dekontamination sauber fühlt. Geht mir nie so. Daran sollten sie arbeiten."

Alenda lächelte halb. „Danke, Sir."

„Nicht der Rede wert." Ich hatte nicht die Absicht, Stirling in Kenntnis zu setzen, aber das wollte ich Alenda nicht wissen lassen. Jetzt, da ich wusste, dass Stirling interessiert war, entschied ich, ihn warten zu lassen. Es war auf eine Art scheiße gegenüber Lex, aber ich hatte auch nicht gerade eine Reisetasche voller Ideen.

„Hey, haben Sie irgendetwas herausgefunden bezüglich des verfrühten Kälteschlafs von Sergeant Santillo?"

Lex schüttelte den Kopf. „Das scheint sauber zu sein, Sir. Sie haben mit einem Befehl den Kälteschlaf von dreißig Soldaten vorgezogen. Ich habe etwas tiefer gebohrt, aber die einzige Antwort, die ich bekam, war, dass einer der Kälteschlaftechniker sich verletzt hatte und sie die Arbeit mit weniger Händen verrichten mussten."

„Danke." Ich hatte dort keine Hilfe erwartet. Ich schätze, es war eine plausible Erklärung, obwohl es sich immer noch anfühlte wie ein zu großer Zufall. Ich drehte mich um und ging in mein Zimmer.

Ich warf meine Sachen aufs Sofa. Sie wollten mich nicht im Krankenhaus, und da Hardy bewusstlos war, konnte ich ihn nicht als Ausrede für einen Besuch benutzen. Ich wollte nicht mit Stirling reden und Karikov nicht mit mir. Aber ich musste mit *irgendjemandem* reden. Nach einer Minute nahm ich den Kommunikator und rief die Kontaktinfo auf, die Karen Plazz mir gegeben hatte. Falls es eine Person gab, von der ich wusste, dass niemand mit ihr zusammenarbeitete, war es die von den Medien. Sie antwortete beim zweiten Klingeln und wir verabredeten uns in fünfundvierzig Minuten zum Essen. Ich zog mich aus und sprang unter die Dusche. Es wäre schlecht, sich mit einer Reporterin zu treffen und nach Kampf und Dekontamination zu riechen.

Ich war vor Plazz in der Messe und wartete auf sie, ehe ich mich anstellte. Sie hatte ihr blondes Haar zu einem strengen Dutt zurückgebunden, trug ein weißes, langärmeliges Hemd und eine hellbraune Hose, die ein wenig zu eng war für den Dienst im All. Wenigstens fünf Soldaten glotzten ihr auf den Arsch, als sie vorüberging. Ich bezweifle, dass das ein Versehen von ihr war.

„Schön, Sie zu sehen, Colonel." Sie nahm meine Hand in ihre beiden, als wir Hände schüttelten, was mich aus irgendeinem Grund ärgerte. Es fühlte sich zu intim an oder so etwas. Ich mag keine gefühligen Menschen.

„Ebenso", sagte ich.

„Wie ich höre, waren Sie unten auf dem Planeten. Ich habe auch gehört, dass es einen kleinen Kampf gegeben hat." Sie sagte es zwanglos, obwohl ihre schmalen Lippen und ihr entschlossener Blick alles andere als zwanglos wirkten.

„Ja, wir sind in eine kleine Auseinandersetzung geraten. Holen wir uns einen Teller. Ich erzähle Ihnen davon, aber ich bin am Verhungern.“

„Sicher“, sagte sie.

Wir trennten uns und trafen uns an einem leeren Tisch wieder, an dem acht Menschen Platz hatten. Ich verließ mich darauf, dass mein Rang alle verscheuchte, die darüber nachdenken mochten, sich zu setzen. Das funktionierte für gewöhnlich.

„Was wissen Sie über Colonel Karikov?“ Ich fragte, ehe sie eine Gelegenheit hatte, mit ihren eigenen Fragen zu beginnen.

Sie sah mich an. „Wissen Sie, so arbeiten Reporterinnen normalerweise nicht. Normalerweise stelle ich Ihnen Fragen und Sie erzählen mir Dinge.“

Ich zuckte mit den Schultern. „Wir sprechen inoffiziell, richtig?“

Sie lächelte. „Sicher. Inoffiziell.“

Ich schluckte einen Bissen Brot herunter. Ich war wirklich hungrig. „Was also schadet es, wenn wir ein wenig geben und nehmen?“

Sie stach ihre Gabel in ihren Salat, aß aber keinen Bissen. „Nichts. Ich schätze, wir können Informationen teilen. Ich nehme an, Sie haben etwas für mich.“ Sie wirkte argwöhnisch. Ich verübelte es ihr nicht.

„Ja, habe ich. Ich bin mir nicht sicher, ob es eine Story ist, aber ich war im Gefecht.“

Sie schien darüber nachzudenken. „Okay. Sie haben einen Deal. Karikov. Ich weiß nicht viel. Spezialkräfte öffnen sich Reporterinnen nicht gerade, wissen Sie?“

„Ich weiß.“

„Aber er hat Geschichte", fuhr sie fort. „Alle schlimmen Orte. Rensa 4, Polla 5. Mehrere Einsätze."

„Kein Scherz?" Ich sprach mit dem Mund voll Pasta. Vermutlich schlechter Stil. „Das *waren* harte Gegenden."

„Sie müssen es wissen." Sie hatte immer noch nichts gegessen, aber ich ließ mich davon nicht stören.

Ich kicherte, dann verbarg ich es hinter einem Schluck von meinem Wasser. „Ich schätze, Sie haben Ihre Hausaufgaben gemacht."

Sie begegnete meinem Blick. „Kommen Sie schon, Carl. Haben Sie das je bezweifelt?"

„Nein, habe ich nicht. Ich habe mich tatsächlich darauf verlassen. Was wissen Sie sonst über Karikov?"

„Ich weiß, dass er seit zweieinhalb Jahren hier ist."

Ich stieß einen Pfiff aus. „Das ist nicht normal."

Sie presste die Lippen zu einem schmalen Strich zusammen. „Nein. Ist es nicht. Und er hat beinahe die ganze Zeit auf der Oberfläche verbracht. Ich kann niemanden finden, der ihn in den letzten zwei Jahren hier oben gesehen hat. Okay – jetzt bin ich dran. Wieso sollte man jemanden so lange hier draußen lassen?"

Ich aß einen Bissen von irgendeiner Art Fleisch, um mir Zeit zum Nachdenken zu verschaffen, ehe ich antwortete. Es half nicht. „Ich weiß es wirklich nicht." Es half ihr nicht, aber es war die Wahrheit. Ich hatte nie von einem so langen Einsatz gehört. Manchmal machten Jungs eine Verlängerung, aber nie länger als zwei Jahre.

„Nicht sicher, ob das eine Story ist", sagte sie. „Aber es ist interessant."

„Ist es."

„Abgesehen davon ist der Rest hauptsächlich Standard", sagte sie. „Seine Männer sind fanatisch loyal, aber das ist nichts Neues in seiner Branche. Sie reden nicht, ebenfalls nicht ungewöhnlich. Es ist also wirklich das, was man in etwa erwarten würde."

„Abgesehen davon, dass er auf einem feindlichen Planeten lebt und nie eine Pause macht."

„Exakt." Sie gestikulierte mit ihrer Gabel. „Ich frage mich, was die Seelenklempner dazu sagen würden."

„Sie haben keinen gefragt?" Ich hatte ebenfalls über Psychologen nachgedacht, aber nicht aus dem gleichen Grund.

„Habe nicht wirklich einen Ansatz gesehen, den ich verwenden kann", sagte sie. „Also, was haben Sie für mich?"

Ich legte meine Gabel hin. „Wir gerieten in einen Hinterhalt. Sie haben das Führungsfahrzeug angegriffen und dann weiter auf uns gefeuert, während wir versuchten, die Verwundeten zu bergen. Es brauchte eine ordentliche Menger Feuerkraft und Manöver, da auszubrechen, und wir hatten keinen wirklichen Vorteil, bis die Luftunterstützung kam. Etwa zwanzig getötete Feinde. Ich bin mir sicher, dass Sie die Verlustinformationen auf unserer Seite kennen."

Sie rollte mit den Augen. „Das ist alles, was Sie haben? Das ist ziemlich dürftig für eine Story. Das meiste davon wusste ich bereits."

Ich zuckte mit den Schultern. „Über die Untersuchung kann ich nicht reden, wenn es das ist, was Sie wollten."

„Wieso versuchen Sie, mich zu ficken, Carl?"

Ich weiß, es klingt sexistisch, aber es hat immer einen größeren Effekt auf mich, wenn eine Frau flucht, als wenn ein Mann es tut. Vielleicht liegt es daran, dass ich es nicht so sehr erwarte. Das schließt allerdings keine Soldaten mit ein. Soldaten und Soldatinnen sind gleichberechtigt, was den Gebrauch von Schimpfwörtern betrifft. Aber als die Reporterin es tat … das rüttelte mich etwas wach. „Ich dachte nicht, dass ich das tue", sagte ich. „Dieser Angriff … er war nicht normal."

„Wirklich … reden Sie weiter." Ich hatte wieder ihre Aufmerksamkeit, ihre großen Augen starrten mich an.

„Es war eine neue Taktik. Nichts, was ich auf Cappa je gesehen habe. Normalerweise schlagen sie zu und flüchten, ehe wir Feuerkraft hinzuziehen können. Dieses Mal blieben sie und kämpften."

„Interessant." Sie hatte aufgehört, so zu tun, als esse sie, und begann, auf ihrem Gerät zu tippen.

„Zitieren Sie mich nicht", sagte ich.

„Okay. Ich werde Sie ‚eine Quelle' nennen."

Ich nickte. „Das geht."

„Was, glauben Sie, bedeutet sie?", fragte sie. „Die neue Taktik des Feindes."

Ich zuckte mit den Schultern. „Sie haben uns an einer geeigneten Stelle angegriffen, mit gutem Timing und mit ernstzunehmender Feuerkraft." Ich wollte ihr von den Lücken in der Satellitenüberwachung erzählen, aber es war ausgeschlossen, dass ich damit davonkäme, eine derart geheime Information rauszugeben. Das würde man ganz sicher zu mir zurückverfolgen.

Karen saß einen Moment lang schweigend da und fixierte mich mit ihrem Blick. Falls sie mich verunsichern wollte, würde sie enttäuscht werden. Ich hatte den Punkt lange hinter mir, an dem mich ein hübsches Gesicht und große, blaue Augen aus dem Konzept brachten. „Wieso erzählen Sie mir das?"

„Ich habe Ihnen was geschuldet, weil Sie mir von Karikov erzählt haben", sagte ich.

„Nein." Sie schüttelte den Kopf. „Sie *wollen* diese Story da draußen haben. Wieso?"

Scheiße. War das so offensichtlich gewesen oder war sie so gut? Ich wollte, dass die Story in die Presse kam. Ich wollte, dass Karikov wusste, dass ich wusste, dass etwas nicht stimmte. Das hatte er sich vermutlich schon zusammengereimt, aber ich wollte sicherstellen, dass er keine Zweifel hatte. Ich musste ihn dazu bringen, etwas zu tun. Irgendetwas.

„Kommen Sie schon, Carl. Sie versuchen, mich zu benutzen."

„Nein." Ich blickte auf meine Hände hinunter und dann wieder hoch. „Vielleicht. Ich weiß es nicht."

Sie kicherte. „Okay, welches davon ist es?"

„Ich weiß es nicht." Ich saß einen Moment schweigend da. „Ich weiß es wirklich nicht. Diese Ermittlung führt nirgendwo hin, ich habe nur Sackgassen und weiß wirklich nicht, was ich als Nächstes tun soll."

„Also keine Spuren bezüglich des Aufenthaltsorts von Lieutenant Mallot."

Diese Dame war gut. „Nein. Keine."

„Darf ich das verwenden?", fragte sie. „Kommen Sie, Carl. Sie werden zu irgendeinem Zeitpunkt einen Gefallen von mir einfordern. Zur Hölle, Sie fordern jetzt schon einen."

„Ich gebe Ihnen eine echte Story über den Angriff", protestierte ich.

„Das muss ich Ihnen lassen." Sie hielt inne. „Aber nur, weil es Ihnen gelegen kommt. Geben Sie mir noch etwas anderes."

Ich dachte einen Moment lang darüber nach. „Schreiben Sie Folgendes auf. Wort für Wort. ‚Eine Quelle nah an der Ermittlung sagt, dass es keine neuen Entwicklungen im Verschwinden von Lieutenant Mallot gibt.'"

Sie hörte auf zu schreiben. „Das ist nicht viel."

„Das ist alles, was Sie kriegen."

Sie überlegte einen Moment. „Okay. Ich nehme es. Für den Moment."

„Für den Moment." Ich schob meinen Teller weg. „Dieses Essen ist scheiße."

„Das sind keine Neuigkeiten", sagte sie. „Noch eine Frage?"

„Sicher", sagte ich. „Schießen Sie los."

„Wie kommt es, dass ein Colonel, der bei Student Command begraben war, kurz vor dem Ende seiner Karriere eingesetzt wird, um in einem so sichtbaren Fall zu ermitteln?"

Ich setzte zu schnell zum Antworten an, ertappte mich dabei, lächelte und stand auf. „Das ist eine sehr gute Frage. Wenn Sie eine Antwort darauf finden, lassen Sie es mich wissen."

Kapitel Siebzehn

Etliche Stunden später saß ich zusammengesackt auf dem Kunstledersofa in meinem Zimmer, ging halbherzig ein zweites Mal die ursprüngliche Ermittlung durch und suchte nach irgendetwas, das ich bezüglich Sergeant Caena übersehen hatte. Ich hatte immer noch nichts gefunden, als es an meiner Tür klingelte.

„Öffnen", rief ich und die Tür öffnete sich stimmenaktiviert mit einem Zischen. Ich kippte den Rest von meinem Whisky runter.

„Carl." Stirling kam herein. Er steckte immer noch in seiner Arbeitsuniform und erweckte den Eindruck, als hätte er gerade sein Büro verlassen, obwohl es spät war.

„Aaron." Ich stand auf und schwankte ein wenig. „Wollen Sie einen Drink? Ich wollte mir gerade einen einschenken. Whisky von Ferra 3. Guter Stoff."

„Sie sehen aus, als hätten Sie bereits ein paar gehabt."

Ich starrte ihn an, aber ohne Bosheit. „Sicher." Ich hatte bereits drei getrunken, aber wer zählte schon?

Er dachte darüber nach. „Ja, ich nehme einen. Macht es Ihnen was aus, wenn ich mich setze?" „Es ist Ihre Basis. Ich bin nur ein Gast. Setzen Sie sich hin, wo Sie wollen."

Stirling rollte den Stuhl hinter dem Schreibtisch hervor und stellte ihn so hin, dass er in einem schrägen Winkel zum Sofa stand. „Danke." „Eis?", fragte ich.

„In einen Ferra 3? Nur ein wenig."

„Guter Mann." Ich schenkte uns beiden ein paar Finger breit ein, fügte zwei Eiswürfel hinzu und reichte ihm seinen auf meinem Rückweg zum Sofa.

„Sie gehen noch mal die erste Untersuchung durch, wie ich sehe." Er wollte zwanglos klingen, denke ich, aber es lag ihm nicht.

Ich schwankte zum Sofa zurück. „Ja, ich versuche zu sehen, ob es etwas gibt, das ich vielleicht übersehen habe, jetzt, wo ich selbst mit einigen der Jungs gesprochen habe."

Er starrte in den Schnaps in seinem Plastikbecher. „Haben Sie was gefunden?"

„Nein, eigentlich nicht. Nichts Nützliches." Ich hob mein Glas und er tat es mir gleich.

„Der ist gut", sagte er, nachdem er daran genippt hatte. „Major Alenda sagte, Sie würden bei mir vorbeikommen, um mich zu sehen."

„Wollte ich. Jetzt muss ich es nicht." Ich wollte wissen, wie lange Stirling brauchen würde, um mich aufzusuchen, wenn ich ihm auswich. Etwa acht Stunden, wie sich herausstellte.

„Sie sagte, Sie kämen sofort."

„Ja. Tut mir leid. Ich hatte es vor, aber dann wurde ich von der Reporterin aufgehalten. Die Blonde."

„Plazz." Er sagte es ausdruckslos und ich bekam den Eindruck, dass er schon vorher mit ihr zu tun gehabt hatte und kein Fan war.

„Ja. Die."

„Was wollte sie?"

Ich zuckte mit den Schultern und nippte an meinem Drink. „Was wollen Reporterinnen schon?"

„Sie haben ihr nichts gegeben, oder doch?“

„Während einer aktiven Untersuchung? Selbstverständlich nicht. Ich habe ihr ein unsinniges Statement gegeben.“ Größtenteils wahr, dachte ich.

„Okay.“ Stirling schwenkte seinen Drink im Becher und betrachtete ihn immer noch. „Sie müssen wissen, dass ich Ihnen nur schwer helfen kann, wenn ich nicht weiß, was vor sich geht.“

„Ja.“ Ich ließ die Stille einen Moment lang wirken, um zu schauen, ob er noch mehr sagte, aber das tat er nicht. „Ich bin mir im Moment nicht wirklich sicher, wer hilft und wer schadet.“ Ich hätte das vermutlich nicht sagen sollen, aber nach ein paar Drinks bevorzugte ich Direktheit.

„Was meinen Sie damit?“ Stirling richtete sich in seinem Stuhl auf und ließ den Drink sinken.

Ich rutschte in eine etwas weniger lümmelnde Haltung. „Nichts.“ Ich hielt inne. „Nein, *nicht* nichts. Was ich sage, ist, dass Dinge in dieser Untersuchung stark zum Verschwinden neigen.“

„Sie sprechen von den Radaraufzeichnungen des MEDEVAC“, sagte er. „Sie können nicht ernstlich glauben, dass ich etwas damit zu tun hatte.“

„Ich habe nicht gesagt, dass irgendjemand etwas damit zu tun hat. Ich sagte, dass Dinge verschwinden.“ *Aber es ist schön zu wissen, dass Sie deswegen in die Defensive geraten.* „Es sind nicht nur die Radaraufzeichnungen. Da ist noch der weibliche Sergeant aus dem Krankenhaus, der praktischerweise verschwand, ehe ich mit ihr reden konnte.“

„Davon hörte ich.“ Er entspannte sich und trank einen Schluck von seinem Drink. Ausgeschlossen, dass ich ihm die Schuld für das Krankenhauspersonal geben konnte, also gab es keinen Grund, verkrampft zu sein.

„Und Sie haben von dem Hinterhalt gestern gehört." Ich beobachtete ihn genau, während ich das sagte.

„Natürlich."

Ich trank einen Schluck. „Haben Sie die Satellitenaufzeichnungen des Kampfes gesehen?"

„Nein." Er schürzte die Lippen und Falten erschienen auf seiner Stirn. Er wusste, dass ich die Frage nicht ohne Grund stellen würde, aber ich dachte nicht, dass er den Grund kannte.

„Werfen Sie einen Blick drauf", sagte ich.

„Okay, werde ich", stimmte er zu. „Aber wieso sparen Sie uns nicht etwas Zeit? Sagen Sie mir, was ich sehen werde."

„Sie werden nichts sehen. Weil es keine Aufzeichnungen gab. Wir wurden in einem Zeitfenster ohne Übertragung angegriffen."

Sein Blick war ausdruckslos. „Was ist mit dem Geo-Synch?"

Ich schüttelte den Kopf. „Offline."

„Was?"

Ich kicherte. „Ja. Genau."

Stirling atmete geräuschvoll durch die Nase aus. „Das sind eine Menge Zufälle."

„Ja. Zufall."

„Niemand hat das gemeldet." Er hielt für mehrere Sekunden inne. „Okay. Ich verstehe, wieso Sie argwöhnisch sind."

Ich nickte. „Ich mag keine ‚Zufälle'. Was die Berichterstattung betrifft: Ich weiß nicht, wer über die Satelliten Bescheid weiß. Zattel unten bei der Kompanie, gewiss, aber ich bin mir nicht sicher, ob das Bataillon davon gehört hat. Obwohl sie uns Luftunterstützung geschickt haben, also müssen sie währenddessen nach irgendeiner Art Aufzeichnung gesucht haben. Vielleicht wurde es nicht aufgezeichnet."

Stirling kippte den Rest seines Drinks runter. „Also, es hätten ihnen auffallen müssen. Und sie hätten es melden müssen. Auf der Liste für kritische Informationen."

„Das überlasse ich Ihnen. Lassen Sie mir von Alenda mitteilen, was Sie finden", sagte ich.

„Sicher. Kann ich mir noch einen einschenken?" Er hielt seinen leeren Tumbler hoch.

„Natürlich. Ich bin fürs Erste zufrieden." Vier waren so viele, wie ich brauchte. Ich hatte immer noch Arbeit zu tun. Stirling stand auf und schenkte sich noch einen Drink ein, dann hielt er inne, um mich anzusehen. „Sie glauben, da stimmt etwas nicht, weil die Satellitenübertragung offline war?"

Ich wägte meine Worte ab, ehe ich sprach. „Es hat den Anschein."

Er nickte und schenkte sich ein. „Ja. Ich glaube auch nicht an Zufälle. Aber das würde bedeuten ... nun, es könnte auf ein paar Dinge hindeuten, aber keins davon ist gut."

„Keins davon", stimmte ich zu.

Er setzte sich wieder hin. „Ich meine, es ist unwahrscheinlich, dass die Cappaner unsere Übertragung gehackt haben, aber wir werden das prüfen müssen. Und falls sie es nicht waren ..."

Ich nickte.

„Das ist absurd, richtig?" Er konkretisierte es nicht, aber ich wusste, was er meinte. Er war zum gleichen Schluss gekommen wie ich.

Karikov.

Aber ich musste es laut sagen. Wir waren drum herumgetanzt, und ich wollte ihm nicht die Gelegenheit geben, es später leugnen zu können. Also fragte ich: „Was, dass es unsere eigenen Leute waren?"

Er trank einen Schluck von seinem Whisky. „Richtig. Das ist absurd, oder nicht?"

Ich zuckte mit den Schultern. „Wie groß ist der Sprung von gelöschten Radaraufzeichnungen zum Abschalten eines Satelliten?"

„Ein weiter, weiter Weg, Carl. Das eine sind Daten. Das andere sind Leben. Falls das jemand absichtlich getan hat, werde ich den Bastard persönlich aufknüpfen."

„Von mir aus."

Er stellte seinen Becher auf den Tisch, was ein dumpfes Geräusch verursachte und die bernsteinfarbene Flüssigkeit hin und her schwappen ließ. „Wir werden das untersuchen. Sehr genau."

„Ich würde es zu schätzen wissen, die Ergebnisse zu erfahren."

Stirling winkte ab. „Natürlich. Das ist es, was wir tun. Wir teilen Informationen."

Es war eine nette Spitze, wenn auch nicht sehr subtil. „Okay, ich habe verstanden. Im Geist des Teilens ..." Ich hielt inne und hob den Bericht hoch, der neben mir lag. Ich schwenkte ihn in der Luft. „Es gibt eine Sache hier drin, aus der ich nicht schlau werde."

„Was denn?" Stirling lehnte sich auf seinem Stuhl zurück und genoss den Whisky.

„Wieso Sergeant Caena nicht erwähnt wird.“

„Wer?“, fragte er, seine Lippen hinter dem Drink verborgen. Er war ein schlechter Lügner.

„Sergeant Caena. Aus Zattels Kompanie. Wurde versetzt, für eine psychologische Beurteilung.“

„Nie von ihm gehört.“ Er machte einen besseren Job, ausdruckslos zu gucken, aber ich durchschaute die Lüge dennoch. Ich hätte liebend gern mit dem Mann gezockt.

„Sie müssen jede Versetzung aus dem Kriegsgebiet bewilligen, selbst medizinische, wenn es keine Notfälle sind, richtig?“

„Ja. Ich unterzeichne aber etwa fünfundzwanzig oder dreißig im Monat.“ Ich wusste, dass es diesmal die Wahrheit war, weil es normal war für eine Einheit dieser Größe.

„Ergibt Sinn“, sagte ich. „Es stellt sich heraus, dass Sergeant Caena etwas berichtet haben könnte.“

„Oh? Was?“ Da war er wieder, versuchte zwanglos zu sein und scheiterte. Es war kurz davor, mir ans Bein zu pissen.

„Ich weiß es nicht. Jemand gab mir den Hinweis, ich sollte mit ihm reden. Aber meine Quelle sagte nicht, weshalb.“ Ich war ein viel besserer Lügner als Stirling, selbst mit vier Drinks intus.

Stirling dachte darüber nach. „Ich bin mir sicher, dass wir ihn benachrichtigen können.“

„Er ist vermutlich auf einem Medizinschiff irgendwo mitten im All“, sagte ich.

Stirling nickte. „Ja, Sie haben vermutlich recht.“ Er saß einen Moment lang schweigend da. „Wer hat ihn erwähnt?“

„Das sollte ich nicht sagen“, sagte ich, bewusst zurückhaltend.

„Kommen Sie, Carl. Ich dachte, wir teilen Informationen.“

Taten wir. Scheiße. Ich wünschte, er hätte mich nicht angelogen. Ich brauchte wirklich einen Verbündeten.

„In Ordnung. Zattel ist das rausgerutscht. Was können Sie mir über ihn sagen?“

„Zattel?“ An der Art, wie er es sagte, konnte ich nicht erkennen, ob er überrascht war, dass Zattel meine Quelle war, oder ob er sich Zeit zum Nachdenken verschaffte.

„Ja. Was ist er für ein Offizier?“ Ich entschied, die Richtung zu ändern. Ein paar falsche Fährten zu legen.

„Hm.“ Stirling schüttete den Rest seines zweiten Whiskys hinunter. „Einer aus dem Rudel, schätze ich. Definitiv kein erstklassiger Kerl, aber nicht schlecht. Solide. Geht nicht viele Risiken ein.“

„Macht Dinge nach Vorschrift?“, fragte ich.

Stirling dachte darüber nach. „Ich denke schon. Ja. Ich schätze, man weiß es nie.“

„Ja. Ich bin mir sicher, dass er nicht mal weiß, dass er es mir erzählt hat. Es war keine direkte Frage.“ Tatsächlich war ich mir ziemlich sicher, dass Zattel nicht wusste, dass er es mir erzählt hatte, immerhin – Sie wissen schon – hatte er es nicht getan.

„Ich verstehe“, sagte er. Er starrte über meinen Kopf hinweg ins Leere, so als dächte er nach.

Ich konnte beinahe sehen, wie sich die Rädchen in seinem Kopf bewegten. Stirling und Zattel gegeneinander auszuspielen war eine miese Nummer, aber ich dachte mir, ich stänkere ein bisschen und schaue, was passiert. Keiner von beiden spielte fair, also verdienten sie, was immer ihnen zustieß. Arschlöcher. Die falsche Information über Zattel würde sie zumindest für eine kleine Weile von der Spur meiner wirklichen Quellen abbringen. Etwas Verwirrung stiften. Vielleicht würde mir das Zeit verschaffen, um herauszufinden, wieso Stirling bezüglich Caena log. Ich hatte es satt, der Einzige zu sein, der sich umsehen musste, weil hinter ihm Leute standen, auf die er sich eigentlich hätte verlassen können müssen. Mal sehen, wie ihnen das gefiel.

Wir saßen wenigstens einige Augenblicke lang schweigend da. Ich war angetrunken genug, um mein Zeitgefühl zu verlieren und mich nicht um betretenes Schweigen zu kümmern.

„Danke für die Drinks", sagte Stirling schließlich.

„Jederzeit." Ich stand nicht auf, als er hinausging.

Kapitel Achtzehn

Ich erwachte am nächsten Morgen mit einem schlimmeren Kater als normal und neuer Klarheit darüber, wie sehr meine Ermittlung gescheitert war. Meine größte Hoffnung beruhte auf der Möglichkeit, dass jemand, der mich angelogen und wahrscheinlich Beweise vertuscht hatte, sich melden würde ... was für ein stinkender Haufen Scheiße. Ich konnte es nicht länger leugnen. Ich brauchte Hilfe. Unglücklicherweise war die nächste Person, der ich komplett vertrauen konnte, eine mehrmonatige Reise durchs All entfernt.

Nachdem ich etwas länger als nötig geduscht hatte, tauchte Parker auf und kauerte sich über mein Terminal, um irgendeine Art Computermagie zu wirken. Ich wollte ein paar zusätzliche Level Verschlüsselung in meinem System.

„Sie sind jetzt mit einer Level-5-Verschlüsselung ausgestattet, Sir", sagte der große Mann.

„Es ist also sicher?"

„Ganz schön sicher, Sir. Wir schicken normalerweise nichts über Level 4 raus, und das gilt nur für ernste Aufklärungssachen."

„Also kann es am anderen Ende niemand außer Serata kriegen?"

„Das ist richtig, Sir. Level 5 ist auf beiden Seiten doppelt bio-verschlüsselt. Abgesehen vom Empfänger kann es niemand öffnen."

Ich wusste das, aber ich wollte es von ihm hören. „Es kann nicht gehackt werden?“

„Sir ... alles kann gehackt werden, wenn man genug Ressourcen hat.“

„Wie die Art Ressourcen, die es bräuchte, um Flugaufzeichnungen von den Computern hier zu löschen?“

Parker lächelte. „Nein, Sir. Das war eine Level-3-Verschlüsselung, das hier ist Level 5.“

„Also sicherer.“

„Ja, Sir. Level 3 ist mit 2048 Bit verschlüsselt–“

Ich unterbrach ihn. „Worte für normale Menschen, Parker.“

„Level 3 ist gegen Angriffe von außerhalb des Netzwerks geschützt, aber ist man erstmal drin, ist es recht zugänglich. Level 5 ist von innen geschützt.“ Er hielt inne, vermutlich vereinfachte er, was er als Nächstes sagen wollte. „Im Grunde können nur Sie darauf zugreifen, Sir.“

Um mich in die sichere Verbindung einzuloggen, musste ich einen Daumenabdruck und einen Retinascan machen. Ich schätze, es brauchte zwei biometrische Merkmale, für den Fall, dass mir jemand den Daumen abschnitt, obwohl jemand, der bereit war, mir den Daumen abzunehmen, vermutlich auch nicht zimperlich war, was mein Auge betraf. Aber diese Denkweise schien einigermaßen kontraproduktiv. Parker versicherte mir, dass, wenn ich mich ausgeloggt hatte, niemand lesen könnte, was ich geschrieben hatte, nicht einmal er. Ich konnte nicht kontrollieren, wer am anderen Ende die Nachricht sah, aber Serata musste sich selbst einloggen, um sie zu empfangen. Ich benutzte selten eine Tastatur, entschied mich für gewöhnlich für

Spracherkennung, aber ich wollte nicht riskieren, dass mich jemand hörte, also setzte ich mich wieder an das Terminal.

Sir – streng geheim – bin mit der Ermittlung in etlichen Sackgassen gelandet. Ich vertraue nicht darauf, dass mir hier irgendjemand hilft. Hardy wurde bei einem Hinterhalt verletzt. Es geht ihm gut, aber er wird für ein paar Wochen im Bett bleiben müssen. Zertrümmerte Hüfte. Tut mir leid. Irgendjemand vergiftet die Ermittlung. Vielleicht mehr als nur eine Einheit. Bin mir nicht sicher. Alle Radaraufzeichnungen vom Tag von Mallots Verschwinden wurden gelöscht. Die Zeichen deuten auf einen Hack von innerhalb der Cappa Base, aber außerhalb von Stirlings Hauptquartier.

Immer noch null Kooperation vom Krankenhaus. Werde mir das heute noch mal anschauen. Habe versucht, zu Karikov zu gelangen, geriet aber auf dem Weg in besagten Hinterhalt. Die Möglichkeit besteht, dass es ein Inside-Job war. Ich weiß, das klingt lächerlich, aber es gibt einfach zu viele Zufälle.

Ich vertraue Stirling nicht. Ich glaube nicht, dass er in den Hinterhalt verwickelt war, aber er verbirgt irgendetwas. Ich weiß, er hat einen guten Leumund, aber er vertuscht irgendwas. Ich weiß nicht, was. Zum jetzigen Zeitpunkt ist das nur ein Bauchgefühl. Aber ich würde eine Menge Geld darauf wetten. Ich bin mir nicht sicher, ob ich diese Sache abschließen kann, wenn er hier das Sagen hat. Nach außen hin kooperiert er. Aber er behält jeden hier im Auge (wie wir alle es täten) und ich bin mir nicht sicher, was passiert, wenn etwas auf einen seiner Leute hindeutet.

Ich brauche jemanden, der einen Sergeant namens Caena überprüft. Alfred P. Caena. In der Theorie ist er wegen einer psychologischen Begutachtung verlegt worden. Muss wissen, wo er ist, und ob wir ihn erreichen können. Er hat etwas gesehen. Cappaner, die in einen unserer MEDEVACs geladen und vom Planeten gebracht wurden. Ich weiß, das liegt außerhalb meiner Untersuchung, aber es ist gewaltig. Und der MEDEVAC, in dem er sie sah, war, derselbe, in den auch Mallot geladen wurde. Also gibt es da vielleicht eine Verbindung.

Ich würde Sie ja bitten, mir Hilfe zu schicken, aber es ist ausgeschlossen, dass sie rechtzeitig hier ankommt, um irgendetwas Gutes zu bewirken.

Hochachtungsvoll, Carl

Ich las mir den Text noch einmal durch, um sicherzustellen, dass ich keine eklatanten Fehler gemacht hatte, dann drückte ich auf Senden und räumte den Bildschirm auf, ehe ich Parker zurückrief, damit er bestätigte, dass ich mich korrekt ausgeloggt hatte. „Sie sind sich sicher, dass da niemand wieder rein kann?"

Er sah mich mit einem Blick an, mit dem Techniker einen typischerweise ansehen, wenn man eine dumme Frage stellt. „Ich bin mir sicher, Sir."

„Es würde mir helfen, wenn Sie nicht drüber reden."

Er nickte. „Sicher, Sir. Ich werde sagen, dass es eine routinemäßige Tech-Angelegenheit war."

Ich streckte ihm meine Hand entgegen und er umfasste sie mit seiner. „Danke."

Ich ertrug es nicht, in meinem Zimmer zu sitzen, auf den Bildschirm zu starren und darauf zu warten, dass eine Nachricht eintraf, also wanderte ich einfach herum, ohne genauer über eine Richtung nachzudenken. Ich landete in der Nähe des Krankenhauses. Ich bin mir sicher, dass jemand, der die Dinge in den Köpfen von Menschen untersucht, daraus etwas ableiten würde, aber ich hielt es für einen Zufall und ging hinein.

Ich war nicht mal eine Minute dort, als ein großer Arzt auf mich zukam. Er hatte kurzgeschnittenes Haar, was fürs Krankenhaus ungewöhnlich war. Ehe er etwas gesagt hatte, entschied ich, dass ich ihn nicht mochte. Instinkt.

„Sir, Sie sollten nicht hier sein." Er bestätigte meinen ersten Gedanken. Ich mochte ihn nicht.

„Wer sind Sie?" Ich blieb nicht stehen, was ihn dazu zwang, sich meiner Geschwindigkeit anzupassen.

„Ich bin Lieutenant Colonel Wilson, der stellvertretende Kommandant des Krankenhauses", sagte er.

Mein Fehler. Kein Arzt. Falls er Arzt wäre, hätte er das als Titel verwendet. Vermutlich ein Verwalter. Vielleicht ein Pfleger. „Das ist großartig. Holen Sie Ihre Chefin. Sie kann mich persönlich rauswerfen."

„Sie ist nicht auf der Basis, was mich zum amtierenden Kommandanten macht."

„Hm. Ist das nicht schön." *Nicht auf der Basis.* Was machte die Krankenhauskommandantin abseits der Basis? „Ich warte dann einfach darauf, dass sie zurückkommt."

„Ich fürchte, das wird nicht möglich sein, Sir. Sie kommt heute nicht zurück." Er hatte eine seltsame Stimme, die dafür sorgte, dass ich angepisst war.

Vermutlich hatte er nicht wirklich eine seltsame Stimme. Aber er sorgte dafür, dass ich angepisst war.

„Wirklich?“ Ich blickte zu ihm rüber, wurde aber nicht langsamer. „Ich habe noch nie von einer Krankenhauskommandantin gehört, die eine Basis verlässt. Sagt sie das nur, damit sie nicht mit mir reden muss?“

„Nein, Sir.“ Er klang beleidigt, aber es war nichts Persönliches. Eher eine vage Abneigung gegen seinen gesamten Berufsstand. Das wäre ihm vielleicht aufgefallen.

„Wo ist sie dann?“, fragte ich.

„Sie besucht die medizinischen Einrichtungen nahe der Front, auf der Oberfläche.“

Ich blieb stehen. Ich hatte nie erlebt, dass eine Krankenhausoffizierin, egal von welchem Rang, eine medizinische Einrichtung nahe der Front besucht. Ich wusste nicht, ob ich beeindruckt oder argwöhnisch sein sollte. Angesichts dessen, was alles vor sich ging, entschied ich mich für Letzteres. „Tut sie das oft?“

„Einmal im Quartal“, sagte Wilson.

„Schön für sie. Nun, Sie können sich entspannen, Wilson. Ich bin nicht hier, um das Krankenhaus zu übernehmen. Ich will lediglich meinen Jungen besuchen. Wenn Sie mir also den Weg zu Lieutenant Hardy weisen würden, haben Sie mich vom Leib. Vielleicht könnten Sie auch seinen Arzt rufen. Ich will mit ihm oder ihr reden.“

Er dachte einen Moment nach. „Hardy. Hüftverletzung?“

„Das ist er.“ Ich setzte meinen Weg fort, hauptsächlich, weil ich nicht wollte, dass Wilson auf die Idee kam, ich könne gehen.

„Ich glaube, er ist immer noch betäubt, Sir. Sie werden nicht mit ihm reden können."

„Tun Sie mir den Gefallen. Ich will ihn sehen. Entweder das oder Sie werden versuchen müssen, mich gewaltsam rauszuwerfen. Ich bin ein alter Mann, also bin ich mir sicher, dass Sie ein paar Krankenpfleger haben, die das tun können. Aber wollen Sie wirklich diesen Weg einschlagen?"

Wilson hielt inne und ich hatte das Gefühl, er würde darüber nachdenken. Er fragte sich vermutlich, ob er damit davonkäme, wenn er mich aufmischen ließ. „Warten Sie hier, Sir. Ich meine es ernst. Genau hier. Ich werde seinen Arzt holen."

„Ich werde mich nicht rühren. Versprochen."

Kapitel Neunzehn

Ich durfte Hardy nicht sehen. Zumindest nicht wach. Sie ließen mich einen Blick auf seinen bewusstlosen, verkabelten Körper werfen, um mich gnädig zu stimmen. Als ob das passieren würde, wenn ich meinen Mann so daliegen sah. Sein Arzt sagte, sie würden erst in ein paar Tagen Neuigkeiten haben. Das half meiner Laune nicht. Ich saß den Großteil der nächsten zwei Tage herum und erlaubte meiner natürlichen Neigung zum Nichtstun, vom fehlenden Vorankommen befeuert zu werden. Ich wusste, ich hätte vorrücken sollen, aber ohne ein Ziel konnte ich die Energie nicht aufbringen.

Die Tatsache, dass ich nichts von General Serata gehört hatte, mochte etwas mit meiner Unpässlichkeit zu tun haben. Er hatte meine anderen Communiqués augenblicklich beantwortet. Aber ich hatte das jüngste vor mehr als sechsunddreißig Stunden abgeschickt und nicht ein Wort von ihm gehört, trotz der Tatsache, dass ich dreimal bei der Kommunikation vorbeigeschaut hatte, um sicherzustellen, dass es kein Problem mit dem Netzwerk gab. Ich wusste nicht, ob er es gelesen und beschlossen hatte, nicht zu antworten, oder ob er es einfach nicht gesehen hatte.

Ich wusste nicht, was mich mehr ärgern würde.

Plazz' Story erschien in der *Talcan Times*, weit abseits der Titelseite. Der einzige Grund, weshalb ich sie überhaupt fand, war, weil sie meinen Namen erwähnte, was einen Alarm auslöste, den ich eingestellt hatte. Das ganze Stück war kaum zwei Absätze lang und sagte im Grunde nur, dass es nichts Neues zu berichten gab, obwohl ein dekorierter Veteran geschickt worden war, um zu ermitteln (ich). Sie hatte sich an unsere Abmachung gehalten. Ob das aus Loyalität passiert war oder weil sie keine besseren Optionen hatte, konnte ich nicht sagen. Ich vermutete Letzteres. Ich machte mir keine Illusionen. Sie würde bringen, was immer sie hatte, wenn es zu einer guten Story taugte. Wir alle hatten einen Job zu erledigen.

Ich hatte mich beinahe dazu durchgerungen, meinen eigenen Job weiter zu machen, als der Alarm für eine neue Nachricht an meinem Terminal ertönte. Ich eilte hinüber, verfluchte mich, weil ich mich beeilt hatte, dann loggte ich mich ein und berührte den Bildschirm, um die Nachricht anzeigen zu lassen.

Carl – Nicht der Fortschritt, auf den ich gehofft hatte. Ich bin mir aber sicher, dass Sie es schaffen. Entschuldigen Sie die Verzögerung. Einiges von dem, was Sie wollten, hat Zeit gebraucht. Ich habe Ihnen ein paar beschränkte Befugnisse im Krankenhaus besorgt. Das hat EINE MENGE erfordert, also verschwenden Sie sie nicht. Seien Sie so diskret und umgänglich, wie Sie können. Und ja, ich weiß, mit wem ich rede.

Ich kicherte. Das wusste er wirklich. Aber da er es direkt gesagt hatte, würde ich mich das Krankenhaus betreffend zügeln. Auch das wusste er.

Ich habe Ihnen Kontakt zu Special Ops hergestellt. Ein Major namens Chu. Sie war früher eine von meinen

Leuten. Gute Frau. Karikov ist in seiner Gemeinschaft aber gut vernetzt und wird in jedem Fall schwer zu erreichen sein.

Bestätige die potenziellen Protokollverletzungen bezüglich außerirdischen Lebens. Halten Sie damit hinterm Berg, bis sie eindeutige Beweise haben. Wenn Sie Beweise haben, sind das entscheidende Informationen, streng geheim, augenblicklich an mich. Fall das wahr ist, wird es eine Welle von Scheiße auslösen, also will ich, dass Sie sich sicher sind. Was ich wirklich will ist, dass Sie sich irren.

Sie werden einen Weg finden müssen, mit Stirling zusammenzuarbeiten. Ich werde ihn nicht ohne einen triftigen Grund abziehen. Er rotiert in ein paar Monaten raus, und eher etwas zu tun, würde nicht viel erreichen. Es macht die Dinge vielleicht schlimmer als besser. Wenn Sie wollen, schicke ich ihm eine Nachricht und sage ihm, er solle Ihnen mehr helfen. Ich werde es subtil machen, aber dafür sorgen, dass er begreift. Lassen Sie mich einfach Bescheid wissen.

Bin dabei, Caena zu überprüfen. Habe die Jungs der Personalabteilung eine Suche machen lassen. Er ist nicht in den Versetzungsaufzeichnungen aufgetaucht. Tatsächlich konnten sie abgesehen von seiner Zuteilung nach Cappa nichts finden. Da stimmt etwas nicht, wenn er seine Einheit verlassen hat. Ich werde das von hier aus bearbeiten.

Habe Sie in den Nachrichten gesehen. Vermeiden Sie das. Grüßen Sie Hardy von mir. Versuchen Sie, nicht in die Luft gejagt zu werden.

Ich las mir die Nachricht zweimal durch, dann löschte ich sie. Ich hatte keine Ahnung, wo Sachen wie das hier gespeichert wurden oder wer am Ende darauf Zugriff hatte, aber es kam mir vernünftig vor. Selbst zu diesem Zeitpunkt dachte ich darüber nach, meine Spuren zu verwischen, schätze ich. Vielleicht war es einfach meine Art. Ich öffnete ein neues Dokument, anstatt auf dieses zu antworten.

Sir – bestätige alles. Kontaktieren Sie Stirling, aber machen Sie ihm keine Angst. Sagen Sie ihm, dass ich scheitere und dass Sie ihn brauchen, um für mich einzuspringen. Deuten Sie an, dass Sir mir nicht zutrauen, es hinzubekommen, und machen Sie den Eindruck, dass es erledigt werden muss. Seltsam, das mit Caena. Ich werde mir das hier ebenfalls anschauen. Hochachtungsvoll, Carl.

Am nächsten Morgen ging ich zu Fuß in den Special-Ops-Flügel, drei Decks nach oben und etliche Gänge hinunter in Richtung des Zentrums der Station. Ich wartete nicht auf Mac, weil ich nicht wirklich wusste, wohin ich ging, und Security sich wie eine Zeitverschwendung anfühlte. Spec Ops markierte keine der Schleusen oder Flure in ihrem Bereich, also lief ich umher, starrte eine Menge ähnlich aussehender, weißer Wände an und begann, zufällig Türen zu öffnen. Nicht alle öffneten sich, aber ich hatte genug Berechtigung im System der Basis, dass einige sich öffnen ließen und ich schließlich ein paar Ops traf, die auf Bildschirme starrten und Kommunikationen lauschten. Sie hörten nicht auf, als ich eintrat, obwohl einer von ihnen aufblickte.

„Ich suche nach Major Chu", ließ ich verlauten.

„Sie ist nicht hier", rief mir jemand von hinter einem Monitor zu. Er blickte auf und sah mich. „Sir", fügte er hinzu. Dennoch, der dünne Mann mit olivfarbener Haut nahm sich die Zeit, aufzustehen. Er trug eine Uniformhose und ein T-Shirt, auf dem weder Name noch Rang standen, und ein mehr als einen Tag alter, rauer Bartwuchs dekorierte sein Gesicht.

„Wo ist sie?", fragte ich ohne besonderen Tonfall.

„Ich bin Captain Patel, Sir." Er wartete, als erwarte er, dass ich mich ebenfalls vorstelle.

„Freut mich, Sie kennenzulernen, Patel. Wo kann ich Chu finden?" Ich war wirklich nicht in der Stimmung für Spielchen, aber ich kannte Typen wie Patel. Er wollte, dass ich auf ihn reagierte, sodass er den Verlauf des Gesprächs lenken konnte. Vergiss es. Ich spreche fließend Arschloch und alle seine Dialekte.

„Sie schläft, Sir. Die meisten unserer Leute arbeiten nachts." Auf einer Raumstation waren Nacht und Tag nebulöse Konzepte, aber in diesem Fall meinte Patel wahrscheinlich, dass es synchron zum Planeten verlief, auf dem diese Woche zufälligerweise ungefähr die Standardzeit herrschte. Ein Tag auf Cappa 3 war etwas kürzer als der galaktische Standard, also würde der Planet mit der Zeit nicht mehr synchron sein und seinen eigenen Zyklus wiederholen.

„Ich kann warten, bis Sie sie geweckt haben", sagte ich.

Patel wartete, vielleicht erwartete er eine Erklärung, vielleicht eine Ausrede, wieso ich sie jetzt sehen musste. Da ich ihm keine anbot, sagte er: „Kann ich ihr sagen, worum es geht?"

„Sicher. Sagen Sie ihr, dass Colonel Butler sie sprechen will.“

Patel schien einzusehen, dass er den Weitpisswettbewerb, den er gestartet hatte, nicht würde gewinnen können, und nach einem Moment schlurfte er zur Tür hinaus. Die anderen beiden Personen, die im Zimmer arbeiteten, taten, was immer sie taten, und blickten hin und wieder zu mir auf. Ich lächelte einen der Jungs an und er wandte unmittelbar den Blick ab.

Wir setzten dieses Spiel für etwa fünf Minuten fort, ehe Patel wieder hereinkam gefolgt, von einer Person, von der ich annahm, dass es sich um Chu handelte, aber da sie in Sportklamotten und Latschen gekleidet war, konnte ich mir nicht sicher sein.

„Ich bin Major Chu, Sir. Captain Patel sagte, Sie wollen mich sehen? Entschuldigen Sie mein Erscheinungsbild.“ Ihr kurzes Haar war auf einer Seite plattgedrückt.

„Kein Problem. Ich weiß, dass Sie geschlafen haben“, sagte ich. „Tut mir leid, dass ich Sie wecken ließ.“

„Keine Sorge, Sir. Ich habe immer Bereitschaft.“ Sie gähnte.

„Können wir uns irgendwo unterhalten?“

„Ja, Sir. Wir können mein Büro benutzen.“ Sie ging durch den Raum zu einer Schleuse auf der anderen Seite und ich folgte ihr.

Die Tür öffnete sich zischend und Licht schaltete sich ein, als wir ein Büro betraten, das kaum groß genug war, um den Namen zu verdienen. Es enthielt einen Schreibtisch, drei Stühle und ein kleines Regal, alles überladen von Einweg-Tablets, Karten und verschiedenem anderem Gerümpel. Chu blieb stehen und räumte den Kram von einem der Stühle, sodass ich mich hinsetzen konnte. Sie stapelte ihn auf den anderen Stuhl, vergrößerte den dortigen Haufen, bis es so aussah, als käme er dem Einstürzen gefährlich nahe. „Entschuldigen Sie die Unordnung."

„Was immer für Sie funktioniert." Ich setzte mich und wartete, bis Chu hinter ihrem Schreibtisch war, ehe ich fortfuhr. „General Serata hat mir erzählt, ich könne auf Sie zählen."

Chus Gesicht erhellte sich, ihre Mundwinkel hoben sich zu einem leichten Lächeln. „Wie geht es dem General?" Ihre Stimme klang nach echter Zuneigung.

„Es geht ihm gut. Zumindest, als ich ihn vor sechs Monaten sah. Er wollte, dass ich Ihnen Grüße ausrichte."

„Danke, Sir. Wenn Sie wieder mit ihm sprechen, wüsste ich es zu schätzen, wenn Sie ihm von mir danken würden. Er hat mich vorzeitig aus einem Einsatz entlassen, sodass ich den Qualifikationstest für Special Ops machen konnte. Kurz nachdem er mir gesagt hatte, dass er das Gefühl hätte, das wäre eine Verschwendung für eine völlig annehmbare Infanterieoffizierin." Sie lächelte.

Ich erwiderte das Lächeln. „Ja, das klingt nach ihm. Wo haben Sie mit ihm gedient?"

„Polla 5."

„Wirklich? Da war ich auch. Wann?", fragte ich.

Sie legte die Stirn etwas in Falten. „Etwa vor sieben Jahren? Es war gegen Ende von General Seratas Einsatz dort. Nachdem die großen Angelegenheiten abgeschlossen waren. Meine Kompanie wurde als Ersatz dorthin verlegt."

„Ich frage mich, ob Sie und ich gleichzeitig dort waren. Ich wurde mit ihm zusammen dort stationiert, ging aber vorzeitig." Ich ließ den Grund weg. Eine weitere Geschichte, die ich nie nüchtern erzähle.

„Ich erinnere mich an Ihren Namen, Sir. Ich denke, Sie waren gerade weg, als ich eintraf, aber die Leute haben über Sie geredet."

„Glauben Sie nichts davon." Ich lächelte.

Chu kicherte. „Nee, Sir. Es waren gute Sachen. Hauptsächlich."

Ich lachte. „Das klingt in etwa richtig."

„Sie haben erwähnt, dass der General sagte, Sie könnten sich auf mich verlassen. Was betreffend?"

Ich atmete geräuschvoll aus. „Ich muss mit Colonel Karikov Kontakt aufnehmen."

Chu hielt inne. „Der Colonel hat unten auf dem Planeten einen seltsamen Terminplan, aber ich bin mir sicher, dass ich eine Sprech-Verbindung zu ihm herstellen kann, wenn es wichtig ist."

„Ich muss ihn persönlich sehen", sagte ich.

„Oh." Chu legte die Stirn in Falten. „Das ist schwerer."

Ich nickte. „Wenn es leicht wäre, bräuchte ich Ihre Hilfe nicht.

„Verstanden, Sir. Ich kann schauen, ob ich Sie auf einem Vogel unterbringen kann, wenn wir das nächste Mal jemanden runterschicken." Sie klang nicht hoffnungsvoll, beinahe, als wolle sie mich entmutigen.

„Ich würde ihn gern hier oben sehen." Ich kannte die Reaktion, die ich bekommen würde, noch bevor ich es gesagt hatte, aber ich musste es versuchen.

Chu nickte. „Sir ... Colonel Karikov ... er kommt nicht auf die Station."

„Das habe ich gehört. Aber der Sohn eines Councilors ist verschwunden. Es ist eine sensible Situation, und ich versuche lediglich, offene Fragen zu klären."

„Ich schätze, ich kann fragen, Sir."

„Ja. Das ist alles, was ich von Ihnen will. Was, glauben Sie, hält ihn da unten? Ist die Situation mit den Cappanern wirklich so schlimm? Die Menge der Angriffe scheint ziemlich beständig zu sein."

Sie schüttelte den Kopf. „Es ist schlimm, Sir. Wir halten es unter Kontrolle, aber die Rebellen … sie sind brutal. Sie verfolgen uns ohne Gnade, auch ihre eigenen Leute. Frauen, Kinder … es spielt keine Rolle. Sie haben kein Gewissen."

„Hm. Ich schätze, er hat alle Hände voll zu tun." Ich hatte nicht gewusst, dass die Cappaner so rücksichtslos waren, aber ich hatte nicht so viel Zeit mit ihnen verbracht wie Chu, und sicher auch nicht so nah bei ihnen gelebt. „Schauen Sie, was Sie tun können. Benachrichtigen Sie ihn persönlich. Richten Sie ihm aus, Butler sagt, es sei wichtig, und fragen Sie ihn, ob er raufkommt. Er muss so oder so mal eine Pause machen."

„Ja, Sir." Chu hielt inne. „Nur damit wir uns verstehen … Ich würde mir keine großen Hoffnungen machen."

Ich lächelte. „Ich verstehe. Und ich werde nicht dafür sorgen, dass Sie bei Ihrem Boss schlecht dastehen. Sorgen Sie nur dafür, dass er die Nachricht bekommt."

„Ja, Sir. Ich mache den Anruf sofort."

„Danke", sagte ich. „Ich lasse Sie das erledigen, damit Sie wieder ins Bett können."

„Ja, Sir. Es war schön, Sie kennenzulernen und den Geschichten ein Gesicht zuordnen zu können."

„Ebenfalls schön, Sie kennenzulernen, Chu. Ich bin mir sicher, ich werde Sie wiedersehen."

Kapitel Zwanzig

Ich ging direkt von Chus Büro ins Krankenhaus, und nachdem ich mich angemeldet und erfahren hatte, dass Hardy immer noch betäubt war, um den Heilungsprozess zu beschleunigen, machte ich mich auf den Weg zu den Büros des Führungsstabs, um Colonel Elliot aufzusuchen. Oder zumindest herauszufinden, ob sie von der Oberfläche zurück war. Ich bekam meine Antwort, als sie mich abfing, bevor ich ihren Flügel auch nur betreten konnte. Offensichtlich hatte einer ihrer Leute sie nach meiner Ankunft gewarnt.

„Hier." Sie wedelte mit einem Reader mit grünem Cover vor mir herum. „Das ist eine Liste aller, die während des Zeitraums, den Sie genannt haben, Dienst hatten. Nach zwölfhundert, 13.11.3943, und vor nullsechshundert, 14.11, war es, glaube ich."

„Klingt richtig." Ich nahm ihr den Reader aus der Hand. „Danke."

„Die mit Sternchen gekennzeichneten sind die, die nicht mehr erreichbar sind, hauptsächlich wegen Versetzung."

Ich tippte mich durch drei Datenblätter, die aus vielleicht zweihundert Namen bestand. „Bei fast der Hälfte stehen Sternchen."

Sie verschränkte die Arme vor der Brust. „Meine Leute rotieren monatlich rein und raus und machen hauptsächlich zwölfmonatige Einsätze. Wie lange ist es her, sechs Monate? Die Hälfte sollte stimmen."

Ich schürzte die Lippen und verbiss mir einen sarkastischen Kommentar. Ich wusste nicht, ob sie die Liste selbstständig fertiggestellt oder Druck von der Person bekommen hatte, mit der Serata gesprochen hatte. Ich erinnerte mich außerdem, dass Serata gesagt hatte, ich solle kein Arschloch sein. „Großartig. Kann ich morgen anfangen?"

Ihr Gesicht war weiterhin nicht zu lesen, die Schultern hochgezogen. „Sicher. Start um nullachthundert?"

„Das passt. Wie war Ihr Trip auf den Planeten?"

Ein wenig von der Anspannung verließ ihren Nacken. „Es war ein guter Besuch. Ich bin sehr zufrieden mit den Fortschritten, die wir mit den Kliniken nahe der Frontlinie gemacht haben. Wollen Sie die Befragungen in einer speziellen Reihenfolge durchführen?"

„Wie Sie wollen. Wissen Sie, ich habe nie zuvor eine Krankenhauskommandantin an der Front gesehen."

Sie zuckte mit den Schultern. „Es ist eine Lektion, die ich von einem früheren Mentor gelernt habe. Früh auf dem Planeten zu behandeln hat einen hohen Nutzen. Es rettet Leben."

„Ergibt Sinn." Ich wollte sie bezüglich der Cappaner auf dem Medizinschiff unter Druck setzen, aber ich wurde nicht schlau aus ihr. Sie hätte es leugnen können und ich wäre mir nicht sicher gewesen, ob sie log oder nicht. „Gehören Ihnen die MEDEVAC-Vögel?"

Sie schüttelte den Kopf, legte die Stirn leicht in Falten und hielt inne, um über ihre Antwort nachzudenken. „Es ist eine seltsame Befehlsbeziehung. Ich habe

Kontrolle über die Operationen, aber technisch gesehen gehören sie dem Luftgeschwader."

„Tatsächlich ergibt das Sinn", sagte ich. „Sie können die Flüge planen und Dienststunden festlegen, aber die sind verantwortlich für die Wartung."

„Das ist richtig", sagte sie. „Wieso fragen Sie?"

„Nur eine Frage, die ich mir gestellt habe, als man Lieutenant Hardy evakuierte." Falls die Frage sie argwöhnisch gemacht hatte, war das in ihrem Gesicht nicht zu sehen. „Danke, Dr. Elliot. Sie waren sehr hilfreich."

„Nicht der Rede wert." Sie lächelte, aber es erreichte ihre Augen nicht.

Ich begann den etwa anderthalb Kilometer langen Marsch, der mich auf dem Weg zu meinem Quartier durch die Korridore und Ebenen der Raumstation führte. Ich war ziemlich erfreut darüber, wie der Tag bisher verlaufen war. Ich glaubte nicht, dass bei den Befragungen im Krankenhaus irgendetwas herauskommen würde, aber wenn ich die richtige Person unter Druck setzte, bekam ich vielleicht eine Information, mit der ich ganz anders an Elliot herantreten konnte.

Ich bin mir nicht sicher, wann mir auffiel, dass mir jemand folgte.

Es war zuerst keine bewusste Erkenntnis, aber ich merkte es irgendwann. Definitiv näher am Krankenhaus als an meinem Quartier, es konnte also nicht zu lange gewesen sein. Zuerst hörte ich das Geräusch. Schritte hinter mir, schneller als meine eigenen, die dann aber langsamer wurden, um sich meiner Geschwindigkeit anzupassen. Ich warf einen Blick über die Schulter und versuchte zwanglos auszusehen. Ich erkannte den Mann nicht. Ein großer Kerl, vielleicht zwölf oder fünfzehn Zentimeter größer als ich, und breit, in Zivilkleidung. Jemand von einer privaten Militärfirma, vielleicht, zumindest seiner Kleidung nach zu urteilen, aber er ging wie ein Soldat. Das war nicht ungewöhnlich. Eine Menge Leute gingen in den Ruhestand und wechselten in die Reihe der Zivilisten, die entfernte Stützpunkte warteten.

Ich bog vom Hauptweg mit der hohen Decke in einen kleineren Durchgang ab, um mich zu vergewissern, dass es mehr als Zufall war. Er folgte mir, fünfzehn Meter hinter mir. Ich blieb stehen und drehte mich um. Ich würde ihm nicht entkommen können, also blieb nur die Konfrontation. „Kann ich Ihnen helfen?"

Er verkürzte den Abstand unmöglich schnell und ich bekam kaum den Arm hoch, um einen Schlag abzuwehren, der auf meinen Kopf zielte. Mein Arm brannte schmerzerfüllt, ehe er bis zur Schulter vollkommen taub wurde und schlaff an meine Seite fiel.

Betäubungsstab.

Scheiße.

Ein Betäubungsstab ist eine hässliche, illegale Waffe, die die Neuronen rund um die Trefferstelle betäubt. Ich würde meinen Arm etwa eine halbe Stunde nicht benutzen können. Was es schlimmer machte, war, dass er auf meinen Kopf gezielt hatte. Ein Schlag auf den Kopf mit einem Betäubungsstab war für gewöhnlich nicht tödlich, aber die Neuronen in Hals und Kopf auszuschalten ... nicht gesund.

Ich machte einen Schritt zurück, um Raum zu gewinnen, während mein Angreifer sich wieder sammelte. Mein Herz schlug wie wild in meiner Brust.

Ich wünschte, ich hätte meine Pistole nicht weggeschlossen in meinem Quartier zurückgelassen und wäre nicht ohne Mac aufgebrochen. Ich blickte mich nach einer potenziellen Waffe um, aber der Flur lag ununterbrochen und still da. Es gab nicht einmal eine Tür, durch die ich hätte rennen können.

Ich übertrieb meine Verletzung und ließ den Kopf etwas hängen. Der Mann schlich vorwärts und ich zog mich zurück. Ich musste ihn in die Falle locken. Ich hatte nur einen Arm und er hatte eine Waffe, also tat ich mir mit einem langen Kampf keinen Gefallen. Ich würde nur eine Chance haben.

„Sie wollen das nicht tun", sagte ich und wich weiter zurück. Ich hoffte, ihn in eine Unterhaltung zu verwickeln und ihn abzulenken, aber er rückte vor, ohne etwas zu sagen.

Ich wartete, bis er einen Schritt machte und sein Gewicht auf nur einem Fuß hatte, sodass er nicht in der Lage wäre, zu reagieren. Ich änderte schnell die Richtung und trat vor, statt zurück. Ich setzte einen tiefen Seitentritt gegen das Knie seines stehenden Beins an.

Ich weiß nicht, wie ich ihn verfehlen konnte.

Aber plötzlich war sein Bein nicht mehr da und ich geriet aus dem Gleichgewicht. Mein Kopf explodierte und alles wurde schwarz.

Ich erwachte auf Polla 5, obwohl die Lichtverhältnisse nicht stimmten. Zu hell, zu weiß. Die Luft von Polla 5 verlieh allem einen rötlichen Farbton, der jetzt fehlte. Etwas regte sich in meinem Hinterkopf und sagte mir, dass das nicht real sein konnte, aber ich konnte es nicht ausschalten. Mein Fuß und mein Unterschenkel schmerzten höllisch. Ich war getroffen und auch ohne hinzusehen wusste ich, dass es schlimm war.

Ich schlug auf einen brennenden Schmerz in meinem Arm ein. Als ich traf, flammte der Schmerz auf. Ein intravenöser Zugang. Hatten die Sanitäter mich erreicht? Wann war das passiert? Ich versuchte zu rufen, aber meiner trockenen Kehle entwich eher ein Krächzen. Zu viel Staub auf Polla.

Schweiß tropfte mir von der Stirn und rann meine Schläfen hinab. Ich musste mich auf die Brust rollten. Ich konnte nicht gehen. Ich musste kriechen. Aus der Todeszone raus. Aber ich hatte den Zugang. Sie mussten mich bereits rausgezogen haben. Es hatte keinen Sinn, das zu riskieren.

Ich konnte mich nicht umdrehen. Etwas hielt mich ab und ich konnte den Kopf nicht drehen, um es zu identifizieren.

„Colonel Butler." Eine weibliche Stimme. Der ruhige, autoritäre Ton einer Person, die das Sagen hatte. Wieso war sie auf meinem Funk? Wieso konnte ich den Funk ohne Helm hören?

„Colonel Butler." Dieselbe Stimme. Ich hatte mich nicht verhört.

„Hier spricht Butler. Ich bin getroffen und brauche sofortige Evakuation. Sie haben uns schwer erwischt. Wir brauchen Luftunterstützung."

„Colonel Butler, hier spricht Colonel Mary Elliot. Wissen Sie, wo Sie sind?"

Elliot? Auf Polla? Da stimmte was nicht.

„Geben Sie ihm fünf Milliliter. Ich will ihn nicht in den Schlaf schicken, nur beruhigen."

Elliot sprach wieder, diesmal mit jemand anderem. Sanfter. Entfernt.

„Elliot?“ Meine eigene Stimme klang weit weg, beinahe wie unter Wasser.

„Butler, hören Sie mir zu. Sie sind im Krankenhaus auf Cappa Base. Verstehen Sie?“

Cappa, hatte sie gesagt. Nicht Polla. Ich öffnete die Augen, dann schloss ich sie wegen des blendenden Lichts augenblicklich wieder. Cappa. Tränen formten sich unter meinen Lidern, rannen hinaus. Ich konnte spüren, wie mein pochender Herzschlag sich verlangsamte. Cappa.

Ich nickte, obwohl ich nicht wusste, wie sehr mein Kopf sich wirklich bewegte. Er tat weh, aber auf diese dumpfe Weise, wenn Narkotika den Schmerz betäuben.

„Gut“, sagte Elliot. „Sie sind hier in Sicherheit. Sie haben eine Maske auf, die Ihnen beim Atmen hilft, und sie haben Zugänge in beiden Armen. Nicken Sie erneut, wenn Sie das verstanden haben.“

Ich nickte, diesmal stärker.

„Gut. Ich habe Ihnen ein schwaches Sedativum gegeben. Konzentrieren Sie sich weiterhin darauf, wo Sie sind. Cappa Base. Sergeant Mac ist hier. Erinnern Sie sich an ihn?“

Ich nickte wieder.

„Okay. Er wird bei Ihnen bleiben und mit Ihnen reden. Sie werden in Ordnung kommen. Ich bin bald zurück.“

Ich nickte.

„Sorgen Sie dafür, dass er ruhig bleibt. Regen Sie ihn nicht auf. Haben Sie das verfickt noch mal verstanden, Sergeant?“ Ich nahm an, dass sie mit Mac sprach.

„Ja, Ma’am.“ Macs Stimme klang besiegt, als hätte er gekämpft und verloren.

„Können Sie die Maske abnehmen?“, krächzte ich. „Danke“, sagte ich, sobald jemand sie entfernte. Meine Stimme kehrte zurück. „Ich kann atmen. Die Maske gibt mir immer das Gefühl, jemand würde mich ersticken.“

„Ich bin in etwa einer halben Stunde zurück“, sagte Elliot.

„Können Sie das Licht dimmen?“, fragte ich.

Elliot kicherte. „Sicher.“ Das Licht, das durch meine Lider drang, verdunkelte sich.

„Danke, Doc.“

Ich hörte, wie Leute aus dem Zimmer schlurften. Mehr als zwei, aber wie viele es waren, konnte ich nicht sagen.

„Sind Sie okay, Sir?“, fragte Mac.

„Ja, ich komme klar. Sind wir allein?“

„Vielleicht“, sagte er. „Es ist niemand mit uns im Zimmer, aber ich würde nicht ausschließen, dass jemand zuhört.“

„Das ist okay. Was ist passiert?“ Ich zwang mich dazu, die Augen zu öffnen. Es dauerte einen Moment, bis die Dinge fokussiert waren, und selbst dann blickte ich direkt nach oben und sah nicht viel.

„Ich wollte Sie dasselbe fragen, Sir.“ Mac stand nah am Bett und ich konnte die Sorge in seinem Gesicht sehen.

„Jemand hat mich angegriffen.“

Mac grunzte. „So viel weiß ich. Ich bin aufgetaucht, gerade, als er Sie schlug.“

„Sie … wie?“ Ich erlangte langsam meine Stimme zurück.

„Ich habe den ganzen Morgen über versucht, Sie aufzuspüren“, sagte er. „Ich war gerade auf dem Weg zum Krankenhaus, als ich etwas hörte. Stellen Sie sich meine Überraschung vor.“

„Ja. Sorry, dass ich Sie habe sitzen lassen.“

Mac kicherte. „Ich wette, das werden Sie nicht noch mal tun, Sir.“

„Da haben Sie recht.“

„Sir, ich habe auf den Kerl geschossen.“

„Gut. Er hatte es verdient.“

„Nein, Sir, Sie verstehen nicht. Ich habe auf ihn geschossen und *verfehlt*.“

Ich hielt inne. „Das ist okay, wir schießen alle mal vorbei.“

„Nein, Sir, tun wir nicht. *Ich* nicht. Nicht aus dieser Entfernung. Nicht mit einem Lenkgeschoss. Das ist unmöglich.“

„Waffenfehlfunktion?“

„Nein, Sir. Habe ich überprüft. Und bei dieser Entfernung hätte es nicht mal eine Rolle spielen sollen. Er hat sich bewegt … ich weiß nicht.“

„Nein, führen Sie den Gedanken aus. Wie hat er sich bewegt?“ Mich durchfuhr ein Schaudern, von dem ich nicht dachte, dass es etwas mit meinem gegenwärtigen Zustand zu tun hatte.

„Er bewegte sich zu schnell, Sir. Er lief los und ich schoss. Ich hielt vor … feuerte genau dorthin, wo er hinmusste. Doch dann war er nicht mehr dort. Ich weiß, das klingt–"

„Nein, tut es nicht. Mein Gehirn wurde von dem Betäubungsstab ein wenig durcheinandergebracht, aber ich habe dasselbe gesehen. Der Kerl war enorm schnell. Eben war er dort, im nächsten Moment verfehlte ich ihn mit einem Tritt, der hätte treffen müssen."

Mac hörte auf, auf und ab zu gehen. „Dann verliere ich meinen Verstand vielleicht nicht."

„Ich schließe nicht aus, meinen zu verlieren. Wie lange war ich weg?"

„Vielleicht zwei Stunden? Ich habe nicht wirklich auf die Zeit geachtet, Sir. Wir haben Sie hergebracht, dann hat man mich hauptsächlich aus dem Weg geschoben, während Sie behandelt wurden. Eine Menge Ärztinnen und Ärzte. Scanner und anderes Zeug. Sie haben sich ein paar Minuten lang Sorgen gemacht."

Ich stieß einen tiefen Atemzug aus. „Scheiße."

„Ja, Sir. Fühlen Sie sich okay?"

„Sie meinen abgesehen von den Flashbacks und den rasenden Kopfschmerzen?" Ich dachte darüber nach, wackelte mit Fingern und Zehen. Mein linker Fuß funktionierte nicht richtig. Ich hatte das seltsame Gefühl, das die Robotik begleitet und das ich nicht beschreiben kann. Als könnte er sich bewegen, aber man kann es nicht genau sagen.

Ich begann wieder zu schwitzen und das Licht dimmte sich. Etwas war in meinem Arm. Zugang. Krankenhaus. Cappa Base. „Ich bin auf Cappa Base."

„Sir ... ja, Sir. Sie sind auf Cappa Base. Wo sollten Sie sonst sein?"

Cappa. Cappa. Ich wiederholte es in meinem Kopf, bis er begann, sich wieder zu beruhigen.

„Sir ... sind Sie okay?"

Ich nickte. „Ja, ich denke schon."

„War das ..." Er unterbrach sich.

„War das ein neuraler Abstoßungsflashback? Ja." Ich lag einen Moment lang schweigend da. „Es ist okay."

„Sorry, Sir. Ich habe davon gehört, aber nie zuvor einen gesehen. Ich wusste nicht, dass sie so ..."

„Ja. Sie sind real. Wirklich verfickt real." Macs Gedanken machten mir nichts aus. Eine Menge Leute glaubte nicht wirklich daran. Es ist schwer, wenn andere Leute die Dinge in deinem Kopf sehen. Die meiste Zeit gab es keine äußeren Anzeichen. Ich war über die Sorge darüber hinweg, was andere Menschen vielleicht dachten.

Mac setzte sich. „Es tut mir wirklich leid, Sir."

„Es tut mir auch leid, Mac. Entschuldigen Sie, dass ich nicht auf Sie gewartet habe." Er würde nichts sagen, aber ich wusste, dass es sich für einen Offizier, der für persönliche Sicherheit verantwortlich war, wie ein Tritt in die Nüsse anfühlen musste, wenn sein Schutzbefohlener verletzt wurde. Es spielte keine Rolle, dass ich ihn zurückgelassen hatte. Er würde sich dennoch die Schuld geben. Er war zu gut, als dass er etwas anderes tun würde. „Hat man den Kerl gefunden?"

„Nein, Sir. Noch nicht. Sie suchen. Colonel Stirlings Leute. Aber der Kerl war lange weg. Sobald sie alle Kameraaufzeichnungen durchgegangen sind, werden sie mir Bilder zeigen. Ich kann ihn identifizieren."

Das war ein Vorteil davon, auf einer Raumstation zu sein. Es gab nur eine bestimmte Menge Orte, an denen sich ein Kerl verstecken konnte. Wir saßen hauptsächlich schweigend da, bis Elliot wieder hereinkam. Ein Schwarm aus Krankenhauspersonal folgte ihr in eleganter Formation. Sie begannen, im Zimmer herumzuschwirren, überprüften Monitore, stupsten mich an.

„Hatten Sie Episoden?", fragte Elliot.

„Eine", sagte ich.

„Und?" Sie hob die Augenbrauen, blickte direkt auf mich herunter und beobachtete meine Antwort.

„Und ich habe sie kontrolliert."

„Einfach so."

„War nicht mein erstes Mal", sagte ich.

Sie starrte mich einen Moment länger an, dann nickte sie. „Gut." Sie trat zurück und ließ die Lakaien ihre Arbeit machen. „Okay, lassen Sie uns alleine", sagte sie, offenbar zufrieden, nachdem sie sich um alles gekümmert hatten.

Die Angestellten schwärmten zur Tür, so organisiert wie beim Eintreten. „Ich sagte, lassen Sie uns alleine." Elliot wandte sich an Mac, der den anderen nicht nach draußen gefolgt war.

„Sir?"

„Es ist okay, Mac." Ich wartete darauf, dass Elliot explodierte, aber sie stand schweigend da und sah ihm beim Gehen zu.

„Ich bin direkt vor der Tür, Sir", sagte er, als er sie erreicht hatte.

„Danke, Mac."

„Sie werden mit ihm reden müssen", sagte Elliot, sobald sich die Tür hinter ihm geschlossen hatte.

„Wieso das?" Ich glaubte, die Antwort vermutlich zu kennen, aber es schien die angemessene Frage zu sein, um die Unterhaltung am Laufen zu halten.

Sie stemmte die Hände in die Hüften. „Ich habe ihm eine Menge Spielraum gegeben. Habe ihm sogar erlaubt, seine Waffe mit ins Krankenhaus zu bringen, angesichts der Tatsache, dass immer noch ein Angreifer auf der Flucht ist. Aber er hat mein Personal bedroht und das kann ich nicht akzeptieren."

Ich nickte. „Ich werde mit ihm reden. Das ist lediglich der Beschützerinstinkt. Aber Sie haben recht, das kann er nicht machen."

„Danke." Sie hielt einen Moment lange inne. „Dass Sie hier in meiner Einrichtung sind und eine Behandlung brauchen, ist ziemlich komisch, wenn man drüber nachdenkt."

Ich begann zu kichern, was aber in einem Husten endete. „Vergeben Sie mir, wenn ich damit im Moment nichts anfangen kann. Also, was ist passiert? Medizinisch gesprochen."

„Das Beste, was ich sagen kann, ist, dass Ihr Gehirn etwas durcheinandergeriet, als Sie mit dem Betäubungsstab auf den Kopf geschlagen wurden. Das ist meine technische, medizinische Meinung." Sie lächelte. „Erinnern Sie sich an all das neurale Training, das Sie absolvierten, als Sie Ihr kybernetisches Körperglied bekamen?"

„Ja." *Wie könnte ich das vergessen?* Es waren die schlimmsten drei Monate meines Lebens gewesen. Ununterbrochene Tortur, Kopfschmerzen, Übelkeit, Flashbacks. Damit werben sie nie. Sie zeigen immer nur die Vorteile der Robotik, aber erwähnten nicht, dass das Gehirn dagegen rebellieren würde. Sie erwähnten nie, dass es einen ohne neurales Training in den Wahnsinn trieb ... Aber dass das neurale Training dem Wahnsinn auch ziemlich nahekommt. Und ich hatte nur einen Fuß. Andere hatten ganze Gliedmaßen. Das musste härter sein. Viel härter. Es verschob die Grenze dessen, was das menschliche Gehirn aushalten konnte. Es hatte tatsächlich zur Folge, dass man nicht mehr als ein Körperteil ersetzen konnte. Das Gehirn wurde damit sonst nicht fertig.

„Colonel Butler?"

„Ja?"

„Können Sie mir folgen?"

Sie hatte etwas gesagt und ich hatte es nicht mitbekommen. „Sorry."

Sie fuhr fort. „Wie ich sagte, als Sie betäubt wurden, geriet etwas von dem neuralen Training durcheinander, was–"

„Was mich zurückbrachte an den Ort, an dem ich war, als ich meinen Fuß verlor." Sie nannten es Ghosting. Etwas im Verstand, das niemand durchschauen konnte. Es brachte einen manchmal zurück zu dem Moment, in dem man das Körperteil verloren hatte. Das neurale Training machte es besser. Meistens.

„Ja, das glauben wir", sagte Elliot.

„Ich kann das Training nicht noch mal absolvieren." Ich versuchte, mich aufzusetzen, und Elliot half mir, indem sie mir zwei Kissen unter Kopf und oberen Rücken schob.

„Ich glaube nicht, dass Sie das brauchen. Vielleicht müssen Sie einen Trainingstag machen. Es sollte viel,

viel schneller zurückkommen. Ich kann es aber nicht sicher sagen, also nageln Sie mich nicht drauf fest."

„Shit."

„Sorry." Sie klang, als meine sie es ernst.

Ich seufzte. „Es geht nie ganz weg, wissen Sie? Selbst mit dem neuralen Training. Sie sagen, das würde es. Die Ärzte. Sie sagen, es würde besser werden. Das tut es nie."

„Ich bin Ärztin für Robotik und Orthopädie." Sie sah mir direkt in die Augen. „Ich hatte hunderte von Patienten. Ich weiß."

Ich nickte und schloss die Augen. Sie wusste es vermutlich. Andererseits konnte sie es nicht wissen. Nicht wirklich.

„Wir arbeiten an Wegen, um dabei zu helfen", sagte sie. Ich öffnete die Augen und blickte sie skeptisch an. „Wirklich", fuhr sie fort. „Es ist sehr vielversprechend. Es führt zu Durchbrüchen für zweifach Amputierte. Dreifach, vielleicht."

„Das ist großartig. Wie kommt es, dass ich noch nie davon gehört habe? Ich informiere mich immer ziemlich gut über Robotik, wie Sie sich denken können."

Sie nickte und ging voller Energie auf und ab. „Es ist immer noch experimentell. Aber es wird funktionieren. Es *funktioniert*."

„Das ist großartig", sagte ich. Alles, was das neurale Training leichter machte, war sehr willkommen.

„Ich könnte Ihren Namen aufnehmen. Schauen, ob Sie die Testkriterien erfüllen. Es könnte eine ernstzunehmende Verbesserung Ihrer Lebensqualität darstellen. In sechzig Prozent der Fälle zeigen Patientinnen und Patienten vollständiges Verschwinden von

Schmerzsymptomen und eine Reduktion mentaler Belastung."

Ich konnte beinahe nicht glauben, was sie sagte. „Das sind gute Chancen." Ich hatte nichts gegen Glücksspiel. Ich hätte die Hälfte meines Lohns auf eine sechzigprozentige Gewinnchance gesetzt. Aber experimentelle Medizin … das ging mir gegen den Strich. „Ist es okay, wenn ich darüber nachdenke?"

Sie blieb stehen und sah mich an, als hätte sie diese Antwort aus irgendeinem Grund nicht erwartet. „Natürlich. Lassen Sie sich Zeit."

„Stimmt etwas nicht?", fragte ich.

„Nein, natürlich nicht … nun … um ehrlich zu sein, sind Sie die erste Person, die nicht sofort ja sagt."

„Nehmen Sie es nicht persönlich", sagte ich. „Ich hatte einen harten Tag und kann nicht klar denken."

„Nein, nein, es ist nichts dergleichen." Sie zog einen Stuhl auf Rollen herüber und setzte sich. „Ich brenne für meine Arbeit. Sie vermutlich auch. Aber was immer der Patient will."

„Jetzt will der Patient hier raus und sich wieder an die Arbeit machen." Ich versuchte zu lächeln und hoffte, es sähe nicht gezwungen und grausam aus.

Sie lachte. „Typischer Gefechtsoffizier."

„Im Ernst, Doc, wann glauben Sie, kann ich gehen?"

„Wollen Sie meinen besten medizinischen Rat oder meinen Minimumstandard, der gewährleistet, dass Sie nicht sterben?"

Diesmal lachte ich wirklich.

„Das dachte ich mir", sagte sie. „Sie sollten eine Woche hierbleiben. Aber ich möchte, dass Sie mindestens über Nacht bleiben. Sie haben Anzeichen einer Gehirnerschütterung und wir müssen Sie beobachten."

Ich nickte. „Über Nacht kriege ich hin."

„Gut. Es wird keine Nacht erholsamen Schlafs. Wir lassen jede Stunde jemanden nach Ihnen sehen. Aber ich werde Sie morgen persönlich entlassen. Ich will sehr deutlich machen, dass wir nicht sicher wissen, welche Effekte wegen Ihrer früheren Verletzung zurückbleiben werden. Ich denke, Sie sollten verstärkte Symptome erwarten. Ich kann Ihnen etwas verschreiben, das helfen wird, aber wenn es zu schlimm wird oder Sie das Gefühl haben, dass Sie die Medikamente nach ein paar Tagen immer noch brauchen, sollten Sie wiederkommen."

Ich nickte erneut. „Ich verstehe."

„Fühlen Sie sich im Stande, Besuch zu empfangen? Stirling und seine Leute wollten reinkommen, aber ich habe sie hingehalten. Wenn Sie etwas Zeit brauchen, kann ich ihnen verbieten, Sie zu sehen. Medizinische Gründe."

„Ich könnte ein paar Stunden vertragen. Vielleicht die Nacht. Sagen Sie ihnen, sie können morgen früh kommen."

„Das kann ich tun." Sie stand auf, um zu gehen. „Vergessen Sie nicht, mit Ihrem Mann zu reden."

„Werde ich nicht. Hey, Doc?"

Sie blieb an der Tür stehen und blickte zurück.

„Danke."

„Nicht der Rede wert", sagte sie. „Ich mache nur meinen Job."

Kapitel Einundzwanzig

Ich hatte gerade zur Hälfte meine erste Tasse Kaffee getrunken, als Stirling in meinem Quartier auftauchte.

„Sie sehen scheiße aus", sagte er.

„Danke. Harte Nacht. Kaffee?"

„Nein, danke." Er setzte sich nicht, was mich zu der Annahme führte, dass dies vielleicht ein kurzes Meeting werden würde. Man konnte hoffen.

„Haben Sie irgendetwas über Sergeant Caena herausgefunden?", fragte ich.

„Darüber wollen Sie reden? Carl, Sie waren gestern im Krankenhaus."

„Es geht mir gut. Ich habe eine Menge Übung."

Stirling grunzte, was bei einem anderen Mann vielleicht ein Kichern gewesen wäre. „Ich mache mir mehr Sorgen über die Ereignisse, die dazu führten, dass Sie dort waren, nicht Ihre tatsächliche Zeit in Behandlung."

„Richtig." Ich trank einen Schluck Kaffee. „Ich würde mir vermutlich auch Sorgen machen, wenn jemand auf meiner Basis andere mit einer illegalen Waffe angreifen würde."

„Seien Sie nicht so verdammt selbstgerecht, Carl. Sie wissen so gut wie ich, dass es auf jeder Basis in der Geschichte der Galaxie einen Schwarzmarkt gibt. Sie selbst haben Whisky hereingeschmuggelt. Glauben Sie, Sie sind der Einzige?"

Das war ein berechtigter Einwand. Ich verhielt mich ein bisschen wie ein Arschloch, aber wenn der eigene Kopf wie eine Piñata behandelt wird, passiert das. Nicht, dass ich viel Druck brauchte, um ein Arschloch zu sein.

„Haben Sie den Kerl gefunden?“

„Nein. Wir werden später Ihre Aussage brauchen, wenn das für Sie passt.“

„Nein? Gibt es keine Kameras? Türaufzeichnungen? Es ist eine geschlossene Station. Es sollte nicht so schwer sein.“

Stirling hatte den Anstand, verlegen auszusehen. „Wir sind mit dieser Sache nicht so weit, wie wir sein müssten. Es gibt blinde Flecken, und dieser Kerl hat einen davon genutzt.“

„Was auch immer“, sagte ich. „Schicken Sie den ermittelnden Offizier einfach vorbei. Ich werde es für einen Tag oder so ruhig angehen lassen. Der Doc sagt, ich habe eine leichte Gehirnerschütterung.“

„Sicher. Was sagt Ihr Bauchgefühl?“

„Es sagt mir, dass ich mich nicht mit großen Kerlen mit Bestäubungsstäben anlegen soll.“

Stirling starrte mich an, entschied sich dann, den Schreibtischstuhl zu nehmen und ihn herumzudrehen. So viel zu einem kurzen Meeting.

„Sorry“, sagte ich, ohne es zu meinen. „Es war kein Zufall, falls es das ist, was Sie wissen wollen. Der Kerl war ein Profi. Angezogen wie jemand von einer privaten Militärfirma, aber definitiv Militär. Der schnellste Mann, den ich je gesehen habe.“

Stirling nickte. „Ihr Sergeant hat dasselbe gesagt.“

Ich trank noch einen Schluck Kaffee. „Ich kann es nicht erklären. Er hat sich einfach ... bewegt."

Er stieß durch geschürzte Lippen Luft aus. „Unglücklicherweise ist es schwer, das Personal auf die Schnelle zu überprüfen."

„Ja, ich habe Sie verstanden." Ich dachte einen Moment darüber nach. „Großer Kerl. Beinahe zwei Meter groß, mindestens hundert Kilo schwer. Vielleicht hundertzehn. Helle Haut, dunkles Haar, etwas länger als ein Militärhaarschnitt, kein Bart." Ich dachte noch etwas nach. „Das ist alles, was ich habe."

„Nicht zuletzt wird es eine Menge Leute ausschließen", sagte er.

„Führen Sie wirklich eine Überprüfung durch?"

Stirling seufzte. „Ich versuche es. Es sind so viele verschiedene private Militärfirmen involviert, dass es beinahe unmöglich ist, ein akkurates Bild zu bekommen. Ich habe diesen Laden weniger unter Kontrolle, als man denken würde."

Ich grunzte. „Man denkt, es wäre einfach, aber das ist es nie." Trotz der Tatsache, dass es eine Militärbasis war, flogen Mitarbeiter privater Militärfirmen auf ihren eigenen Handelsschiffen her, und eine akkurate Passagierliste zu bekommen, war stets ein Kampf. Wenn man ihre Führung nach Personalnummern fragte, behaupteten sie stets, dass ein genaues Bild zu geben ihre Möglichkeiten einschränkte, zukünftige Verträge abzuschließen, weil jemand versuchen könnte, ihr nächstes Gebot zu unterbieten.

„Wir versuchen, unsere Chancen zu nutzen. Lassen uns von allen Firmen sämtliche Namen und Beweise für eine Überprüfung vorlegen. Wir mussten es sowieso machen. Ihr Vorfall liefert uns bloß eine Ausrede."

„Ich hab mir gern den Schädel für die Sache einschlagen lassen."

„Sie glauben, das hat etwas mit Ihrer Untersuchung zu tun?", fragte Stirling.

Ich zuckte mit den Schultern. „Weiß nicht. Was glauben Sie? Wem habe ich ans Bein gepisst?"

„Allen", sagte Stirling. „Aber genug, um Sie anzugreifen? Das fühlt sich persönlicher an. Wer hat bei Ihrer Untersuchung das meiste zu verlieren?"

„Ehrlich?" Ich dachte eine Minute drüber nach. „Vermutlich Sie. Aber Sie sind nicht groß genug."

„Seien Sie einen Moment lang ernst", sagte er.

„Ich meine das ernst. Sie haben gefragt, wer das meiste zu verlieren hätte. Ich habe so gut wie keine Macht über irgendjemanden im Krankenhaus und noch weniger über die Leute bei Special Ops. Da bleibt Ihr Kommando übrig, als das, das das meiste zu verlieren hat, wenn ich etwas herausfinde."

Er dachte darüber nach. „Schätze, so habe ich noch nicht drüber nachgedacht."

„Fürs Protokoll: Ich glaube nicht, dass Sie es getan haben. Und ich verdächtige nicht wirklich jemanden in Ihrem Kommando. Frontsoldaten ticken normalerweise nicht so. Sie haben nicht genug blinde Loyalität, um einen Colonel anzugreifen. Zumindest normalerweise nicht. Vielleicht auf einer niedrigeren Ebene, wenn es etwa unten auf dem Planeten passiert wäre. Ein Kerl, der seinen Kumpel beschützt."

„Ja", sagte er. „Sie müssen wissen, dass ich eine Vorfallmeldung geschickt habe. Also dürfen Sie erwarten, dass der Boss sie mittlerweile gesehen hat."

„Serata?"

Stirling nickte.

„Hat er irgendetwas zurückgeschickt?", fragte ich.

„Nicht an mich. Vielleicht checken Sie mal Ihre Nachrichten."

„Okay, werde ich tun. Danke."

„Carl ... Ich will Ihnen ein paar Leute zuteilen."

„Was, Security? Nein, danke. Ich bin nur ohne meinen Mann rausgegangen. Und ohne meine Pistole." Ich klopfte auf meine Handfeuerwaffe, die ich jetzt an der Hüfte trug.

„Tun Sie mir den Gefallen", sagte er. „Wenn Sie sich damit besser fühlen, können Sie sagen, dass es ein Gefallen für mich ist. Falls Ihnen noch etwas passiert und ich keine Maßnahmen ergriffen habe, wird es keine Untersuchung brauchen, damit ich gefeuert werde."

Ich schüttete den Rest meines Kaffees hinunter und unterdrückte ein Kichern, weil er so ein Gespür für Selbsterhaltung zeigte. „Guter Punkt. Zwei Soldaten, die mir direkt unterstellt sind. Teil meines Teams."

„Zwei Zweierteams, sodass sie rund um die Uhr da sind", sagte er. „Zwölf Stunden im Dienst, zwölf frei."

„Einverstanden", sagte ich. „Lassen Sie die Person mit dem höchsten Rang zuerst zu mir kommen."

„Sie wartet draußen, mit ihrem Personenschützer", sagte Stirling.

Ich lachte. „Das ist praktisch."

Er zuckte mit den Schultern. „Ich wusste, mit wem ich es zu tun habe. Wir sind beide vernünftige Männer."

„Ich bin mir diesbezüglich nicht sicher, aber in diesem Fall schätze ich, sind wir es. Würden Sie Alenda bitten, vorbeizukommen? Ich will, dass sie ein paar Satellitenaufnahmen für mich raussucht.“

„Sicher. Suchen Sie nach etwas Speziellem?“

„Ich muss mir genauer ansehen, was Karikov da unten tut. Ich muss irgendwann wieder nach unten und ihn aufsuchen, es sei denn, er stimmt zu, hierher zu kommen.“

„Wird er nicht“, sagte Stirling.

„Ich glaube es auch nicht“, sagte ich. „Also plane ich im Voraus.“

„Sie glauben–“

„Ich glaube gar nichts“, sagte ich und unterbrach ihn. „Aber wenn Sie nach Kerlen suchen, die fanatische Loyalität wecken, wo würden Sie anfangen?“

„Vermutlich am gleichen Ort.“ Stirling ging Richtung Tür, dann blieb er stehen. „Seien Sie vorsichtig.“

Ich stellte meinen Plastikbecher zurück in den Kaffeespender und drückte auf den Knopf. „Das habe ich vor.“

Mac ließ die Security vor der Tür Stellung beziehen. Ich schlug vor, sie reinzuholen, aber er bestand darauf, also ließ ich es auf sich beruhen. Gutierrez und Guildsten. Es machte sich bezahlt, die Leute, die einen beschützten, mit Namen zu kennen. Ich benannte sie prompt in G1 und G2 um, wobei Gutierrez G1 war, weil sie einen höheren Rang hatte.

Alenda saß vor meinem Terminal und fütterte einen riesigen Bildschirm, den sie hatte hereinrollen lassen, mit Daten. „Wo wollen Sie anfangen, Sir?“ Es war das erste Mal seit einigen Minuten, dass sie etwas gesagt hatte. Sie hatte seit dem Angriff geschwiegen. Ein wenig erschüttert, denke ich.

„Ich will alles", sagte ich. „Jede Satellitenaufnahme, die wir von der Gegend um Karikovs Basis haben, in jeder Bandbreite, die wir haben. Ich will Infrarot, ich will chemische Emissionen, ich will Energieverbrauch. Wenn wir einen Sensor haben, der etwas aufzeichnet, will ich es sehen. Und ich will mir ansehen, wie es sich über die Zeit verändert hat. Gehen wir für den Anfang sechs Monate zurück. Wir werden wissen, ob wir weiter zurück gehen müssen, wenn wir sehen, was wir haben."

Es waren eine Menge Daten, aber ich hatte Zeit. Ich hatte die Befragungen der Leute im Krankenhaus um ein paar Tage verschoben.

„Ich fange an, sie aufzurufen, Sir. Wenn wir mehrere Vorbeiflüge des gleichen Sensors haben, kann ich es aufgliedern, sodass wir nur einen oder zwei pro Monat sehen."

„Okay, aber halten Sie den Rest griffbereit."

„Ja, Sir. Sir?"

„Ja?"

„Wonach suchen wir?"

„Ich habe keine Ahnung."

Alenda sah mich an, als wollte sie fragen: *Wirklich?* Sie war allerdings zu höflich, um es wirklich auszusprechen. „Ich bekomme das Gefühl, dass Sie mir nicht vertrauen, Sir. Sie lassen mich im Ungewissen."

Ich dachte über meine Antwort einen Moment lang nach. „Ich weiß wirklich nicht, wonach ich suche. Ich werde es wissen, wenn ich es sehe." Ich hoffte, dass das stimmte. Ich glaubte es aber und hatte einen Ruf, Dinge hinzubekommen. Ich hatte oft keine Ahnung, was ich tat, bis zu dem Moment, an dem sich alles ergab. Ich verspürte nicht das Verlangen, an einer erfolgreichen Formel herumzupfuschen.

„Sir, ich will ein echter Teil dieser Untersuchung sein."

Ich seufzte. „Setzen Sie sich, Lex."

Sie setzte sich aufs Sofa, blieb aber steif.

„Sie sind ein entscheidender Teil dieser Untersuchung."

„Ich suche Dinge zusammen, Sir. Ich bin gut darin, das verstehe ich. Aber ich bin nicht wirklich ein Teil. Sie halten das meiste von mir fern."

„Ich verstehe die Situation, in der Sie sind, mit Ihrem Boss", sagte ich.

„Sir ..." Sie hielt inne. „Sir, ich ..."

„Na los. Sagen Sie, was Sie zu sagen haben", sagte ich.

„Sir, ich scheiße auf meine Situation." Sie hielt inne. „Ich bin halb drin, und das funktioniert nicht. Ich will ein Teil des Teams sein. Wirklich. Ich will dabei helfen, aus dieser Sache schlau zu werden."

Ich saß schweigend da, sah sie an und dachte nach. Ich entschied, dass sie es ernst meinte. Ich konnte nicht sagen, wieso ich diesen Eindruck hatte, aber ich vertraute meinen Instinkten. „Okay", sagte ich.

„Okay, Sir?" Sie kniff die Augen zusammen.

„Okay, Sie sind drin." Ich hätte es auch gesagt, wenn ich es nicht so gemeint hätte. Ich brauchte ihre Hilfe und wenn ich sie jetzt wegstieß, riskierte ich, sie zu verlieren. Aber als ich es einmal ausgesprochen hatte, fühlte es sich richtig an. Ich meinte es so. Ich vertraute ihr.

Sie saß einen Moment lang schweigend da.

„Alles gut?", fragte ich.

Sie nickte. „Ja, Sir. Ich hatte nur nicht erwartet, dass das funktioniert."

Ich zuckte mit den Schultern. „Manchmal überraschen einen die Dinge und man bekommt, worum man bittet."

„Ich freue mich, in Ihrem Team zu sein, Sir."

„Ich freue mich, Sie hier zu haben", antwortete ich. „Abgesehen davon weiß ich immer noch nicht, wonach ich in den Daten suche."

Ihr entkam ein Lachen, dann unterdrückte sie es, lachte aber wieder über das peinliche Prusten. „Wir werden es herausfinden, Sir."

Alenda beschäftigte sich damit, mit meinem Computerterminal zu reden, rief die Daten auf, die sie brauchte, und bevölkerte den großen Bildschirm damit. Sie übertrug das erste Stück, ein hochaufgelöstes Bild einer Reihe von Gebäuden. Ich konnte kaum die Menschen auf dem Bild erkennen, aber es zeigte sehr gut den allgemeinen Aufbau des Geländes von vor sechs Monaten. Ich speicherte das in meinen Gedanken, während Alenda es für leichteren Zugang auf dem Computer speicherte. Wir wären in der Lage, die Dateien später via Touchscreen durchzugehen, so schnell wie wir wollten. Vor- und zurückblättern, auf der Suche nach Veränderungen.

Sie arbeitete schneller als ich, also hatte ich einen Haufen Karten in der Warteschlange, als sie mit ihrer

Aufgabe fertig war. „Wollen Sie, dass ich Ihnen beim Durchgehen helfe, Sir?“

„Zuerst will ich, dass Sie ein paar Informationen über die Krankenhausleute herausfinden, ohne durch das Krankenhaus zu gehen.“

„Ja, Sir.“ Die Tatsache, dass sie mich nicht fragte, wie sie das machen sollte, zeigte ihre Professionalität. Ich hatte keine Ahnung. Sie würde es sich zusammenreimen.

„Ich will wissen, wo Colonel Elliot bei ihrem Trip auf die Oberfläche war. Und wenn Sie schon dabei sind, will ich wissen, welche anderen Ärzte sie begleitet haben. Ich will außerdem wissen, ob es andere Trips gegeben hat, bei denen Elliot nicht dabei war. In diesem Fall will ich wissen, welche Ärzte aufbrachen, und wohin.“

„Ja, Sir. Verdächtigen Sie Colonel Elliot?“

„Lex, zu diesem Zeitpunkt verdächtige ich alle. Also verfolgen wir lediglich Spuren und schauen, was dabei herauskommt.“

Sie schürzte die Lippen. „Wir könnten uns ihre Flugpläne ansehen.“

Ich schlug mit der Faust in meine andere Hand. „Ja! Gute Idee. Wir könnten sogar die Spuren verfolgen, wenn wir wüssten, wann sie geflogen sind.“

„Ja, Sir.“ Alendas Gesicht erhellte sich. „Wir wissen, wann Colonel Elliot aufbrach, also sollte das nicht allzu schwer sein.“

„Sie hat kein eigenes Schiff“, murmelte ich, mehr zu mir selbst, als zu Lex.

Alenda hielt inne. „Hat sie nicht?“

„Hat sie nicht“, sagte ich. „Sie gehören dem Luftgeschwader. Das macht die Instandhaltung ...“

„Und die Flugaufzeichnungen", sagte Alenda. „Ich bin dran."

„Gut. Ich werde mehr Kaffee machen und mir weiter diese Karten anschauen, bis sie das große Geheimnis enthüllen, das sie verbergen."

Alenda starrte mich an.

„Hey, es klang gut."

„Ja, Sir." Ihr Tonfall legte nahe, dass sie mir nicht zustimmte.

General Seratas Nachricht tauchte auf meinem Begrüßungsbildschirm auf, sobald ich mich authentifiziert hatte. Die Kürze überraschte mich. Der Inhalt überraschte mich noch mehr. Ich hatte Einschränkungen erwartet. Zumindest hatte ich erwartet, detaillierte Instruktionen zu bekommen, nach dem Angriff auf mich.

Carl. Habe vom Vorfall gelesen. Ich habe Ihre Befugnisse über alle SPACECOM-Agenten im Sektor erhöht, bis hin zum und einschließlich des Kommandos. Habe das nicht publik gemacht, also wird Stirling es nicht wissen, bis Sie ein Machtwort sprechen. Sagen Sie ihm, er solle die Befehle prüfen, wenn Sie sie benutzen müssen. Das wird Ihnen Flexibilität geben, zu tun, was Sie tun müssen. Kümmern Sie sich um die Sache.

Serata

Shit. Ich wusste nicht genau, wie weit die Befugnisse reichten, die er mir gewährte, aber „einschließlich des Kommandos" ließ mich denken, dass ich Stirling feuern und die Basis übernehmen konnte, wenn es sein musste.

Shit.

Shit, Shit, Shit.

Ich konnte mir keine Situation vorstellen, in der man einen ermittelnden Offizier nahm und ihm Verantwortung übertrug, und ich wusste, dass das nicht das war, was Serata von mir wollte.

Wieso also gab er mir die Befugnisse? Wäre es irgendjemand anders gewesen als Serata, hätte ich geglaubt, dass er mir eine Falle stellt. Mir die Fähigkeit geben, Stirling zu feuern, in dem Wissen, dass ich sie nicht benutzen würde, und dann, wenn sich herausstellt, dass Stirling wirklich hätte gefeuert werden sollen, bin ich dafür verantwortlich, weil ich es nicht getan habe. Aber Serata würde das nicht tun. Oder doch?

Shit. Das würde er nicht.

Ich konnte nicht anfangen, die Dinge in Zweifel zu ziehen, von denen ich wusste, dass sie wahr waren. Wenn er das also nicht tun würde, hatte er einen anderen Grund. Der einzige andere Grund wäre, dass er glaubte, dass ich sie vielleicht benutzen *musste*. Und das bedeutete, dass er mehr unter Druck stand, als ich wusste.

Ich drückte auf den Antwortknopf auf dem Bildschirm.

Sir. Präzisierung erbeten. Schließen die Befugnisse die Entlassung des gegenwärtigen Kommandanten mit ein?

Butler

Ich sah mir die Worte lange an, bevor ich auf Senden drückte, und saß dann einen weiteren Moment lang da, nachdem der Vorgang abgeschlossen war und sich der Bildschirm geleert hatte. Shit.

Kapitel Zweiundzwanzig

Am nächsten Morgen lag ich um 0415 hellwach in schweißgetränkten Laken. Ich hatte das Trinken in der vergangenen Nacht versaut. Das Geheimnis dabei, sich in den Schlaf zu trinken, ist, genau die richtige Menge zu trinken. Man muss genug trinken, um einschlafen zu können, aber nicht so viel, dass man bewusstlos wird und dann vier Stunden später wieder aufwacht, unfähig, erneut einzuschlafen. Es war eine Kunstform ... Und für gewöhnlich war ich ein Meister.

Die Pillen, die Elliot mir gegeben hatte, brachten mich durcheinander, denke ich. Nachdem ich eine genommen und einen Whisky getrunken hatte, fühlte ich mich etwas benebelt. Manche Leute hätten das als Zeichen genommen, mit dem Trinken aufzuhören. Ich ignorierte es und trank noch einen, weil ich unmöglich von einem Drink betrunken werden konnte. Ich nahm die Pillen tagsüber nicht, weil ich nicht mochte, wie sie meinen Kopf benommen machten. Nachts benommen zu sein war vollkommen in Ordnung. Offenbar lag ich falsch.

Nach ein paar Minuten, in denen ich so getan hatte, als hätte ich eine Chance auf Schlaf, entschied ich, dass ich genauso gut aufstehen und etwas arbeiten könnte. Ich sah mir die Nachrichten an und fand nichts von Plazz, was gut war, dann öffnete ich meine Nachrichten, um zu schauen, ob ich etwas von Sharon bekommen hatte. Ich musste ihr schreiben. Allerdings hielt ich inne, als ich sah, dass die erste Nachricht in der Schlange Seratas Namen trug. Ich drückte darauf, um sie zu öffnen.

Bezüglich Ihrer Bitte um Verdeutlichung: Tun Sie, was immer Sie tun müssen.

Serata

Das konnte alles bedeuten. Zur Hölle, die Nachricht war für mich, und selbst ich war mir nicht sicher, was sie bedeutete. Wieso war er so vage? Er meinte es sicher ernst. Er hätte sie nie geschickt, wenn er es nicht so meinte. Nicht Serata. Aber indem er mir sagte, dass ich tun solle, was ich musste, gab er mir eine Menge Spielraum. Entweder wusste er nicht, was er tun sollte und nahm an, dass es besser wäre, wenn ich diese Information bekäme, oder er kannte mich gut genug, dass er zu wissen glaubte, was ich tun *würde*. Vielleicht beides.

Ich trank einen Schluck von meinem Kaffee und rief die nächste Karte von Karikovs Gelände auf. Sie zeigte Hitzesignaturen. Infrarot. Eine Reihe von Gebäuden mit ähnlichen Eigenschaften, die sich in einem Bereich zusammendrängten, aber nichts Unerwartetes zeigten. Es gab eine große Einrichtung, vielleicht zwei Klicks von den anderen entfernt, was seltsam wirkte, und ich dachte eine Weile darüber nach. Vielleicht ein Hauptquartier auf niedrigerer Ebene, das neben dem eigentlichen Hauptquartier lag. Ich wusste nicht genug über Karikovs Befehlsstruktur, um es mit Sicherheit zu sagen.

Ich rief denselben Standort in Hochauflösung von einem Vorbeiflug bei Tageslicht auf. Das einsame

Gebäude sah aus dieser Perspektive anders aus, kaum militärisch. Es hatte eine niedrige Silhouette mit einem leicht abgerundeten Dach. Ich hatte auf keinem meiner Einsätze etwas Derartiges gesehen. Das bedeutete nicht notwendigerweise etwas. Special Ops machten eine Menge Dinge, die ich nie zuvor gesehen hatte. Ich hatte nur darüber nachgedacht, aber jetzt machte es mich wirklich neugierig.

Ich rief die Karte mit dem Energiespektrum auf. Das Gebäude leuchtete dreimal so hell wie alles andere, einschließlich des Gebäudes, das Karikovs Hauptquartier sein musste. Ein Gebäude sollte nicht so viel Energie brauchen. Ich blätterte zurück zur hochaufgelösten Karte, mir fiel aber nichts auf, was ich nicht schon bei meinem ersten Blick gesehen hatte.

Ich sah mir dieselben Karten von einem Monat zuvor an. Dasselbe. Nachts, keine Veränderung. Ein weiterer Monat früher, immer noch ähnlich. Ehe ich mich versah, ertönte der Alarm im Nebenzimmer: 0630. Zeit aufzustehen. Ich schaltete ihn aus und blieb stehen, um mir einen weiteren Kaffee zu machen. Aus einer Laune heraus blieb ich beim Kommunikator stehen und rief Alenda an.

„Major Alenda." Sie ging nach einem Klingeln dran.

„Alenda. Butler hier. Sind Sie wach?"

„Ja, Sir."

„Gut. Kommen Sie her. Ich brauche Ihre Einschätzung zu etwas."

„Unterwegs, Sir."

Ich wusste nicht, wie lange sie brauchen würde. Sie hätte immer noch im Bett liegen und sagen können, sie sei wach gewesen, als ich fragte. Jede gute Offizierin würde das tun. Sie klingelte fünf Minuten später an meiner Tür.

„Guten Morgen, Sir." Sie trug eine gebügelte Uniform, schneidig wie immer.

„Schauen Sie sich das an. Was halten Sie von diesem niedrigen Gebäude hier?" Ich zeigte ihr das hochaufgelöste Bild, erst von oben, dann in einem versetzten, schrägen Winkel.

Sie dachte einen Moment lang darüber nach. „Sowas habe ich noch nie zuvor gesehen, Sir."

„Ich auch nicht." Ich rief die elektromagnetischen Emissionen auf.

„Wow." Sie ging näher an den Bildschirm heran, um etwas zu lesen. „Das ist eine Menge Energie."

„Ja, das habe ich auch gedacht. Was auf Cappa könnte so viel Energie brauchen?"

Sie kratzte sich am Kopf. „Ich weiß es nicht, Sir. Ich frage mich ..." Sie liest den Satz unvollendet.

„Was?" Ich ging näher heran, sodass ich an ihr vorbeisehen konnte.

„Gestern habe ich erbeten, dass man mir alle Flugaufzeichnungen der letzten Woche abruft. Das da, auf der Westseite des Gebäudes, das sieht aus wie ein Landeplatz. Ich frage mich, ob irgendwelche der Aufzeichnungen damit korrelieren werden. Vielleicht können wir sagen, was es ist, wenn wir sehen, was dort landet."

„Sie sind ein Genie, Alenda. Es ist mir egal, was die anderen Offiziere in Ihrer Einheit über Sie sagen."

Alenda wandte sich zu mir um und kniff die Augen zusammen.

„Das war ein Witz", sagte ich. „Wollen Sie Kaffee?"

„Ja, Sir. Ich hole ihn. Lassen Sie mich nur erst für einen Moment das Terminal benutzen und dafür sorgen, dass sie die Radaraufzeichnungen in eine Form bringen, die wir benutzen können."

Ich winkte ab. „Ich hole ihn. Wie trinken Sie ihn?"

„Schwarz, Sir". Ich spülte einen weiteren Becher aus und machte Alenda einen Kaffee. Danach setzte ich mich hin, stand aber bald wieder auf. Schlafmangel, ein leichter Kater und das Koffein machten mich gereizt. Unnötig zu erwähnen, dass mir die Befugnis über den gesamten Sektor gegeben worden war, etwas, das ich nie zuvor erlebt hatte.

„Wir müssen etwa zwei Stunden warten", sagte Alenda nach vielleicht zehn Minuten.

Schließlich setzte ich mich. „Warten. Großartig."

„Haben Sie Kinder, Sir?", fragte Alenda, vermutlich, weil sie mich vom Warten ablenken wollte.

„Habe ich", sagte ich. „Zwei. Einen Jungen und ein Mädchen. Und einen Enkel."

„Verdammt, Sir. Sie sehen nicht alt genug aus, um Enkel zu haben."

Ich kicherte. „Sie lügen. Aber davon abgesehen, stellen das dreizehn Jahre im Kälteschlaf mit einem an. Er ist zwei. Der Sohn meines Sohnes. Er und seine Eltern leben in der Nähe meiner Ehefrau. Sie ist recht glücklich darüber."

„Das ist großartig, Sir. Was ist mit Ihrer Tochter?"

„Sie ist im Einsatz gefallen", sagte ich.

„Oh, shit, sorry. Das tut mir leid."

Ich trank einen Schluck von meinem Kaffee. „Es ist okay. Das ist vor langer Zeit passiert."

Alenda saß ein Moment lang still da und trank aus ihrem Plastikbecher. „Wenn es Ihnen nichts ausmacht, dass ich frage, Sir: Wo ist es passiert?"

Ich versuchte, mich zu einem Lächeln zu zwingen, scheiterte aber vermutlich. Normalerweise verdrängte ich diese Dinge, dachte nicht darüber nach. Alenda konnte das nicht wissen. Es war eine natürliche Frage. „Es macht mir nichts aus. Es ist auf Cappa passiert."

Es folgte peinliches Schweigen. Was sonst sollte nach diesem Gespräch folgen? Zum jetzigen Zeitpunkt hasste ich das mehr als alles andere. Die Peinlichkeit. Über manche Dinge reden Menschen einfach nicht.

„Haben Sie irgendwas beim Geschwader erreicht; wen sie wohin geflogen haben?", fragte ich nach einigen Momenten, um die Spannung abzubauen.

„Ja, Sir." Auch Lex sah erleichtert aus, weil sie die Chance bekam, das Thema zu wechseln. „Sie haben gesagt, dass ich heute einige Informationen bekäme. Ich würde sie anrufen, aber es ist das Geschwader, also ist es ausgeschlossen, dass zu dieser Uhrzeit irgendwelche Führungskräfte wach sind."

Guter Punkt. Piloten standen nie früh auf, wenn sie es vermeiden konnten. Ich trank meinen Kaffee aus und dachte über einen weiteren nach, dann besann ich mich eines Besseren. „Verdammt. Schätze, ich gehe in den Fitnessraum. Wieso holen Sie nicht die Radaraufzeichnungen, frühstücken etwas, schauen, was Sie von den fliegenden Jungs kriegen können und treffen mich in drei oder vier Stunden wieder hier?"

Ich kam mir lächerlich vor, mit drei bewaffneten Leibwächtern in den Fitnessraum zu gehen, aber ich zwang mich, es durchzustehen. Dann, nach einer

Dusche, beschloss ich, Chu aufzusuchen, ehe Alenda zurückkam.

Als ich diesmal im Special-Ops-Bereich eintraf, schickten sie augenblicklich jemanden, um den Major zu wecken. Sie kam in voller Uniform, als wäre sie bereits wach gewesen und hätte mich erwartet.

„Wie sieht's aus?", fragte ich.

„Können wir uns in meinem Büro unterhalten, Sir?"

„Sicher." Ihrem Tonfall nach zu urteilen, hatte sie vermutlich schlechte Nachrichten. Ich hatte die ganze Zeit erwartet, dass Karikov Nein sagen würde, also war ich darauf vorbereitet.

„Sir, Colonel Karikov lässt sich entschuldigen, aber er hat täglich mehrere Meetings auf der Oberfläche. Es ist eine schwierige Zeit mit unseren Alliierten und er hat das Gefühl, dass es die Mission nachteilig beeinflussen würde, wenn er wegginge, um auf die Raumstation zu kommen."

„Das waren *seine* Worte?" Das kaufte ich ihm nicht ab. Es klang viel zu sehr wie ein Statement, das man einer Reporterin geben würde.

„Ich umschreibe, Sir."

„Haben Sie persönlich mit ihm gesprochen?"

„Nein, Sir. Aber ich habe mit dem XO gesprochen."

„Ich wollte, dass Karikov die Anfrage direkt bekommt, damit ich sicher sein kann, dass sie ihn erreicht."

„Sorry, Sir. Der XO versicherte mir, dass er Ihre Nachricht überbracht hätte."

„Vertrauen Sie ihm?

„Dem XO? Ja, Sir. Er und Colonel Karikov dienen seit Jahren gemeinsam. Mehrere Einsätze. Mit dem XO zu reden ist so gut, wie mit dem Boss zu reden."

Wieder keine Überraschung. Ich dachte darüber nach, überlegte, so zu tun, als würde ich explodieren, um zu verlangen, dass sie mich direkt mit Karikov sprechen ließ. Ich war mir nicht sicher, ob das produktiv wäre, also hielt ich mich zurück, für den Fall, dass ich diesen Zug später noch brauchte. „Wie sieht es mit einem Anruf aus?"

„Gut, Sir. Den können wir jederzeit einrichten, solange er nicht mit seinen Pflichten gegenüber den Cappanern kollidiert. Die cappanischen Ältesten sind sehr empfindlich, was Kränkungen betrifft, und manchmal betrachten Sie ein verschobenes Meeting als Beleidigung."

„Sicher. Ich verstehe das. Schauen Sie, was Sie organisieren können."

„Das mache ich, Sir." Ich glaubte eigentlich nicht, dass ihr Boss damit ernst machen würde, aber es schadete nicht, ihr eine Chance zu geben.

Die Wahrheit war, dass ich im Moment keine andere Option hatte.

Als ich in mein Quartier zurückkam, wartete Alenda dort.

„Sagen Sie mir, dass Sie was Gutes haben", sagte ich.

„Ich arbeite dran, Sir. Ich habe eine Liste der Ärztinnen und Ärzte, die entweder regelmäßig mit Colonel Elliot gereist sind oder auf sich allein gestellt Trips auf die Oberfläche unternommen haben. Was, glauben Sie, wird uns das sagen?" „Vermutlich nichts. Aber wenn ich genug Daten sammle, werde ich irgendwann Glück haben, also wird es nützlich sein."

„Ich verstehe, Sir." Bei ihrem Tonfall, glaubte ich nicht, dass sie tatsächlich verstand. Ich habe dieses Problem manchmal. Menschen denken, dass ich scherze, obwohl ich es tatsächlich ernst meine.

„Das ist eine meiner Fähigkeiten, Lex. Ich kann es nicht wirklich erklären. Ich fülle mein Gehirn mit Zeug und erwarte, dass es wieder an die Oberfläche kommt, wenn es darauf ankommt."

„Ja, Sir. Was soll ich mit den Namen der Ärztinnen und Ärzte anstellen?"

Ich dachte darüber nach. „Wie viele sind es?"

„Sechs. Die Doktoren McDaniel, Jones, Emory, Kepple und Kwan. Und natürlich Dr. Elliot."

„Sie haben mehrere Trips unternommen?"

„Ja, Sir. Alle. Kwan hat erst vor zwei Monaten angefangen. Es ist möglich, dass sie erst kürzlich her rotiert ist."

„Das ergibt Sinn. Elliot sagte, dass die Einsätze jeweils zwölf Monate dauern."

Alenda legte die Stirn in Falten.

„Was?"

„Ich bin seit zehn Monaten hier, Sir. Etwas länger als das. Colonel Elliot ist schon hier gewesen, ehe ich herkam. Wenn sie also einen zwölf Monate langen Einsatz hätte, wäre sie jeden Tag fällig."

„Vielleicht ist die Kommandantin das Bindeglied. Vielleicht macht sie achtzehn Monate. Ich werde sie fragen, wenn ich sie das nächste Mal sehe. Drucken Sie die Namen der Ärztinnen und Ärzte aus und geben Sie mir eine Kopie. Ich werde sehen, ob irgendjemand von

Ihnen auf der Liste der Leute steht, die ich morgen befragen werde.“

„Ja, Sir.“ Lex berührte den Bildschirm und mein Gerät vibriert antwortend.

„Danke“, sagte ich. „Können wir jetzt die Radaraufzeichnungen aufrufen?“

„Natürlich, Sir, aber ich glaube nicht, dass wir viel finden werden. Offenbar verfolgen wir die wirklich niedrigstufigen Sachen von hier oben aus nicht. Die Cappaner kontrollieren diesen Bereich des Luftraums, da ihre eigenen Flugzeuge nur innerhalb der Atmosphäre fliegen. Also können wir den groben Bereich sehen, den diese Schiffe ansteuern, aber nicht mit der Genauigkeit, die wir bräuchten, um sagen zu können, auf welchem Landeplatz sie gelandet sind.“

„Was sagt uns das also?“

„Sir ... Es sagt uns, dass es eine Armada von Schiffen ist, die in diesen Bereich fliegt. Hauptsächlich Spec Ops, aber auch eine Menge private Militärfirmen.“

„Das ist eigentlich nicht sonderlich überraschend.“ Special-Ops-Jungs hatten ein riesiges Budget und beschleunigte Vertragsstandards, also neigten sie dazu, für alles, was sie brauchten, Verträge abzuschließen.

„Nein, Sir. Aber das hier ist es.“

Sie berührte den Bildschirm und rief eine einzelne Flugaufzeichnung auf.

„Was schaue ich mir an?“

„Entschuldigung, Sir. Das ist eine Aufzeichnung von Anfang dieser Woche. Wenn wir drauf gehen, sehen wir die Fluginformation.“

„Und?“

„Es ist Colonel Elliots Shuttle.“

„Fliegt direkt in den Bereich von Karikovs Hauptquartier.“

„Ja, Sir.“

„Ich glaube, ich hätte vielleicht damit begonnen, anstelle der Liste von Ärztinnen und Ärzten“, sagte ich.

„Ich wollte einen krönenden Abschluss, Sir.“

„Sie werden zu einer Klugscheißerin, Alenda.“

„Entschuldigung, Sir.“ Sie versuchte, es zu unterdrücken, aber ihr entkam ein rasches Feixen.

„Muss Ihnen nicht leidtun. Steht Ihnen. Ich würde es allerdings nicht bei Stirling versuchen.“

„Nein, Sir. Das würde nicht gut enden.“

„Richtig. Also ist Elliot zu Karikov geflogen. Diese Woche.“

„Das können wir nicht mit Sicherheit sagen, Sir. Aber sie ist definitiv in seine Nähe geflogen.“ Ich ging ein wenig auf und ab. „Hat Karikov eine Klinik? Ich meine, wenn er eine hätte, wäre sie so oder so nicht MEDCOM unterstellt. Er hätte seine eigenen Leute dafür. Vielleicht etwas für die Cappaner? Ein soziales Projekt?“

„Ich bin mir nicht sicher, ob unsere Ärzte Cappaner behandeln würden, Sir.“

Ich biss mir seitlich auf die Lippe. „Ja, ich mir auch nicht. Ich glaube, ich muss noch mal das Krankenhaus aufsuchen. Hardy sollte heute wach sein.“

„Verstanden, Sir. Ich werde das Geschwader aufsuchen und schauen, ob ich vielleicht den Piloten finde, der Colonel Elliot geflogen hat. Er oder sie könnte mir sagen, wo sie hingeflogen sind.“

„Guter Gedanke. Seien Sie vorsichtig.“

„Was meinen Sie damit, Sir? Es ist das Geschwader.“

„Und jemand hat mich angegriffen. Wir wissen nicht, wieso. Passen Sie auf sich auf. Halten Sie sich an Bereiche, wo andere Leute in der Nähe sind."

Alenda blickte mich an, aber ich sah keine Furcht. Das machte mir nur noch größere Sorgen.

Kapitel Dreiundzwanzig

Hardy saß von einigen Kissen gestützt in seinem erhabenen Bett und lächelte, als ich eintrat. Zwei hübsche Frauen in Krankenhauskleidung standen in der Nähe, was seinen Ausdruck erklärte.

„Sir", sagte er.

„Bleiben Sie sitzen", scherzte ich.

Er blickte mich verwirrt an. Junge Leute verstehen meinen Humor nicht mehr. Es ist Zeit für den Ruhestand.

„Sir, das ist Lieutenant Morietta, die Physiotherapeutin, die mit mir arbeiten wird. Wir sind gerade einige der Übungen durchgegangen, die ich machen werde."

Er log. Wenn sie ihm erklärt hätte, welche Schmerzen er innerhalb der nächsten Woche verspüren würde, würde er nicht so lächeln. Aber ich stellte ihn deswegen nicht zur Rede. Sollte der junge Mann seine eigene Gelegenheit bekommen, die Dinge zu versauen.

„Schön, Sie kennenzulernen, Morietta. Kümmern Sie sich gut um meinen Jungen hier."

„Werde ich, Sir", sagte die größere der beiden Frauen. „Wir lassen sie beide allein."

Ich wartete, bis sie gegangen waren, und mir fiel auf, dass Hardy ihnen mit seinen Blicken folgte.

„Sie wissen schon, dass sie Sie quälen wird, ja?"

„Ich denke, damit komme ich klar, Sir."

Ich lachte. „Gut zu sehen, dass die Ihren Mut nicht in die Luft gesprengt haben. Wie fühlen Sie sich?"

„Ich bin okay, Sir. Man hat mich betäubt, bis der Großteil der Schnellheilung abgeschlossen war. Jetzt tut es nur weh. Ist steif. Ich habe das Gefühl, dass es mir gut ginge, wenn ich einfach laufen würde, bis es nicht mehr wehtut."

„Ja. Machen Sie das nicht. Warten Sie auf die Physiotherapeutin. Tun Sie, was sie sagt."

„Ja, Sir."

Ich hielt seinen Blick. „Ich meine es ernst, Hardy. Sie werden es beschleunigen wollen, und Sie werden vor ihr angeben wollen. Tun Sie das nicht. Ich sage das, obwohl ich fest davon überzeugt bin, dass es sinnlos ist, angesichts der Tatsache, dass Sie jung und dumm sind. Und als ich an Ihrer Stelle war, habe ich genau das Gleiche gemacht."

„Ja, Sir."

„Der Grund, weshalb ich Ihnen das sage, ist, dass wenn Sie mich ignorieren, es zu weit treiben und Sie wirklich, wirklich schlimme Schmerzen haben, ich Sie einen Trottel nennen kann, ohne ein schlechtes Gewissen zu haben."

Er lachte. „Verstanden, Sir. All das tut mir leid."

Ich winkte ab. „Sie hatten Pech, Hardy. Das passiert. Wenn es zu oft passiert, werden Leute nicht mehr mit ihnen fahren wollen. Wir hatten einen Kerl, der viermal getroffen wurde. Niemand wollte mit ihm raus. Aber dafür ist es noch zu früh. Es war ein Mal. Es ist Krieg. Schlechte Dinge passieren. Abgesehen davon ist es mehr mein Fehler als Ihrer. Ich hätte es kommen sehen müssen."

„Wie hätten Sie das tun sollen, Sir?“

„Ich weiß nicht.“ Ich seufzte. „Aber ich hätte es wissen sollen. Mir ist etwas entgangen, irgendwo. Vermutlich eine Menge Dinge.“

„Also läuft die Untersuchung nicht gut?“

„Ich bin mir nicht sicher. Ich denke, ich habe einige Ansatzpunkte gefunden, ich bin mir nur nicht sicher, was am Ende dabei herauskommt. Aber mehrere Punkte scheinen mit dem Krankenhaus in Verbindung zu stehen.“

„Was meinen Sie damit, Sir?“, fragte Hardy.

„Einige der Ärztinnen und Ärzte sind auf die Oberfläche geflogen. Ich habe keine Ahnung, warum, aber es fühlt sich komisch an. Doch machen Sie sich darüber keine Gedanken. Kümmern Sie sich darum, wieder gesund zu werden. Ich will mich nicht vor General Serata verantworten müssen, weil ich seinen Stabsmitarbeiter kaputt gemacht habe.“

„Ich bin nicht mehr sein Stabsmitarbeiter, Sir. Ich werde einen neuen Job annehmen, wenn ich zurückkomme.“

„Ja. Und falls Sie nicht tun, was ich sage, und Ihre Heilung nicht ernst nehmen, wird dieser Job im Hauptquartier von Student Command sein, als Nachtwächter.“

Hardy lächelte. „Das ist hart, Sir.“

„Ist es. Ich würde Ihnen das nie antun. Sie sind ein verdammter Kriegsheld.“

Sein Gesicht verfinsterte sich ein wenig. „Ich wurde getroffen, Sir. Ich habe den Feind nicht einmal gesehen.“

„Ich spreche für alle Kriegshelden überall, wenn ich Ihnen sage, dass sie das nicht als Erstes sagen sollten."

„Ich will nicht lügen, Sir."

„Sie müssen nicht lügen." Ich zog mir einen Stuhl von der Wand heran und setzte mich. „Hören Sie mir zu. Das ist wichtig. Wenn Sie nach Hause kommen ... sogar, bevor Sie nach Hause gehen, aber in geringerem Ausmaß ... werden die Menschen mit Ihnen über Ihre Erfahrungen reden wollen. Andauernd. Es wird so oft passieren, dass Sie es leid werden, und es wird Sie frustrieren, weil das alles ist, über das irgendjemand reden will. Es ist nicht ihr Fehler. Sie haben davon gelesen, haben es in den Holos gesehen, in den Nachrichten, aber offensichtlich haben sie es nie erlebt. Es ist neu und anders für sie, und Sie sind direkt vor Ort gewesen. Verstehen Sie mich nicht falsch", fuhr ich fort. „Ich bin nicht verbittert deswegen. Es ist viel besser, wenn sie sich darum sorgen, als wenn sie es nicht täten. Es wird aber dennoch passieren, also können Sie sich genauso gut darauf vorbereiten."

Hardy nickte. „Ja, Sir."

„Außerdem kann es sein, dass Sie deswegen flachgelegt werden. Sie wissen schon, nehmen Sie das Gute wie das Schlechte. So oder so, Sie sollten sich eine vorgefertigte Antwort zulegen. Etwas Respektvolles, aber Abweisendes, für die Zeiten, in denen Sie nicht reden wollen. Etwas, das den Leuten sagt, dass es nichts ist, über das geredet wird. Denken Sie dran, es ist *Ihre* Erfahrung. Sie schulden es niemandem. Wenn Sie darüber reden wollen, reden Sie darüber. Aber fühlen Sie sich zu nichts verpflichtet. Die Menschen, denen Sie wirklich am Herzen liegen, werden es verstehen."

Hardy sah verwirrt aus. Ich hatte nicht vorgehabt, so tief in das Thema einzusteigen. Es hatte sich einfach ergeben, weil es mich selbst so sehr betraf. Aber ich war froh, dass es sich ergeben hatte. Er würde es verstehen, wenn es geschah, und sich dann an diese Unterhaltung erinnern.

„Machen Sie sich nicht zu viele Gedanken", sagte ich. „Vertrauen Sie mir. Sie brauchen einen Satz, mit dem Sie auf ‚Wie ist es passiert?' antworten können. Etwas wie: ‚Ich habe nur meinen Job gemacht.' Das ist keine Lüge. Sie haben Ihren Job gemacht."

Er nickte erneut, dieses Mal lag Anerkennung in seinem Gesichtsausdruck. „Ich verstehe es, Sir."

„Das werden Sie. Jetzt werden Sie erst mal gesund. Seien Sie froh, dass man Ihnen keine Roboterhüfte verpasst."

„Nein, Sir. Keine Robotik. Nur eine Polymerplatte, zwei Stäbe und ein bisschen andere Hardware."

„Ich lasse Sie sich ausruhen. Sie werden es brauchen, für die Physiotherapie."

„Danke, Sir. Für alles."

„Nicht der Rede wert. Ich bin für Ihre Verletzung verantwortlich. Ich schulde Ihnen was."

Karen Plazz überfiel mich außerhalb des Krankenhauses. Nicht dass eine unbewaffnete, 50 Kilo schwere Frau wirklich einen Mann überfallen könnte, der drei bewaffnete Leibwächter hat. Sie stand da, lehnte an einer Wand und blickte mich wütend an, als hätte ich etwas falsch gemacht.

„Hallo." Ich lächelte und versuchte zu entschärfen, was immer zu entschärfen war.

„Sie haben meine Anrufe gemieden", sagte sie.

„Ich habe sie nicht gemieden. Ich habe sie nicht erhalten."

Ich blieb stehen und G1 und G2 blieben mit mir stehen, bis Mac Ihnen bedeutete, dass sie mir etwas Freiraum geben sollten. „Wie meinen Sie das?", fragte sie.

„Genau so, wie ich es sagte. Was für Anrufe?"

„Ich habe die Nummer angerufen, die er mir gegeben hat. Haben Sie Ihre Nachrichten gecheckt?"

Ich nickte. „Jeden Tag."

„Der Bastard hat mir eine falsche Nummer gegeben."

„Wer?", fragte ich.

„Was?" Sie blickte mich mit einem gespielt unschuldigen Ausdruck an, der mich fast zum Lachen brachte.

„Wer war der Bastard, der Ihnen die falsche Nummer gegeben hat?"

„Sie wissen, dass ich Ihnen das nicht sagen kann."

„Nun, wissen Sie, Sie müssen wirklich vorsichtig sein, wenn Sie Informationen von Fremden annehmen", sagte ich.

„Sie sind nicht komisch, wissen Sie?" Sie blickte ein wenig finster drein. „Sie denken, Sie wären es, aber Sie sind es nicht. Spielt keine Rolle. Er hat Sie offensichtlich beschützt."

Ich riss die Augen in gespielter Überraschung weit auf. „Beschützen? Wovor? Bin ich in Gefahr?"

„Ich habe gehört, dass Sie das vielleicht sind. Deswegen habe ich angerufen."

„Hm. Wer hätte das gedacht?"

„Also, was können Sie mir über den Angriff erzählen?", fragte Plazz.

Ich zuckte mit den Schultern. „Eindeutig nichts, was Sie nicht bereits wissen."

„Aber Sie sind in Gefahr."

Ich blickte mich argwöhnisch um. „Bin ich das?"

„Sie werden von drei bewaffneten Soldaten begleitet."

Ich blickte zu meinen Leibwächtern hinüber. „Ja, aber ich glaube nicht, dass die so gefährlich sind."

„Sie weichen der Frage aus."

„Das tue ich wirklich."

„Kommen Sie schon, Carl. Ich dachte, wir arbeiten hier zusammen."

„Ich würde Ihnen liebend gerne helfen, Karen, aber ich muss mich in Zurückhaltung üben."

„Kann ich das drucken?"

Ich seufzte. „Ich wünschte, Sie täten es nicht."

„Kommen Sie schon, geben Sie mir eine Sache. Ich werde Ihren Namen nicht verwenden."

„Kann ich wirklich nicht."

„Nichts? Ich werde meinen Rekorder wegstecken." Sie machte eine dramatische Geste, mit der sie ihr Gerät ausschaltete. Ich war mir nicht sicher, ob es überhaupt an gewesen war.

„Ich weiß nicht. Geben Sie mir einen Tag. Wenn mir etwas einfällt, das niemand zu mir zurückverfolgen kann, gebe ich Ihnen eine Zeile."

Sie kniff die Augen zusammen. „Sie sind nicht sehr hilfreich, wissen Sie?"

„Ich glaube nicht, dass Sie die Erste sind, die das zu mir sagt."

Sie blickte mich wieder finster an, dann fing sie an zu lachen. „Arschloch."

„Da sind Sie eindeutig nicht die Erste, die das zu mir sagt."

Wieder ein Lachen. „Sie scheinen sich vollkommen von dem Angriff erholt zu haben."

„Das kann ich weder bestätigen, noch zurückweisen."

„Morgen", sagte sie.

Ich lächelte. „Ich werde tun, was ich kann."

Kapitel Vierundzwanzig

Ich sah am nächsten Morgen nach Hardy, aber man hatte ihn bereits zur Therapie gebracht, und ich mag es nicht, dabei zuzuhören, wenn Leute schreien. Also richtete ich mich in einem Büro im Krankenhaus ein und bereitete mich auf die stundenlangen Befragungen vor. „Was tun Sie da?", fragte ich Mac, als er sich einen Stuhl in die Zimmerecke stellte.

„Jemand muss bei Ihnen im Zimmer bleiben, Sir."

„Nein. Ausgeschlossen, Mac. Was glauben Sie – dass jemand versucht, mich hier im Krankenhaus zu töten?"

Macs Gesichtsausdruck sagte mir, dass er das nicht ausschloss.

„Schauen Sie, Sie warten draußen. Wenn mich jemand umbringt, haben Sie meine Erlaubnis, ihn zu erschießen, wenn er rauskommt."

Er dachte darüber nach.

„Gehen Sie einfach", sagte ich. „Und schüchtern Sie die Leute auf ihrem Weg hier rein nicht ein. Sie müssen sich öffnen."

„Verstanden, Sir." Er sagte es in dem Tonfall, den Unteroffiziere benutzen, wenn sie einen ignorieren werden.

„Ich werde mich bei den Leuten erkundigen, wenn sie reinkommen, wissen Sie? Sie werden mir sagen, ob Sie sie zusammengeschissen haben."

„Verstanden, Sir." Es war ihm egal. Er und die beiden Gs begannen, ihren Job zu ernst zu nehmen, aber ich wollte den Leuten, die mich beschützten, eigentlich auch nicht sagen, dass sie sich entspannen sollten.

Fünfzehn Befragungen später bereute ich meine Entscheidung, Mac verboten zu haben, die Leute ein bisschen aufzumischen. Fünfzehnmal Fragen, fünfzehnmal die gleichen Antworten. Keine Abweichung. Ich bin normalerweise kein Verschwörungstheoretiker, aber jemand hatte mit ihnen geprobt. Ich versuchte, die Fragen anders zu stellen, sie offen enden zu lassen, aber ich bekam die gleichen, oberflächlichen Antworten. Zuerst frustrierte es mich, dann wurde ich wütend. Aber wir waren in diesem Raum ohne Zeugen, also konnte mir das niemand nachweisen. Ich entschuldigte mich. Mehr oder weniger.

„Ich brauche eine Pause", sagte ich, als ich zur Tür hinausging. Ich war dem Zeitplan etwas voraus, als ich die Hoffnung aufgab, was die letzten Befragungen betraf.

„Ich gehe zur Latrine. Ich brauche keine Wache."

Mac nickte G2 zu, der aufstand und mir folgte. Junior muss die Toilette beschützen, schätze ich.

„Sie müssen wirklich nicht mit reinkommen", sagte ich zu ihm, als wir uns der Tür näherten.

„Ja, Sir", sagte er, ehe er mich ignorierte und mir trotzdem folgte. Das war die Sache mit Soldaten. Man konnte ihnen Befehle geben, aber am Ende hörten sie immer auf ihre Sergeants. Überlebensmechanismus.

„Sehen wir nach Hardy." Ich hatte weitere fünfzehn Minuten Zeit, bevor ich mit den Befragungen weitermachen musste. G2 fasste ein Stück hinter mir Schritt. Er redete nicht viel.

„Wie liefen die Befragungen, Sir?“, fragte Hardy, als ich sein Zimmer betrat.

„Totale Zeitverschwendung. Wie war die Physiotherapie?“

„War hart, Sir.“

Ich glaubte ihm nicht. Er sah nicht aus wie ein Mann, der gelitten hatte.

„Ich habe etwas über die Ärztinnen und Ärzte herausgefunden, die auf die Oberfläche gegangen sind“, sagte er.

Ich hörte auf, ihm Schmerzen zu wünschen. Okay, ich habe ihm nie wirklich Schmerzen gewünscht. Nicht zu viele. „Was haben Sie rausgefunden? Wie?“

„Elizabeth hat mir erzählt–“

„Wer ist Elizabeth?“, unterbrach ich.

„Sorry, Sir. Lieutenant Morietta. Die Physiotherapeutin.“

Natürlich. „Richtig, Entschuldigung. Fahren Sie fort.“

„Ja, Sir. Die Angestellten hier reden viel darüber. Die Ärzte, die diese Trips unternehmen, einige von ihnen haben hier oben nicht wirklich eine Aufgabe, vermute ich.“

Ich nickte, wollte nicht unterbrechen.

„Dr. Emory ist allen irgendwie unheimlich. Er ist Genetiker, und er arbeitet in einem gesicherten–“

„Er ist was?“

„Ein Genetiker, Sir.“

„Wofür zur Hölle brauchen sie hier einen Genetiker?“

„Nicht *einen* Genetiker. Zwei. Und das weiß keiner, Sir. Ich schätze, es soll geheim sein, aber einige der

Angestellten wissen davon. Andere Ärzte reden. Es gibt einige seltsame Theorien.“

Ich zuckte mit den Augenbrauen. „Zum Beispiel?“

„Nun, einige von ihnen sind nicht seltsam. Die vernünftigste ist Forschung.“

„Ja, großartig. Was ist die Irrationalste?“

Hardy kniff für einen Moment seine Augen zusammen. „Ich schätze, dass sie genetisch einen Supersoldaten erschaffen, der besser an planetare Kriegsführung angepasst ist?“

„Klingt wie etwas, das man in einem Holo sehen würde. Und in keinem guten.“

„Ja, Sir. Niemand glaubt das wirklich. Aber die Geschichten sind da draußen. Ich kann mehr herausfinden.“

„Das kann ich, glaube ich, auch.“ Ich konnte nicht fassen, dass ich diese Fragen übersehen hatte.

Ich richtete mich für die nächste Befragung wieder in dem Büro ein und prüfte meine Liste. Captain Tracotti. Gut. Ich war froh, dass es ein Offizier war, weil ich mich nicht so schlecht fühlen würde, wenn ich ihn aufmischte.

„Setzen Sie sich, Tracotti. Haben Sie einen Doktortitel?“

„Ja, Sir.“ Das hätte ich mir denken können, denn er hatte, glaube ich, ein wenig auf mich herabgesehen. Ich schätze, ich nehme das einfach an bei Ärzten. Auf eine Art wollte ich ihm ins Gesicht schlagen, nur aus Prinzip. Er hätte weniger auf mich herabsehen können.

„Was ist Ihre Spezialität?“, fragte ich, anstatt ihn zu schlagen.

„Orthopädie, Sir. Handgelenke und Hände sind meine Subspezialität. Mir wurde gesagt, dass es eine eidesstattliche Aussage gibt, die ich unterschreiben muss?“

„Könnte sein. Ich will Ihnen ein paar Fragen stellen, schauen, welche Art von Antworten Sie für mich haben, und wenn da irgendetwas ist, das ich für die Untersuchung brauche, machen wir es offiziell und schreiben es auf.“

„Klingt gut, Sir.“

„Kennen Sie einen Arzt namens McDaniel?“, fragte ich.

Tracotti setzte zu einer Antwort an, dann unterbrach er sich, saß ein Moment lang schweigend da und kniff die Augen zusammen. Er schob sich die zu langen Haare aus dem Gesicht. „Entschuldigung, Sir?“

„Es ist eine einfache Frage. Kennen Sie McDaniel?“ Ich versuchte, meine Stimme extra herablassend klingen zu lassen.

„Ja, Sir. Ich verstehe nicht, was–“

„Was ist seine Spezialität?“

„Orthopädie und Robotik, Sir.“

„Oh, wie Dr. Elliot.“

Er verzog das Gesicht. „Ja, Sir. Tatsächlich übernimmt Dr. McDaniel die meisten Behandlungen und Dr. Elliot springt ein, wenn sie neben ihren administrativen Pflichten Zeit erübrigen kann.“

„Das ergibt Sinn.“ Ich lächelte und versuchte, ihm die Befangenheit zu nehmen. Und ich versuchte, noch mehr widersprüchliche Botschaften zu senden. „Kennen Sie Dr. Jones? Oder Emory?“, fragte ich.

„Ja, Sir.“

„Was tun sie?“

„Genetik, glaube ich, Sir. Ich sehe sie hier im Krankenhaus nicht oft, nur im Quartierbereich oder in der
Messe." Er zappelte auf seinem Stuhl herum und
blickte pausenlos auf seine Hände hinunter, die er ge-
faltet auf den Tisch gelegt hatte.

„Aber sie arbeiten im Bereich Genetik."

„Ja, Sir. Ich denke schon. Wir teilen uns keine Patienten. Zumindest bisher nicht."

„Würden Sie sich je einen Patienten mit einem Genetiker teilen?"

„Das habe ich bisher nicht getan, Sir, aber ich prakti-
ziere auch erst seit ein paar Jahren."
„Danke. Haben Sie in der Nacht von 13.11.3943 irgendwas Ungewöhnliches gesehen?"

„Nein, Sir. Das war eine normale Nacht."

„Großartig." Die gleiche Antwort wie bei allen anderen. „Kennen Sie Dr. Kwan?"

„Ja, Sir. Sie arbeitet mit mir in der Orthopädie. Sie
kümmert sich hauptsächlich um den Unterkörper."

Ich tat so, als würde ich mir auf meinem Gerät eine
Notiz machen. „Was ist mit Dr. Kepple?"

„Den Namen habe ich schon mal gehört, Sir. Sorry,
ihn kenne ich nicht persönlich."

„Danke, Doktor. Sie waren sehr hilfreich."
Er blickte sich um, als suche er nach etwas. „Ich muss
keine Aussage machen?"
Ich lächelte ihn kühl an. „Nein, es ist recht deutlich,
dass niemand irgendetwas gesehen hat. Zu diesem Zeitpunkt ist es eine Formalität."

„Ja, Sir."
Ich holte vier weitere Leute herein. Die Eingerückten
fragte ich nicht viel. Ich plauderte nur. Aber ich stellte

einem Pfleger und einer Ärztin die gleichen Fragen wie Tracotti und bekam ähnliche Antworten. Ich fand heraus, dass Kepple ein Psychologe war.

Ich trat hinaus. „Die Befragungen sind vorbei. Sie können die übrigen Leute wegschicken."

„Alle von Ihnen, Sir?", fragte Mac.

„Ja. Ich bin fertig. Ich habe, was ich brauche. Bleiben Sie hier. G2, Sie kommen mit mir."

„Sir, wo gehen Sie hin?", fragte Mac.

Ich grinste. „Eine weitere Angelegenheit regeln."

Ich ging, ohne stehen zu bleiben, durch Elliots Vorzimmer und an ihrem Assistenten vorbei. „G, wenn der Kerl sich bewegt, will ich, dass Sie ihn erschießen."

„Ja, Sir." G stellte sich in eine bereite Position neben die Tür. Der Lieutenant am Schreibtisch stammelte etwas, konnte aber keine Worte bilden.

„G, ich scherze. Sorgen Sie nur dafür, dass er uns nicht stört. Sorgen Sie dafür, dass uns niemand stört."

„Verstanden, Sir." Die Augen des Lieutenants waren geweitet, aber er blieb sitzen. Entweder hatte ich ihn eingeschüchtert oder verwirrt. Ich konnte mit beidem leben.

„Wie kommt es, dass Sie Genetiker in Ihrem Personal haben?" Ich zog die Tür hinter mir zu.

„Auch Ihnen einen guten Tag." Elliot legte ein halbes Sandwich auf ein Plastiktablett, das auf ihrem Schreibtisch stand. Etwas gesund Aussehendes auf Weizenbrot. Sie nahm ihr Wasser und trank einen Schluck. Sie schindete Zeit, dachte über meine Frage nach.

„Sie haben nicht geantwortet", sagte ich.

Sie blickte mich wütend an und bei diesem Blick war ich froh, dass sie keine Waffe hatte. „Ich muss nicht antworten, besonders nicht, wenn Sie hier reinplatzen, ohne auch nur anzuklopfen."

„Sie müssen antworten. SPACECOM hat das mit MEDCOM geklärt."

Sie starrte mich ein Moment lang an. „Das ist nicht der Befehl, den ich bekommen habe. Mein Befehl lautete, dass ich mit Ihnen kooperieren soll, wo es möglich ist, und wo es nicht übermäßig die Mission behindert. Wenn Sie einen Termin machen wollen, bin ich mir sicher, dass wir eine Lösung finden."

„Damit Sie wie der Rest Ihres Kommandos Ihre Antworten vorbereiten können?"

„Ich weiß nicht, wovon Sie reden." Sie lächelte mich ausdruckslos an.

„Natürlich nicht." Ich musste vorsichtig sein. Ich konnte sie nicht direkt anklagen, denn wenn ich ihre Aussage am Ende verwendete, könnte sie sagen, dass ich sie dazu gedrängt hätte. „Was wissen Sie darüber, dass Cappaner auf einem Ihrer MEDEVACs vom Planeten gebracht wurden"

Sie sah aus, als sei sie im Begriff, etwas zu sagen, unterbrach sich aber. Sie nahm ihr Wasser und trank einen Schluck. „Wer hat Ihnen das erzählt?"

„Spielt das eine Rolle?"

Sie atmete tief ein. „Vermutlich nicht."

„Wollen Sie mir davon erzählen?"

Sie saß ein Moment lang da und sammelte sich. „Es war ein Fehler. Die medizinische Crew hat sie aufgeladen. Als wir erst einmal herausbekamen, was sie getan hatten, folgten wir dem korrekten Protokoll, um die Sache einzudämmen.“

„Wo sind die Cappaner jetzt?“

„Eingeäschert. Nach Protokoll. Jeder und alles, der oder das sie berührt hat, ging in Quarantäne, so als hätten sie auf dem Planeten Kontakt gehabt.“

„Und sie haben es nicht gemeldet“, sagte ich.

„Ich habe eine Untersuchung begonnen. Dann ist der MEDEVAC drei Tage später abgeschossen worden und alle an Bord wurden getötet. Ich hätte die Untersuchung weiterführen können, aber ich wollte nicht den Ruf eines Piloten schmälern, der abgesehen von diesem Vorfall ehrenhaft gedient hat.“

Ich dachte einen Moment lang über ihre Antwort nach. Etwas an der Art, wie sie es gesagt hatte, klang falsch. Als hätte sie es auswendig gelernt. Das wäre möglich. Sie hatte wissen müssen, dass irgendwann jemand kommen und sie befragen würde. Auf einer Militärbasis kommen Geheimnisse immer ans Licht. Ich wusste allerdings nicht, wie ich sie unter Druck setzen sollte, ohne wie ein totales Arschloch rüberzukommen. Der Pilot war tot, so viel wusste ich.

Ich nickte nach einem Moment. „Das ergibt Sinn. Nicht nötig, ihn da reinzuziehen.“

„Aber Sie werden es dennoch in Ihren Bericht schreiben“, sagte sie.

„Vielleicht. Hängt davon ab, was ich noch herausfinden kann und wie es dazu passt. Ich kann schwerlich die Tatsache auslassen, dass Cappaner in demselben MEDEVAC waren, in dem auch der vermisste Lieutenant mitgeflogen ist.“

Sie hielt ein Moment lang inne, dann nickte sie. „Der Lieutenant ist hier nie angekommen."

„Wie ist das möglich? Sie waren auf dem gleichen Schiff."

„Waren Sie das? Hat einer meiner Leute Ihnen das gesagt?" Sie dachte darüber nach. „Ich glaube nicht." Sie nippte wieder an ihrem Wasser, dieses Mal beobachtete sie mich über den Rand ihres Bechers hinweg.

Ich setzte mich, öffnete mein Gerät und tat so, als würde ich etwas lesen. Mir gefiel nicht, dass sie die Richtung der Befragung umgekehrt hatte. Ich wollte ihr nicht den Eindruck vermitteln, dass ich die Information auf dem Planeten bekommen hatte.

„Wie war Ihr Meeting mit Karikov?", fragte ich.

Sie hörte auf sich zu bewegen, ihr Glas auf halben Weg zum Tisch, dann stellte sie es behutsam ab; arrangierte es beinahe auf der Oberfläche ihres Schreibtisches. „Es geht ihm gut."

Sie hatte entschieden, nicht zu lügen, was das Meeting mit ihm betraf. Ich wusste nicht, was das bedeutete. Vielleicht fiel ihr nicht schnell genug etwas anderes ein. „Worum ging es bei dem Besuch?"

Sie sah mich ohne Emotion an. „Er ist ein Patient von mir. Die Natur unserer Diskussion ist vertraulich."

„Also waren Sie dort, um ihn medizinisch zu behandeln."

„Ja, und um mir seine Klinik anzusehen."

„Special-Ops-Kliniken unterstehen nicht MEDCOM."

Sie zog die Lippen zu einem schmalen Strich zusammen. „Tun sie nicht. Aber Karikov und ich, wir haben eine Vereinbarung, nach der ich sie höflicherweise inspiziere und helfe, Lieferengpässe auszugleichen, die sie vielleicht hat. Ich habe das schwarz auf weiß, wenn sie es sehen wollen."

Ich hielt ihren Blick. „Interessant. Ist das normal?"

„Ich kümmere mich nicht darum, was normal ist. Ich tue, was ich für die Mission für richtig halte. Das hier ist richtig." Sie starrte mich ohne zu blinzeln an, als wolle sie mich herausfordern.

Ich warf einen Blick auf meine Notizen, schindete Zeit. Ich dachte darüber nach, sie zu fragen, was die Genetiker auf dem Planeten machten, entschied mich aber dagegen. Sie hatte ihre Balance bei meinen anderen Fragen zu schnell wiedergefunden. Sie würde auch dafür eine Antwort vorbereitet haben. Ich musste etwas in der Hinterhand behalten, etwas tiefer graben. „Ich möchte Sie befragen und eine eidesstattliche Aussage aufnehmen."

„Angesichts Ihrer Fragen hier, glaube ich nicht, dass das passieren wird."

„Nein? MEDCOM sagte, dass Sie kooperieren sollen."

„Und jetzt stelle ich fest, dass es außerhalb meiner Möglichkeiten liegt, Ihnen entgegenzukommen."

Ich nickte. „Dann schätze ich, dass ich eine förmliche Anfrage schicke, komplett mit den Gründen, warum ich finde, dass Sie Teil dieser Untersuchung sein sollten. Mit allen Details."

Sie blickte mich einen Moment lang wütend an, dann entspannte sie sich. „Ich werde keine Fragen über die Cappaner beantworten. Nicht in einer Aussage. Ich habe es nicht gemeldet, das ist ein eindeutiger Verstoß. Wenn Sie mich anklagen wollen, klagen Sie mich an, und ich werde erst mit meinem Anwalt reden, bevor ich mit Ihnen spreche."

„Ich verstehe." Ich saß einen Augenblick lang schweigend da und tippte mit den Fingern auf den Bildschirm meines Geräts. „Was, wenn ich zustimme, nicht nach den Cappanern zu fragen?"

Sie kniff die Augen zusammen, die Falten zu beiden Seiten ihrer Nase wurden tiefer. „Was würden Sie dann fragen? Ich verstehe nicht, was ich liefern kann, was Sie nicht schon haben."

„Hintergründe. Ihre Trips auf den Planeten. Wieso Sie das für wichtig halten."

Sie beobachtete mich. „Ich weiß nicht, worauf Sie hinauswollen."

Ich blickte sie so unschuldig an, wie ich konnte. „Sie könnten mir einfach vertrauen."

Halb lachte sie, halb schnaubte sie, was mich ebenfalls grinsen ließ. „Ich glaube, es gibt eine Menge Dinge, die wahrscheinlicher sind, als dass wir einander vertrauen", sagte sie.

Ich zuckte mit den Schultern. „Was haben Sie zu verlieren? Wenn Ihnen das Ergebnis nicht gefällt, unterschreiben Sie die Aussage nicht."

„Und wenn mir die Fragen nicht gefallen, werde ich Sie melden, weil Sie das Leben meines Assistenten bedroht haben."

Ich lächelte. „Ich glaube kaum, dass das passiert ist. Eindeutig ein Missverständnis."

„Allerdings", sagte sie. „Wieso interessieren Sie sich für Karikov?"

„Weiß ich nicht", sagte ich. „Vielleicht wegen der Tatsache, dass jemand meinen Konvoi in die Luft gejagt hat, als ich versucht habe, ihn zu besuchen?"

Sie legte die Stirn in Falten. „Sicher glauben Sie nicht, dass er das getan hat."

„Wie gesagt, ich weiß es nicht. Ich habe den Mann nie getroffen, deswegen habe ich gefragt."

Sie dachte darüber nach. „Das würde er nicht tun."

„Sehen Sie? Das ist etwas, das ich nicht wusste." Es war dünn, aber ich hatte nicht viel, womit ich arbeiten konnte. „Was lässt Sie das sagen?"

Sie dachte etwas länger nach. „Karikov sorgt sich um die Soldaten. Er will das Beste für sie. Sie angreifen zu lassen ... nein. Das glaube ich nicht. Ist das alles?"

„Eine letzte Sache. Wie lang dauert Ihr Einsatz? Standard sind zwölf Monate, richtig?"

Sie nickte. „Das ist richtig. Ich habe für sechs Monate verlängert. Ich bin jetzt seit dreizehn Monaten hier."

Ich stand auf. „Danke. Ich weiß Ihre Zeit zu schätzen."

„Und ich weiß es zu schätzen, wenn Ihre Leute sich in meinem Krankenhaus benehmen. Ich lasse sie Waffen tragen, aber nicht, damit sie mein Personal bedrohen können."

„Ich werde mit ihm darüber reden", sagte ich.

„Gehen wir, G." G2 folgte mir durch die Schleuse des Vorzimmers nach draußen auf den Flur.

Ich dachte über das nach, was ich in der Unterhaltung erfahren hatte. Elliot glaubte nicht, dass Karikov uns in einen Hinterhalt gelockt hätte. Ich war mir diesbezüglich nicht sicher, aber ich glaubte, dass *sie* es glaubte, und sie hatte den Mann persönlich getroffen, was ihr eine Perspektive gab, die ich nicht hatte. Aber ich vertraute ihr immer noch nicht damit, die Wahrheit zu sagen, was meine Gedanken über alles trübte, was sie mir erzählt hatte, und auch diese Angelegenheit wieder in

Zweifel zog. Außerdem wusste sie über die Cappaner Bescheid und hatte es nicht gemeldet, und das war etwas. Aber nicht viel. Sie hatte einen plausiblen Grund für ihre Taten.

Ich musste einen neuen Weg finden, um mich dem Problem zu nähern.

„Was, wenn wir einfach bei Karikov vorbeischauen?"

„Ich dachte, Chu hätte einen Anruf für Sie geplant, Sir", sagte Alenda. Sie saß auf dem Sofa und las irgendetwas auf einem Tablet. Ich glaube, sie hatte sich die Haare schneiden lassen, sie waren kürzer und stacheliger, obwohl ich nicht mit Sicherheit sagen konnte, dass sie nicht schon am vorherigen Tag so ausgesehen hatten.

„Hat sie. Sie hat mir vor einer Stunde eine Nachricht geschickt, dass er morgen Abend stattfinden soll. Aber was, wenn ich nicht warten würde? Wir könnten auf ein Schiff steigen und hinfliegen. An seiner Basis aussteigen."

Sie ließ das Tablet in ihren Schoß sinken. „Zu welchem Zweck, Sir?"

„Ich muss mit ihm reden."

„Sie haben einen Anruf vereinbart."

„Richtig. Aber man kann über den Kommunikator niemanden durchschauen ... Ich würde viel mehr bekommen, wenn ich von Angesicht zu Angesicht mit ihm spräche. Abgesehen davon glaube ich nicht wirklich, dass er den Anruf annehmen wird. Ich denke, er wird mich einfach um einen weiteren Tag vertrösten."

„Diese Wette nehme ich an, Sir", sagte sie.

„Die Wette gilt“, antwortete ich. „So oder so, ich denke, es könnte ein guter Plan sein.“

„Wir haben keinerlei Befugnisse dort“, sagt Alenda.

„Ich weiß, dass wir die nicht haben. Aber das spielt keine Rolle. Es würde mir erlauben, diese Sache zu den Akten zu legen.“ Es hatte als Jux begonnen, aber die Idee begann mir ans Herz zu wachsen.

„Sie müssen immer noch den Lieutenant finden, Sir.“ Sie sah mich an, den Kopf zur Seite geneigt.

„Richtig.“ Ich stand auf und begann, auf und ab zu gehen. „Aber Karikov weiß, wo er ist.“

„Verzeihen Sie mir, Sir, aber lassen Sie mich … Woher wissen Sie, dass er das weiß?“

„Die Leute hören nicht auf, mir solche Fragen zu stellen“, sagte ich.

„Solche Fragen, Sir?“

„Fragen, die ich nicht beantworten kann. Ich weiß nicht, woher ich es weiß, ich weiß es einfach.“

„Das ist dünn, Sir. Mit Verlaub.“

„Sie können aufhören, sich zu entschuldigen. Sagen Sie einfach, was Sie denken. Sie haben recht. Es ist dünn. Wirklich verfickt dünn. Aber ich *weiß*, dass Karikov es weiß.“ Ich wusste es nicht wirklich, aber ich hatte das Gefühl, ich wüsste es. Wenn ich Karikov und das in meiner Einheit passiert wäre, würde ich es wissen.

Alenda saß da, ohne etwas zu sagen, was vermutlich klug war, denn hätte sie meine Intuition noch einmal kritisiert, hätte ich womöglich etwas nach ihr geworfen.

„Wir könnten beim ersten Tageslicht aufbrechen und rechtzeitig zum Mittagessen zurücksein“, sagte ich.

„Ja, Sir. Sir … Ich glaube nicht, dass ich in der Lage bin, das zu arrangieren, ohne dass Sie vorher mit Colonel Stirling gesprochen haben. Wenn ich frage, wird die Antwort Nein lauten."

Ich blieb stehen und blickte sie an, dann nickte ich. „Ja, Sie haben wahrscheinlich recht. Ich werde gehen und mit ihm reden."

Sie schnappte sich ihr Tablet und stand auf, um zu gehen. „Wenn Sie auf die Oberfläche gehen, will ich Sie begleiten, Sir."

Ich drehte mich um und sah sie an. „Wieso?"

„Wenn die Antworten dort sind, will ich auch dort sein. Außerdem haben sie Hardy nicht zur Verfügung."

„Der Grund dafür, dass ich Hardy nicht zur Verfügung habe, ist, dass ich dafür gesorgt habe, dass es ihn erwischt hat. Diesen Fehler werde ich nicht wiederholen."

„Sie nehmen Mac mit."

„Das ist sein Job." Ich wusste in dem Moment, als ich es sagte, dass es Bullshit war.

„Es ist unser aller Job, Sir."

Ich setzte an, eine weitere Antwort abzufeuern, hielt mich aber zurück. „Ich werde darüber nachdenken."

Sie stand einen Moment lang schweigend da, atmete durch die Nase und begegnete meinem Blick. Ich denke, wir wussten beide, dass ich log. „Wann wollen Sie gehen, Sir?"

„Morgen früh." Einfach so hatte ich es entschieden. Ich würde gehen.

Stirling war in seinem Büro, als ich eintraf. „Carl. Was kann ich für Sie tun?"

„Ich brauche ein paar Schiffe", sagte ich.

„Sicher. Wofür?"

„Ich will bei Karikov vorbeischauen."

Er blieb regungslos stehen, seine Reaktion sah beinahe komisch aus, und hätte er gerade etwas getrunken, er hätte es ausgespuckt. „Ich bin mir nicht sicher, ob das eine gute Idee ist", sagte er nach einem Moment.

Understatement.

„Wieso nicht?"

Er senkte für einen Moment den Blick, dann sah er mich wieder an. „Ich denke, Sie sollten die Möglichkeit in Betracht ziehen, dass er etwas mit dem Angriff auf unseren Konvoi zu tun hatte. Nicht dass er ihn befohlen hat, aber dass er davon wusste."

„Wieso sagen Sie das?" Ich setzte mich auf den Rand seines Tisches, die Füße auf dem Boden. Ich war mit ihm einer Meinung, aber ich wollte seinen Gedankengang hören.

„Das mit den Satelliten. Irgendwas ist da passiert."

„Was ist passiert?", fragte ich.

Er holte tief Luft, dann ließ er sie wieder heraus. „Ich weiß es immer noch nicht mit Gewissheit. Aber es war kein Routineausfall."

„Interessant. Wie sicher sind Sie sich?"

„Sicher genug", sagte er.

„Shit."

Er nickte. „Exakt. Sie verstehen also, warum ich zögere."

„Ich muss dennoch gehen. Wir müssen einfach Vorkehrungen treffen."

„Welche zum Beispiel? Sie werden mit ein paar Truppenschiffen vorbeischauen. Sie haben dort nicht viel Schutz.“

„Was sollen Sie tun, uns abschießen?“ Nachdem die Worte meinen Mund verlassen hatten, dachte ich das erste Mal über diese Möglichkeit nach.

„Der Luftraum gehört jetzt den Cappanern. Wir melden alle Flüge bei Ihnen an, sobald wir unterhalb von 8000 Metern sind.“

Ich begegnete seinem Blick. „Und Sie glauben, die tun vielleicht etwas?“

Er zuckte mit den Schultern. „Sollten Sie eigentlich nicht. Allerdings hätten Sie auch Ihren Konvoi nicht angreifen sollen. Die Sache ist, dass ich nicht weiß, was passieren wird, und ich mag es nicht, nur zu reagieren.“

Ich nickte abwesend und dachte nach. Er hatte recht. Zu reagieren bedeutete, dass der Feind diktierte, was man tat. Und das ist nie gut. „Wir könnten einige bewaffnete Schiffe als Geleitschutz mitnehmen.“

Er dachte einen Moment darüber nach. „Könnten wir. Und ich will komplette Teams auf jedem landenden Schiff. Sie und Ihr Personenschützer mit zehn meiner Leute in einem Vogel, ein weiteres Dutzend in dem anderen. So haben Sie ein bisschen Feuerkraft, wenn Sie am Boden sind.“

Ich hielt inne, und bemerkte, dass der Tenor der Unterhaltung sich von ‚*falls* wir gehen‘ zu ‚*wie* wir gehen‘ geändert hatte. „Sicher“, sagte ich. Ich stimmte ihm zu, obwohl ich nicht glaubte, dass zweiundzwanzig Soldaten von Bedeutung waren, wenn es ein Problem gäbe.

„Tagesanbruch morgen?“, fragte er.

„Das passt.“ Ich stieß mich vom Rand des Tisches ab.

„Okay, ich arrangiere das." Er streckte die Hand aus und ich schüttelte sie.

„Alenda will mitkommen", sagte ich.

„Ihre Entscheidung." Sein Gesichtsausdruck war neutral und gab nicht preis, wie er über die Angelegenheit dachte.

„Ich werde sie nicht mitnehmen." Das würde sie anpissen, aber damit konnte ich leben. Mit Toten konnte ich nicht leben. Wie ich zuvor sagte, wusste ich, dass es totaler Bullshit war, aber ich musste es tun. Wenn nicht zu ihrem Besten, dann zu meinem.

Kapitel Fünfundzwanzig

Ich wachte auf, mein Herz hämmerte in meiner Brust, ich war schweißgebadet. Ich konnte schweres Artilleriefeuer in meinen Ohren klingeln hören und mein Fuß pochte an der Stelle, wo ich getroffen worden war. Irgendetwas stimmte nicht. Ich konnte in der Dunkelheit niemanden vom Rest des Teams sehen. Ich setzte mich auf und wirbelte den Kopf herum, aber hinter mir war eine Wand. Wie war die da hingekommen? Sie waren alle tot und es war meine Schuld. Ich konnte mir nicht sicher sein, weil ich sie nicht sehen konnte, aber ich wusste es. Sie waren verfickt noch mal tot.

Auf Polla sollte nicht so eine Wand sein.

Polla …

Nein, nicht Polla. Cappa.

„Ich bin auf Cappa Base. Ich bin auf Cappa Base."

Ich sagte mir das wieder und wieder, aber es brauchte einen Moment, bis mein Nervensystem das registrierte und sich mein Herzschlag einer Normalgeschwindigkeit annäherte. Ich spürte, dass sich ein kleiner Katerkopfschmerz ankündigte, also stand ich auf, trank Wasser und spritzte mir auch etwas davon ins Gesicht, um den Schweiß abzuwaschen. Ich schaute auf die Uhr: 0211. Ich hatte vielleicht neun Minuten geschlafen.

Ich ging wieder ins Bett und legte mich hin, meine Hände zitterten vom Adrenalinabfall. Ich konzentrierte mich darauf, tiefe Atemzüge zu machen und versuchte meinen Kopf frei zu bekommen, sodass ich nichts wahrnahm außer dem Geräusch meines Atems. Ich machte die Übungen, die der Arzt mir gezeigt hatte, entspannte bei jedem Ausatmen verschiedene Teile meines Körpers, als bliese ich den Stress hinaus. Nach einer Zeit – ich bin mir nicht sicher, wie lange – schlief ich wieder ein.

Als mein Wecker mich um 0545 weckte, fühlte ich mich nicht erholt.

Ich duschte, trank einen Kaffee und entschied mich gegen etwas zu essen. Ich mochte es nicht, mit vollem Magen in die Atmosphäre zu fliegen. Ich kotzte nicht, wie einige Leute, aber es brachte meine Verdauung so durcheinander, dass mir den ganzen Tag unwohl war. Es war besser, hungrig zu bleiben.

Mac kam um 0630 vorbei, um mich abzuholen, und wir gingen für das Missionsbriefing zum Hangar.

Er lief neben mir und ließ die beiden Soldaten während des Trips für Sicherheit sorgen. Wir trugen beide unsere Körperpanzer und waren schwer bewaffnet, also gaben wir ein schweres Ziel ab. Mac trank unterwegs eines seiner widerlichen Gebräue. „Sie wissen schon, dass diese Dinger Sie umbringen werden", sagte ich.

„Ohne Koordination in eine Spec-Ops-Basis mitten im Nirgendwo reinzuschneien tut das auch, Sir."

Er hatte nicht unrecht. Wir brachten den Rest des Weges einvernehmlich schweigend hinter uns.

Wir hatten einen grundlegenden Missionsplan. Ein einfacher Transport runter zu einem freundlichen Landeplatz. Wir verbrachten dennoch fünfundzwanzig Minuten damit, Eventualitäten durchzugehen. Was zu

tun wäre, wenn wir irgendwo in Feindesgebiet landeten, was zu tun wäre, wenn wir ein Schiff verlören. All
die Dinge, an die man nicht denken will, bevor man
sich von Metall einschließen lässt und aus dem All auf
einen Planeten fliegt. Ich schloss für einen Moment die
Augen, während der Lieutenant die Truppe briefte.

Ich fragte mich, ob ihr irgendjemand gesagt hatte, wie
es den Lieutenants ging, die kürzlich mit mir gereist
waren. Einer tot, einer im Krankenhaus. Keine gute Bilanz. Andererseits hatte ich jenen um mich herum selten Glück gebracht. Sicher, wir hatten ein paar Kämpfe
gewonnen. Aber ich hatte Leute verloren. So viele, dass
ich sie nicht ohne die Liste nennen konnte, die ich auf
einer laminierten Karte in meiner Tasche mit mir rumtrug. Ich musste die fünf Soldaten von meinem letzten
Trip nach Cappa hinzufügen. Sie hatten nicht unter
meinem Befehl gestanden, aber ich war dennoch verantwortlich, zumindest in meinen Gedanken. Natürlich waren meine Gedanken im Moment keine sehr guten Richter über irgendetwas, aber sie standen dennoch auf meiner Rechnung.

Ich versuchte, mich auf die Worte des Briefings zu
konzentrieren, aber sie glitten von meinem Gehirn ab.
Nach einer Weile bestiegen wir die beiden Transporter.
Ich machte mir keine großen Sorgen. Ich hatte das so
oft gemacht, dass das Briefing sowieso keine Rolle
spielte. Ich steckte ein Magazin in meine Bitch und
überprüfte vorher die Ladung, um sicherzugehen, dass
ich Lenkgeschosse geladen hatte, dann synchronisierte
ich den Empfänger meines Helms mit der internen Frequenz des Schiffs.

„Hier ist Butler, können Sie mich hören?"

„Laut und deutlich, Sir. Ich bin Ihr Pilot, Captain Jurzic." Eine tiefe, männliche Stimme, die beinahe im Lautsprecher meines Helms vibrierte. „Wir sind jeden Moment startklar. Uns steht ein Trip von etwas unter 30 Minuten bevor. Das Ziel liegt beinahe direkt unter uns. Der Himmel im Bereich der Landezone sieht gut aus, also sollten wir einen problemlosen Ritt haben."

„Großartig", sagte ich. „Halten Sie mich auf dem Laufenden."

„Ja, Sir. Wir werden Sie wissen lassen, wenn wir zum Start bereit sind. Wir warten darauf, dass das bewaffnete Begleitschiff seine Vorbereitungen abschließt."

Ich lehnte meinen Kopf an die Kopfstütze und schloss die Augen. Als der Pilot das nächste Mal sprach, erschreckte es mich, als wäre ich für einen Moment eingenickt, ohne es zu merken.

„Wir sind bereit loszufliegen, Sir. Ist bei Ihnen da hinten alles in Ordnung?"

Ich warf dem weiblichen Lieutenant, der mir gegenübersaß, einen Blick zu, um sie zu fragen, ob sie bereit war.

Sie ließ den Blick durch das Schiff gleiten, überprüfte die Soldaten, die auf beiden Seiten saßen, dann streckte sie einen Daumen nach oben.

„Wir sind so weit", sagte ich. Ich schloss die Augen und ließ die Beschleunigung des Starts über mich hinwegspülen. Die Gurte bissen mir in die Schultern und drückten mich gegen Mac. Da ich auf dem vordersten Sitz saß, hatte ich niemanden rechts von mir, der gegen mich gedrückt werden konnte. Ein weiteres Privileg meines Ranges.

Nach einem Moment wurde der Ritt sanfter und es entstand dieses Raumfahrtgefühl, bei dem man weder an Geschwindigkeit zulegt noch verliert, es sich also anfühlt, als würde man stillstehen. Nur eine leichte Vibration des Schiffs deutete Bewegung an, als wir von der Startrakete auf den sanfteren Fusionsantrieb umschalteten. Ich nickte immer wieder ein, bis wir durch die Atmosphäre flogen und es holprig wurde.

„Das Schlimmste haben wir hinter uns, Sir", sagte der Pilot. „Schätzungsweise zehn bis zum Ziel."

„Verstanden."

„Sir …" Der Pilot meldete sich eine Minute später auf dem internen Kanal und seine Stimme verriet mit dem allgemeingültigen Klang, dass etwas abgefuckt war. „Sir … Wir haben ein Problem."

„Schießen Sie los", sagte ich.

„Wir werden von der cappanischen Flugkontrolle auf einen anderen Landeplatz umgeleitet. Etwa zweieinhalb Klicks Richtung Nordosten."

„Scheiß drauf", sagte ich. „Ignorieren Sie sie. Wir landen an unserem ursprünglichen Ziel."

„Das ist es ja gerade, Sir. Das können wir nicht. Sie haben die Instrumente auf dem Landeplatz dort ausgeschaltet. Wir würden blind reinfliegen."

„Dann fliegen Sie blind rein. Sie haben doch schon mal eine Gefechtslandung gemacht." Es schien eine einfache Lösung zu sein, und es beunruhigte mich, dass er es überhaupt angesprochen hatte.

Der Kanal blieb ein Moment lang still.

„Sagen Sie mir, dass Sie schon mal eine Gefechtslandung gemacht haben", sagte ich.

„Ja, Sir", ertönte die Antwort. „Im Simulator."

Ich schalte mein Mikrofon stumm und verkniff mir einen Schrei der Frustration. Noch etwas, das ich zu überprüfen vergessen hatte. Wenn ich weiterhin solche Scheiße baute, würde noch jemand meiner Fehler wegen getötet werden. Vielleicht sogar ich. Ich hätte die Mission genau da beenden sollen, zweifelsohne. Leichte Entscheidung.

Aber ich tat es nicht.

Ich könnte mir einen Haufen Gründe einfallen lassen, aber ehrlich gesagt: Ich weiß nicht, wieso. Ich glaube, ich wollte einfach, dass die Sache vorbei war, auf die eine oder andere Weise. Eine dumme Grundlage für eine Entscheidung.

Ich öffnete den Kanal wieder. „Können Sie eine Karte des neuen Landegebiets aufrufen?"

„Ja, Sir. Sieht aus wie ein Warenhauskomplex. Mehrere große Landeplätze. Vermutlich bringen sie da ihre Vorräte rein." Der Co-Pilot, diesmal. Weibliche Stimme.

„Warten Sie, ich komme nach vorne, um es mir anzusehen." Ich löste meinen Gurt und stand auf, dann taumelte ich vorwärts gegen den dunkelhäutigen Lieutenant, der mir gegenübersaß. Baxter. Sie fing mich auf, sodass ich nicht mit dem Gesicht aufschlug. Sie sagte nichts, und mein Respekt für sie stieg ein wenig. Ich ging halb und kroch halb bis zur Tür des Cockpits.

„Zeigen Sie es mir", sagte ich.

„Sir, Sie sollten nicht abgeschnallt sein. Das ist gefährlich", sagte die Co-Pilotin.

„Im Gegensatz zum Landen in einem ungesicherten Bereich auf einem feindlichen Planeten? Denn das ist vollkommen sicher. Zeigen Sie mir die Karte."

„Auf dem Bildschirm, Sir," sagte sie.

Auf dem Bildschirm zwischen ihnen war der ursprüngliche Landeplatz zu sehen, hervorgehoben in Rot, während der neue Landeplatz blau leuchtete.

„Können Sie reinzoomen?", fragte ich.

Die Co-Pilotin drückte ein paar Knöpfe und die Auflösung um die neue Stelle herum erhöhte sich. Reihen rechteckiger Gebäude zu beiden Seiten der Landeplätze, ordentlich aufgereiht. Vorratsdepot, genau, wie die Co-Pilotin gesagt hatte.

„Können Sie eine Live-Übertragung aufrufen?"

„Nein, Sir, nur die Karte", sagte sie. „Dort gibt es gerade keine Übertragung."

Natürlich. „Okay. Gehen Sie davon aus, dass es feindlich ist. Lassen Sie die bewaffneten Schiffe einen Vorbeiflug zur Aufklärung machen, bevor wir dort hinkommen. Dann fliegen Sie so schnell Sie können rein, ohne uns in Gefahr zu bringen."

„Ja, Sir", antworteten beide simultan.

„Reichen Sie die Karte des neuen Gebiets nach hinten an den Lieutenant weiter", sagte ich, dann schlurfte ich nach hinten zum Passagierbereich und kniete mich vor die Zugführerin. Ich öffnete einen privaten Kanal zu Baxter und zeigte auf ihr Handheld. „Neue Landezone!" Ich wollte das nicht verbreiten, wo es jeder hören konnte, sondern zuerst sie informieren. Sie sollte es ihren Leuten selbst sagen. Auf diese Weise würden sie besser damit umgehen können.

Baxter schaute sich das Gerät an, das sie am Handgelenk trug und rief die Karte auf, dann nickte sie.

„Situation unbekannt. Behandeln Sie es, als wäre es feindlich. Wir marschieren zu unserem Ziel", sagte ich.

„Verstanden, Sir!"

Ich setzte mich wieder und schnallte mich an, während der Lieutenant begann, Befehle in ihre Sprechmuschel zu bellen. Weiter hinten im Schiff begannen Soldaten, ihre Waffen zu checken und ihre Ausrüstung festzuzurren. Sie brauchten nicht viel Führung. Das waren Profis, die wussten, was zu tun war.

Mac sah mich an und ich nickte ihm selbstsicher zu. Er hatte dem Kanal des Platoons gelauscht und die Worte des Lieutenants gehört. Er bot mir eine seiner Granaten an, aber ich winkte ab. Niemand brauchte einen Colonel, der Granaten warf.

„Die Kampfschiffe haben ihren Vorbeiflug gemacht, Sir", rief die Co-Pilotin. „Keine Bewegung zu sehen."

„Verstanden." Ich erlaubte mir einen Moment der Hoffnung. Vielleicht war die umgeleitete Landung zulässig. Mit zweiundzwanzig Soldaten, dazu Mac und ich, war eine kurze Bewegung durch ein halbwegs freundliches Gebiet eine Unannehmlichkeit, aber keine große Bedrohung.

„Auf dem Landeplatz ist genug Platz. Wir werden in einer vorwärts gerichteten Staffel landen, das andere Schiff links hinter uns", sagte der Pilot. „Wir machen beide Türen auf, sodass auf beiden Seiten ausgestiegen werden kann."

Ich warf dem Lieutenant einen Blick zu, um zu schauen, ob sie das gehört hatte, und sie nickte.

„Verstanden", sagte ich. Das gestaffelte Landen erlaubte unseren aussteigenden Truppen freies Schussfeld, ohne dass das andere Schiff zu viel verdeckte. Wir wären immer noch leichte Beute für einen Hinterhalt, aber zumindest konnten wir zurückschießen, ohne unsere eigenen Leute zu treffen.

Die letzte Minute vor der Landung dehnte sich vor Erwartung. Wir kamen schnell rein und knallten mit einem Donnern auf dem Boden auf, das mich in meinem Sitz erschütterte. Ich öffnete die Gurte, blieb aber sitzen, um die Soldaten vor mir aussteigen zu lassen. Sie würden die Gefechtsausbildung in und auswendig beherrschen und ich wollte nicht im Weg stehen. Zwei oder drei Soldaten stiegen aus beiden Türen aus, ehe ich vor dem Hintergrund der Antriebe im Leerlauf Rufen hörte. Aufgeregtes Rufen.

Schlechtes Rufen.

Ich sprang auf und zwängte mich in die Reihe der aussteigenden Soldaten, stieß dabei einige aus dem Weg. Hitze und Licht trafen mich, als ich hinaustrat, sie hielten mich beinahe physisch auf. Als sich meine Sicht anpasste, sah ich, was ein paar Dutzend Cappaner sein mussten, mit ihren länglichen, gelblichen Gesichtern, großen, runden Augen und dünnen Gewehren, mit denen sie auf die menschlichen Truppen zielten, die mich begleiteten. Soldaten sprangen zu Boden und nahmen eine nach vorne geneigte Feuerposition ein, die Gewehre auf das unerwartete Empfangskomitee gerichtet. Es war ein Wunder, dass noch keiner einen Schuss abgegeben hatte.

Ich konnte den Lieutenant auf der anderen Seite des Schiffs rufen hören, aber ich konnte sie nicht verstehen. „Übersetzen", sagte ich in meinen Helm und nach einem kurzen Zögern verwandelten sich die Geräusche in erkennbare Worte. „Nehmen Sie die Waffen runter." Die Stimme des Cappaners ertönte mit dem metallischen Klang des Übersetzers.

„Nehmen Sie die Waffen runter!" Lieutenant Baxters
Stimme, laut, aber unter Kontrolle.

„Wo sind die hergekommen?", fragte ich und benutzte
die Frequenz des Schiffs.

„Sie haben sich in den Gebäuden versteckt, Sir. Es
sind mindestens achtzig", sagte die Co-Pilotin. „Vielleicht noch mehr drinnen."

„Scannen Sie die Gebäude", sagte ich ihr. „Wie konnten die Kampfschiffe das übersehen? Bringen Sie die
Kampfschiffe tief und schnell her, aber sagen Sie ihnen,
dass sie nicht ohne meinen ausdrücklichen Befehl angreifen sollen. Es ist mir egal, was hier passiert ... Nicht
ohne meinen Befehl."

„Ja, Sir," antwortete sie. „Nicht ohne Ihren Befehl."

Ich lief um die Front des Raumschiffs und am Lieutenant vorbei. Mac drängelte sich hinter mir her und
ich konnte ihn rufen hören, aber ich ignorierte ihn.

„Ich bin Colonel Butler. Sind Sie unsere Begleitung?"
Ich wusste nicht, wer von den Cappanern das Kommando hatte, aber ich machte eine Vermutung, basierend darauf, wie sie standen, und richtete meine Fragen an einen nahe der Front.

„Nehmen Sie Ihre Waffen runter", antwortete der
Cappaner.

„Wir nehmen unsere Waffen runter, Sie nehmen Ihre
runter." Ich drehte mich um und blickte zurück Richtung Schiff, gerade als Mac dort ankam und seinen
Kopf umherbewegte, vermutlich auf der Suche nach einer Position, die er einnehmen konnte, um Schüsse daran zu hindern, mich zu treffen. Es war nutzlos. Sie hatten uns umzingelt, und weitere Schützen standen auf
dem Dach.

„Nehmen Sie die Waffen runter", sagte ich zum Lieutenant.

„Aber, Sir ..."

„Nehmen. Sie. Die. Verfickten. Waffen. Runter." Ich funkte sie über ihre Frequenz an, sodass jeder Soldat mich hörte. Sie reagierten nicht schnell, aber Anspannung löste sich, Finger entfernten sich von Abzügen. Nach und nach senkten sie ihre Läufe, obwohl sie in ihren nach vorn geneigten Positionen blieben und schnell wieder zielen konnten.

Ich drehte mich wieder zurück und stellte fest, dass einige der Cappaner ihre Waffen gesenkt hatten. Das Kreischen der beiden Kampfschiffe wurde zu einem ohrenbetäubenden Brüllen, als sie über unseren Köpfen vorüber flogen, tief genug, um eine Staubwolke von der Straße zwischen dem Landeplatz und den Warenhäusern aufzuwirbeln. Noch ein paar Cappaner ließen ihre Waffen sinken. Wenn jemand hier einen Schuss abgab, würden auf beiden Seiten eine Menge Leute sterben, und alle wussten das.

Ich ging weiter vorwärts, mein Gewehr hing an seinem Gurt, meine Faustfeuerwaffe steckte immer noch im Holster. „Bleiben Sie zurück, Mac", sagte ich, als er im Begriff war, mir zu folgen. Ich blickte mich nicht um, um zu sehen, ob er meinen Befehl befolgte, sondern ließ meinen Blick auf dem Anführer der Cappaner ruhen. Er war gut fünfzehn Zentimeter kleiner als ich, was für seine Rasse in etwa Durchschnitt war. Er trug eine braune Tunika und Leggings in einem helleren Braun, beinahe identisch zu all seinen Kameraden.

„Wir wurden von unserem ursprünglichen Landeplatz hierher verwiesen. Wir würden es zu schätzen wissen, wenn Sie uns helfen würden, Colonel Karikovs Hauptquartier zu erreichen."

Es dauerte einen Moment, bis der Cappaner antwortete. Ich sah keinen Sender oder Empfänger, aber ich nahm an, dass er mit seinem Anführer sprach. Cappaner stellen den wahren Anführer nie nach vorne, und was immer sie erwartet hatten, als wir aus den Schiffen ausgestiegen waren, ich glaubte nicht, dass es jemand gewesen war, der nach Geleitschutz fragte. Ich behandelte sie, als wären sie freundlich. Kein Grund, das nicht zu tun. Wenn sie es nicht waren, hatte das sowieso nur ein mögliches Ende.

„Kommen Sie, folgen Sie", sagte der Cappaner nach einer Zeitspanne, die mir wie fünf Minuten vorkam, aber vermutlich eher eine Minute gewesen war. Schweiß lief mir unter der Körperpanzerung den Rücken hinab, und nicht nur wegen der cappanischen Hitze.

Wir liefen eine Schotterpiste entlang, die breit genug war, dass zwei große Transportfahrzeuge aneinander vorbeifahren konnten, und jeder Schritt wirbelte Staub auf, den die leichte Brise nicht beseitigen konnte. Volle fünf Dutzend Cappaner eskortierten uns, sie blieben außen, bahnten sich einen Weg durch niedriges, struppiges Gebüsch und vorbei an ein paar zotteligen Bäumen und machten mehr als deutlich, dass wir nicht von der gewählten Route abweichen durften.

Es kümmerte mich nicht, solange mich das bis zu Karikov brachte, ohne dass jemand erschossen wurde. Ich hatte uns in diese Situation gebracht. Es blieb nur, ihr zu folgen. Die Kampfschiffe flogen weiterhin über uns, hoch genug, dass ich sie nicht sehen konnte, aber ich hörte, wie sie sich auf der Frequenz der Schiffe unterhielten. Sie würden schnell zurückkommen, falls ich sie brauchte.

Die Shuttles meldeten sich bei mir, ehe sie wieder starteten, über unsere Köpfe hinwegbrüllten und zurück ins All flogen. Sie waren ohne Unterstützung am Boden zu angreifbar, und ich wollte unsere Truppe nicht aufteilen, um sie zu verteidigen. Ich hoffte, wir würden sie nicht allzu schnell brauchen.

Ich lief in der Nähe des Lieutenants, im Zentrum der Formation. „Wenn wir dort ankommen, egal, was passiert und was Sie sehen, sorgen Sie dafür, dass Ihre Leute wachsam bleiben. Entspannen Sie sich nicht, selbst wenn Sie Menschen sehen. Vertrauen Sie niemandem.“

Lieutenant Baxter sah mich an und ihre Augen weiteten sich in ihrem dunklen Gesicht. Sie setzte an, etwas zu sagen, dann unterbrach sie sich und nickte.

„Hören Sie zu, Baxter. Alles ist gut. Ich mag es nur nicht, wenn Dinge vom Plan abweichen, also gehe ich keine Risiken ein. Verstanden?“, fragte ich.

„Ja, Sir.“ Ihre Stimme klang etwas fester. Es tat mir leid, dass ich sie angelogen hatte. Nichts an dieser Sache war gut. Ich hätte die Mission abbrechen sollen.

Ich lief weiter.

Kapitel Sechsundzwanzig

Wir näherten uns auf der Schotterpiste dem, was nach Karikovs Camp aussah. Sie hatten die Bäume drum herum gefällt, was nur ein wenig Gestrüpp zurückließ. Nichts, das für jemanden, der sich näherte, Deckung bot. Vier Pfosten markierten den Eingang zum Camp, zwei auf jeder Seite der Straße erschufen eine Art Zugang im Staub, der auf das Tor zuführte. Etwas hing an jedem Pfosten, schwer und im leichten Wind unbeweglich. Ich erkannte es erst, als wir näherkamen.

Cappanische Leichen.

Mutter aller Galaxien ...

Drei der vier blaugelben Körper waren dunkler geworden, hatten eine bräunliche, blutergussartige Farbe, als hätten sie dort schon eine Weile gehangen. Zweien von ihnen waren die Augen entfernt worden, was Höhlen voller verkrustetem, altem Blut zurückgelassen hatte. Die frischste Leiche hatte geplatzte Äderchen in den Augen, als hätte jemand sie zu Tode gewürgt.

Ich blieb einen Moment lang stehen, genau wie etliche meiner menschlichen Begleiter. Wenn die Cappaner, die mit uns gingen, es bemerkten, ließen sie es sich nicht anmerken, und wurden nur langsamer, als ihnen bewusst wurde, dass wir aufgehört hatten, ihnen zu folgen.

„Kommen Sie, das ist das Camp", sagte der Cappaner, mit dem ich direkt nach der Ankunft gesprochen hatte. Er war der Einzige, mit dem ich während der gesamten Operation überhaupt kommuniziert hatte.

„Was ist das?", fragte ich und deutete mit meinem Kopf auf die Leichen, sodass ich nicht mit meiner Hand zeigen und offensichtlich sein musste.

Der Cappaner blickte zu seinen toten Brüdern hinauf. „Feinde." Er ging weiter und wartete nicht, um zu sehen, ob ich folgte. Nach einigen Sekunden gab ich Baxter ein Zeichen und lief durch das Tor, das einer unserer Begleiter öffnete, ins Camp. Ich ließ meinen Blick den Zaun rauf und runter schweifen und suchte nach menschlichen Wachen. Dem Blick nach zu urteilen, den Mac mir zuwarf, hatte er ihre Abwesenheit auch bemerkt.

Die meisten der Cappaner blieben draußen; vielleicht ein Dutzend führte uns auf das Gelände, auf dem sich die Straße zu einem staubigen Hof verbreiterte. Zu beiden Seiten standen sechs oder sieben Gebäude, hauptsächlich vorgefertigtes Militärpolymer, aber einige mit zusätzlichen Anbauten aus einem grauen, einheimischen Holz. Unsere Stiefel knirschten auf dem dünnen Kies und sorgten abgesehen vom leisen Summen der Generatoren, die außerhalb jedes Gebäudes liefen, für das einzige Geräusch. Die Militäreinrichtungen hatten kleine Panzerglasfenster, aber die Tönung reflektierte das Licht und blockierte jeden Blick nach drinnen. Ich hätte mich viel besser gefühlt, wenn ich irgendwo einen Menschen gesehen hätte.

Wir näherten uns dem größten der Gebäude, einem kastenartigen Ding, das an der Vorderseite vielleicht vierzig Meter lang war. Vermutlich Karikovs Hauptquartier. Wir blieben stehen, der vorderste Cappaner lief zur Tür und gab einen Code in das altmodische Tastaturfeld ein. Die Tür glitt nach oben. *Die Cappaner hatten unbegleiteten Zugang zum Hauptquartier.* Das hatte ich nie zuvor gesehen. Entweder vertrauten die Menschen den cappanischen Sicherheitskräften oder es gab keine Menschen. Unabhängig von Vertrauen bevorzugte ich meine Lager gesichert. Die Tür schloss sich hinter dem Cappaner, was uns draußen in der Sonne zurückließ. Selbst so früh am Tag verursachte sie, dass sich auf meiner Stirn Schweißperlen bildeten.

Baxter ging zu ihren Soldaten und redete leise mit jedem von ihnen. Mehr als einer blickte sich danach um und überprüfte die Umgebung. Innerhalb der nächsten zehn Minuten verteilten sie sich beiläufig, schwärmten aus. Wenn die cappanischen Begleiter das bemerkten, reagierten sie nicht. Keine Seite hob eine Waffe, aber niemand ließ auch wirklich eine sinken.

Vielleicht fünf Minuten später kam der Cappaner zusammen mit einem menschlichen Captain wieder raus. Er trug keine Kopfbedeckung, hatte eine schlechtsitzende Uniform an und stellte einen Zweitagebart zur Schau. Er salutierte träge, während er sich mir näherte.

„Sir, bin froh, dass Sie es geschafft haben." Er streckte mir seine Hand hin, die ich zu ignorieren erwog, aber dann schüttelte.

„Was hat es damit auf sich, dass wir nicht landen durften?", fragte ich.

„Der Transmitter ist kaputt, Sir. Zerlegt. Blitz. Zwei heftige Stürme diese Woche. Die Vertragstechniker sollen heute mit der Arbeit beginnen."

Bullshit. „Aber Sie wussten, dass ich komme.“

„Ja, Sir. Sicher wusste ich das.“

„Und Sie haben nicht daran gedacht, uns wissen zu lassen, dass der Transmitter nicht funktioniert?“

Er sah verwirrt aus. „Wir haben es im Luftverkehrbefehl veröffentlicht, Sir. Wir dachten, Sie wüssten das.“

Ich wischte mir einen Schweißtropfen aus den Augen. „Was sollte das mit dem Empfangskomitee?“

„Die Cappaner, Sir?“

„Ja. Die Cappaner.“ Ich versuchte, die Schärfe aus meiner Stimme herauszuhalten, aber ich bin mir ziemlich sicher, dass ich scheiterte.

Der Captain – Benton, laut seinem Namensschild – sah mich mit demselben verwirrten Blick an. „Die sichern den Bereich, Sir. Wir haben nur etwa zwanzig Leute hier. Wir gehen nicht raus, außer, wenn wir eine Mission haben. Die Cappaner machen alles.“

Ich verkniff mir eine gemeine Antwort. Ich musste mich daran erinnern, dass Special Ops die Dinge auf ihre eigene Weise erledigten. Einem Captain gegenüber in die Luft zu gehen, würde nicht helfen, so oder so. „Wo ist Colonel Karikov?“

„Hier entlang, Sir.“

Ich erwartete, in das Hauptquartiergebäude zu gehen, aber stattdessen liefen wir zum nächsten Gebäude, einem kleinen, hölzernen Bau mit einem niedrigen Dach aus Polymerpaneelen, das weit von der Straße entfernt in der Nähe der hinteren Ecke des Hauptquartiers stand. Die Tür hatte ein Handpad, aber Benton ignorierte es und klopfte stattdessen. Wir standen etwa eine halbe Minute davor, ehe von innen etwas an der Tür kratzte. Nach weiteren Sekunden drehte sich ein

Schloss mit einem Klicken und die manuelle Tür schwang auf.

Ich wartete darauf, dass der Captain vor mir hineinging, aber als klar wurde, dass er vorhatte, draußen zu bleiben, trat ich in die Dunkelheit. Der Raum roch nach Schweiß, Urin und Staub. Es wurde dunkel, als sich die Tür hinter mir schloss. Formen brauchten einen Moment um sich zu bilden, während meine Augen sich langsam anpassten, aber selbst in der schattenhaften Dunkelheit konnte ich Karikov mit einem betonten Humpeln laufen sehen, als funktioniere eines seiner Beine nicht. Er schleifte es über den dreckigen Boden, blieb an einem kleinen Teppich hängen, und knickte eine Ecke um.

„Colonel Karikov?" Er setzte sich auf etwas, das eine Pritsche hätte sein können, aber ohne Licht konnte ich das nicht sagen. Die einzige Beleuchtung kam durch schmale Spalten zwischen den wettergegerbten Brettern.

„Ja. Sie sind Butler?"

„Ja." Die Schatten wurden deutlicher, als meine Augen sich weiter anpassten, und zeigten mir Formen, wenn auch keine Farben. „Dachte nicht, dass Sie es schaffen." Seine Stimme klang kratzig, als hätte er Staub getrunken.

„Ich habe versucht, vor einer Woche herzukommen. Mein Konvoi wurde von den Cappanern angegriffen." Ich sprach mit neutraler Stimme. Ich hatte gedacht, ich würde wütend sein, wenn ich Karikov von Angesicht zu Angesicht traf, aber ich stellte fest, dass meine Neugier das in Schach hielt.

„Haha". Er lachte halb, halb hustete er. „Typisch."

Ich wartete darauf, dass er das erklärte, aber er saß schweigend in der Dunkelheit.

„Wissen Sie, wieso sie es getan haben?", fragte ich.

„Ja! Es ist, was sie tun. Scheißer."

Ich verstand ihn nicht. Er klang, als würde er etwas Bestimmtes meinen, aber es hätte alles sein können.

„Ich habe die Leichen gesehen. An den Pfosten am Tor. Was soll das?"

„Es ist eine Warnung."

„Es ist barbarisch", sagte ich. „Sie arbeiten mit Cappanern zusammen, stellen ihre Toten aber so zur Schau?"

Er hustete. „Das sind böse Jungs."

„Sie sehen aber genauso aus. Wie können Sie sie auseinanderhalten?"

„Sie wissen es. Die Cappaner. Sie wissen es."

„Es ist nicht richtig, sie so zur Schau zu stellen."

„Nein, ist es nicht", stimmte er zu und seine Stimme verstummte allmählich. „Da ist ein Stuhl, wenn Sie wollen."

„Warum tun Sie es dann?" Ich fand den groben Holzstuhl in der Dunkelheit und setzte mich.

„Wir tun es nicht. Das machen die."

„Wer?", fragte ich.

„Die Cappaner. Sie haben sie da hingehängt."

„Sie haben ihre eigenen Leute aufgeknüpft?", fragte ich.

„Haha! Shit. Sie wissen nicht mal die Hälfte. Sie machen auch Schlimmeres als das. Die Cappaner. Hören Sie zu, Butler." Er hielt inne. „Die Cappaner sind ein brutales, rücksichtsloses Volk. Sie wissen das nicht. Ich lebe hier. Ich habe gesehen, wozu sie fähig sind. Und sie sind viel klüger, als es ihnen irgendjemand zutraut."

„Dann erzählen Sie mir davon." Wenn eine Möglichkeit bestand, dass die Cappaner einen Angriff auf meinen Konvoi unternommen hatten, ohne dass er davon wusste, wollte ich es hören.

Karikov antwortete einen Moment lang nicht. „Die Cappaner würden jeden von uns töten, wenn es nach ihnen ginge. Jeden Menschen, den sie in die Finger kriegen."

„Sie leben."

„Pfft. Weil sie mich brauchen. Und sie wissen, dass wir stärker zurückkommen würden, wenn sie uns ausschalten. Alles niederbrennen und uns dann durch ihre Leichen hindurchgraben, um zum Silber zu gelangen." Sein Kopf fiel nach vorne und ich fragte mich, ob er vielleicht irgendwie eingeschlafen war.

„Was ist mit Ihrem Bein passiert?" Ich schlug eine andere Richtung ein, um ihn wieder zum Sprechen zu bringen.

„Hm. Alte Verletzung. Das Roboterbein funktioniert nicht mehr."

„Elliot ist hergekommen." Ich fragte nicht, weil ich ihm keine Möglichkeit geben wollte, es zu leugnen.

„Scheiß auf Elliot!" Er stand beinahe auf und sein plötzliches Brüllen erschütterte mich.

Ich saß ein Moment lang da und wartete darauf, dass seine Wut nachließ. „Ich bin auch kein Fan von ihr. Aber sie ist eine gute Ärztin."

„Haha!", jammerte er, dann überkam ihn ein Hustenanfall.

Ich warte dieses Mal, bis er wieder sprach, und ließ das Schweigen mehr als eine Minute dauern.

„Sie wissen es nicht, Butler", flüsterte er. „Was ich durchmachen musste, was sie mich noch mal durchmachen lassen wollte. Sie verstehen nicht."

„Ich verstehe", sagte ich. „Ich habe es nicht so schlimm wie Sie mit einem ganzen Bein, aber ich habe einen Fuß verloren. Über dem Knöchel. Ich weiß, wie die Therapie ist."

Er saß wieder schweigend da und ich dachte, dass er vielleicht eingeschlafen war, bis ich hörte, dass er entweder kicherte oder schluchzte, sein Körper zitterte leicht. „Sie verstehen nicht."

„Dann helfen Sie mir verfickt noch mal, es zu verstehen!" Ich wusste nicht, was ich tun sollte. Es fühlte sich an, als wäre ich den Antworten sehr nah, aber ich kannte die Fragen nicht. Ich hätte nicht die Beherrschung verlieren dürfen, aber Karikov brachte mich aus dem Konzept. Ich grub meine Finger in meine Oberschenkel, um mich wieder zu fokussieren und unter Kontrolle zu bringen.

Sein Schluchzen wurde lauter, deutlicher, erschütterte seinen Körper und er vergrub den Kopf in den Händen. Nach einem Moment streckte er einen schemenhaften, zitternden Arm aus und betätigte einen Lichtschalter. Vier Glühlampen leuchteten an der Holzdecke auf und fluteten den Raum mit harschem Licht. Die Möblierung bestand aus der kleinen Pritsche, dem Stuhl, einem Holzhocker, den er zu einem Nachttisch umfunktioniert hatte, und einem wackelig aussehenden, quadratischen Tisch. Müll lag auf dem dreckigen Boden, aber nicht genug, um den kleinen Raum zu überhäufen. Aber mehr als das Zimmer zog der Mann selbst meine Aufmerksamkeit auf sich.

Karikovs Haare waren in wilder Unordnung, sein Bart ungepflegt und durchzogen von Grau. Seine Augen lagen tief im abgenutzten Leder seines Gesichts und hatten schwarze Ringe, so betont, dass es aussah, als hätte ihm jemand auf die Nase geschlagen. Seine Haut hatte einen unnatürlich gelblichen Teint und hing an einem Körper, der vielleicht seit Tagen keine Nahrung gesehen hatte.

Seine Augen fesselten mich. Seine Pupillen verengten sich nicht im Licht und füllten seine Iris beinahe komplett aus. Seine Pupillen ... Sie waren nicht rund. Sie waren oval ... Wie die eines Cappaners. „Was ist mit Ihnen passiert?", flüsterte ich.

„Mwaha! Mwaha!" Er warf den Kopf zurück, wie jemand, der verrückt lachte, aber das Geräusch, das er ausstieß, passte nicht dazu. Ich begann mich zu fragen, ob er vielleicht verrückt war. Zweieinhalb Jahre auf der Oberfläche ... Aber wenn er verrückt wäre, hätte es sicher jemand gemeldet. Er war nicht weggegangen, aber andere waren rein und raus rotiert. Oder nicht? Sie hätten es wissen müssen. Der Kopf hielt in der Bewegung inne und sein Blick schien etwas auf einer Seite des Raumes zu fokussieren.

„Karikov?"

Er drehte den Kopf langsam herum, bis er mich wieder ansah. „Elliot."

„Elliot was? Was hat Elliot damit zu tun? Ihre Augen ..."

„Elliot ist passiert." Seine Stimme verblasste zu einem Flüstern und er blickte wieder ins Nichts. Ich folgte seinem Blick, aber wenn etwas anderes im Zimmer war, war es nur für ihn sichtbar.

„Karikov. Das ist wichtig. Was hat Elliot getan?"

Er blickte mich wieder an. „Das hier."

Nach einigen Momenten der Stille, in denen ich hoffte, dass er noch etwas sagen würde, stand ich auf.

„Die werden Sie nicht gehen lassen", sagte er, seine Stimme wurde klarer.

„Wer?"

„Die Cappaner. Sie. Wenn sie vorgehabt hätten, Sie gehen zu lassen, hätten sie nie erlaubt, dass Sie mit mir reden. Ihre Leute."

„Ihre Leute? Elliots?"

„Nicht ihre. Aber sie hat sie erschaffen. Sie hat sie gemischt. *Uns* vermischt."

Seine Augen. Seine Haut. Cappanisch. Elliot hat sie vermischt? Dann machte es Klick: *Die Genetiker.* Aber nein, das hätte sie nicht tun können. Niemand hätte es erlaubt. „Das ist ausgeschlossen."

Er grunzte, klang geistig viel klarer, als bei seinen vorherigen Ausbrüchen. „Es gibt einen Weg. Sie haben unsere DNA auseinandergenommen. Die Heilkräfte der Cappaner sollten mit unserer Robotik helfen. Sollte unseren Körpern und unserem Verstand die Möglichkeit geben, mit der Belastung fertig zu werden. Es hat funktioniert. Anfangs. Zweifach Amputierte, die wieder gehen konnten. Sie kannten den Preis nicht."

„Sie hat es mir erzählt." Ich saß fassungslos da. Sie hatte mir eine Lösung für meine neurale Abstoßung angeboten. „Sie hat mir gesagt, dass sie mir helfen könnte."

„Deswegen haben sie Sie passieren lassen", sagte er. „Ich habe es nicht verstanden. Deswegen. Sie wollen, dass Sie meinen Platz einnehmen."

„Ihren Platz einnehmen? Wie könnte ich das tun? Wieso?"

„Weil ich sterbe. Mein Körper stellt seinen Dienst ein. Mein Verstand. Ich war einer der ersten Konvertierten, als das Konzept noch neu war."

„Also als Elliot kam, um sie zu besuchen …"

„Sie wollte mich updaten. Neu anfangen. Sie weiß, dass ich sterbe. Weiß … Dachte … Ich sei verzweifelt. Ich habe ihr gesagt, sie solle sich ficken gehen."

„Sie hat anschließend mit mir geredet. Nach ihrem Besuch", sagte ich.

Karikov nickte. „Die wollen Sie. Die werden Sie nicht gehen lassen. Sie oder Ihre Leute."

„Aber sie haben uns reingelassen."

„Exakt", sagte er.

„Wie werden sie uns aufhalten?"

„Sie konvertieren. Oder töten."

„Das können sie nicht. Wir werden Verstärkung rufen. Stirling wird–"

Er unterbrach mich. „Stirling. Ha! Stirling …"

„Es ist ausgeschlossen …"

Karikov starrte mich an. „Stirling weiß, dass wir diesen Krieg verlieren. Verloren haben. Es ist nur eine Frage der Zeit. Wir hatten nie eine Chance. Wir hatten Technologie, die ihnen voraus war. Wir dachten, wir wären so viel klüger. Vielleicht waren wir das einmal. Aber sie haben gelernt, und unsere Jungs … Die Jungs, die sie verändert haben … Sie helfen ihnen. *Meine* Jungs."

„Wenn Stirling es weiß, dann müssen es auch andere wissen."

„Nicht so viele, wie Sie glauben. Stirling weiß, dass der Krieg verloren ist. Er weiß auch, wem die Schuld dafür gegeben wird. Es sei denn, er hält lange genug aus.“

Ich schüttelte den Kopf. „Das ist lächerlich. Funk–“

„Ist gestört. Oder von ihnen kontrolliert.“

„Ausgeschlossen. Es kommen Vorräte. Schiffe.“

„Private Militärfirmen. Bezahlt in Silber.“

„Nein. Das kaufe ich Ihnen nicht ab. Wir würden sie zermalmen.“

Karikov zog die Lippen zu einem schmalen Strich zusammen. „Wissen Sie, wie viele von ihnen hier sind? Millionen. Wie viele Männer kann Stirling hier unten einsetzen? Viertausend? Drei?“

„Unsere Technologie–“

„Ist gestohlen worden. Sie haben sie. Kopiert.“

Kopiert? Was konnten sie alles? Wieso wussten wir das nicht? „Wir hätten sie gesehen–“

„In den Minen. So viele Minen. Eine ganze Welt unter der Erde. Die konventionellen Truppen sind zu weit weg.“

„Unmöglich!“ Aber war es das? Die Cappaner führten die Minen. „Wir bringen die Flotte rein. Mehr Männer.“

Er senkte den Blick zum Boden, dann hob er ihn wieder.

„Werden wir das? Wieso?“

„Sie wissen warum. Das Silber.“

Er schüttelte langsam den Kopf. „Das Silber fließt bereits. Fünfmal mehr als die Behörden wissen. Wenn die Cappaner das liefern können ... Was ist leichter, ein Feind oder ein Handelspartner?“

Ich dachte darüber nach. Würden wir kämpfen? *Sollten* wir? „Vielleicht. Sie würden ein großes Risiko eingehen.“

„Es wird keine Rolle spielen“, sagte er. „Sie werden zusammenbrechen. Einander umbringen. Die Anführer. Elliots Leute. Sie sind nicht stabil. Die werden wie ich sein. Es wird vielleicht länger dauern, aber es ist unvermeidlich. Die zwei Systeme können nicht koexistieren.“

„Dann ziehen wir uns zurück. Warten.“ Ich schlug mit der Faust in meine Handfläche und drückte zu.

Karikov zuckte mit den Schultern. „Vielleicht. Aber sie lernen schnell. Die werden bald vom Planeten runter sein, und dann sind wir alle gefickt.“

Mir stockte der Atem und ein kalter Schauer durchfuhr mich, trotz der ungemütlichen Hitze. „Vom Planeten runter. Sind Sie sich sicher? Wieso haben Sie das nicht gemeldet?“

Seine hohlen Augen weiteten sich, dann zuckte er mit den Schultern. „Was heißt schon ‚sicher‘?

„Das ist wichtig.“ Ich rutschte ein Stück mit dem Stuhl auf ihn zu. „Wie nah sind sie dran?“

Seine außerirdischen Augen blickten in meine, aber ohne Erkennen. Er wiegte sich langsam vor und zurück. Ich saß eine lange Zeit da, ehe ich aufstand. Ich drückte auf den Schalter und löschte das Licht, dann ging ich.

Captain Benton wartete draußen, in respektvoller Entfernung. „Sir, da ist ein Anruf für Sie im Ops-Zentrum.“

Ich kniff ob der hellen Sonne die Augen zusammen. „Wirklich?“ Vielleicht Stirlings Leute, die wissen wollten, was passiert war. Obwohl die Shuttle-Piloten das hätten melden müssen. Wieso hätten sie nicht mit Baxter reden sollen? „Wer ist es?"

„Haben Sie nicht gesagt, Sir." Benton ging voraus, zurück zu dem größeren Gebäude und gab den Tür-Code ein. Wir liefen einen schmalen Flur hinunter, die Geräusche unserer Stiefel hallten vom harten Boden wider. Wir betraten einen großen Raum mit drei gigantischen Bildschirmen an der Wand, alle möglichen Daten bewegten sich darauf. Zwei Reihen niedriger Schreibtische waren auf die Bildschirme ausgerichtet, aber nur ein Stuhl war besetzt. Eine muskulöse Frau, die eine Uniformhose und ein Tanktop trug, reichte mir einen Hörer.

„Hier ist Butler."

„Sir, hier spricht Captain Mallot."

Ich ließ beinahe den Hörer fallen. *Mallot. Heilige Scheiße.*

„Captain?"

„Ja, Sir. Ich wurde befördert."

„Sie leben", sagte ich und schindete Zeit, bis mein Gehirn wieder funktionierte. *Mallot.*

„Sir, wir müssen reden."

„Ich bin Ihrer Meinung", sagte ich. „Ich habe nach Ihnen gesucht."

„Ich weiß, Sir. Ich werde Ihnen alles von Angesicht zu Angesicht erklären." Etwas in seinem Tonfall sorgte dafür, dass mir die Haare auf den Armen zu Berge standen.

„Sicher. Kommen Sie rein und wir reden. Wo sind Sie?"

„Ich bin nicht weit entfernt, Sir. Direkt außerhalb der Basis. Aber ich komme nicht rein."

„Wieso nicht?"

„Sir, wieso kommen Sie nicht raus? Allein."

Ich blickte mich im Zimmer um, um zu schauen, ob irgendjemand mich beobachtete, aber keiner der beiden schenkte mir Aufmerksamkeit. „Was ist los, Mallot?"

„Das müssen Sie selbst sehen, Sir. Sie werden nicht in Gefahr sein, wenn Sie alleine kommen."

„Was, wenn ich nicht alleine komme?"

„Sir, das ... Das wäre bedauernswert."

Wenn ich mich nicht schon vorher entschieden hätte, hätte ich es jetzt getan. Es klang zu sehr nach einer Drohung, als dass ich es tolerieren könnte. „Schätze, wir werden uns nicht einig."

„Ja, Sir. Sorry, Sir." Die Leitung war tot.

Zwanzig Sekunden später erschütterte eine Explosion das Gebäude und ließ Staub von der Decke rieseln. Ich zuckte zusammen und ging auf ein Knie.

Eine Rakete.

Aus der Entfernung ertönte das gedämpfte Rattern von Schüssen, dann war es näher. Erwidertes Feuer.

Das Krachen von Bitches und das Jammern eines Pulsgewehrs, gedämpft von den dicken Wänden des Hauptquartiers.

Ich blickte zu Benton und dem Kommunikations-Operator, aber sie reagierten nicht. Ich packte meine Waffe und rannte den Flur hinunter. Ich blieb stehen und sammelte mich, mein Herz hämmerte und ich war schon jetzt kurzatmig. Ich schlug auf den Knopf, um die Tür zu öffnen, und tauchte hindurch.

Kapitel Siebenundzwanzig

Jemand hatte eine Rauchgranate gezündet, die das Schlachtfeld einhüllte und die Sicht trübte. Ich klappte meinen Visier herunter und schaltete auf thermal, sodass ich durch die zunehmenden visuellen Hindernisse hindurch Hitzesignaturen sehen konnte.

Aus verschiedenen Richtungen pfiffen Kugeln vorbei und ich bemerkte Mündungsfeuer auf zwei Seiten von uns. Eine weitere Explosion erschütterte das Gelände in der Nähe, drückte meine Brust zusammen und ließ Dreck und Steinsplitter auf meinen Helm und Rücken regnen. Meine Ohren klingelten und Geräusche um mich herum wurden abgedämpft, als mein Helm den Lärm herausfilterte, um meine Ohren zu schützen. Bisher war das Feuer weit genug von mir weg, sodass ich in Sicherheit war, aber ich musste mich bewegen. Ich warf den Kopf herum und suchte nach Verbündeten. Ich hätte meinen Helm in diesem Moment um nichts in der Welt weggegeben, aber er beschränkte mein peripheres Sehen enorm.

Der Bereich vor mir war eine offene Fläche. Todeszone. Ich hoffte, dass, wer auch immer auf uns schoss, nicht durch den Rauch hindurchsehen konnte. Ich sprang auf die Füße und sprintete zur Seite des Gebäudes – die Seite, die Karikovs Hütte am nächsten lag. Ich warf mich in den Dreck, sobald ich um die Ecke herum war, und Steine bissen mir in die Ellbogen und

Unterarme. Ich drückte mich gegen die Fertigbaupolymerwand und Kugeln wirbelten Staub auf, wo ich noch eine Sekunde zuvor gestanden hatte. Das Gebäude bot nur auf einer Seite Schutz, aber das war besser als im Kreuzfeuer zu sein. Mein Headset schwieg seltsamerweise. Mein Display zeigte keine Fehlfunktion, also musste der Funk lahmgelegt sein. Ich konnte nicht sagen, wie viele Kämpfer der Feind innerhalb des Geländes hatte, aber die Menge an Feuer sagte ‚viele‘. Drei menschliche Körper lagen tot oder dem Tode nah auf der Erde mitten im Zentrum der offenen Fläche. *Wie viele mehr waren getroffen worden?*

Ich versuchte es mit meinem Kommunikator, hörte aber nur Rauschen. Ganz sicher lahmgelegt. Ich versuchte eine externe Frequenz, um Luftunterstützung anzufordern. Auch da kein Glück. Karikov hatte nicht gelogen.

Ich blickte durch das Zielfernrohr meines Gewehrs und vergrößerte auf das Fünffache. Etwa 100 Meter entfernt steckte ein Cappaner seinen Kopf hinter einem Stapel von Metallcontainern hervor und ich schoss, ohne nachzudenken. Er duckte sich. Ich versuchte die Kugel zu lenken, damit sie ihm folgte, aber ich bezweifelte, dass sie schnell genug die Flugbahn änderte, um das Ziel zu treffen.

Ich drückte mich an die Wand, blieb geduckt, und ging auf die Rückseite des Gebäudes zu, weg vom Feuer. Der Feind ignorierte mich. Oder zumindest schossen sie nicht auf mich, was das Einzige war, das eine Rolle spielte. Die Kugeln, die umherflogen, kamen mir nicht nahe.

Hinter dem Gebäude fand ich ein halbes Dutzend meiner Personenschutzgruppe, zwei gaben Feuerschutz und die anderen vier hatten die Köpfe zusammengesteckt und sprachen miteinander. Einer von ihnen riss ein Gewehr hoch und zielte damit auf mich, als ich mich näherte.

Ich hob eine Hand. „Whoa! Wo ist Baxter?"

„Wissen wir nicht, Sir. Sind Sie okay?" Der Mann bewegte sich auf mich zu, sodass wir einander hören konnten.

„Ja. Wie viele?", fragte ich.

„Viele. Fünfzig. Vielleicht mehr. Haben uns überrascht, aber der Lieutenant hatte uns in Alarmbereitschaft versetzt." Er zuckte bei einer Explosion zusammen, die 100 Meter entfernt war.

„Wir müssen den Rest unserer Leute finden."

„Ja, Sir. Wir werden um diese Ecke herum angreifen. Schließen Sie sich dem Feuerunterstützungsteam an."

Ich nickte heftig. „Verstanden!"

„Wir werden versuchen, zu dem Gebäude zu kommen, das dem Tor am nächsten ist. Das ist der letzte Ort, an dem wir den Lieutenant gesehen haben."

„Ich bewege mich auf Ihr Signal."

Als Feuerunterstützungselement gaben wir dem vorangehenden Team Feuerschutz. Sobald es an Ort und Stelle war, schossen sie, sodass wir uns bewegen konnten.

Wir machten uns entlang der geschützten Rückseite des Gebäudes auf den Weg und stießen zur entgegengesetzten Seite vor; gegenüber der Stelle, von der aus ich gestartet war. Das niedrige Gebäude am Tor lag fünfzig Meter vor uns, jenseits eines offenen Bereichs. Vier von uns warfen sich auf die Erde und begannen, übers Gelände zu feuern, in Richtung des schwersten feindlichen Feuers. Ich konnte keine Ziele erkennen, aber das spielte keine Rolle. Wir mussten lediglich dafür sorgen, dass sie ihre Köpfe runternahmen, sodass unsere Leute rennen konnten. Nachdem die Kugeln der Feinde weniger wurden, rannten drei Soldaten los und wir schossen heftiger. Ich erhaschte einen Blick auf einen Cappaner, der um eine Ecke spähte, und schoss ihm einmal in den Kopf und einmal in die Schulter.

Ich ließ mein leeres Magazin fallen und lud ein zweites, dieses Mal mit Explosivgeschossen. Jetzt zielte ich überhaupt nicht mehr. Ich schoss auf jeden Fleck, der auch nur so aussah, als könnte er einen Schützen verbergen.

Ich warf einen Blick auf unser vorrückendes Team. Einer von ihnen ging zu Boden, Blut explodierte an seinem Hals, wo eine Kugel zwischen Helm und Panzerung eingedrungen war, und einer seiner Kumpels blieb stehen, um ihn zu holen.

„Lassen Sie ihn! Rennen Sie weiter!", rief ich. Der Soldat hörte mich nicht oder er hörte mir nicht zu. Er zog seinen Kameraden und bot ein leichtes Ziel. Sein Körper zuckte, als Kugeln in seine Panzerung einschlugen. Körperpanzer halten einen bei einer Kugel am Leben. Vielleicht auch bei zwei Treffern. Aber die Kraft der Projektile muss irgendwo hin und ein Körper kann nur ein gewisses Maß davon ertragen. Nach einem spasmischen Tanz fiel er zu Boden.

„Fuck!", rief ich niemand Speziellem zu. Einer der Cappaner bemerkte meine Position und drei oder vier Kugeln schlugen vor mir in den Dreck ein, aber irgendwie verfehlten sie mich. Ich rollte nach rechts, mein Herz hämmerte in meiner Brust und mein Atem rauschte mir in den Ohren.

Als ich wieder in Grundstellung war, hatte es der dritte Soldat zum Gebäude geschafft und warf sich in den Dreck, während über ihm Kugeln von der Seite des Gebäudes abprallten. Ich stand auf, feuerte das letzte halbe Dutzend Kugeln aus meinem Magazin auf den Ursprung des Feuers und es hörte auf. Ich ließ mich wieder fallen und rollte mich zweimal herum, um meine Position zu verändern, hoffentlich, ohne gesehen zu werden.

Zwei Rauchgranaten flogen aus dem entfernten Gebäude – unserem Ziel –, landeten in dem Bereich, den wir überqueren mussten, und gaben uns so Deckung. Einige Sekunden später eröffneten etliche Bitches und mindestens eine schwerere Waffe das Feuer, ein paar davon auf dem Dach des Gebäudes.

„Gehen wir!", rief ich, aber die anderen hatten es gesehen und bewegten sich bereits. Ich sprinte die fünfzig Meter, ohne stehen zu bleiben. Es dauerte vermutlich neun oder zehn Sekunden, aber es fühlte sich an wie zwei Minuten, angesichts der Tatsache, dass mich nur der Rauch vom sicheren Tod trennte.

Ich kam schlitternd zum Stehen und ließ mich auf ein Knie fallen. Das Geräusch einer Pulswaffe in der Nähe erstickte alle anderen Geräusche. Ich sog Luft durch den Mund ein und versuchte für einen Moment, mich zu beruhigen, ehe ich zur Vorderseite des Gebäudes eilte. Jemand öffnete die Tür, zog mich hinein und ließ sie sich wieder schließen, noch bevor ich es ganz durch geschafft hatte.

„Shit!“

„Sir!“ Baxter stand einen halben Meter entfernt und schrie. Das Rattern von feuernden Waffen hallte von den Wänden wider. Das Gebäude hatte Öffnungen, aus denen man feuern konnte, und zwei Soldaten bemannten die beiden an der Vorderseite.

„Status“, sagte ich.

„Unbekannt.“ Baxter kam mit ihrem Gesicht so nah an meins heran, dass wir einander hören konnten. „Mindestens sechs Verletzte.“

„Fünf aus meiner Gruppe haben es hergeschafft.“

„Das macht zwölf“, sagte sie. „Das heißt, sechs sind vermisst.“

„Ist Mac hier?“

Sie schüttelte den Kopf.

Shit. Er musste direkt außerhalb des Hauptquartiers gestanden haben. Ich hätte ihn mit reinkommen lassen sollen. Die zwei Gewehrschützen hörten zur gleichen Zeit auf zu feuern und katapultierten den Raum in relative Stille, sodass es fehl am Platz wirkte, als Baxter anschließend schrie.

„Dieses Gebäude ist gepanzert!“

„Ja, verstanden“, sagte ich in normaler Lautstärke. „Was ist los? Wieso wird nicht gefeuert?“ Die Geräusche von außen waren ebenfalls verklungen.

„Sie haben sich zurückgezogen, Sir.“ Einer der Gewehrschützen drehte sich von seiner Gefechtsposition um und sprach über die Schulter.

„Halten Sie ein Auge offen“, sagte Baxter. „Das gefällt mir nicht.“

„Mir auch nicht“, sagte ich. „Lassen Sie mich sehen.“ Ich ging zu einer der Feuerstationen und blickte durch das winzige Fenster hinaus. Der Rauch hatte sich etwas gelichtet, aber ich konnte nicht viel erkennen, trotz der Tatsache, dass ich mein Visier auf sichtbar und thermal stellte. Ich hatte mich nie gut dabei angestellt, durch kleine Öffnungen zu schauen. Aus diesem Grund hasste ich gepanzerte Fahrzeuge, obwohl ich jetzt nur zu gerne eine Ziege genommen hätte, wenn jemand sie mir gebracht hätte.

Wir standen im Gebäude. Eine Frau behandelte einen Mann, der eine Schusswunde am Unterschenkel hatte. Ein anderer Soldat arbeitete an einer beschädigten Pulswaffe, versuchte ein winziges Teil wieder in den Feuermechanismus einzufügen.

„Was haben die vor?", sagte ich zu mir selbst.

„Ich bin mir nicht sicher, Sir. Vielleicht haben sie sich zurückgezogen, weil sie genug hatten." Baxter war hinter mich getreten und hatte meine Frage gehört.

„Glauben Sie das?" Ich sah sie an.

„Keine Sekunde."

„Die planen etwas. Vielleicht warten Sie auf Verstärkung."

Sie nickte einmal. „Ergibt Sinn. Sie hatten vermutlich erwartet, dass Sie uns überraschen können. Und das haben Sie nicht."

Bumm. Das Gebäude erzitterte, ich stolperte und konnte gerade so das Gleichgewicht halten.

„Vielleicht warten Sie auf schwereres Geschütz", sagte ich. „Das war mindestens eine 125er", sagte einer der Gewehrschützen.

Das Geschoss war größer als eine 125 Millimeter gewesen, aber ich berichtigte ihn nicht. Er würde es nicht wissen wollen. Vier weitere heftige Explosion folgten in rascher Abfolge, keine davon so nah wie die erste. Entweder hatten sie die Reichweite nicht richtig eingestellt oder sie verteilten ihr Feuer absichtlich über das Gelände.

Als Nächstes ertönte eine Reihe leichterer Explosionen. Kleinere Raketen, die höher klingende Explosionen verursachten, mehr ein Krachen, als das Donnern der schwereren Waffen. Jemand schrie draußen. Das Trommelfeuer bearbeitete uns zehn Minuten lang, die sich wie ein Lebensalter anfühlten. Der vernünftige Teil meines Verstandes – der Teil, der bei Explosionen nicht zusammenzuckte –, wusste, dass das Raketenfeuer den Feind davon abhielt, uns anzugreifen. Sie konnten uns weichklopfen, aber sie hätten das Feuer einstellen müssen, um wieder vorzurücken.

„Wie viele von den Special-Ops-Jungs sind im Gefecht?", fragte ich.

„Auf welcher Seite?", fragte Baxter.

Ich starrte sie an. „Was wissen Sie?"

„Mindestens zwei oder drei von denen haben auf uns geschossen", sagte sie. „Ich habe nicht gesehen, dass irgendjemand auf die Cappaner geschossen hat. Nicht sicher, wie viele von ihnen noch am Leben sind."

Eine Rakete krachte ins Dach und warf mich auf die Knie. Baxter hielt ihre Balance, aber nur gerade so. „Fuck!", rief sie. „Ich hatte Soldaten auf dem Dach!"

„Wir müssen zur Hölle noch mal hier raus", sagte ich.

„Für den Fall, dass sie es nicht mitbekommen haben, Sir, draußen regnet es Raketen!"

„Und sobald das aufhört, werden wir ein paar hundert Cappaner am Arsch haben. Ich gehe das Risiko mit den Raketen ein. Wie viele Leute können wir zusammenziehen?"

„Keine Ahnung, Sir. Wo gehen wir hin?"

„Was würden die erwarten?", fragte ich.

Sie schürzte die Lippen und hielt inne. „Sie erwarten vermutlich, dass wir hierbleiben und kämpfen, dass wir versuchen, die lahmgelegte Kommunikation zu umgehen und Luftunterstützung anfordern. Verstärkung. Falls nicht, erwarten Sie vermutlich, dass wir zu den nächstgelegenen Verbündeten aufbrechen. Das sind 100 Klicks, direkt durch den Feind hindurch."

„Also schlagen wir den anderen Weg ein. Gehen zur Hintertür raus", sagte ich.

„Dort ist nichts, abgesehen von Hügeln, Minen und Cappanern", sagte Baxter.

„Vielleicht gibt es dort aber die Möglichkeit zu funken. Wenn wir die Reichweite des Störsignals verlassen können ..." Der Blick von Baxters dunklen Augen begegnete meinem. „Ja, Sir. Das ist unsere beste Chance. Wir können möglicherweise ein wenig Vorsprung kriegen, ehe ihnen bewusst wird, was wir tun. Aber jedes Mal, wenn wir unsere Kommunikation einschalten, werden sie uns wieder orten können."

„Richtig", sagte ich. „Also übermitteln wir eine Weile lang nichts. Wir versuchen, so viel Boden gut zu machen, wie wir können, bevor alles in die Hose geht."

Sie nickte einmal zur Bestätigung. „Richtig. Es geht in drei Minuten los. Sie haben aufgehört, die interne Frequenz lahmzulegen, also stelle ich sie an."

„Moment – wieso haben sie aufgehört, die lahmzulegen? Vielleicht lauschen Sie", sagte ich.

Sie zuckte mit den Schultern. „Ja, Sir. Wenn Sie die Verschlüsselung geknackt haben. Aber ich habe nicht alle unsere Leute hier und ich werde nicht den Rest des Teams hierlassen, ohne ihnen zu sagen, wo wir hingehen. Die Satellitenkommunikation ist ebenfalls offline. Ich glaube, wir müssen einfach hoffen, dass wir Glück haben. Wenn nicht, sind wir so oder so am Arsch."

„Verstanden", sagte ich. Sie hatte recht, aber ich hätte sowieso mit ihr übereingestimmt. Keine Zeit für Zweifel. Wir brauchten einen Plan und mussten ihn ausführen, bevor der Feind über uns herfiel. Eine weitere Rakete schlug krachend in der Nähe ein, gefolgt von einer zweiten Explosion. Vielleicht ein Tanklaster. Einer der Generatoren.

„Weißes Platoon, hier spricht White Leader. Wir rücken aus, Richtung Südwesten. Wir sprengen ein Loch in die Wand. Nehmen Sie so viel Munition und Wasser mit, wie Sie tragen können. Jackson, Sie nehmen sich zwei Soldaten und geben für 90 Sekunden Feuerschutz."

„Ma'am, was ist mit den Verwundeten?" Eine männliche Stimme über den Funk, die ich nicht kannte.

Auf dem Kanal entstand eine Pause. „Nehmen Sie mit, wen Sie können, lassen Sie sie da, wenn Sie müssen. Es ist ein weiter Weg. Das ist alles, was wir tun können."

Niemand antwortete. „Gehen wir", sagte sie. Ich hörte, wie sich jemand auf dem Dach bewegte. Zumindest hatte jemand die Explosion überlebt. Ich hatte keine Ahnung, wie. Drinnen schnappte sich das halbe Dutzend Soldaten Munitionsmagazine und überprüfte die eigene Ausrüstung.

Baxter öffnete die Tür und zwei Soldaten führten sie hinaus. Ich folgte dicht dahinter und duckte mich für einen Moment in eine kauernde Haltung, als eine Rakete in Richtung Hauptquartier einschlug. Das Trommelfeuer hatte mich erschreckt. Ich hätte nicht innehalten sollen. Das war nicht nahe genug gewesen, um mich zu verletzen. Ich sprang wieder auf und lief weiter.

Jemand sorgte für mehr Rauch im offenen Bereich vor unserem Gebäude, um unsere Bewegungen zu verschleiern. Wir sprinteten Richtung Rückseite des Gebäudes und über den offenen Bereich zum größeren Hauptquartier, aus dem jetzt an zwei Stellen des Daches Rauch quoll. Eine Sprengladung zerriss vor uns die Luft, ein schärferes Krachen als das der Raketenexplosionen. Etwas von dem Rauch und Staub lichtete sich und enthüllte ein Loch in der äußeren Mauer.

Eine schwere Waffe eröffnete irgendwo hinter uns das Feuer, aber die Kugeln kamen nicht nahe. Dem Klang nach zu urteilen, schossen sie vielleicht immer noch auf das jetzt verlassene Gebäude.

Ich schaltete meinen Luftreiniger an, um den Rauch aufzuhalten, als ich hindurchlief und auf der anderen Seite Deckung suchte. Ich warf meinen Kopf herum und zählte die Leute. Elf, mich eingeschlossen. Mindestens zwei Verwundete. Eine hatte einen Verband am Arm, auf der Außenseite war dunkles Blut zu sehen. Der andere humpelte, es sah aus wie eine Wunde in der Wade. Ich rannte zu ihm. „Können Sie rennen?“

„Ja, Sir“, sagte er und verzog das Gesicht. „Eine Zeit lang.“

Ich begegnete seinem Blick, dann warf ich einen Blick auf seinen Namen auf meinem Display. „Okay, Billings. Scheuen Sie sich nicht, sich auf jemanden zu stützen. Wir haben einen weiten Weg vor uns.“

„Ich werde es schaffen, Sir“, sagte er. „Ich bleibe ganz sicher nicht hier.“

„Da bin ich bei Ihnen. Bewegen wir uns jetzt, dann haben wir einen Vorsprung.“

„Verstanden, Sir.“ Er und ich rannten direkt vom Gelände weg. Baxter könnte uns bald genug einholen und die Route wählen. Wir mussten den ersten Hügel erreichen, mussten zu den Bäumen und aus dem offenen Gelände raus.

Wohin, das wusste ich nicht.

Kapitel Achtundzwanzig

Wir erreichten den zweiten Hügel, ehe wir unter Beschuss gerieten. Fünfundvierzig Minuten. Das war länger, als ich gedacht hatte. Vereinzelte, stämmige Bäume gaben uns etwas Deckung, aber nicht genug. Der Feind befeuerte ein weites Feld. Sie trafen uns nicht, aber es war genug, um uns zu verlangsamen.

Billings keuchte, während er kroch, und packte sich ans Bein. Er hatte einen Granatsplitter in die Wade bekommen, was keine schreckliche Wunde war, wenn sie behandelt wurde. Aber wenn das schartige Metall immer noch im Fleisch steckte, musste es jedes Mal, wenn er sich bewegte, eine Folter sein. Ein dunkler Fleck bedeckte den gesamten unteren Bereich seines Hosenbeins.

„Ich bin fertig", sagte er.

„Sie können es schaffen", sagte ich zu ihm.

„Wie weit, Sir?"

Ich antwortete nicht.

„Lieutenant Baxter", rief er.

„Was gibt es, Billings?"

„Nehmen Sie den Rest der Gruppe und gehen Sie, ich halte sie für eine Weile hier auf." Er verzog das Gesicht, während er sprach.

Baxter sah aus, als würde sie vielleicht etwas sagen, dann nickte sie nach einem Moment. „Haben Sie Granaten?"

„Zwei. Ich könnte ein paar mehr vertragen.“

Baxter nahm eine von ihrer Ausrüstung und warf sie ihm zu. „Machen Sie was draus“, sagte sie.

Billings zwang sich zu einem Lächeln. „Immer.“

„Bewegen wir uns. Erwidern Sie das Feuer nicht.“ Baxters Stimme über Funk. „Funkstille, abgesehen von Billings. Billings, Sie öffnen einen Kanal, sobald wir uns bewegen.“

„Verstanden“, antworte er.

Smart. Wenn er von seiner gegenwärtigen Position aus den Funk betätigte, würde ihn jeder finden, der nach einem elektronischen Signal suchte, was uns ein paar weitere Minuten verschaffen würde.

„Ausrücken“, rief eine andere Stimme. Jackson, der zweite, der die Gruppe führte.

„Verstanden“, sagte Baxter. „Bewegung.“

Der Rest von uns sprintete halb und joggte halb, wir benutzten den Hügel als Deckung und versuchten, ihn zwischen uns und den Ort zu bringen, an dem wir den Feind vermuteten.

„Sie kommen näher“, sagte Billings. „Ich werde etwas feuern.“ Wir waren weniger als eine Minute gerannt, als er mit einem Dutzend Schüsse begann, die durch das offene Mikrofon und durch die Luft hallten. „Hab niemanden getroffen“, rief er. „Aber sie wissen, dass ich hier bin.“

Er gab drei weitere Schüsse ab, diesmal kontrollierter. „Diesmal habe ich einen erwischt. Da ist ein Mensch bei ihnen. Nein, zwei. Shit. Sie tragen allerdings nicht unsere Ausrüstung. Ich glaube nicht, dass das Special-Ops-Jungs waren. Die sind zu gut mit den Cappanern koordiniert. Aber eindeutig menschlich.“

Niemand antwortete, aber an den Blicken zwischen den rennenden Soldaten konnte ich erkennen, dass sie alle dasselbe dachten. Das hier war abgefuckt.

„Ich werde einen der Menschen erledigen. Zuerst eine Granate, um sie zu zwingen, Deckung zu suchen." Ein paar Sekunden später gesellte sich der Bass der explodierenden Granate zur Symphonie höher klingender, bellender Kugeln. „Ich bin getroffen!" Stille im Funk, für etliche Sekunden. „Ich bin okay. Aber sie haben mich eingekreist."

Wumms. Noch eine Granate, weiter weg von uns. Oder es klang nur so, weil wir weiterrannten und uns entfernten. Unmöglich zu wissen, ob es Billings oder die eines Feindes gewesen war. Gewehrfeuer nah am Mikrofon bedeutete, dass Billings immer noch etwas Kampfeswillen in sich hatte.

„Heilige Scheiße", rief er. „Ich hatte einen der Menschen genau im Visier, aber er ist vielleicht fünf Meter in die Luft gesprungen. Verdammt, ist dieser Typ schnell!"

Zwischen Billings Berichten rauschte mein Atem im Helm. Selbst bei meiner Fixierung aufs Überleben hinterließ sein Bild einen Eindruck. Der Kerl, der mich auf der Station angegriffen hatte, war schnell gewesen. Das musste miteinander zu tun haben.

„Da sind mindestens zwei von ihnen", rief Billings. „Sie geben einander Deckung. Zu schnell für mich, um sie aufs Korn zu nehmen, selbst mit Lenkgeschossen. Ich wechsle zu Explosiv und werde auf mein Glück hoffen."

Einige Sekunden Stille. „Los geht's", sagte er. „Rennen Sie weiter. Wenn das nicht funktioniert, werden Sie nicht lange haben. Hier ist was faul."

Vier Schüsse erklangen über den Funk, dann Stille. Da der Funk schwieg, erklangen die Schüsse in der Entfernung. Vielleicht einen halben Klick entfernt. Wenn wir Glück hatten, würden wir weiter wegkommen, ehe ihnen bewusst wurde, dass Billings allein war. Wir brauchten etwas Glück.

Nichts anderes war über den Funk zu hören, für einen Zeitraum, der sich wie eine Minute anfühlt. Schwer, das genau zu sagen, da ich immer noch über unebenes Terrain rannte und versuchte, mit einem Haufen junger Leute mitzuhalten.

„Hier drüben!" Es kam über Funk, klang aber weit entfernt. Jemand, der nicht in der Nähe des Mikrofons war. „Da ist nur einer. Köder!"

„Lebt er?" Eine zweite männliche Stimme, menschlich, kein übersetztes Cappanisch.

„Nein. Kugel durch den Hals." Die erste Stimme.

Billings war mit eingeschaltetem Transmitter gestorben. „Die Spuren führen dort entlang. Der Rest von ihnen kann nicht weit sein. Scheiße, er überträgt noch." Die Stimme wurde lauter, klarer, bis sie klang, als spräche sie direkt in den Transmitter. „Hier spricht Captain Trey Mallot. Ich bin einer von Ihnen. Wir wollen nur den Colonel. Wenn Sie ihn ausliefern, verspreche ich, dass Ihnen kein Leid geschehen wird. Wenn nicht ..."

Ich stolperte, krachte auf die Erde und zerschrammte mir die Hände, als ich meinen Fall bremste. Mein Verstand versagte mir für einen Moment den Dienst und ich schien nicht wieder auf die Beine zu kommen.

Obwohl ich schon zuvor mit ihm gesprochen hatte, machte es das jetzt irgendwie realer.

„Hier sind hunderte von Cappanern", fuhr Mallot fort. „Sie wissen, wo Sie sind, und ich fürchte, ich kann Sie nicht beschützen. Sie alle wissen, was Cappaner mit Gefangenen anstellen."

Eine Soldatin packte mich am Arm und half mir auf die Beine. Sie hatte ihr Visier hochgeklappt und ich versuchte in ihrem Gesicht zu erkennen, ob die Propaganda sie nachdenklich gemacht hatte. Sie atmete durch den Mund, müde vom Rennen. Ich konnte sie nicht lesen.

Baxter hielt zwei Finger als Signal hoch.

„Was bedeutet das?", fragte ich die Soldatin.

„Alternative Frequenz. Sie sollte bereits in Ihrem Helm sein, schalten Sie einfach um, Sir."

Ich wählte sie mit den Augen aus, wählte mich aber nicht ein. Wir hielten nach wie vor Funkstille, um unsere Position zu verbergen. Ich öffnete den ursprünglichen Kanal ebenfalls wieder, nur auf dem Monitor. Baxter ließ ihre Leute abschalten, weil sie nicht wollte, dass sie noch mehr von Mallots Scheiße hörten, aber über den ursprünglichen Schock hinaus störte es mich nicht. Vielleicht erfuhr ich etwas, wenn ich ihm zuhörte. Wichtiger noch: Jeder, den wir zurückgelassen hatten, würde nicht wissen, dass wir den Kanal gewechselt hatten. Wenn sie nach uns suchten, dann auf Kanal eins. Mac war irgendwo da hinten. Hoffentlich.

Mallot arbeitete mit den Cappanern zusammen. Er war der einzige Grund für unsere Anwesenheit hier, und er wollte uns umbringen. Versuchte, meine eigenen Soldaten gegen mich aufzubringen. Arschloch.

Eine dumpfe Explosion donnerte in der Entfernung und Billings Transmitter erstarb. Seine letzte Granate, wahrscheinlich. Er musste sich damit selbst zur Sprengfalle gemacht haben. Ich hoffte, er hatte Mallot erwischt.

Die Bäume um uns herum waren jetzt mehr als doppelt so hoch wie ein Mensch und standen etwa drei oder vier Meter voneinander entfernt. Aus der Entfernung würden sie uns eine gewisse Tarnung bieten, aber aus der Nähe würden sie nicht viel bringen. Nach einer Minute, in der wir etwas getrunken hatten, joggten wir wieder und erklommen den Hügel etwa zur Hälfte, während wir ihn umkreisten. Die weiche Erde wollte immer wieder unter meinen Füßen weggleiten. Wir brauchten einen weiteren Hügel zwischen uns und dem Feind. Als es steiler wurde, stürzte mehr als ein Soldat und glitt nach unten, bis er etwas fand, an dem er sich festhalten konnte.

Mallot und die Cappaner. Ich konnte mich nicht konzentrieren.

Eine Explosion grollte in der Senke vor uns, vielleicht anderthalb Klicks entfernt. Wir blieben gleichzeitig stehen. Baxter warf mir einen Blick zu und ich trottete zu ihr hinüber.

„Das ist schlecht", sagte sie.

Ich wischte mir Schweiß von Stirn und Augen. „Das ist gut. Wenn ihre Raketen so weit weg sind, wissen sie nicht, wo wir sind."

„Aber sie schießen vor uns", sagte sie. „Sie wissen, wo wir hinwollen, und sie versuchen, uns davon abzuhalten, in diese Richtung zu gehen."

Ich wollte nicht, dass dieser Gedanke Wurzeln schlug. „Wie hoch ist die Wahrscheinlichkeit, dass sie einen mit einer ungezielten Eins-Zehner treffen?" 110-Millimeter-Raketen waren bekanntermaßen ungenau. „Eins zu 1000? Zu diesem Zeitpunkt können wir diese Quoten akzeptieren."

„Verstanden, Sir. Danke."

„Kein Problem." Ich erwähnte nicht, wie viel schlimmer unsere Chancen stünden, wenn sie jemanden oben auf einem der höheren Hügel postierten, um das Feuer zu leiten. Ich denke, eine Menge Jungs hätte einfach den Befehl übernommen. Ich dachte darüber mehr als einmal nach. Niemand hätte sich gegen diese Idee gesperrt, aber Baxters Leute vertrauten ihr und sie erledigte den Job. Ich könnte immer noch später übernehmen, wenn ich musste.

Auf allen Seiten schlugen mit erhöhter Frequenz Raketen ein, während wir weiter vorwärts zogen. Wir mieden das Zentrum der nächsten Senke, als wäre das irgendwie das Ziel. Tatsächlich wirkte das Feuer wahllos. Einige Raketen schlugen näher ein, aber keine nah genug, um Schaden zu verursachen.

Über den nächsten Hügel verstreut schossen etliche Hütten aus dem Boden. Ländliche Cappaner. Die Gebäude drängten sich nicht zusammen, wie Menschen eine Siedlung angelegt hätten, standen aber nah genug, um einander zu unterstützen. Bauern, vermutlich, oder vielleicht war in der Nähe eine Mine. Wir hatten definitiv Minengebiet betreten.

Ich wusste nicht, wie die Einheimischen reagieren würden oder ob ihre Anwesenheit die anderen Cappaner davon abhielt, auf uns zu schießen. Alles, was wir von der Aufklärung wussten, besagte, dass die Einheimischen die Rebellen nicht unterstützten, aber ich vertraute diesen Berichten nicht – zur Hölle, Karikovs Team hatte eine Menge davon bereitgestellt.

Die Bäume hier in der Senke waren höher, mit scharfen, steifen Blättern von der Größe eines menschlichen Kopfes. Am Tag hätten wir die tieferen Äste mühelos meiden können, aber die Schatten wurden länger. Der Einbruch der Nacht wäre ein gemischter Segen. Wir hatten die bessere Nachtsicht, aber der Feind kannte das Terrain. Die Kälte würde uns nichts ausmachen, solange wir uns bewegten, aber wir waren klatschnass vom Schweiß. Wenn wir zu lange anhielten, würden wir erfrieren.

Baxter führte uns von den Hütten weg, solange sie konnte. Selbst, wenn die Einheimischen uns nicht direkt aufhielten, brauchte es nur einen Ruf, um denen, die uns verfolgten, unsere Position zu verraten. Unser Rennen verlangsamte sich zu einem Joggen, dann zu einem schnellen Gehen. Als die erste Kugel mitten unter uns im Boden einschlug, war es ein Schock, aber keine Überraschung. Ehe wir uns versahen, pfiffen überall Kugeln durch die Bäume. Sie hatten definitiv unsere Position und zogen zusätzliche Truppen hinzu. Sie feuerten immer noch aus weiter Entfernung – vielleicht 500 oder 600 Meter –, aber wir hatten nicht mehr lang.

Baxter trabte herüber und lief neben mir. „Glauben Sie, dass wir weit genug weg sind, um dem Störsignal entkommen zu sein?“

Ich hatte keine Ahnung. „Wir bekommen vermutlich nur eine Gelegenheit. Und wenn es ein mobiler Störsender ist, den sie mitgebracht haben, haben wir keine

Chance. Die Sache ist die, ich weiß nicht genug über ihre Technologie."

„Ich würde wirklich gerne die nächste überlegene Position einnehmen. Laut Karte ist dort eine Mine, aber wenn wir kämpfen müssen–" Ihre Worte verstummten.

„Das ist ein guter Plan. Aber wenn in dem Hügel eine Mine ist, werden dort noch mehr Cappaner sein."

„Ja, Sir", sagte sie. „Ich denke, wir werden es riskieren müssen. Wir *wissen*, die Kerle hinter uns wollen uns tot sehen. Also sorgen wir uns um das, was wir wissen."

„Tun wir es."

Der Feind hatte andere Ideen. Das hat er immer. Feuer traf uns aus der entgegengesetzten Richtung und eine Soldatin ging mit einem Schrei zu Boden. Der Rest von uns warf sich auf die Erde. Entweder hatte uns jemand flankiert oder sie hatten eine weitere Truppe hinzugezogen. Wie dem auch sei, sie griffen uns von zwei Seiten aus an. Sie hatten uns festgenagelt.

Baxter schrie Befehle und gestikulierte mit den Händen, schickte jeweils einige ihrer Leute in beide Richtungen. Soldaten begannen, den Sektor nach Zielen abzusuchen, feuerten aber nicht. Smart. Wir mussten diszipliniert bleiben. Wir hatten nur die Munition, die wir mitgebracht hatten.

Jemand kroch zu der verwundeten Soldatin hinüber, dann schüttelte er den Kopf.

Baxter kroch zu mir herüber. „Ich werde versuchen, die Satellitenkommunikation zu verwenden. Wir haben nicht genug Feuerkraft, um uns durch diese neue Riegelstellung hindurch zu kämpfen, während eine andere Truppe von hinten kommt."

„Wenn es nicht funktioniert und wir hierbleiben, werden sie uns mit schwerem Geschütz unter Feuer nehmen", sagte ich. Eine Kugel krachte einen Meter über uns in den Baum und ließ Splitter auf meinen Helm herabregnen. „Aber ich denke, Sie werden es versuchen müssen."

Sie nickte. Ich folgte ihrem Vorankommen nicht. Eine Gestalt schoss durch mein Sichtfeld und ich feuerte. Ich versuchte, die Kugel in sie zu lenken, aber ich hatte die falsche Munition geladen. Meine explosive Kugel detonierte harmlos weit vom Ziel entfernt. Ich bin mir nicht sicher, ob ich sie selbst mit der richtigen Munition getroffen hätte. Zu schnell.

Wie viele übermenschliche Soldaten hatten sie? Ich verwarf den Gedanken. Er spielte keine Rolle. Mindestens dreißig Feinde feuerten jetzt auf uns, also waren sie uns mindestens drei zu eins überlegen, und sie hatten die Möglichkeit, Verstärkung zu rufen. Wir nicht. Übermenschen oder nicht, wir steckten in Schwierigkeiten.

Ich warf Baxter einen Blick zu, die den Kopf unten hielt und ihre Ohren gegen den Lärm bedeckte. Wir hatten einen Versuch. Falls das nicht klappte, konnten wir unsere verbleibende Zeit in Minuten messen. Wie um meinen Gedanken zu unterstreichen, explodierte eine Rakete etwa achtzig Meter von unserer Position entfernt und warf Dreck und Staub auf. Unmöglich zu sagen, wo sie herkam, aber als die nächste auf der anderen Seite unserer Position einschlug, spielte es keine Rolle mehr. Sie wussten, wo wir waren.

Kapitel Neunundzwanzig

„Cappa Base, hier ist White Leader, peilen Sie meinen Koordinaten an. Ich erbitte Luftunterstützung und Extraktion." Baxter sprach in den Transmitter, aber ich hatte ihre Übertragung nicht, also konnte ich nicht sagen, ob man ihr antwortete. Jemand eröffnete mit einer schweren Waffe das Feuer auf uns und Kugeln von großem Kaliber schlugen rund um unsere Position in den Boden ein. Ich drückte mich auf die Erde und versuchte, mich kleiner zu machen. Splitter von einem nahen Baum prasselten auf mich ein, aber meine Panzerung absorbierte das. Wieso die Kugeln mich nicht trafen, werde ich nie herausfinden. Glück, schätze ich, aber mir stand auch etwas Glück zu.

Dem Klang nach zu urteilen hatten sie mindestens drei schwere Geschütze, vielleicht vier, und sie benutzten sie alle, um uns zu zermürben. Schreie schnitten durch die Geräusche der Schüsse, aber angesichts der Raketeneinschläge und der überall umherfliegenden Kugeln machte der Staub es unmöglich zu sagen, wer getroffen war oder wie viele. Ich konnte kaum den Feind erkennen, der in zwei Wellen auf uns vorrückte, halb und halb. Eine Gruppe feuerte, während die andere sich bewegte. Sie waren auf hundert Meter herangekommen, ihre Umrisse tauchten im schwindenden Licht als Hitzesignatur meiner Nachtsicht auf. Das Wärmebild machte es schwer, genau zu zählen, aber es mussten mehr als vierzig sein. Cappaner oder Menschen, das konnte ich auf die Entfernung nicht unterscheiden.

„Sechs Minuten bis Luftunterstützung, elf Minuten bis Extraktion!", übermittelte Baxter mir auf einem privaten Kanal.

Elf Minuten. Das bedeutete, dass jemand unser Team in der Nähe des Planeten gelassen und auf unseren Anruf gewartet hatte, und es nicht den ganzen Weg von Cappa Base herkommen musste. Gut. Unglücklicherweise hatten wir keine elf Minuten. Wir hatten etwa zwei Minuten, bis der Feind durch unsere Position hindurchfegen würde. Ein Ziel blitzte hinter einem Baum auf, vierzig Meter entfernt. Ich feuerte drei Kugeln ab, Lenkgeschosse, aber sie schlugen alle in den Stamm ein. Die Gestalt überwand die Entfernung bis zur nächsten Deckung, ehe ich wieder zielen konnte. Das musste einer der Menschen sein. Cappaner waren nicht so schnell.

Andererseits galt das auch für Menschen.

Das Feuer des Feindes ließ nach. Das war nötig, weil sie sonst riskierten, ihre eigene Angriffstruppe zu treffen. Das war auf eine Art ein gemischter Segen für uns.

Sie hätten sich zurücklehnen, uns mit ihrem übermächtigen Feuer müde machen und schließlich besiegen können. Wir hätten irgendwann keine Munition mehr gehabt. Aber das hätte Zeit gekostet. Vielleicht wussten sie, dass Luftunterstützung unterwegs war und sie nur Minuten hatten. Also warteten sie nicht.

Eine Gestalt flog durch die Luft und landete in unserem kleinen Bereich. Sie musste mehr als zwanzig Meter weit gesprungen sein. Sie richtete ihre Waffe auf

Baxter, die in einer Feuerposition lag und sich noch nicht umgedreht hatte, um ihn anzusehen.

„Mallot!", rief ich, einer Eingebung folgend.

Er zögerte für eine Sekunde, sein Kopf wandte sich zu mir.

Es war nicht Mallot.

Baxter ließ ihren Fuß in seine Weichteile hinaufschnellen, er stöhnte und sackte zusammen, erholte sich aber genug, um ihr sein Gewehr ins Gesicht zu halten.

Sein Kopf explodierte.

Baxter lag auf dem Rücken und starrte den Körper an, als er fiel, ihre Körperpanzerung bedeckt von Gehirnmasse und Blut.

Aus einer anderen Richtung kamen Schüsse. „Sir, sagen Sie allen, dass sie sich hinlegen sollen. Jeder der steht, ist ein Feind." Macs Stimme über Funk, der sich auf der alten Frequenz meldete.

„Alle runter. Freundliche Truppen kommen von zwei Uhr." Ich gab die Nachricht auf dem gegenwärtigen Kanal ans Platoon weiter. Ich wusste so oder so nicht, wie viele von uns noch stehen konnten.

Einen Moment lang dämmten wir den Angriff des Feindes ein. Macs Feuerkraft, die er aus einer neuen Richtung hereinbrachte, ließ sie zögern, und wir schalteten etliche von ihnen aus, ehe sie sich neu formieren konnten. Ich wusste nicht genau, wie viele Soldaten Mac bei sich hatte, aber angesichts der Menge der Schüsse mussten es drei oder vier sein.

Unser Vorteil hielt nur eine Minute. Der Feind brachte seine schwereren Geschütze zum Einsatz und Macs Team musste in Deckung gehen.

„Zwei Minuten." Baxter über Funk. „Schalten Sie Ihre Marker ein."

„Mac, Luftunterstützung unterwegs. Marker", gab ich weiter. Ich wollte mir nicht die Zeit nehmen, alle auf den gleichen Kanal zu bringen, während der Kampf lief, aber sein Team musste sich markieren. Indem sie die Funksignale an ihren Helmen einschalteten, waren sie für das ankommende Schiff sichtbar. Das erlaubten den Piloten, die guten Jungs von den Bösen zu unterscheiden.

Das feindliche Feuer ließ nach und sie zogen sich zurück. Sie mussten von der Luftunterstützung wissen.

Ich dankte leise für ihren Fehler. Sie hätten näherkommen sollen, hätten wie verrückt anstürmen müssen. Wenn sie so nah gewesen wären, wäre es unmöglich gewesen, dass die Bomben einschlagen, ohne auch uns zu treffen. Ich war froh, dass ich diese Entscheidung nicht treffen musste. Bomben auf die eigene Position zu werfen, war ein letzter Ausweg, den ich nicht erleben wollte. Wenn der Feind uns half, nahm ich die Hilfe nur zu gerne an.

Zwei Schiffe kreischten über unseren Köpfen und ich nahm instinktiv den Kopf runter. Egal welche Munition sie bei ihrem ersten Vorbeiflug abgefeuert hatten, wir würden es angesichts der Antriebsgeräusche erst hören, wenn sie einschlug. Ich wusste nicht, welche Informationen Baxter ihnen gegeben hatte, falls überhaupt irgendwelche, oder was sie angefordert hatte. Es spielte keine Rolle. Die Vögel würden die Ziele aufnehmen und ihnen die Scheiße aus dem Leib jagen.

Aus beiden Richtungen ertönten beinahe gleichzeitig Einschläge und die Angreifer auf beiden Seiten waren getroffen. Die Druckwelle hob mich beinahe von der Erde. Sonic Cutters gemischt mit einigen Hochexplosiven, wenn ich raten müsste. Die Welt wurde für einen Moment still, als das Schiff verschwand.

„Wir kommen rein, Sir!" Mac sah eine Gelegenheit, die Reihen zu schließen, und ergriff sie. Guter Gedanke. Zumindest ein Gehirn wurde nicht von der Luftunterstützung durcheinandergebracht.

„Feuer einstellen. Verbündete kommen rein", gab ich an alle weiter, die auf unserer Seite noch übrig sein mochten.

Mac warf sich neben mir auf den Boden. „Dachte nicht, dass wir Sie finden. Wenn nicht die ganze Welt vor Schüssen aufgeleuchtet hätte, hätten wir das auch nicht geschafft."

„Sie haben einen guten Zeitpunkt gewählt, um aufzutauchen", sagte ich, aber meine letzten Worte wurden vom Heulen der Kampfschiffe übertönt, die einen zweiten Vorüberflug machten. „Alternative Frequenz", rief ich, ehe sie sich ganz entfernt hatten. Die zweite Runde Bomben erschütterte den Boden. Mein Hörvermögen kam gerade rechtzeitig zurück, um zu bemerken, dass ein großer Baum ein paar hundert Meter entfernt langsam durch die Dunkelheit fiel.

„Auch die Kampfschiffe haben einen guten Zeitpunkt gewählt, um sich zu zeigen", sagte er.

„Extraktion in neunzig Sekunden", sagte Baxter. Ich sah zu Mac, um zu schauen, ob er es gehört und die neue Frequenz eingeschaltet hatte. Er nickte.

„Noch ein weiterer Vorbeiflug der Kampfschiffe", sagte ich. Er nickte erneut, dann legte er das Gesicht ans

Gewehr, schaute durchs Zielfernrohr und suchte nach
Zielen.

Die Kampfschiffe flogen noch einmal durch, und dieses Mal schossen sie Raketen. Sie griffen kleine Gruppen von feindlichen Überlebenden an. Die Raketen zerschnitten mit einem bösartigen Zischen die Luft, gefolgt von Blitzen an einem halben Dutzend Orten, Geräusche und Schockwelle kamen einige Sekunden später.

„Meldung für Extraktion", funkte Baxter. Nacheinander meldete sich unsere Crew. Sechs, Baxter und mich eingeschlossen.

Nach einem Moment der Stille im Funk, sprach Mac. „Vier plus mich sind fünf mehr, Ma'am." Elf. Weniger als die Hälfte derer, mit denen wir den Tag begonnen hatten. Unmöglich zu sagen, wie viele der elf verwundet waren. Vermutlich die meisten, obwohl sich Macs Team gut zu bewegen schien, vielleicht hatten sie also das Schlimmste umgangen.

Die zwei Transporter kamen langsamer rein als die Kampfschiffe, aber immer noch schnell. Die Kunst, sie zu erspähen, lag darin, vor den Ort zu blicken, an dem man das Geräusch hörte. Wenn man sie hörte, hatten sie sich bereits vom Ursprungsort des Geräuschs entfernt.

Ich versuchte eins zu finden, nur um zu sehen, wie ein gelb-orangener Feuerball den Himmel erhellte. Den Bruchteil einer Sekunde später durchschnitt der laute Schuss einer großen Pulswaffe die Nacht. Mehr Verzerrung von Licht und Geräuschen. Ein Schiff war explodiert, ehe wir die Waffe hörten, die es getroffen hatte.

Eines der Landungsschiffe hatte sich aufgelöst.

Licht strömte in goldenen Fingern über den Himmel. Raketen. Mindestens sechs, vielleicht mehr. Ein weiterer Blitz, dann noch einer, weniger als eine Sekunde danach. Beide Kampfschiffe waren getroffen, eine Explosion stellte die andere in den Schatten.

Ein entmutigendes, mulmiges Gefühl packte meine Eingeweide. Sie hatten gerade unsere Rettung mit einer großen Pulswaffe und einem Haufen Boden-Luft-Raketen ausgeschaltet. Aber der Feind hatte diese Waffen nicht – zumindest sollte er sie nicht haben. Diese Raketen waren keine kleinen, von der Schulter abgefeuerten Boden-Luft-Raketen. Sie hatten High-End-Zeug. Gefährlich.

Ich stellte die Tragweite dessen, was gerade passiert war, für einen Augenblick hintan und suchte den Himmel ab. Wir hatten immer noch ein Transportschiff übrig und angesichts unserer reduzierten Zahl hatten sie Platz, um uns alle rauszuholen, wenn sie uns erreichen konnten.

Eine weitere Rakete zog über den Himmel wie ein flammendes Schwert.

Der zweite Transporter stieß aus dem Rumpf Täuschkörper aus und tauchte hart ab, aber die Rakete hatte ihr Ziel anvisiert. Eine goldene Blüte des Todes erhellte den Himmel und das Transportschiff trudelte auf die Erde zu und stieß Flammen aus. Eine Laune des Schicksals trieb es im Sinkflug beinahe genau auf den Abschussort der Rakete zu, die es getroffen hatte.

„Schleudersitz", sagte Mac sanft, sodass es nicht dröhnte.

Ich suchte den Himmel ab und entdeckte die Piloten mit der Nachtsichtoptik. „Hab sie. Sieht so aus, als wären sie beide rausgekommen. Glauben Sie, dass noch irgendjemand rausgekommen ist? Aus den anderen Vögeln?" Die Fallschirme trieben in kontrolliertem Fall auf Cappa zu.

„Weiß ich nicht, Sir", sagte Mac. „Ich bezweifle es. Das waren ziemlich heftige Explosionen."

„Ja, sagte ich.

Baxter stand auf, eilte zu mir herüber und kniete sich hin. „Sir, was verfickt noch mal tun wir jetzt?" Ihre Stimme war um einiges höher.

„Melden Sie es", sagte ich.

„Sir, der Störsender. Wir haben wieder keine Kommunikation mehr."

Shit. „Sie müssen ein mobiles Gerät hergeholt haben." Noch während ich das sagte, bezweifelte ich es. Der Feind hatte sich zurückgezogen, als die Kampfschiffe angriffen, und nichts hätte das Sperrfeuer überleben können. Sie mussten die Satelliten direkt stören. Das war ein größeres Problem, aber kein akutes. Erst mussten wir das hier überleben.

Mein Verstand suchte nach einer Lösung. „Es ist mittlerweile ausgeschlossen, dass Cappa Base nicht weiß, was passiert." Ich ließ meine Stimme ausgeglichen klingen, in der Hoffnung, dass es Baxter helfen würde, das Gleiche zu tun. „Sie werden Hilfe schicken. Warten Sie, bis die Schiffe in Reichweite sind, dann geben Sie ihnen ein Signal. Sie werden wissen, wenn sie nah genug sind, denn sie werden diese Luftabwehr in Fetzen sprengen, ehe sie hierherkommen, jetzt, da sie darüber Bescheid wissen."

„Es wird mindestens fünfundzwanzig oder dreißig Minuten dauern, bis sie ankommen", sagte sie.

Sie hatte recht, und wir hatten keine dreißig Minuten. Jetzt, da die Schiffe erledigt waren, würde der Feind wieder vorrücken. „Gehen wir", sagte ich.

„Wohin, Sir?", fragte sie.

„Irgendwo hin, nur weg von hier. Bieten wir ihnen kein leichtes Ziel."

„Wir sollten in Richtung der abgesprungenen Piloten", sagte Mac.

„Perfekt", antwortete ich. „Sie werden Signalsender haben, nicht die Marker, die wir tragen. Transmitter, die ohne Satelliten übertragen. Die haben alle Piloten. Und wenn es eine Sache gibt, die man garantieren kann, dann dass das Geschwader ihre Pilotenkameraden nicht hier unten zurücklassen wird."

„Ja, Sir", sagte Baxter mit ruhiger Stimme. Der Moment der Unentschlossenheit war vorüber. Sie würde es zu etwas bringen, vorausgesetzt, sie überlebte diesen Kampf. Das war es, was die guten Leute taten. Wenn sie in Panik gerieten, brachten sie das schnell hinter sich.

„Bewegung, zwei Gruppen à vier Leute, drei in der Mitte", funkte Baxter.

„Wir haben Verfolger", sagte ich zu ihr. Mac schnappte sich zwei der Soldaten, die mit ihm gekommen waren, um unser Team aufzustocken, und wies die beiden anderen einer anderen Gruppe zu. Wir starteten fünfzehn Sekunden später, drei Keilformationen, die Nachhut umgekehrt, sodass die Spitze nach hinten zeigte. Falls die Kampfschiffe den Feind vor uns nicht vernichtet hatten, würden wir es bald wissen. Und wenn wir es an ihm vorbeischafften, hoffte ich, dass die abgeschossenen Piloten nicht auf uns schießen würden, im Glauben, dass wir Feinde waren. Wir hatten keine Möglichkeit, mit ihnen zu sprechen, und verängstigten Piloten am Boden zu vertrauen, war riskant. Ein weiteres Problem für später.

Selbst mit der Nachtsicht schlugen mir Äste gegen den Gesichtsschutz und niedriges Gestrüpp packte nach meinen Füßen und Knöcheln. Es verlangsamte uns zu schnellem Gehen und wir machten mehr Geräusche, als mir lieb gewesen wäre. *Dreißig Minuten.*

Weniger als fünf Minuten später schlugen vier Raketen vor uns in den Boden ein, warfen Dreck, Steine und Zweige auf und erschütterten unsere ohnehin schon wackligen Beine. Sie wussten, dass wir uns bewegten. Sie mussten es wissen. Sie hatten uns nur um etwa 100m verfehlt. Ohne uns abzusprechen, beschleunigten wir unsere Schritte. Jemand könnte in ein Loch fallen oder sich sein Knie an einem Felsen aufschlagen, aber es war besser, als von heißem Metall in der Mitte durchgeschnitten zu werden.

Weiteres Sperrfeuer fegte durch die Bäume, diesmal rechts von uns und weiter weg. Ein feindliches Maschinengewehr durchschnitt die Nacht, traf ebenfalls daneben. Die Kugeln jagten durch die Wälder, mäanderten langsam, suchten nach einem Ziel, ohne zu wissen, wo sie anfangen sollten.

Aufklärung durch Feuer. Sie wollten, dass wir zurückschossen. Ich öffnete einen Kanal, um allen zu sagen, dass sie nicht feuern sollten.

Zu spät.

Die Soldatin neben mir feuerte eine Salve von drei Kugeln ab. „Feuer einstellen." Ich versuchte, meine Stimme über Funk leise klingen zu lassen. Es hatte keinen Zweck, sie deswegen jetzt anzubrüllen.

„Ich hatte seine Position markiert", sagte die Soldatin, die gefeuert hatte. Sie klang eher verwirrt, als defensiv.

„Wir wollen *unsere* Positionen nicht verraten", rief ich über Funk. „Wir müssen uns bewegen. Jetzt."

Zwei schwere Waffen und mindestens ein Dutzend kleinere beharkten den Bereich um uns, rissen Teile aus Bäumen, warfen Dreck auf und trafen Felsen. Ohne zurück zu feuern hatten wir nichts, um den Feind dazu zu bringen, den Kopf runter zu nehmen. Wenn sie weiter genug Kugeln fliegen ließen, selbst aus dreihundert Metern Entfernung, würden sie irgendwann Glück haben.

„Weiter bewegen", funkte ich. „Mein Team wird anhalten und für dreißig Sekunden Feuerschutz geben, dann aufholen."

Mac zeigte mir einen erhobenen Daumen, um zu signalisieren, dass er verstanden hatte. Er packte eine Soldatin und zog sie in eine Position hinter einem kopfhohen Felsen. Er stellte den anderen hinter einen Baum. Das ließ wenig Deckung für ihn oder mich, also legten wir uns auf den Boden, so flach, wie wir konnten.

„Feuern Sie, wenn ich es tue", funkte ich. „Langsam und gleichmäßig. Dreißig Sekunden, zwanzig Kugeln. Explosiv, wenn Sie noch welche haben. Suchen Sie Ziele, wenn Sie können, wenn nicht, versuchen Sie, die größeren Waffen verstummen zu lassen."

Ich holte tief Luft und zählte leise bis drei, aus keinem bestimmten Grund. Ich gab meinen ersten Schuss in Richtung einer der schweren Waffen ab, dann feuerte ich drei weitere in einem Muster drum herum. Die Stakkato-Salve meines eigenen Teams, das in der Nähe feuerte, übertönte die Geräusche des Feindes. Vage spürte ich, dass die Kugeln näherkamen.

Etwas krachte in meine linke Schulter, was mir die Waffe aus dieser Hand riss. Eine Explosion flüssigen Feuers traf mein Schultergelenk, dann wurde mein gesamter Arm taub.

Ich glaubte nicht, dass die Kugel die Panzerung durchschlagen hatte, obwohl es unmöglich war, das in der Dunkelheit zu sagen. Die Kraft der Kugel tat genug, selbst mit dem Schutz, den meine Ausrüstung mir bot. Ich schüttelte meine taube Hand und versuchte etwas Gefühl zu finden.

Verzögert rollte ich mich zweimal herum in eine neue Position, für den Fall, dass sich jemand auf mich eingeschossen hatte. Man musste sich immer an die Grundlagen erinnern.

Ein Dutzend Kugeln prallten von dem Felsen ab, hinter dem sich unsere Soldatin versteckte, warfen Funken in die Luft und legten vorübergehend meine Nachtsicht lahm.

Mit meinem funktionierenden Arm zielte ich in die grobe Richtung des Feuers und gab ein halbes Dutzend nutzlose Schüsse ab, ehe ich mich wieder herum rollte.

„Zehn Sekunden, bis wir uns weiterbewegen", sagte ich. „Schießen Sie, wenn Sie sie im Visier haben." Das Knallen um mich herum wurde stärker. Von hinter dem Felsen kam kein Feuer, also kroch ich auf dem Bauch zur Position der Soldatin, indem ich mich mit meinem gesunden Arm voran zog.

Sie lag da, der Helm zerschmettert.

Ich packte sie und rollte sie auf mich zu, wusste aber, ehe ich fertig war, dass wir sie verloren hatten. Zu viele Risse im Helm, zu viele Kugeln.

Shit. Ich kannte nicht mal ihren Namen. Ich schnappte mir ihre Munition.

„Gehen wir", rief ich. „Wir sind nur drei, auf mein Kommando." Ich sprang auf die Beine und wartete nicht, um nachzusehen, ob Mac oder der andere Soldat folgten.

Die nächsten fünfzehn Sekunden fühlten sich wie eine Stunde an, wir rannten vorwärts, während der Tod uns verfolgte. Ich sprinte, dann stolperte ich nach einem Moment und fiel hin. Ich fing den Sturz mit meinem verletzten Arm ab und schrie einen halben Herzschlag lang, ehe ich mich unterbrach. Zumindest spürte ich ihn noch.

Ich stieß mich mit dem gesunden Arm hoch und kämpfte mich auf die Beine, sah mich um, während ich rannte, und versuchte herauszufinden, wohin Baxter und das Team gegangen waren.

„Wir sind auf etwa 11 Uhr." Baxter, über Funk. Ich sah sie immer noch nicht, aber sie konnte mich sehen. Ich wandte mich etwas nach links und rannte weiter, scharfe cappanische Blätter machten kratzende Geräusche, als sie an meinem Visier abprallten.

„Bleiben Sie auf dem Kurs", sagte Baxter. „Wir sind in einer Höhle.

Beinahe stolperte ich erneut, diesmal über einen umgestürzten Baumstamm, sprang jedoch in letzter Sekunde darüber. *Eine Höhle.*

Shit.

Ich sah den dunklen Fleck am Hang und rannte darauf zu. Baxters Leute eröffneten vom Höhleneingang aus das Feuer, kurz nachdem wir durchgelaufen waren, das beruhigende Knallen ihrer Waffen übertönte wieder einmal den Feind. Einen Moment lang ließ es mich beinahe vergessen, dass wir in der Falle saßen.

Ich hielt eine Minute inne, um nach Luft zu schnappen. Meine Schenkel brannten, obwohl das im Vergleich zu dem Schmerz in meiner Schulter verblasste.

Ich fand Baxter. „Wir müssen hier raus."

„Wieso, Sir. Das ist eine gute Deckung."

Wie als Antwort schlugen schwere Kugeln in den Höhleneingang ein. Ein männlicher Soldat schrie und fiel in sich zusammen.

„Vergessen Sie's. Sie haben uns festgenagelt. Was ist das hier?"

„Es ist eine Mine, Sir."

„Wie tief geht sie?"

„Ich weiß es nicht, Sir", sagte Baxter. „Ein Stück. Am Ende dieses Bereichs liegt Ausrüstung."

„Wie lange, glauben Sie, müssen wir aushalten?", fragte Mac.

„Ich weiß es nicht. Hängt davon ab, wie lange unsere Schiffe brauchen, um uns zu finden", antwortete ich.

„Shit, Sir, das sind mindestens fünfzehn Minuten", sagte Mac.

Ich sah ihn an, ein roter Fleck in meiner Thermalsicht, identifiziert durch seinen Namen in blassblauem Text auf meinem Visier. „Schauen Sie, was wir als Barrikade verwenden können."

„Ja, Sir." Er verschwand rennend. Kugeln schlugen weiter an den Wänden und der Decke ein.

Ich checkte meine Munition. Anderthalb Magazine. Wir würden nicht sehr lange kämpfen können. „Wie viel Feuer haben Sie noch?"

Baxter untersuchte ihre Ausrüstung. „Eins, Sir. Wie viel haben Sie, Ramirez?"

„Ein halbes, Ma'am", antwortete ein Soldat. Ich warf Ramirez mein halbes Magazin zu und lud mein letztes. „Explosiv, machen Sie was draus."

„Ja, Sir."

„Ziehen Sie Ihre Leute vom Eingang ab. Wir werden versuchen, weiter hinten Widerstand zu leisten", sagte ich.

„Verstanden, Sir", antwortete Baxter.

Ich ging tiefer in die Höhle und fand Mac in der Dunkelheit, wo er metallene Kisten durch die Gegend warf.

„Was ist das für Zeug?"

„Militärausrüstungskisten", sagte er. „Die sind leer, aber sie werden Kugeln aufhalten."

„Das wird reichen müssen", sagte ich. Ich hatte keine Zeit, mir Gedanken darum zu machen, warum sich in einer Mine Militärausrüstungskisten befanden.

„Wie werden wir zu den Vögeln kommen, wenn sie auftauchen, Sir?"

„Keine Ahnung."

Die Überbleibsel des Teams trafen ein paar Sekunden später ein. Sie humpelten und stolperten, ein Mann hielt den anderen aufrecht. Das Feuer draußen wurde eingestellt und jeder kratzende Schritt hallte in der Stille von den Wänden wider.

Die Köpfe der Soldaten schossen hin und her, sie suchten nach Antworten, niemand wollte sprechen.

„Sie bereiten sich auf einen Angriff vor“, sagte Mac.
„Feuerdisziplin“, sagte Baxter. „Einzelne Schüsse, suchen Sie Ihre Ziele. Wir haben wenig Munition.“

Ein Blitz erhellte den Höhleneingang, blendete mich, gefolgt von einem *Wumms*, das mich zwei Meter rückwärts auf den Arsch warf. Ich hustete, meine Lunge füllten sich mit Staub und Dreck, bis mein Luftfilter ansprang.

Ich kroch auf unsere behelfsmäßige Barriere zu und bereitete mich auf einen Angriff vor.

„Colonel Butler.“ Eine verstärkte Stimme von draußen. „Colonel Butler. Wenn Colonel Butler am Leben ist: Er ist der Einzige, den wir wollen. Schicken Sie ihn raus, dann wird der Rest von Ihnen überleben.“

Kapitel Dreißig

Eine Minute lang blickten alle einander an, aber niemand sprach. Ich nahm mein letztes Magazin und reichte es Mac.

„Was tun Sie, Sir?" Er zog seine Hand zurück und nahm es nicht an.

„Ich werde rausgehen. Nehmen Sie es."

„Sir, Sie können ihnen nicht vertrauen."

„Sie haben Raketen, Mac. Wenn wir hierbleiben, werden sie dieses ganze Ding zum Einsturz bringen und alle werden sterben. Wenn ich rausgehe, haben wir wenigstens eine Chance." Ich bewegte das Magazin vor ihm hin und her und schließlich nahm er es.

„Baxter", rief ich.

„Ja, Sir."

„Sobald ich raus bin, tun Sie, was Sie tun müssen, um wieder auf die Station zu kommen. Keine Heldentaten. Kommen Sie nur hier raus, wenn Sie können."

Sie zögerte, bevor sie schließlich sprach. „Ja, Sir."

„Hier spricht Colonel Butler. Ich komme raus!" Ich ging auf den Eingang der Mine zu, ließ mein Gewehr an seinem Gurt hängen. Ich hielt meine Hände unten, links und rechts vom Körper, hielt sie sichtbar von mir weg. Das Letzte, was ich brauchte, war, dass mich draußen jemand erschoss, weil er schwache Nerven hatte. Wenn ich sterben musste, wollte ich, dass es jemand mit Absicht tat. Ich hätte die Hände über den Kopf genommen, aber ich glaubte nicht, dass ich meinen linken Arm hochbekommen hätte, selbst, wenn ich es versucht hätte.

Mehr als dreißig Hitzesignaturen umgaben den Eingang zur Mine, als ich ihn erreichte.

„Klappen Sie Ihr Visier hoch, Sir."

Ich tat es, die Überbleibsel der Thermalsicht ließen violette Punkte vor meinen Augen zurück und ich war für einen Moment blind. „Ich erinnere Sie an Ihr Wort als Offizier, Mallot. Alle anderen gehen."

„Ja, Sir." Seine Stimme war dreißig oder vierzig Meter entfernt. „Sobald wir aus diesem Bereich weg sind. Tatsächlich zähle ich darauf, dass Ihre Leute den hereinkommenden Schiffen mitteilen, uns nicht zu bombardieren."

Ich knurrte. „Ja, das wäre eine Scheiß Art zu sterben. Was jetzt?"

Als Antwort auf meine Frage trat eine Gruppe Cappaner vor. Einer von ihnen löste mein Gewehr, ein anderer nahm die Granate von meiner Panzerung. Er stieß mir den Kolben seines Gewehrs in den Rücken, direkt unterhalb meiner Weste, und ich fiel mit einem Stöhnen auf die Knie. Sie hoben mich wieder halb auf die Füße und zogen mich, bis sich meine Füße erholten und ich laufen konnte. Einer von ihnen stieß mir den ersten halben Kilometer lang in zufälligen Intervallen schmerzhaft in den Rücken.

Nur Schritte und ein paar Fehltritte störten die Stille, abgesehen vom gelegentlichen Schiff, das in der Entfernung vorüberflog. Sie gingen in raschem Tempo und meine Beine brannten vor Anstrengung, da sie bereits von unserem langen Lauf erschöpft waren. Dennoch hatten meine Gedanken genug Zeit, um sich im Kreis zu drehen. Ich hatte nie zu fliehen erwogen, aber die anderen ... Ich hoffte, sie hatten es geschafft. Und ich hoffte, dass sie nichts Dummes taten, wie zu versuchen, mich zu verfolgen. Mallot wollte mich lebend, und auf gewisse Art unterstützte ich diesen Teil des Plans. Ich musste nahe genug an ihn rankommen, um mit ihm zu reden.

Ich beschleunigte meine Schritte ein wenig und versuchte, an die Spitze zu gelangen, wo ich Mallot vermutete. Die Cappaner hielten mich nicht auf, bis ich einen Punkt erreichte, an dem nur noch vier oder fünf von ihnen vor mir waren, dann versperrte mir einer den Weg.

„Captain Mallot", rief ich. Lichter blitzen in meinen Augen auf und ich fiel zu Boden. Ich brauchte einen Moment, bis mir bewusst wurde, dass mir einer der Cappaner mit seinem Gewehr an die Schläfe geschlagen hatte. Mein Helm hatte den Großteil des Schlags abgefangen, aber die Kraft des Aufpralls hatte mich dennoch überwältigt. Ich schätze, sie wollten nicht, dass ich redete.

Zwei von ihnen packten mich unter jedem Arm, meine Schulterverletzung ließ mich schmerzverzerrt aufschreien. Sie zogen mich, während ich schrie, mindestens fünfzig Meter weit, bis ich mich schließlich genug hin und her warf, um sie dazu zu bringen, mich fallen zu lassen. Ich lag einen Moment lang da, nicht sicher, ob ich mich noch bewegen konnte.

Einer von ihnen trat auf mich ein. Sein Stiefel glitt an meiner Hüfte ab. Offensichtlich konnte ich mich bewegen, weil ich mich instinktiv zu einem Ball zusammenrollte, um Gesicht und Weichteile zu schützen, als weitere Tritte auf mich einprasselten. Die ganze Zeit dachte ich: *Wieso sich die Mühe machen, mich raus zu rufen, nur um mich von den Cappanern töten zu lassen?*

„Sir!" Mallot rief laut genug, dass es alle zusammenfahren ließ. Zumindest hörten die Cappaner auf, mich zu treten.

„Sie müssen aufstehen."

„Ich–"

„Sagen Sie nichts. Stehen Sie auf und gehen Sie, sonst werde ich nicht in der Lage sein, Ihnen mit den Cappanern zu helfen."

Ich stieß mich langsam auf die Beine, frustriert und unter Schmerzen. Ich zwang die negativen Gedanken beiseite und konzentrierte mich darauf, einen Fuß vor den anderen zu setzen.

Irgendwann gingen wir unter die Erde und liefen etwa eine halbe Stunde durch einen Tunnel, bis wir anhielten und sie mich in eine kleine Zelle mit Steinfußboden und grob behauenen Wänden warfen. Nach etwa einer Stunde zogen sie mich wieder raus und wir gingen weiter, oberirdisch, dann betraten wir nach ungefähr einem Kilometer einen weiteren Tunnel. Wir hielten etliche Male an und setzten den Weg dann fort, niemand erklärte irgendetwas oder sprach auch nur mit mir. Was ich wusste war, dass etwaige Verfolger es schwer haben würden, selbst mit Luftunterstützung. Wir verbrachten genauso viel Zeit unter der Erde wie an der Oberfläche.

Ich konnte keine perfekte Einschätzung abgeben, aber ich nahm an, dass wir etwa zwanzig Kilometer gegangen waren, als wir einen niedrigen Hügel erklommen und schließlich endgültig anhielten. Etliche Generatoren surrten vor uns und ich konnte gerade so die Silhouette eines niedrigen, gewölbten Gebäudes erkennen. Zwei Cappaner führten mich nach drinnen und ich zuckte zusammen, als einer von ihnen meinen linken Arm packte.

Im Gebäude roch es nach chemischem Desinfektionsmittel und die Dunkelheit wurde intensiver, bis die Tür zuschlug und jemand blendend weißes Licht einschaltete. Ich kniff die Augen zu, ließ aber so viel Licht herein, dass sie sich anpassen konnten. Ich wollte einen Vorteil aus den ersten Momenten schlagen, um so viele Informationen zu sammeln, wie ich konnte. Man wusste nie, was sich vielleicht als hilfreich erweisen könnte.

In dem großen, ovalen Raum standen sechs Betten, drei auf jeder Seite, was in der Mitte einen freien Bereich schuf, und um jedes Bett drängten sich moderne medizinische Maschinen. Es erweckte den Eindruck eines Feldlazaretts, mit viel besserer Ausrüstung. Ein kleines, tragbares Röntgengerät stand an einer Wand, neben einer mobilen Scanner-Einheit. Die gleiche Einheit, die sie im Krankenhaus auf der Station *nicht* gehabt hatten. Wir mussten in dem Gebäude sein, das auf den Scans einen so großen Energieverbrauch gezeigt hatte. Jetzt ergab es einen Sinn. Wir waren in der Nähe von Karikovs Basis. Das machte mir Hoffnung, dass Stirlings Leute mich vielleicht finden würden, aber nur sehr wenig. Sie würden vom Kampf geschwächt sein, und selbst wenn sie sich schnell erholten, waren sie nicht für Rettungsoperationen ausgebildet. Das wäre Karikovs Job gewesen.

Ich glaubte nicht, dass er allzu bald käme, um mich zu retten.

Vier Cappaner standen zusammen mit zwei Menschen im Raum: Mallot und jemand, den ich nicht kannte. Mallots Pupillen füllten seine Augen beinahe komplett aus, oval, wie die eines Cappaners. Ich hoffte, er blieb geistig klarer als der letzte Mann, den ich mit solchen Augen gesehen hatte. Unsere bisherigen Interaktionen ließen ihn vernünftig erscheinen, aber ich war noch nicht bereit, darauf zu vertrauen.

„Also, was jetzt?", fragte ich.

„Sir, das hier ist unsere medizinische Einrichtung. Wo wir unsere Behandlung bekommen", sagte Mallot.

„Großartig. Nette Ausrüstung. Das erkenne ich an. Wenn es nichts anderes gibt, mache ich mich auf den Weg."

Zwei der Cappaner traten vor, bevor ich mich überhaupt bewegte.

Mallot lächelte mich schwach an, ohne dass seine Zähne zu sehen waren. „Ich habe gehört, dass Sie Sinn für Humor haben, Sir."

„Ja. Ich bin Comedian. Also, kommen wir zur Sache. Wieso bin ich hier?" Ich wollte mich unbedingt hinsetzen, aber ich war mir nicht sicher, ob ich wieder auf die Beine kommen würde.

„Ganz einfach. Wir brauchen Ihre Hilfe, Sir."

„Ich bin nicht … Moment, was?" Ich machte beinahe einen Schritt zurück. Ich hatte mich mental auf verschiedene Möglichkeiten vorbereitet. Das war keine davon.

„Wir würden nicht fragen, aber wir sind sehr verzweifelt", sagte Mallot. „Colonel Karikov ist ... nicht länger eine Option. Und so gerne ich das Kommando übernähme, mir ist bewusst, dass ich nicht die Fähigkeiten habe, die man für eine Operation braucht, wie wir sie durchzuführen haben."

Ich starrte ihn an. „Also haben Sie mich auf den Planeten runter gelockt, damit Sie mich kidnappen konnten, in der Hoffnung, dass ich als Ihr Anführer übernehmen würde?"

„Nein, Sir. Wir haben Sie nicht auf den Planeten gelockt. Wir haben unseren Vorteil aus einer Gelegenheit gezogen."

„Sie haben den Cappanern erlaubt, mir die Scheiße aus dem Leib zu prügeln. So wollen Sie mich überzeugen?"

Er starrte mich einen Moment lang an, ehe er sprach. „Das ... war bedauerlich. Aber es ist eine lockere Partnerschaft. Ich habe nicht wirklich das Sagen."

„Sie haben nicht ..." Ich hielt inne. Wenn er nicht das Sagen hatte, wer dann? Die Cappaner? „Sie werden mir vergeben müssen, Mallot, aber Sie verstehen, wie lächerlich all das klingt, richtig?"

Er machte einen aggressiven Schritt auf mich zu und blähte die Nüstern. „Es ist ganz und gar nicht lächerlich, Sir. Sie sehen es nur noch nicht."

„Sicher, na klar", sagte ich und erhob meine Hände. Pisse nie einen potenziell gefährlichen Kerl mit einer Waffe an. Das ist eine Regel, die mir bisher gute Dienste geleistet hatte.

„Behandeln Sie mich nicht von oben herab, Sir."

Ich hielt inne und dachte über meinen nächsten Schritt nach. Ich wusste nicht, wo die Grenze war, und ich hatte das Gefühl, dass ich es nicht überleben würde, wenn ich sie überschritt.

„Okay. Ich werde offen zu Ihnen sein, Captain. Ich habe keine Ahnung, wovon Sie reden. Was werde ich sehen?“

„Sie werden die Wahrheit sehen.

„Die Wahrheit ist eine komische Sache. Wessen Wahrheit?

Er ballte die Hände zu Fäusten, kam aber nicht näher. „*Die* Wahrheit, Sir! Die einzige Wahrheit.“

Einer der Cappaner hob eine Waffe und zielte auf mich. Ich bin kein Experte für cappanische Körpersprache, aber es vermittelte mir den Eindruck, dass er nicht zögern würde, sie zu gebrauchen.

„Okay. Okay. Wie werde ich sie sehen? Denn jetzt sehe ich sie nicht.“

Mallot lächelte. „Sobald Sie die Behandlung bekommen, wird alles klar.“

„Was für eine Behandlung?“

Er schüttelte den Kopf.

„Was, ich darf es nicht wissen?“

„Sie wird Ihnen mit Ihrem kybernetischen Körperteil helfen, Sir. Ich habe zwei Roboterbeine, und ich funktioniere. Es ist revolutionär. Wir sind besser als andere Menschen.“

Zwei Roboterbeine. Das erklärte die lächerliche Geschwindigkeit. Es hätte nicht möglich sein dürfen, aber es passte zu dem, was Karikov gesagt hatte.

„Ich will die Behandlung nicht.“

„Ich fürchte, sie ist nicht optional, Sir." Er begegnete meinem Blick mit seinen unheimlichen Augen und hielt ihn für mehrere Sekunden. „Schauen Sie, Sir. Sie haben noch ein paar Stunden. Wieso versuchen Sie nicht, sich etwas auszuruhen? Es wird hart werden für Ihren Körper."

Ich wandte den Blick nicht ab. Ich bin mir nicht sicher, ob ich versuchte, ihn einzuschüchtern oder ihn zu lesen, aber ich scheiterte mit beidem. „Ja. Sicher."

„Wollen Sie ein Schmerzmittel für den Arm? Wir haben bestimmt etwas hier."

„Nein, es geht mir gut." Ich ging zu einem der Betten und testete die Matratze. Es war zu schnell zu viel passiert. Ich brauchte Zeit zum Nachdenken.

„Wie Sie wollen. Aber Sir?"

„Ja?"

„Bitte machen Sie keine Dummheiten. So sehr ich vielleicht will, dass Sie sich uns anschließen, die Cappaner werden Sie erschießen." Er blickte zu den Wachen hinüber.

Ich schwang meine Beine aufs Bett. „Danke für die Warnung." Ich schloss die Augen für einen Moment und versuchte, meine Gedanken zu ordnen. „Mallot."

„Ja, Sir?" Er hatte sich nicht bewegt.

„Was soll ich für Sie tun? Wieso brauchen Sie mich?" Ich glaubte nicht, dass ich eine direkte Antwort bekommen würde, aber es schadete nicht, zu fragen.

„Kann ich Ihnen nicht sagen, Sir. Wir haben große Pläne. Wir brauchen einen strategischen Denker."

Ich nickte. „Na, klar. Wenn sie ‚wir' sagen, meinen Sie sich und die anderen Menschen oder meinen Sie die Cappaner?"

„Wir sind zusammen, Sir. Wir sehen die Wahrheit."

„Die Wahrheit ..."

„Sie werden es sehen, Sir. Jetzt erholen Sie sich. Sie werden es brauchen."

„Okay."

Ich schloss die Augen und meine Gedanken rasten. Egal, wie unwahrscheinlich es schien, dass ich ihnen helfen würde, Mallot glaubte definitiv daran. Das machte mich nervös.

Ich schlief nicht.

Es verging eine Stunde, vielleicht zwei. Das Licht wurde eingeschaltet und neue Stimmen ließen mich augenblicklich zu Bewusstsein kommen. Eine von ihnen war weiblich. Ich kannte diese Stimme.

„Wieso sind meine beiden Nachuntersuchungen nicht hier?"

„Wir haben einen neuen Patienten, Ma'am", sagte Mallot. „Ich wusste, dass das etwas Zeit brauchen würde, also habe ich die anderen für später eingeplant."

„Sie müssen mir diese Dinge mitteilen, bevor ich komme, Captain. Es ist keine einfache Prozedur und es ist nicht leicht für mich, hier runterzukommen, wenn überall Dinge explodieren. Glücklicherweise habe ich alles, was ich brauche, und ich habe Dr. Kwan mitgebracht, die mir helfen kann."

„Hallo, Dr. Elliot", sagte ich. Es verschaffte mir einige Genugtuung, dass sie abrupt stehen blieb und beinahe ihre Medizintasche fallen ließ. Die andere Ärztin blieb ebenfalls stehen. Mallot ging weiter auf mich zu.

„Was tut er hier?" Elliot hob die Stimme.

„Er ist der Patient", sagte Mallot, der Elliots wütenden Blick nicht wahrnahm.

„Nein, ist er nicht." Elliot gewann die Fassung schnell wieder und stellt ihre Tasche auf einem quadratischen Polymertisch ab.

„Ma'am–" Mallot versuchte, zu protestieren, aber Elliot unterbrach ihn.

„Nein. Ich arbeite nur an Freiwilligen." Sie sah mich an. „Haben Sie Ihre Meinung geändert, seit wir auf der Station miteinander sprachen?"

„Nein." Ich schüttelte den Kopf. „Fuck, nein."

„Dachte ich auch nicht. Was hat das zu bedeuten, Mallot?"

„Wir brauchen ihn", sagte Mallot.

„So funktioniert das nicht", sagte Elliot. „Ich bin Ärztin. Patienten haben Rechte." Mallot blickte sie an und wandte mir den Rücken zu. Ich dachte darüber nach, etwas zu unternehmen, aber meine schmerzende Schulter und die beiden mit Gewehren bewaffneten Cappaner auf der anderen Seite des Raumes belehrten mich eines Besseren. Die beiden anderen und der Mensch waren verschwunden.

„So funktioniert es jetzt", sagt er. „Wir haben keine Wahl. Colonel Karikov ist nicht länger stabil."

„Ich bin mir über Colonel Karikovs Zustand im Klaren", sagte Elliot. „Das ändert nichts."

„Es ändert alles!" Mallot trat vor. Seine Hand schwebte bedrohliche nahe an seiner Handfeuerwaffe.

„Für mich nicht. Ich werde ihn nicht behandeln. Also, wenn Sie keine medizinische Ausbildung haben, von der ich nichts weiß, war es das." Elliot drehte sich um, um ihre Tasche zu nehmen.

Mallot zog seine Pistole. Die kleine Pulswaffe kreischte, das Geräusch seltsam dumpf innerhalb der Einrichtung.

Doktor Kwan blickte für einen Moment auf das faustgroße, rauchende Loch in ihrer Brust, ehe sie zu Boden fiel.

„Scheiße!" Ich sprang vom Bett und einer der Cappaner zielte mit seinem Gewehr auf mich. Ich hob meinen gesunden Arm und erstarrte.

„Was haben Sie getan?", rief Elliot. Sie eilte zu Kwan hinüber und beachtete nicht, dass der zweite Cappaner ihr mit seiner Waffe folgte. Sie suchte an Kwans Hals nach einem Puls, dann blickte sie über ihre Schulter zurück zu Mallot. „Sie haben sie getötet!"

Mallot hüpfte von einem Fuß auf den anderen, seine Waffe war leicht erhoben und pendelte von links nach rechts. „Ich wollte es nicht tun", sagte er sanft.

„Sie haben sie erschossen." Elliot stand auf und stürmte auf ihn zu. Sie blieb unvermittelt stehen, als er die Waffe auf ihre Brust richtete.

„Sie haben mich dazu gebracht!"

Ich blickte zu den Cappanern hinüber, die immer noch die Waffen erhoben hatten. „Beruhigen wir uns", sagte ich, so ruhig ich konnte. Elliot hatte vermutlich noch nie zuvor gesehen, wie jemand kaltblütig erschossen wurde. Ich schon. Das machte es nicht okay, aber es schwächte den Effekt ab und ich kam schneller wieder zur Besinnung.

Mallot wich zurück, sodass er Elliot und mich gleichzeitig im Visier hatte, und hielt seine Waffe irgendwo zwischen uns. Dankbarerweise hörte Elliot auf, auf ihn zuzugehen. Sie stand da, ihre Augen wurden glasig und ihre Hände zitterten.

„Das ist auch Ihre Schuld, Sir" sagte Mallot.

„Sicher. Wir haben alle etwas Verantwortung." Er hatte die Waffe. Ich würde nicht mit ihm streiten. „Was tun wir jetzt?"

„Jetzt bekommen Sie die Behandlung", sagte Mallot.

Ich nickte. „Okay, aber ich bin mir nicht sicher, ob Dr. Elliot gerade dazu in der Lage ist." Ihr ganzer Körper zitterte, und sie sah aus, als könnte sie kollabieren.

„Sie muss es sein!", rief Mallot.

„Okay", sagte ich schnell, meine Stimme trotz meines pochenden Herzens ausgeglichen. „Lassen Sie mich mit ihr reden. Es eilt nicht. Geben Sie mir einen Moment."

Mallot richtete seine Pistole auf mich und machte einen Schritt zurück, als ich zu Elliot hinüberging.

„Elliot." Ich legte ihr meine Hände auf die Schultern, um sie zu beruhigen und sie dazu zu bringen, mit dem Zittern aufzuhören. „Hey. Ich bin's, Butler. Alles ist okay."

„Dr. Kwan ..."

„Dr. Kwan ist tot. Es gibt nichts, was wir daran ändern können. Konzentrieren Sie sich. Schauen Sie mich an."

Sie hob den Blick.

„Können wir die Cappaner hier rauskriegen? Ich muss sie beruhigen", sagte ich zu Mallot, ohne den Augenkontakt mit Elliot zu verlieren.

„Versuchen Sie nichts, Sir." Er senkte die Stimme, aber sie klang immer noch bedrohlich.

„Werde ich nicht. Aber wenn Sie das erledigt haben wollen, brauchen wir eine Ärztin. Sie müssen mir helfen."

Nach einer langen Pause machten die beiden Cappaner sich zur Tür auf. Ich hatte keine Ahnung, was ich mit dem instabilen Übermenschen tun würde, der eine Waffe auf mich richtete, aber was auch immer ich tat, würde ohne zwei bewaffnete Cappaner leichter sein.

„Danke“, sagte ich. „Dr. Elliot. Sie müssen sich konzentrieren. Können Sie mich hören?“

Sie nickte.

„Gut. Sie müssen die Prozedur an mir vollziehen. Die, die Amputierten hilft.“ Ich wagte es nicht, mich umzudrehen, um Mallot anzusehen. „Können Sie das tun?“

„Sie wird auch Ihrer Schulter beim Heilen helfen“, sagte sie sanft.

„Großartig. Das ist großartig. Was brauchen wir, um anzufangen?“

Sie sammelte sich. „Okay. Ich kann es nicht alleine tun. Mallot, Sie werden mir helfen müssen.“

„Ma’am–“

„Passen Sie auf, wollen Sie das erledigt haben oder nicht?“ Elliots Stimme knisterte vor Autorität. Sie war zurück.

Mallot hielt inne, dann gestikulierte er mit seiner Waffe. „Okay. Sir, dort rüber, aufs Bett.“

Ich blickte zu Elliot zurück.

„Gehen Sie“, sagte sie und ging zu ihrer Tasche. „Mallot, wir werden strapazierfähige Gurte brauchen, um ihn zu fixieren. Die sind in dem Schrank an der hinteren Wand.“

Dieses Mal zögerte Mallot nicht. Ich hielt inne, ehe ich ins Bett kletterte. Er hatte mir den Rücken zugekehrt, aber ich hatte zwölf oder dreizehn Meter zu überwinden und eine verletzte Schulter. Es war vielleicht meine beste Chance.

Eine Pulswaffe heulte hinter mir auf, Mallot wirbelte herum, krachte mit einem Knall gegen den Schrank und sank dann auf ein Knie. Die Pistole glitt aus seiner Hand und über den polierten Boden. Ich machte drei sprintende Schritte und hechtete der Waffe nach, wusste schon, ehe ich auf dem Boden landete, wie sehr es wehtun würde.

Aber um Schmerz zu verspüren, musste man am Leben sein.

Meine Finger klammerten sich um den Griff der Pulswaffe und ich rollte mich in eine sitzende Position, hatte den verletzten Arm an die Seite gepresst. Mallot stieß sich mit einer Hand vom Boden ab, kämpfte damit, aufzustehen. Sein anderer Arm hing schlaff da, seine Schulter war verkohlt und verbrannt.

Elliot hielt eine Pulswaffe in zitternden Händen, immer noch in seine grobe Richtung gerichtet.

Ich stand auf. „Sind Sie okay?"

Elliot nickte.

„Sie können Ihre Waffe runternehmen." Ich richtete Mallots Waffe auf ihn. Er schaffte es kaum auf die Füße, also riskierte ich einen Blick in Elliots Richtung. Sie hatte ihre Waffe auf den Boden gerichtet.

Mallot stolperte und fiel fast wieder auf ein Knie. Er blickte mit seinen seltsamen Augen zu mir herauf, beinahe flehend. „Das ändert nichts, Sir. Sie werden nicht aufhören, auch nicht ohne mich. Sie sind rücksichtslos. Sie werden nie aufhören, nicht, bis Sie alle tot sind."

„Womit aufhören? Was haben sie vor?"

Er schüttelte den Kopf.

„Was werden Sie tun?“ Er kam wieder ganz auf die Beine und begegnete meinem Blick.

Er würde es mir nicht sagen.

Ich schoss ihm ins Gesicht.

„Ah!“ Elliot schrie. „Warum haben Sie das getan? Er war verwundet!“ Mallot fiel in sich zusammen, das Wenige, was von seinem Kopf übrig war, qualmte.

„Keine andere Wahl“, sagte ich.

„Wie meinen Sie das?“ Elliot ging schnell auf Mallots Leiche zu und blieb dann stehen.

„Genau, wie ich es gesagt habe. Kommen Sie, wir müssen los. Die Cappaner werden die Schüsse gehört haben. Sie werden jede Sekunde hier sein.“ Ich blickte zu meiner Panzerung in der Ecke hinüber. Wir hatten keine große Chance, aber ich würde nicht ohne einen Kampf untergehen.

Elliot schüttelte heftig den Kopf. „Nein. Das Gebäude ist schalldicht.“

Ich hielt inne. „Sind Sie sich sicher?“

„Es ist schlechte medizinische Praxis, die Leute draußen Schreie hören zu lassen.“

„Ich schätze, das stimmt. Wir sind trotzdem immer noch umzingelt. Wir brauchen einen Plan.“

„Sie haben ihn getötet“, sagte sie.

„Habe ich.“

„Wieso?“

Ich ging auf sie zu. „Er ist der Sohn von High Councilor Mallot. Wenn diese Geschichte erzählt wird, wollen wir keine widersprüchlichen Sichtweisen.“

„Das ist … Das ist kaltblütig.“ Beinahe hätte ich erwähnt, dass sie zuerst auf Mallot geschossen hatte.

„Er hat Kwan getötet“, sagte ich.

Elliot blickte auf ihre tote Untergebene. „Hat er. Ja. Scheiß auf ihn.“

„Exakt. Jetzt müssen wir nur herausfinden, wie wir an den Cappanern vorbeikommen, die das Haus bewachen, ehe sie entscheiden, dass etwas seltsam ist und wieder reinkommen, um nachzusehen.“

„Sie werden nicht reinkommen“, sagte sie. „Das können sie nicht. Die Tür ist mit einem Code gesichert.“

„Sie könnten sie in die Luft jagen.“

Sie schüttelte den Kopf. „Wir haben sie sehr gut dafür belohnt, diesen Ort zu sichern.“

„Sie haben was?“ Ich starrte sie an.

„Wir haben Technologie gegen Kooperation getauscht. Wir brauchten lebendige cappanische Freiwillige für unsere Arbeit.“

„Sie haben getauscht ... Wie lange geht das schon so?“

Elliot zuckte mit den Schultern. „Eine Weile. Das hat sicher schon vor meiner Zeit hier angefangen. Es hat eine Menge Forschung gegeben, ehe wir mit der Praxis anfangen konnten.“

„Wissen Sie, was Sie getan haben?“ Meine Stimme erhob sich. „Und wofür?“ Ich zeigte auf Mallots Leiche. „Einen Haufen instabiler Soldaten.“

Elliot blickte zu Boden. „Wir müssen die Prozedur anpassen. Etwas ist nicht ganz richtig.“

„Die Prozedur anpassen? Es wird keine Anpassung geben. Sehen Sie nicht das Problem hier? Sie haben den Cappanern Technologie gegeben, die sie benutzen, um Menschen zu töten.“

„Ich habe diesen Soldaten ihr Leben zurückgegeben! Das ist wegweisend.“

„Sie haben an Menschen experimentiert, Elliot.“

„Und es hat funktioniert. Ich kann dahinterkommen. Das wird die Medizin in der ganzen Galaxis verändern." Sie ging ein paar Schritte, dann wirbelte sie herum und kam zurück.

Ich schüttelte den Kopf. „Wenn das rauskommt ... werden die Leute durchdrehen."

„Sie werden es verstehen. Es ging ums Allgemeinwohl. Ich bin nicht die Einzige, wissen Sie."

Sie verstand es immer noch nicht. „Elliot. Es ist vorbei. Es ist mir egal, wer sonst noch involviert ist. Sie sind es, die dem ein Ende machen muss." In diesem Moment wurde mir bewusst, dass sie immer noch eine Waffe umklammerte. Es veränderte nicht das Endresultat, aber sie war bewaffnet und ich wusste nicht, was sie dachte. „Es ist vorbei."

Sie stand da, blickte mindestens eine halbe Minute zu Boden und wiegte sich leicht von einem Fuß auf den anderen. „Es kann nicht vorbei sein. Ich kann dahinterkommen."

„Elliot ..."

Sie hob ihre Waffe und machte einen Schritt zurück. Ich hatte auch eine Waffe, aber etwas ließ mich an Ort und Stelle erstarren. Ich kann nicht sagen, was. Ich konnte mich nicht bewegen. Hundert Gedanken schossen mir durch den Kopf. Wusste sonst irgendjemand, was ich wusste?

„Es ist vorbei", sagte sie, sanft.

Das verwirrte mich, was mich ebenfalls paralysiert hielt.

Ehe ich mich bewegen konnte, hob sie sich die Waffe an den Kopf und betätigte den Abzug.

Ich bin nicht die Einzige. Ich wusste nicht, was sie damit meinte, aber mir gefiel die Schlussfolgerung nicht. Meinte sie weitere Leute auf Cappa Base oder bezog sie sich auf etwas Größeres? Das würde keine Rolle spielen, wenn ich nicht von diesem Planeten runterkam.

Ich trat über Elliots Leiche hinweg und durchsuchte ihre Tasche nach etwas, das ich benutzen konnte, um Hilfe zu rufen.

Kapitel Einunddreißig

Die sieben Minuten, die ich in der Dekontamination verbrachte, fühlten sich an wie eine Stunde. Egal, wie die Situation war, man übereilte die Dekontamination nicht, also wartete ich. Scans, Behandlungen, Untersuchungen ... Alles, was man brauchte, um sicherzustellen, dass man nichts Außerirdisches mitgebracht hatte. Die Tatsache, dass ich es hunderte Male gemacht hatte, machte dieses Mal nicht leichter.

Der Trip zurück auf die Station hatte sich als leicht herausgestellt, sobald ich den Kommunikator in Elliots Tasche gefunden hatte. Vierzig Minuten später landeten zwei Kompanien Infanterie mit genug Feuerkraft, um Gebäude zu schmelzen, während ich in der medizinischen Einrichtung in Deckung ging.

Mac humpelte zu mir herüber, sobald ich aus der Dekontaminationseinrichtung kam.

Stirling blieb ein paar Schritte zurück, tippte mit dem Fuß auf und sah aus, als hätte er einen Stock im Arsch.

Ich ignorierte ihn und schüttelte Macs Hand. „Haben Sie den Fuß untersuchen lassen?"

Mac zögerte und blickte auf seinen beschädigten Stiefel hinunter. „Noch nicht, Sir."

„Machen Sie das. Ich komme später auf Sie zu."

Er nickte. „Ja, Sir. Ich bin froh, dass Sie es geschafft haben, Sir."

Stirling wartete nicht mal, bis Mac auf das Cart in der Nähe gestiegen war. „Was verfickt no... Was ist da unten passiert?"

Ich wusste, dass er nicht gern fluchte, aber wenn es je eine Zeit zum Fluchen gab, dann jetzt.

„Wie viele Leute haben es zurückgeschafft?", fragte ich und senkte die Stimme absichtlich, da er seine erhoben hatte.

Er hielt inne. „Acht. Sieben und der Pilot, der mit dem Schleudersitz raus ist. Die meisten von ihnen sind im Krankenhaus."

Ich nickte.

„Wir müssen Sie befragen. Über das, was in der medizinischen Einrichtung passiert ist", sagte er.

„Es gibt nichts zu befragen. Mallot hat Kwan erschossen, Elliot hat Mallot erschossen, dann hat Elliot sich selbst erschossen."

„Ich würde Sie gerne an einen Lügendetektor anschließen."

„Ficken Sie sich."

„Entschuldigung?" Er blieb unvermittelt stehen.

„Sie haben mich verstanden. Ich habe Dinge zu tun." Serata hatte mir die Befugnis gegeben, das Kommando zu übernehmen, also musste ich nicht tun, was Stirling sagte, es sei denn, ich entschied mich dafür. Ich sah mich um und bemerkte, wie uns etliche Soldaten anstarrten. So wütend ich auch war, es brachte nichts, wenn wir Gerüchte über streitende Colonels in Umlauf brächten.

„Wenn Sie reden wollen, gehen wir irgendwo hin, wo wir unsere Ruhe haben."

Stirling war im Begriff, mehr zu sagen, aber egal, was ich von ihm dachte, er war nicht dort hingekommen, wo er war, indem er sich dumm verhalten hatte. Er fuhr herum, ging davon und ich folgte, während ich versuchte, den pochenden Schmerz in meiner Schulter zu ignorieren.

„Also, was wissen Sie?" Er drehte sich zu mir um, sobald wir sein Büro erreicht hatten.

„Schließen Sie die Tür", sagte ich.

Er tat es. „Ich muss wissen, was Sie wissen."

„Halten Sie verfickt noch mal die Klappe und hören Sie mir zu", sagte ich.

Er stutzte.

„Sie wollen wissen, was ich weiß? Was ich weiß ist, dass da unten eine verfickte Hightech-Flugabwehrbatterie war, von der Sie nichts wussten und die etliche unserer Vögel abgeschossen hat. Was ich weiß ist, dass es eine abtrünnige Special-Ops-Einheit auf der Oberfläche gibt, die meisten von ihnen arbeiten mit dem Feind zusammen. Was ich weiß? Ich weiß verfickt noch mal nichts! Und Sie offensichtlich auch nicht."

Er ballte die Hände zu Fäusten. „Ich weiß nichts? Ich bin für diesen ganzen Krieg verantwortlich. Und Sie kommen hier reingeschneit, als hätten Sie alle Antworten!"

„Denken Sie, ich habe darum gebeten? Wenn Sie diese Untersuchung nicht zur Hölle gejagt hätten, wäre ich nicht hier. Und wissen Sie was? Das wäre mir recht. Sechzehn Männer und Frauen sind da unten auf dem Planeten gestorben. Mehr, wenn Sie die Piloten mitzählen."

Stirling wartete ein Moment, als schaue er, ob ich noch mehr zu sagen hätte. „Sind Sie fertig?"

Ich kaute auf meiner Wange und dachte darüber nach. „Ich denke schon. Sorry. Langer Tag."

Er nickte. „Wollen Sie einen Drink?" Er ging zu seinem Schreibtisch hinüber und zog eine Flasche heraus.

„Synthanol?" Ich legte die Stirn in Falten.

„Das ist alles, was ich habe."

Bettler können nicht ... und so weiter. „Ja ich nehme einen Schluck", sagte ich.

Stirling holte ein Glas aus seiner Schublade und schenkte zwei Finger breit ein. Dann hielt er es mir hin.

„Ein echtes Glas für falschen Schnaps", sagte ich. „Nehmen Sie keinen?"

Er lächelte halb. „Ich habe eine Basis zu leiten und einen Krieg zu führen. Sie haben es vielleicht nicht gehört, aber die Dinge auf der Oberfläche sind schlecht gelaufen."

„Ja." Ich schüttete die Hälfte des Schnaps' runter und erschauderte ob des chemischen Nachgeschmacks. Ich hielt einen Moment inne und schüttete den Rest hinterher, dann seufzte ich. „Danke."

„Keine Sorge. Setzen Sie sich", sagte er.

Ich zog einen Stuhl vom Tisch zurück und ließ mich darauf fallen.

„Wie schlimm ist die Schulter?"

Ich schürzte die Lippen und atmete tief durch die Nase.

„Ich weiß es nicht. Schlimm. Tut innen weh. Irgendwas stimmt nicht."

„Sie sollten das anschauen lassen", sagte Stirling.

„In Elliots Krankenhaus? Ich glaube nicht."

Er hob die Augenbrauen. „Einige von ihnen waren nicht involviert. Ich weiß nicht, wer, und ich weiß nicht, wie groß die Rolle war, die sie gespielt haben."

Stirlings Blick wich von mir und verlor den Fokus. „Man wird mich für diese Sache hängen", sagte er, beinahe gefangen zwischen Sprechen und Flüstern.

„Wofür? Sie haben nichts Falsches getan."

„Der Feind hatte eine verdammte Flugabwehrbatterie. Ich wusste nichts davon.

„Niemand wusste etwas davon. Das hat alle zum Narren gehalten." Nur, dass Karikov gesagt hatte, dass Stirling Bescheid gewusst hatte. Er hatte nicht ausdrücklich die Flugabwehrbatterie genannt, aber er war Stirling betreffend deutlich gewesen. Ich wusste nicht, was ich glauben sollte. Selbst wenn ich mir sicher gewesen wäre, weiß ich nicht, ob ich nach den vergangenen zwei Tagen meinem eigenen Urteil vertraut hätte. Ich brauchte Ruhe.

„Es war nicht der Job eines anderen, Bescheid zu wissen", sagte er.

„Es gibt eine Menge Leute, deren Job das war." Ich weiß nicht, wieso ich versuchte, ihn zu trösten. Ich glaube, einem Teil von mir tat er leid. Dem Teil, der ihm nicht ins Gesicht schlagen wollte.

„Und 95 Prozent von ihnen arbeiten für mich. Ich weiß nicht, was ich tun soll. Ich bin so gefickt."

Ich wollte ihn packen und schütteln, aber es würde nichts bringen, wenn ich wieder die Fassung verlor. „Sie machen sich Sorgen um die falschen Sachen. Es wird später genug Zeit geben, um mit dem Finger auf Leute zu zeigen und einander die Schuld zuzuschieben.

Jetzt müssen Sie herausfinden, was Sie als Nächstes tun.“

Er blickte ein Moment zu Boden. „Ja, Sie haben recht.“

„Sie müssen Ihre Leute von der Oberfläche holen.“ Ich weiß nicht, wieso mir diese Idee kam, aber sobald ich die Worte gesagt hatte, wusste ich, dass ich recht hatte.

Er riss den Kopf hoch. „Was? Wovon reden Sie?“

„Der Bericht, den ich bekommen habe, sagte, dass wir die Partisanen ernstlich falsch eingeschätzt haben und beinahe alle Cappaner gegen uns sind.“

„Das ist unmöglich“, sagte Stirling.

Ich hob die Augenbrauen. „So wie es unmöglich ist, dass sie eine riesige Pulswaffe und einen Haufen Flugabwehrraketen verstecken?“

Er starrte mich an und für einen Augenblick dachte ich, er würde durchdrehen. „Das würde bedeuten–“

„Es würde bedeuten, dass Sie ein paar Millionen mehr Feinde haben, als Sie gestern noch dachten“, sagte ich.

Stirling saß schweigend da, es kam mir wie eine Minute vor, war aber vermutlich weniger. „Ausgeschlossen.“

„Ich habe den Bericht persönlich erhalten“, sagte ich. „Ich habe in einer Mine Militärtransportkisten gesehen.“

„Wer hat Ihnen den Bericht gegeben?“

„Karikov“, sagte ich.

„Karikov.“ Er lächelte mich kalt und ausdruckslos an. „Und wie genau würden Sie Ihre Interaktion mit Karikov beschreiben? Wie ging es ihm?“

Was wusste Stirling? „Er war … aufgebracht.“

„Aufgebracht oder geradewegs verrückt?“, fragte er. Er *wusste* es. Das pisste mich an.

„Sie wussten davon und haben mir nichts gesagt?" Ich war im Begriff, aufzustehen, widerstand dem Verlangen aber und versuchte, mich zu beruhigen. „Was wussten Sie sonst noch?"

„Ich weiß, dass er ein Amputierter ist, der auf der Oberfläche lebt und seit einer langen, langen Zeit nicht raufgekommen ist. Und dass jeder Versuch, mit ihm in Verbindung zu treten, blockiert wird", sagte Stirling.

Ich hielt inne. „Aber Sie haben mich gefragt, ob er verrückt sei."

„Ist er es?" Stirling begegnete meinem Blick, ohne zu blinzeln.

„Ich habe genug von diesen Spielchen, Aaron." Diesmal stand ich auf. Ich dachte darüber nach, ihm zu befehlen, reinen Tisch zu machen, aber das würde Informationen preisgeben, die ich noch ein wenig länger für mich behalten wollte. Ich brauchte Ruhe, ehe ich diese Entscheidung traf. „Sie wissen mehr, als Sie sagen, und Sie haben mir zu viele Dinge verheimlicht."

„Ist er verrückt?", fragte er ruhig.

Ich seufzte. „Ich bin mir nicht sicher, ob er ganz da war. Aber eine Zeit lang war er geistig klar."

„Und Sie stützen Ihre gesamte Einschätzung des Feindes auf ihn. Eine Einschätzung, die im Gegensatz zu jeder anderen Aufklärung steht, die wir haben. Und Sie wollen, dass ich weglaufe", sagte er.

Ich ging auf und ab und rammte meine Füße in den billigen Industrieteppich. „Ich stütze meine Einschätzung auf mehr als das, einschließlich der Kugeln, die auf mich abgefeuert wurden. Wir wurden von Hunderten von Feinden über einen Planeten gejagt, die Dinge taten, von denen wir nicht wussten, dass sie dazu in der Lage sind. Fragen Sie Ihre Piloten, was sie denken.“

„Sie sind zu nah an der Situation dran, um klar zu sehen, Carl. Ich werde nicht weglaufen, weil Sie eine Ahnung haben.“

„Fuck, Aaron! Der Grund ist nicht, dass ich eine Ahnung habe, und das wissen Sie. Und ich sage Ihnen auch nicht, dass Sie weglaufen sollen. Ziehen Sie sich zurück, bis Sie ein besseres Bild haben. Wählen Sie Standorte aus. Führen Sie Angriffe durch. Finden Sie raus, wo die Cappaner vielleicht noch mehr Überraschungen verstecken.“ Ich konnte nicht sagen, ob er mich bewusst belog oder nicht, aber ich rastete dennoch aus. Er musste die Situation sehen, wie sie war.

„Wir kümmern uns im Moment um die versteckten Waffen“, sagte er. „Ich habe meine Aufklärung darauf angesetzt. Wir werden sie finden und zerstören.“

„Warum bringen Sie Ihre Leute dann nicht in Sicherheit, während Sie das tun?“, fragte ich. „Sie haben keine Ahnung, wann sie vielleicht wieder angreifen und mit wie vielen Leuten.“

Stirling begann, auf und ab zu gehen, dann wandte er sich wieder zu mir um. „In ein paar Monaten habe ich eine weitere Brigade hier. Meine Jungs können so lange aushalten, und wenn wir die zusätzlichen Truppen haben, können wir in die Offensive gehen.“

Ich setzte zu einer Antwort an, aber mir fehlten die Worte. Mich durchfuhr ein Schaudern. *Eine weitere Brigade.* Serata hatte erwähnt, eine zweite Brigade hier rauszubringen, als ich ihn vor Monaten in seinem Büro getroffen hatte. Wieso rotierte er eine zusätzliche Brigade hierher?

„Carl?“

„Ja. Sorry, ich denke nur über etwas nach.“ Ich fragte mich, ob das für Stirling mehr als ein Zufall war. Ich fragte mich, ob er *Bescheid wusste*. Wieso ließ Serata eine weitere Brigade kommen, wenn er nicht wusste, dass sie gebraucht wurde?

„Wir werden die Aktivitäten beobachten.“ Seine Stimme beruhigte sich spürbar, als versuche er, mich zu beschwichtigen. Arschloch. „Wenn wir irgendetwas Ungewöhnliches sehen, irgendetwas, mit dem wir nicht fertig werden, werden wir unsere Jungs rausholen.“

„Sicher. Ich hoffe, es ist nicht zu spät, wenn Ihnen das bewusst wird.“ Es pisste mich an, dass er die Dinge nicht klar sehen konnte. Oder dass er es nicht wollte.

„Es wird nicht zu spät sein. Selbst wenn sie eine volle Offensive beginnen, muss sie von irgendwoher kommen.“

„Sie verstecken ihre Ausrüstung in den Minen. Wenn Sie Scans machen, werden Sie Maschinen aufzeichnen, aber Sie werden nicht wissen, ob die da sind, um zu graben, oder ob es etwas anderes ist.“

Stirling legte die Stirn in Falten. „Wir werden näher dran gehen.“

„Das müssen Sie.“

„Wir können unsere biologischen Agenten einsetzen. Jungs auf dem Boden. Wir haben einige cappanische Informanten.“ Er lief weiter auf und ab, dachte wirklich darüber nach. Er war als Schauspieler nicht gut genug, um mich zum Narren zu halten.

„Wenn Sie ihnen vertrauen können“, sagte ich. Sein Unvermögen, die Wahrheit zu erkennen, frustrierte mich mehr und mehr. Es war, als könnte er die wahre Bedeutung meiner Worte nicht erfassen. Und er missverstand weiter, worum es ging.

„Das sind bewertete Quellen. Sicherheitsüberprüft. Wir haben gecheckt, was sie uns gegeben haben. Haben es mit dem verglichen, was wir tatsächlich gefunden haben", sagte er.

„Ja, ich verstehe." Ich hoffte nur, dass uns die cappanischen Quellen nicht bekannte Informationen gefüttert hatten, um ein falsches Gefühl der Abhängigkeit zu erzeugen. Obwohl ich glaubte, dass das zu weit gedacht war. Ich war paranoid.

Vielleicht.

„Ich brauche etwas Schlaf."

„Ja, schlafen Sie", sagte Stirling. „Machen Sie sich keine Sorgen. Wir haben das im Griff."

„Ich weiß, das haben Sie."

Vielleicht.

Alenda empfing mich vor der Tür zu Stirlings Vorzimmer. „Hab gehört, dass die Dinge auf der Oberfläche etwas schief gegangen sind."

Ich grunzte. „Etwas."

„Ich hätte dort sein sollen, Sir."

„Um was zu tun, Lex? Was hätte es geändert?"

„Ich wäre dort gewesen, Sir. Ich hätte nicht hier oben sitzen und mich fragen müssen, was zur Hölle los ist, als diese Schiffe nach unten flogen."

„Dann wären Sie entweder tot, verwundet oder würden im besten Fall für den Rest Ihres Lebens eine Menge verlorene Seelen mit sich herumtragen."

„Denken Sie, dass es hier oben besser war, Sir? Machtlos?" Sie wandte sich für einen Moment ab, aber ihre Lippen blieben wütend verzerrt, als sie mich wieder ansah.

„Ja, Sie haben recht, Lex. Ich hätte Sie mitnehmen sollen", log ich. Sie verstand es nicht, und es war besser so. Aber sie war besänftigt, und das war besser, als mit dem Versuch weiterzumachen, sie von den Schrecken zu überzeugen, die sie nicht gesehen hatte.

„Was soll ich tun, Sir?"

„Ich werde acht Stunden schlafen. Lassen Sie mich nicht länger schlafen. In acht Stunden und dreißig Minuten will ich, dass Sie mir die aktuellsten Aufklärungsberichte bringen, die Sie über das, was auf der Oberfläche vor sich geht, bekommen können."

Sie blickte mich an, dann ging sie eine Weile neben mir her, ohne etwas zu sagen. „Wonach suche ich, Sir?"

Ich sah sie an.

„Das wird mir helfen, die wichtigsten Berichte zu priorisieren, Sir. Es sind eine Menge Daten."

Ich atmete durch den Mund aus. Ich musste ein für alle Mal entscheiden, ob ich ihr zutraute das zu tun, was ich brauchte, statt zu Stirling zu rennen. Ich warf in Gedanken eine Münze. Sie gewann. „Richtig. Jede Bewegung der Cappaner, die über ein paar Dutzend hinausgeht. Es ist mir egal, ob sie freundlich, feindlich, bewaffnet oder unbewaffnet sind. Alles, was sich bewegt."

„Ja, Sir."

„Ich will alles sehen, was die Aufklärung über Minen bekommt, und alles, was auf Waffen hindeutet, die größer sind als ein Gewehr", fügte ich hinzu.

„Ja, Sir. Ich weiß, dass sie diesbezüglich eine Menge gesammelt haben, seit die Kampfschiffe abgeschossen wurden."

„Gut", sagte ich. „Zudem alles, das wie ein Angriff oder wie Vorbereitungen für einen Angriff aussieht."

„Glauben Sie wirklich, dass da etwas sein wird, Sir?"

„Ich bin mir nicht sicher. Ich glaube nur, dass wir nichts wissen, und ich weiß, dass das schlecht ist."

Sie schürzte die Lippen, aber wenn sie etwas sagen wollte, entschied sie sich dagegen. „Verstanden, Sir."

Wir gingen ein paar Minuten, dann blieb ich unvermittelt vor meiner Tür stehen, wo G1 und G2 Wache hielten. „Was machen Sie beide hier? Ich war von der Basis runter."

„Wir bewachen Ihr Quartier, Sir", sagte G1 und sah mich an, als hätte ich eine lächerliche Frage gestellt.

Ich verzog das Gesicht und rieb mir mit den Handballen die Augen. „Wieso?"

„Mac hat es uns befohlen", sagte sie. „Sagte uns, wir sollten niemanden ohne Grund reinlassen."

„Okay, G. Ich werde jetzt schlafen. Lassen Sie die nächsten acht Stunden niemanden rein. Niemanden. Nicht mal Sergeant Mac." Ich wusste, dass ich Schwierigkeiten haben würde, einzuschlafen, und wenn ich es irgendwie schaffte, einzunicken, konnte ich es mir nicht leisten, dass mich jemand weckte.

„Ja, Sir," sagten die beiden Gs.

In meinem Zimmer ging ich direkt zum Whisky, und schenkte mir drei Finger breit ein, dann sah ich nach, ob ich irgendwelche Schmerzmittel hatte, um das Pochen in meiner Schulter zu betäuben. Man dachte nie an seine Schultern, bis eine von ihnen schmerzte und man versuchen musste, gemütlich in einem Bett zu liegen.

Jetzt dachte ich definitiv an sie.

Ich nippte an meinem Whisky und genoss nach dem schrecklichen chemischen Brennen des Synth, wie mild er schmeckte. Ich schälte mich aus meinen Kleidern und kämpfte der Schmerzen wegen mit meinem Shirt. Meine Schulter hatte bereits einen hässlichen Farbton von Violett und Schwarz angenommen, der sich meinen Oberarm hinunterzog.

Ich hatte die Hälfte meines Drinks getrunken, als ich unter die Dusche ging. Meine Gedanken rasten, auch trotz Schnaps und des pulsierenden Wassers. Ich kam immer wieder auf die Brigade zurück. Serata hatte geplant, sie zu entsenden, bevor er mich hier rausgeschickt hatte. Aber er hatte *dennoch* mich geschickt, anstelle eines Generals. Das war weit ab von der Norm. Wieso sollte er das tun? Was erwartete er, was ich tun würde? Er hatte gesagt, dass er mich wollte, weil ich mich keinem politischen Druck gegenübersähe. Ich hatte zu dem Zeitpunkt gedacht, dass er einen Senator meinte. Jetzt war ich mir nicht länger sicher.

Technisch gesehen konnte ich meine Ermittlung beenden. Ich hatte eindeutige Beweise bezüglich Mallot und seines Verbleibs. Man hatte seine Leiche bereits mitgenommen, um sie nach Hause zu transportieren. Ich hatte ihm das Gesicht weggeschossen, so würden sie nicht die Augen sehen, aber ich konnte nicht ausschließen, dass vielleicht irgendein anderer Test den cappanischen Einfluss in seinem System entdecken würde. Man würden definitiv sehen, dass er zwei künstliche Beine hatte, und das würde Verdacht erwecken.

Am Ende würde es keine Rolle spielen. Ich hatte Stirling bezüglich Mallots Tod angelogen, aber Baxters Leute – was von ihnen übrig war – hatten Menschen zusammen mit Cappanern kämpfen sehen. Sie hatten gesehen, wie ich gefangen genommen worden war. Die Geschichte würde rauskommen, wenn sie sich nicht schon längst verbreitete, und wenn das passierte, würde jemand anfangen, Fragen zu stellen und die Verbindung zu Mallot herstellen. Es brauchte Wochen, vielleicht sogar Monate, aber die Wahrheit kam immer ans Licht.

Ich tappte in meinem Bademantel ins Wohnzimmer, den Whisky immer noch in der Hand, beinahe leer. Ich musste Serata eine Nachricht schicken, ehe ich ins Bett ging. Ich würde nie schlafen, wenn ich das nicht täte.

Ich hatte nur keine Ahnung, was ich schreiben sollte.

Schließlich fand ich die richtigen Worte.

Sir – Mallot gefunden. Er ist tot. 100-prozentige Bestätigung. Ich habe die Leiche gesehen, aber es gibt Komplikationen, die ich mittels der Untersuchung bereinigen muss. Wir hatten Probleme mit den Cappanern, von denen Sie vermutlich schon gehört haben. Sie haben mehr Fähigkeiten, als ich dachte. Potenziell gefährliche Situation. Nicht sicher, ob Stirling das einzuschätzen weiß. Er zählt auf die zusätzliche Brigade. Was ist der Zweck für diese Truppen?

Hochachtungsvoll, Butler

Ich las mir die Nachricht noch einmal durch, dann ging ich mir einen weiteren Drink einschenken, kam zurück und las sie noch mal. Ich wollte die Brigade erwähnen, ohne ihn diesbezüglich direkt zu befragen. Wenn er mir etwas erzählen wollte, würde er das tun. Ich trank einen weiteren Schluck von meinem Schnaps, dann drücke ich auf Senden. Ich fuhr das Terminal runter. Wenn ich es anließ, wäre ich zu sehr versucht, in einer halben Stunde wieder aus dem Bett zu steigen, da zu sitzen und auf eine Antwort zu warten.

Ich fuhr den Rest des Zimmers herunter, schenkte mir Wasser ein, um es auf den Nachttisch zu stellen, und legte mich hin. Ich versuchte, alle Gedanken aus meinem Kopf zu verbannen. Alles, was ich in den letzten zwei Tagen gesehen hatte. Dieser Teil war leicht. Leichter, zumindest. Ich hatte ein Lebensalter Übung darin, tote Menschen aus meinen Gedanken zu verbannen. Die Zukunft ... Da wurde es knifflig. Ich konnte die Toten ziehen lassen, aber die Lebenden nicht. Die Toten – nichts, was man tat, änderte etwas daran. Die Lebenden könnten bald tot sein, es sei denn, jemand unternahm etwas. Es sei denn, *ich* unternahm etwas. Ich konnte darauf hoffen, dass Serata mir eine magische Lösung schicken würde, aber in meinem Herzen wusste ich, dass er das nicht tun würde. Ich konnte darauf hoffen, dass Stirling die richtige Aufklärung bekam, um die richtige Entscheidung zu treffen. Ich fühlte mich auch diesbezüglich nicht besonders gut.

Meine Gedanken rasten, bis mich die Erschöpfung übermannte. Zumindest für eine Weile.

Kapitel Zweiunddreißig

Ich wachte einige Zeit später ohne guten Grund auf. Ich weiß nicht, wie lange ich geschlafen hatte, aber es waren keine acht Stunden gewesen. Ich hätte mich glücklich geschätzt, wenn es nur halb so lang gewesen wäre. Aber als ich erst mal wach war, kam mir der Gedanke, dass Serata mittlerweile geantwortet haben müsste, und sobald sich dieser Gedanke in meinem Gehirn breitgemacht hatte, bekam ich ihn nicht wieder raus. Er wuchs dort wie Unkraut.

Ich tappte barfuß und nur in Shorts zum Terminal hinüber. Tatsächlich blitzte eine Nachricht auf, nachdem ich es hochfuhr und mich einloggte.

Carl – ich weiß über die Situation mit der Flugabwehr Bescheid. Stirling sagt, es sei mit geringem Risiko eindämmbar. Sie müssen ein weiteres Augenpaar drauf ansetzen. Wir hatten Informationen darüber, dass sie mehr Fähigkeiten hatten, als wir wussten, aber nichts dergleichen. Ich kann niemanden schnell dort raustransportieren, und Sie sind der Kerl, dem ich am meisten vertraue. Tun Sie, was immer Sie tun müssen. Mallot bestätigt. Werde dafür sorgen, dass die Familie innerhalb der nächsten vierundzwanzig Stunden benachrichtigt wird und werde Sie verständigen, wenn das abgeschlossen ist.

Serata

Ich saß in dem dunklen Zimmer, das vom Glühen des Bildschirms durchflutet wurde. Bis zu einem gewissen Punkt verstand ich Serata. Er wollte meine Einschätzung und mein Handeln, aber er sagte mir immer noch nicht, *welches* Handeln. Er hatte eine weitere Brigade auf den Weg geschickt, aber wenn wir einen Krieg am Boden erwarteten, gegen die gesamte cappanische Bevölkerung, brauchten wir viel mehr und viel schwereres Gerät. Und eine Menge Leute würden sterben. Hauptsächlich Cappaner, aber auch ein Arsch voll Menschen, sowohl hier als auch überall sonst in der Galaxie, wenn ich Karikov Glauben schenkte. *Stirling sagt, es sei mit geringem Risiko eindämmbar.* Idiot.

Wir könnten unsere Verluste reduzieren, wenn sie Drohnen erlaubten. Wenn wir die großen, mechanisierten Killer-Bots auf den Planeten brachten, wäre es ein wahlloses Gemetzel. Das schien angesichts des politischen Klimas aber unwahrscheinlich. Die Presse hätte ihren großen Tag und die Politiker würden ihren Willen kurz darauf verlieren.

Shit.

Alenda tauchte genau pünktlich auf und hatte einen Wegwerfbehälter mit Kantinenfrühstück dabei. „Eier und Obst", sagte sie, als ich ihn fragend ansah.

„Eier und Obst? In welchem Frühstück ist denn bitte schön kein Fleisch?" Ich blickte finster drein.

„Ja, Sir. Ich habe Sie auf den Arm genommen. Es gibt Würstchen."

„Ich habe Leute schon für weniger erschossen." Würstchen klangen perfekt. Da war so viel Mist drin, dass die Kantine sie kaum verderben konnte. Ich nahm ihr den Behälter ab, zog einen fettigen Patty raus und ignorierte den Rest des falschen Essens. „Wollen Sie Kaffee?", fragte ich an einem Mundvoll Fleisch vorbei.

Sie dachte etwas länger darüber nach als nötig. „Ja, Sir. Ich könnte eine Tasse Kaffee trinken. Schwarz."

Ich drückte auf den Knopf für Kaffee und gab ihr die erste Tasse, ehe ich zurückging, um eine für mich selbst zu machen. „Okay. Was haben Sie für mich?"

Alenda pustete auf ihren Kaffee. „Nicht viel, Sir. Die Aktivität auf der Oberfläche passt zum normalen Verhalten. Ruhiger, wenn überhaupt. Weniger Bewegung."

Ich blieb stehen und drehte mich zu ihr um. „Also kein bevorstehender Angriff."

„Keiner, den wir sehen können, Sir."

„Was ist mit der Suche nach Boden-Luft- oder Boden-Weltraum-Waffen?", fragte ich.

„Bisher keine Spur, Sir."

„Hm." Ich trank einen Schluck Kaffee und schnappte mir einen weiteren Wurst-Patty von meinem Frühstück, das ich auf den Schreibtisch gestellt hatte. „Nun, das ist ziemlich nutzlos."

„Können Sie mir einen Tag Zeit geben, Sir?"

Ich hob die Augenbrauen. „Wofür?"

„Ich habe eine Idee. Oder eher: hatte eine Idee. Gestern Nacht."

Sie grinste hinter ihrem Kaffee, als hielte sie sich selbst für außergewöhnlich clever. Wäre ich nicht am Verhungern und auf mein Würstchen konzentriert gewesen, hätte ich mich vielleicht gefragt, wieso. „Sicher. Nehmen Sie sich einen Tag Zeit."

Sie legte die Stirn in Falten, vermutlich, weil ich nicht nach ihrer Idee gefragt hatte. Ich nahm sie nur auf den

Arm. Sie würde es mir so oder so erzählen. Eine ziemlich miese Nummer von mir.

„Wir hatten nichts, um tief unter der Erde zu scannen", sagte sie und bestätigte mein Urteil über ihre Geduld.

Sie wartete darauf, dass ich das kommentierte, aber ich aß lediglich einen weiteren Bissen vom Würstchen. „Also habe ich mich gefragt, wer das tun könnte, und habe bei den Förderunternehmen nachgefragt. Sie haben Kontaktpersonen, die hier oben arbeiten. Wie sich herausgestellt hat, haben sie gewerbliche Sensoren, die bis tief in den Planeten scannen können."

„Das ergibt Sinn. Um nach Mineralien zu suchen." Ich musste gestehen, sie hatte meine Aufmerksamkeit.

„Exakt, Sir. Nur, dass sie mehr als das tun können. Sie können bis zu fünftausend Meter tief so ziemlich jede Anomalie im Boden feststellen."

Wow. Ich hatte keine Ahnung. „Das *würde* helfen."

Sie vibrierte beinahe vor Energie. „Ja, Sir. Ich habe sie gefragt, wie lange es dauert, einen Scan der gesamten bewohnten Landmasse zu machen." Sie hielt inne und wartete darauf, dass ich fragte, wie lange.

„Wie lange?" Ich hörte auf, Spielchen zu spielen. Sie hatte gute Arbeit geleistet und jetzt wollte ich den Rest wissen.

„Vier Monate. Also habe ich die Parameter der Suche auf die gegenwärtigen Minen reduziert, basierend auf Ihrer Unterhaltung mit Colonel Karikov."

Hatte ich ihr davon erzählt? Ich konnte mich nicht erinnern. Es spielte keine Rolle. „Was haben sie gesagt?"

„Sie fanden es albern, Sir. Sie wissen, was in den Minen ist, weil das die Bereiche sind, in denen sie ihre tiefgründigsten Studien angestellt haben.“

„Aber die Studien sind alt“, sagte ich.

„Ja, Sir. Monate. In einigen Fällen sogar Jahre. Also habe ich sie überzeugt, es zu tun.“

„Schön. Wie haben Sie das gemacht?“

„Das wollen Sie nicht wissen, Sir. Verträge. Lieferungen. Zugang. Im Grunde genommen schulden wir ihnen ein paar Gefallen.“

Ich kicherte. „Sie haben recht. Ich will es nicht wissen.“

„Sie können es in zwei Überflügen erledigen. Zwei Tage. Aber wir bekommen die erste Hälfte der Daten heute.“

Ich nickte und trank einen Schluck von meinem Kaffee. „Gute Arbeit, Lex.“ Sie verdiente es, stolz zu sein. Aber ich fragte mich, was ich tun sollte, während ich wartete. „Wie schwer wäre es, ein Platoon rüberzuschicken, Major Chu festzunehmen und sie herzubringen?“

Sie verzog das Gesicht. „Die Special-Ops-Jungs werden nicht erfreut sein, Sir.“

„Offensichtlich. Aber was sollen sie deswegen unternehmen?“, fragte ich.

„Sich bei ihrem Boss beschweren vermutlich“, sagte sie.

„Und ihr Boss ist?“

Sie sah mich an, als fragte sie sich, worauf ich hinauswollte. „Colonel Karikov.“

„Richtig. Karikov. Der auf der Oberfläche ist, vielleicht tot, und selbst wenn nicht, wird er höchstwahrscheinlich nicht antworten. Die werden da unten anrufen und irgendeinen Ops-Offizier drankriegen, der behauptet, für Karikov zu sprechen."

„Sir ... Ich komme nicht mehr mit."

Ich lächelte. „Der Einzige, der mich zusammenstauchen kann, ist Karikov selbst. Von Colonel zu Colonel. Und ich wette, er wird es nicht tun."

„Also bluffen Sie", sagte sie. „Ich verstehe das Spiel nicht."

„Nicht direkt bluffen. Ich bestätige eher eine Theorie. Außerdem will ich mit Chu reden."

Sie sah immer noch verwirrt aus. „Ja, Sir. Ich lasse ein paar Leute rübergehen."

„Sagen Sie ihnen, dass sie sie herschleifen können, wenn sie nicht freiwillig mitkommt,", sagte ich.

„Sir, Sie wissen, dass, wenn Sie Soldaten diesen Befehl geben ..." Sie sprach mit Vorsicht in der Stimme, als sollte ich es besser wissen. Was ich tat.

„Deswegen habe ich ihn gegeben."

Sie nickte. „Ja, Sir. Ich mache mich gleich dran."

„Danke." Ich stocherte in den rekonstituierten Eiern auf meinem Tablett herum und entschied mich dagegen. Das Obst sah nicht schlecht aus, aber ich ließ auch das stehen. Stattdessen rief ich eine Liste von Kampfmaterial im Einsatzgebiet auf und begann zu lesen. Ich musste wissen, was ich zur Verfügung hatte.

Cho kam lächelnd herein, nicht ansatzweise so angepisst, wie ich erwartet hatte. Das enttäuschte mich ein wenig. Vielleicht verbarg sie es gut. Praktische Fähigkeit, wenn man sie hat. Vermutlich ein Grund dafür, dass sie überhaupt bei Spec-Ops war. Ich bekam ein wenig Respekt vor ihr. Obwohl ich es hätte wissen sollen.

Serata mochte sie, und der General machte, was Menschen betraf, keine Fehler.

Chu trug ihre volle Uniform, was mir sagte, dass sie entweder gewusst hatte, dass etwas käme, oder dass die Leute, die ich geschickt hatte, ihr Zeit zum Umziehen gelassen hatten. Ich tippte auf Letzteres.

„Was gibt es, Sir?" Chu sprach, als wäre sie einfach freiwillig für einen Plausch vorbeigekommen.

„Ich musste sie sehen." Ich stand auf und ging hinüber, um ihr die Hand zu schütteln.

„Ja, Sir. Die Soldaten haben das sehr deutlich gemacht. Sie hätten anrufen können." Sie nahm meine Hand entschlossen, aber nicht übermäßig aggressiv.

Ich begegnete ihrem Blick. „Hätte ich tun können. Ich war mir nicht sicher, ob Sie kommen würden."

„Wovon reden Sie, Sir? Natürlich wäre ich gekommen."

„Wann haben Sie das letzte Mal mit Colonel Karikov gesprochen?" Ich änderte die Richtung der Unterhaltung und antwortete bewusst nicht auf ihre Frage, um sie ein wenig aus dem Gleichgewicht zu bringen.

Sie legte die Stirn in Falten. „Ich weiß nicht, Sir. Gestern, schätze ich."

„Nein. Wann haben Sie das letzte Mal tatsächlich mit Karikov selbst gesprochen, statt mit jemanden, der für ihn spricht?"

„Sir, worauf wollen Sie hinaus? Ich habe nie direkt mit dem Colonel gesprochen. Nicht ein Mal, seit ich hier bin."

„Also waren all seine Befehle weitergegeben", sagte ich.

„Das ist richtig, Sir." Sie blickte finster drein, aber es war mir egal.

„Sie können sich setzen, wenn Sie wollen." Ich nahm den Schreibtischstuhl, richtete ihn zum Sofa aus und ließ mich darauffallen. „Was hat man Ihnen gestern erzählt? Dass es ein Feuergefecht gab?"

Chu setzte sich auf die rechte Sofalehne. „Ja, Sir. Unbedeutendes Feuergefecht, alles unter Kontrolle."

Ich starrte sie einen Moment lang an, ohne etwas zu sagen. „Unbedeutendes Feuergefecht? Also wurde nicht erwähnt, dass sie von ein paar hundert Cappanern überrannt wurden?"

Chus Augen weiteten sich. Ich hatte sie entweder wirklich überrascht oder sie war die beste Schauspielerin, die mir je begegnet war. „Sir ... Wovon reden Sie?"

Ich ignorierte das und sagte: „Chu, ich bin mir nicht mal sicher, ob Colonel Karikov noch am Leben ist. Er hat Scheiße noch eins nicht das Sagen. Hat irgendjemand Ihnen gegenüber erwähnt, dass die Hälfte Ihrer Leute für das andere Team gekämpft hat?" Ich versuchte, die Wut aus meiner Stimme rauszuhalten, scheiterte aber.

„Sir, das ist unmöglich." Sie starrte mich an, als würde sie versuchen, in meinem Gesicht zu lesen, was ich für ein Spiel spielte. Ich bezweifelte, dass sie irgendetwas sehen würde.

Aber es spielte keine Rolle, weil ich es ihr so oder so sagen würde.

„Scheiß auf unmöglich. Ich war dort. Ich habe mit Karikov gesprochen, wurde von ein paar Dutzend Raketen beschossen und dann von einer Horde angepisster Cappaner gejagt, unterstützt von einigen Ihrer Leute."

Chu sprach für einen langen Augenblick nicht. Sie nickte leicht mit dem Kopf, aber nicht genug, als dass es irgendetwas bedeutet hätte. „Das erklärt ein paar Dinge", sagte sie schließlich.

„Tut es das? Wie zum Beispiel?"

„Nun, das Offensichtlichste: warum Colonel Karikov nie mit mir spricht. Wenn er eine Geisel ist ... Aber das kann nicht sein." Sie rutschte von der Lehne auf die Couch, dann ließ sie sich hineinsinken.

„Es kann sein", sagte ich. „Da ist eine Sache, die ich Ihnen garantieren kann: Es gibt eine Menge Dinge, von denen wir glauben, dass sie nicht sein können, obwohl sie absolut sein können."

„Okay, Sir. Ich werde Kontakt mit ihnen aufnehmen."

„Sie können einen Anruf durchstellen?"

„Nein, Sir. Nur zu bestimmten Zeiten. Der Feind hat ein Störsignal, um ihre Kommunikation lahmzulegen und sie müssen ..." Ihre Stimme verstummte.

„Sie geben den Zeitraum vor, in dem Sie sie kontaktieren können, richtig?" Ich kannte die Antwort, aber ich wollte es von ihr hören.

„Ja, Sir. Aber das ist nicht ungewöhnlich für unsere Teams im Einsatz." Ihr Tonfall sagte mir, dass sie wusste, dass das schwach klang, noch während sie es sagte.

„Richtig. Also hat sich niemand gefragt, wieso."

„Es ist ein wenig seltsam, Sir, aber nicht so abwegig, dass ich darüber nachdachte, es infrage zu stellen. Ich muss ein paar Leute da runterbringen."

„Daraus wird nichts. Sie haben versteckte Flugab-wehrwaffen. Bis wir die finden, sind Shuttles leichte Ziele."

„Ich habe den Bericht gelesen, Sir. Ich dachte, das müsse übertrieben sein. Piloten, die bei schultergestützten Waffen überreagiert haben.“

Ich schüttelte den Kopf. „Keine Überreaktion. Ich habe die Abschlüsse live gesehen.“

„Fuuuck.“ Ihr Gesicht fiel in sich zusammen.

„Das fasst es zusammen“, sagte ich. „Selbst, wenn Sie nach unten könnten, wer weiß, wie viele bewaffnete Cappaner dort herumkriechen?“

„Ich habe eine ziemlich gute Vermutung, Sir.“

Ich hielt inne. „Wie das? Sie wissen nicht mal, wie viele Ihrer Leute noch leben.“

„Nein. Aber ich weiß, wie viele Waffen wir verschifft haben, Sir.“

Ich holte tief durch die Nase Luft. Natürlich wusste sie das. Wir hatten die Cappaner bewaffnet, die auf unserer Seite kämpften. Nicht mit unseren Waffen. Sie hatten leichtere Gewehre, mit anderen Abzugsmechanismen, die ihren kurzen, dicken Fingern gerecht wurden. Aber wir hatten sie hergestellt. „Wie viele?“

„In den letzten sieben Monaten siebentausend. Mehr oder weniger“, sagte sie.

„Okay, das ist nicht so schlimm.“ Mit siebentausend würden wir fertigwerden. Obwohl sie aus anderer Quelle eindeutig auch schwere Waffen hatten, also konnten wir uns nicht sicher sein, dass sie nicht noch mehr Gewehre hatten.

„Wir bewaffnen sie nicht erst seit sieben Monaten, Sir.“

Ich zog meine Lippen zu einem schmalen Strich zusammen.

„Was ist die Gesamtzahl? Ihrer Einschätzung nach.“

„Vierzig, Sir.“

„Shit.“

„Was werden wir tun, Sir? Ich muss das dem Hauptquartier melden. Nicht Colonel Karikov. Höher.“

„Ich habe das Gefühl, dass die es bereits wissen“, sagte ich.

Chu sank tiefer ins Sofa. „Das können Sie nicht, Sir.“

Ich zuckte mit den Schultern. Ich war fertig damit, zu versuchen, sie davon zu überzeugen, was sein konnte und was nicht. „Ich hoffe, Sie haben recht. Tun Sie, was sie tun müssen.“ Es spielte keine Rolle. Selbst die schnellsten Verstärkungen würden zu spät kommen.

Kapitel Dreiunddreißig

Jetzt, da ich mit Chu fertig war, war MEDCOM der nächste Punkt auf der Tagesordnung. Ich musste bezüglich Elliots Experimenten etwas unternehmen, bevor sich das von alleine rumsprach. Ich musste Serata eine weitere Nachricht schicken, obwohl ich es beinahe nicht wollte. Irgendwo tief drin, glaube ich, wollte ich diese Sache immer noch aufklären, ohne den General zu tief in Details einzuweihen. Zumindest war es das, was ich mir sagte. Ich glaube, das war der Grund, warum ich ihm in der vorherigen Nachricht nicht davon berichtet hatte.

Sobald ich ihm alles erzählt hätte ... Nun, ab diesem Punkt wäre die Sache nicht mehr so dicht wie eine Luftschleuse. Zur Hölle, es leckte bereits aus einem halben Dutzend Rissen, und die wurden von Minute zu Minute breiter. Aber ausdrücklich über genetische Forschung zu berichten ... das würde den gesamten Sauerstoffvorrat verbrauchen. Ich wusste es besser – zumindest unterbewusst. Ich wusste, dass ich es nicht lange geheim halten konnte. Es musste irgendwann herauskommen. Es wussten zu viele Leute davon, um es zu verheimlichen.

Und doch lauteten meine Befehle, dafür zu sorgen, dass die Sache wasserdicht war, und ich scheiterte nicht gern. Ich machte ein Kompromiss und schickte eine halbe Nachricht. Einen Teil dessen, was ich vorher hätte sagen müssen.

Sir – bestätige Ihre Anleitung. Die Situation ist schlimmer, als anfänglich berichtet. Colonel Elliot, die Krankenhauskommandantin, war in illegale Aktivitäten auf der Oberfläche involviert, die Cappaner einschließen. Sie ist im Einsatz getötet worden, aber MEDCOM muss mir augenblicklich Zugang zum Krankenhaus gewähren, damit ich weitere Involvierte identifizieren kann. Brauche Befugnis, MEDCOM-Personal zu verhaften. Höchste Priorität.

Ich hatte vielleicht nicht die Ernsthaftigkeit der Sache übermittelt, aber ich musste darauf vertrauen, dass Serata mir vertraute. Was nicht viel Sinn ergab. Abgesehen davon, dass es das tat.

Plazz wartete vor meiner Tür und lehnte an der gegenüberliegenden Wand, als ich herauskam. Ich hatte vorgehabt, in den Fitnessraum zu gehen, und hatte mich entsprechend angezogen. Sie hatte sich angezogen, um zu stalken, in hellbrauner Hose und weißer Bluse, das Haar auf irgendeine Weise nach hinten hochgesteckt.

„Ihre Wachen wollten mich nicht reinlassen", sagte sie.

Ich warf G1 einen Blick zu. „Böse Wachen." G1 zeigte überhaupt keine Reaktion. Das mochte ich irgendwie an ihr. Manchmal braucht man einen guten, gradlinigen Mann. Oder eine Frau.

Plazz rollte mit den Augen. „Sicher. Sie haben mich gemieden. Aber zumindest haben Sie sich passend zum Anlass angezogen."

Ich blickte an meinem Fitnessanzug hinunter, dann ging ich los und bedeutete Plazz, mich zu begleiten. „Gs, geben Sie uns etwas Freiraum." G1 eilte ein paar Dutzend Meter vor uns, und G2 ließ sich hinter uns fallen. Mac war nicht zurückgekehrt. Vermutlich erholte er sich.

„Ich habe Sie nicht gemieden. Ich habe Sie nur nicht aufgesucht", sagte ich.

„Sie sind nicht an Ihren Kommunikator gegangen, und Ihr Major hat mir gesagt, dass Sie zu beschäftigt wären, um zu reden."

„Seltsam." Ich hatte Alenda nicht gesagt, dass sie das tun sollte, aber ich konnte ihr diese Einschätzung nicht vorwerfen. Allgemein betrachtet war es immer sinnvoll, eine Reporterin hinzuhalten. „Nicht meine Absicht."

„Sie gehen mit verletzter Schulter in den Fitnessraum?", fragte sie.

„Das?" Ich nickte zu meiner Schulter. „Ist nicht so schlimm."

„Wirklich? Können Sie Ihre Hand über den Kopf heben?"

„Das ist eine vertrauliche Information zwischen Arzt und Patient", sagte ich.

„Das betrifft nur Ärzte, die Informationen über ihre Patienten rausgeben, nicht andersherum."

Ich sah sie an. „Sicher?"

„Ziemlich sicher."

„Ich werde Ausdauertraining machen. Sie haben ein gutes Holo-Bike hier. Gibt einem das Gefühl, als würde man in der echten Welt fahren.“

„Welche Welt?“, fragte sie. „Cappa?“

„Das wäre scheiße. Das könnte man vermutlich programmieren, aber nicht für mich. Ich werde eine hübsche Ausfahrt machen, einen schattigen Pfad hinunter, an einem See entlang. Ich kann nicht einfach in meinem Zimmer herumsitzen. Da fällt mir die Decke auf den Kopf.“

„Also ist die Ermittlung abgeschlossen?“

„Das habe ich nicht gesagt“, sagte ich etwas zu schnell.

„Aber wenn Sie mehr zu tun hätten, würden Sie nicht in Ihrem Zimmer sitzen.“ Sie machte es schwer zu erkennen, was sie bereits wusste und was nicht. Ich schätze, das war der Punkt.

„Dauert noch an.“ Ich sprach mit förmlicherem Tonfall. „Kann ich also nicht kommentieren.“

„Hören Sie mir auf mit diesem Bullshit.“

Ich legte mir eine Hand aufs Herz. „Das hat mich verletzt.“

„Ich weiß“, sagte sie. „Sie sind verletzt von einem Feuergefecht unten auf der Oberfläche, das den ganzen Tag angedauert hat. Worum ging es da?“

„Mit wem haben Sie geredet?“

Sie lächelte, ohne die Zähne zu zeigen. „Hätte einer von hundert Leuten sein können, oder nicht? Es ist schwerlich ein Geheimnis.“

„Dennoch. Wer hat Ihnen davon erzählt?“

„Ich werde nicht ent–“

Licht erblühte vor uns und eine Druckwelle warf mich rückwärts durch die Luft. Das Geräusch folgte:

Ein ohrenbetäubendes Krachen. Es schien eine Ewigkeit nach dem Blitz zu kommen, obwohl es kaum mehr als der Bruchteil einer Sekunde gewesen sein konnte. Nachdem ich vermutlich einen vollen Überschlag gemacht hatte, sackte ich in mich zusammen. Meine Schulter explodierte vor feurigen Schmerzen, schwächere Schmerzen trafen meinen Unterschenkel, heiß, aber entfernt. Ich versuchte, mich herum zu rollen, ein Ziel zu finden, meine Handfeuerwaffe zu ziehen. Der Korridor füllte sich mit Rauch und Staub, der Ursprung der Explosion war von Qualm verdeckt. Plazz lag zu meiner Rechten am Boden, zusammengekauert, den Kopf in den Armen vergraben.

Ich suchte weiter nach Zielen. G1 war vorne in der Nähe der Bombe gewesen, aber der Schmutz in der Luft verdeckte sie. Ich zwang mich auf die Knie, stolperte, dann schaffte ich es auf die Beine. Ich wankte, während ich ging, stolperte vorwärts in den Rauch hinein. G2 eilte zu mir herüber.

„Sir, runter!" Seine Stimme klang entfernt, als spräche jemand unter Wasser.

„Wir müssen–"

„Ich kümmere mich drum, Sir. Runter!" Er legte mir seine Hände auf die Schultern, schickte eine neue Welle der Pein durch mich hindurch und ich zuckte weg.

„Ah!"

„Sorry, Sir. Ich muss Gutie finden." Er drehte sich um und schob sich vorwärts in den Rauch. Irgendwo ertönte ein Alarm, der weit weg klang, es aber vermutlich nicht war.

Ich rieb mir die Ohren. Der Rauch verschwand durch Entlüftungsschlitze, irgendeine Art von Notfallsystem sog ihn aus dem Flur. Als der Rauch sich weitgehend entfernt hatte, konnte ich sehen, dass G2 über dem kniete, was von seiner Partnerin übrig war. Eine rote Sauerei. Sie hatte die Explosion zu direkt abgekriegt. Dass sie so weit vor uns gegangen war, hatte mir vermutlich das Leben gerettet. Es musste ein Annäherungsauslöser gewesen sein. Wenn es eine Fernzündung gewesen wäre, hätte, wer auch immer sie ausgelöst hätte, auf mich gewartet. Vielleicht war es Ego, aber ich musste glauben, dass ich das primäre Ziel gewesen war.

Ich versuchte, den Nebel in meinem Gehirn zu durchstoßen. Ich wischte mir Schweiß von der Stirn und hatte danach Blut an der Hand. Sie hatte, bevor ich sie berührt hatte, nicht einmal gestochen, aber jetzt brannte sie. Vielleicht mehr eine Schürfwunde als ein Schnitt. Das war meine Expertendiagnose ohne Spiegel. Ich hatte einige Erfahrung damit, in die Luft gejagt zu werden.

Plazz lag immer noch am Boden. Sie hob ihren Kopf zwischen den Händen hervor, war aber immer noch halb zu einem Ball zusammengerollt.

„Sind Sie okay?", fragte ich. Meine Stimme klang komisch und war angesichts des Klingelns in meinen Ohren kaum hörbar. „Karen?" Ich versuchte, Augenkontakt herzustellen, aber sie sah mich nicht. „Karen!"

„Hm?" Sie drehte den Kopf.

„Sind Sie okay?", rief ich. Menschen trafen ein – zuerst wenige –, aber das Tröpfeln wurde bald zu einer Flut, die uns umspülte. Plazz antwortete mir nicht mehr, bevor wir von Notfallpersonal getrennt wurden. Ich bin mir nicht sicher, wann ich mich wieder hingesetzt hatte, aber ich kämpfte mich auf die Füße und ignorierte den Soldaten, der mir sagte, ich solle nicht aufstehen. Ich wankte, was den Soldaten sicher *Ich hab's Ihnen doch gesagt!* denken ließ. Ich missachtete, was in seinem und meinem Kopf vor sich ging und bahnte mir mit Nachdruck einen Weg durch die sich ansammelnde Menge zurück zu meinem Quartier. Ich hätte nach G1 schauen sollen, aber die MPs hatten begonnen, den Bereich abzusperren, und ich konnte mich nicht gut genug konzentrieren, um mich mit ihnen zu streiten. Sie würden die Stelle sichern, bis das Bombenkommando kam, die Bombe begutachtete und Spuren sicherte.

„Sir? Sie bluten am Kopf." Alenda sprach mich an, als ich mich von der dichten Menge entfernt hatte.

„Stimmt", sagte ich.

„Sind Sie okay, Sir? Sie schwanken. Diese Explosion ..."

„Ich bin okay. G hat es nicht geschafft. Plazz ... Ich denke, sie ist okay", sagte ich.

„Sir, Sie müssen ins Krankenhaus", beharrte sie.

Ich ging weiter auf mein Zimmer zu und zwang Alenda so, sich umzudrehen und mich zu begleiten. „Es geht mir gut."

„Sir, Sie haben vermutlich eine Gehirnerschütterung. Sie stehen vielleicht unter Schock."

„Ich stehe nicht unter Schock."

„Sir, Ihnen steckt ein Stück Metall vorne im Bein."

Ich senkte den Blick. Ein etwa fingergroßes, schartiges Schrapnell hatte sich in die Innenseite meines

Schienbeins gebohrt, Blut sickerte aus der Wunde. Das erklärte den Schmerz. Vielleicht stand ich am Ende doch unter Schock.

„Was ist beim Scan der Förderunternehmen herausgekommen?" Alendas Gesicht erhellte sich und sie war für einen Moment von meinen Verletzungen abgelenkt.

„Elf Minen weisen beträchtliche Anomalien auf, Sir."

„Elf. Wie beträchtlich?", fragte ich.

„Sehr beträchtlich", sagte sie. „In einigen Fällen Dutzende von unerklärlichen Maschinen. Ich habe darum gebeten, die Suche auszuweiten, um sich andere Gebiete als die bisher bekannten Minen anzuschauen."

Ich nickte. „Lassen Sie von unseren Leuten an den elf Orten Element-Spektrum-Scans durchführen."

Alenda sah mich an. „Das ist eine gute Idee, Sir. Das hätte mir einfallen sollen."

„Ziemlich gut für einen Kerl mit einer Gehirnerschütterung", sagte ich.

„Sir, Sie müssen wirklich ins Krankenhaus."

„Alenda, es war vielleicht das Krankenhaus, das versucht hat, mich in die Luft zu sprengen. Ausgeschlossen, dass ich es ihnen so leicht machen werde. Holen Sie mir einfach einen Sani, der mir diesen Granatsplitter aus dem Bein zieht und es verklebt."

Alenda atmete hörbar aus, das größte äußerliche Anzeichen für Respektlosigkeit, das ich von ihr je gesehen hatte. Ich verdiente es vermutlich. „Verstanden, Sir. Werden Sie sich wenigstens hinlegen?"

„Sicher." Wir erreichten meine Tür und ich legte meine Hand auf, um sie zu aktivieren. „Aber bringen Sie mir die Ergebnisse des Element-Spektrums, sobald

Sie die haben. Es ist mir egal, was sonst noch vor sich geht.“

„Ja, Sir. Ich werde einen Sani schicken und weitere Sicherheitskräfte.“

Ich blieb stehen. „Ja. Schauen Sie auch nach G2. Er wird wegen seiner Partnerin in schlechtem Zustand sein.“

Alenda nickte. „Ja, Sir.“

Der Sani brauchte länger als geplant. Ich erlaubte ihm nicht, mir irgendetwas gegen die Schmerzen zu geben, denn mein Kopf war schon durcheinander genug, also musste er mit einem Lokalanästhetikum an meinem Bein arbeiten, ehe er das Metall herausziehen konnte. Und es steckte tief. Manchmal ist es einfach einer dieser Tage. Schließlich hatte er es herausbekommen, ohne allzu viel zusätzliches Blut oder Schreie, und schloss die Wunde, aber als er fertig war, konnte ich abwärts vom Knie nichts spüren. Er sagte, das würde in etwa einer Stunde nachlassen, aber das imaginäre Jucken hatte bereits begonnen.

Mac kam hereingeeilt, als der Sani die Tür öffnete, um zu gehen, und rannte ihn beinahe um. „Sir, was ist passiert? Ich habe von einer Explosion gehört!“

„Setzen Sie sich, Mac.“ Ich wusste nicht, ob er bereits von G wusste, außerdem wollte ich nicht von meiner liegenden Position auf dem Sofa aufschauen.

„Sind Sie okay?“ Er starrte den Verband an meinem Bein an und was immer der Sani mit meinem Gesicht gemacht hatte. Ich hatte eine neue Schlinge für meine Schulter, aber von dieser Verletzung wusste Mac bereits.

„Es geht mir gut", sagte ich. „Es hat mich schon schlimmer erwischt. Setzen Sie sich."

Mac nahm sich den Schreibtischstuhl und zog ihn herüber. „Ich habe von G gehört, Sir."

Ich nickte. „Das ist Scheiße. Ich habe sie weiter nach vorne geschickt, damit ich mit der Reporterin reden konnte. Wenn das nicht gewesen wäre, hätte mich die Explosion auch erwischt."

„Ja, Sir. Ich habe mit den Jungs an der Explosionsstelle geredet."

„Sind Sie okay?", fragte ich. „Wie schlimm hat es Sie auf dem Planeten erwischt?"

„Es geht mir gut, Sir. Ich brauchte hauptsächlich Erholung. Nichts gebrochen."

Ich atmete tief aus. „Gut. Ich werde Sie brauchen."

„Wir werden ein Sicherheitsteam bekommen, Sir."

Ich nickte langsam. „Ich werde sehen müssen, wie es Plazz geht."

„Man hat sie ins Krankenhaus gebracht. Ihr Gehirn ist durcheinandergeraten, aber sie ist in Ordnung, denke ich. Behandelt und entlassen. Ein bisschen neben der Spur."

„Das könnte die Explosion gewesen sein oder der Schock des Angriffs", sagte ich. „Man weiß nie, wie jemand auf so etwas reagiert.

Mac nickte. „Ja, Sir. Wenn das mal nicht die Wahrheit ist."

„Haben Sie in letzter Zeit nach Hardy gesehen?"

„Ja, Sir. Es geht ihm gut. Er jagt irgendeiner Ärztin nach, denke ich. Kann sein, dass er für ein paar zusätzliche Tage krank spielt."

„Sorgen Sie dafür, dass er sobald wie möglich entlassen wird. Ich will nicht, dass er länger dort herumhängt, als absolut nötig.“

Mac starrte mich ein Moment lang an. „Sir, was verfickt noch mal geht hier vor sich?“

Ich schüttelte den Kopf. „Ich wünschte, ich wüsste es. Aber bis ich weiß, wer diese Bombe gelegt hat, gehe ich keine Risiken ein.“

„Sie glauben zu wissen, wer es war?“

Ich zuckte halb mit den Schultern. Ich wollte Mac nicht zu viel erzählen. Ich vertraute ihm, aber ich wollte ihn nicht ins Fadenkreuz ziehen. „Alles, was ich weiß, ist, dass es Leute in dem Krankenhaus gibt, die Dinge wissen, und dass jemand versucht hat, mich in die Luft zu jagen.“ Ich dachte nicht wirklich, dass einer der Ärzte der Täter war, aber ich konnte es nicht ausschließen und hatte die Nase voll davon, Risiken einzugehen.

Mac verzog den Mund. „Wow.“

„Ja.“

„Ich werde sehen, was ich tun kann, um den Lieutenant da rauszuholen, Sir.“

„Danke. Helfen Sie mir zu meinem Terminal rüber“, sagte ich.

Mac kam und legte sich meinen gesunden Arm über die Schulter, sodass er mein taubes Bein stützen konnte. Mir gingen langsam die funktionierenden Körperteile aus. Wir bewegten uns unbeholfen zum Terminal hinüber, ich setzte mich, und holte etliche Male tief Luft, um mich nach der Anstrengung auszuruhen.

„Werden Sie in Ordnung kommen, Sir?“

„Mir geht's gut. Holen Sie Hardy.“

Mac nickte und verschwand. Ich öffnete meine Nachrichten und eine von Serata blitzte auf dem Bildschirm auf, also rief ich sie auf.

Butler – Situation eindämmen. Erwarten sie keine Hilfe von MEDCOM.

Was. Verfickt. Noch. Mal.

Eine Zeile, zwei Sätze. Ich hatte es mit einer ernsten Situation zu tun, die die gesamte Galaxie beeinflussen würde, wenn sie außer Kontrolle geriet, und er schickte mir zwei Sätze und null Hilfe. Das ergab keinen Sinn.

Ich begann zu antworten, unterbrach mich aber. Wenn ich Serata jetzt antwortete, würde ich mich lediglich in Schwierigkeiten bringen. Er hatte eine Menge von mir hingenommen, aber nicht die Wut, die in diesem Augenblick in mir hochkochte. Ich musste diese Nachricht ruhen lassen. Aus einer Laune heraus schrieb ich Chu.

Chu – ich muss mit Karikov reden. Keine Alternative akzeptabel. Schaffen Sie mir den Mann an die Leitung. Er hat vier Stunden Zeit, sonst ergreife ich ohne seinen Input Maßnahmen.

Butler

Ich hatte keine Ahnung, was ich tun würde, wenn er sich in vier Stunden nicht meldete. Zur Hölle, ich hatte keine Ahnung, was ich tun würde, *wenn* er sich meldete. Vielleicht hatte mich Seratas vage Nachricht inspiriert. Vielleicht verhielt ich mich auch einfach nur wie ein Arschloch. So oder so hoffte ich, dass meine Nachricht dazu führte, dass etwas passierte. Irgendetwas, solange es mir eine Richtung gab, in die ich vorstoßen konnte. Ich hatte so ein Gefühl, dass es klappen könnte. Jemand hatte versucht, mich zu töten und war gescheitert. Eine Menge Leute würden das persönlich nehmen und wütend werden. Ich würde mich nicht davon beeinflussen lassen, aber das wusste sonst niemand. Sie wussten nicht, wie ich reagieren würde, also wussten sie auch nicht, was ich in vier Stunden täte. Ich setzte darauf, dass sie das herausfinden wollten, bevor es passierte.

Es klingelte an meiner Tür und ich schaltete meinen Monitor aus, ehe ich öffnete.

„Sir, Sie werden es nicht glauben.“ Alenda sprach, ehe sie im Zimmer war.

„Ich weiß nicht, jemand hat mich im Korridor einer freundlichen Basis angegriffen, und das ist das zweite Mal, seit ich hier bin. Ich werde eine Menge glauben“, sagte ich.

„Ich habe die Element-Spektrum-Scans.“

„Verdammt. Jetzt schon? Das ging schnell.“

„Ja, Sir. Ich habe die Leute von allen anderen Missionen abgezogen.“

Ich nickte. „Okay, was haben Sie gefunden?“

„Sir … Drei der Standorte.“ Sie pausierte. „Tritium, Deuterium, Lithium.“

„Oh, fuck“, sagte ich.

„Ja, Sir.“

„Fusionsantriebe.“

„Ja, Sir. Oder zumindest alle Elemente, die man für einen braucht. Und die Tritium-Level legen nahe, dass sie entweder testen oder bereits funktionierende haben.“

Ich schaukelte einen Moment lang auf meinen Stuhl vor und zurück. Wenn sie Fusionsantriebe hatten, die funktionierten ... Ich kramte in meiner Erinnerung, was wir im All hatten, das womöglich in der Lage wäre, sie zu aufzuhalten. Ich hatte es mir gerade angesehen, aber ich konnte mich nicht genau erinnern. Ich schüttelte den Kopf und rief mir die Information ins Gedächtnis. Wir hatten nicht viel. Nicht genug. Das All war zu groß. Sobald sie die Atmosphäre überwunden hatten, konnten sie überall hin.

Fusionsantriebe. Shit.

„Sir, sie könnten–“

„Ja“, unterbrach ich. „Wenn sie Fusionsantriebe haben, könnten sie den Planeten verlassen. Wenn sie den nächsten Sprungpunkt erreichen, könnten sie verschwinden und wir würden sie nie finden.“

„Aber sie sind in einer Mine. Die Schiffe, falls es Schiffe sind – die können nicht sehr groß sein. Es ist ausgeschlossen, richtig?“

Ich hörte auf, mit dem Stuhl vor und zurück zu wippen. „Zu diesem Zeitpunkt bin ich mir nicht sicher, ob ich darauf wetten würde, wozu sie vielleicht oder vielleicht nicht in der Lage sind. Denn wenn ich wetten würde, hätte ich mit ,Es ist ausgeschlossen, dass der Feind verfickte Fusionsantriebe hat.‘ eine Menge Geld verloren.“

Alenda nickte. „Ja, Sir. Es sind vielleicht keine ...“ Sie unterbrach sich, vielleicht spürte sie, dass ich meine Hetzrede fortsetzen würde, falls sie noch etwas sagte.

„Sorry“, sagte ich. „Schießen Sie los. Sagen Sie, was Sie denken.“

„Ja, Sir. Ich wollte sagen, dass es vielleicht keine Schiffe sind. Es sind vielleicht nicht mal Antriebe. Wir sähen eine ähnliche Signatur bei–“

„Bei Waffen." Ich beendete ihren Gedanken für sie.

„Ja, Sir."

„Fuck."

„Ja, Sir."

Fusionswaffen. Nur eine wäre das Ende von Cappa Base. Ich hatte unsere Verteidigungssysteme nicht überprüft. Wir hatten sie, aber keine Basis war je von einem Planeten aus angegriffen worden, also wusste ich nicht, was sie aushalten konnten. Wir parkten die Basis weit genug vom Planeten entfernt, dass sie keine Verteidigung vor ihm brauchen sollte.

Eine Fusionsrakete musste uns nicht einmal treffen, um uns zu zerstören. Ich wusste nicht, ob das schlimmer oder besser als ein Schiff mit einem Fusionsantrieb war. Zur Hölle, vielleicht hatten sie beides. Die Basis angreifen und das Chaos nutzen, um fliehenden Schiffen Deckung zu geben. Nicht dass sie irgendwo hinkonnten. Wir kannten alle bewohnbaren Planeten. Sie würden irgendwann auf einem landen müssen. Oder eine Fusionsbombe auf ihn werfen. Sie könnten uns überall angreifen. Wenn sie die richtigen Ziele auswählten, konnten Sie zig Millionen töten. Oder sie schmuggelten sie selbst irgendwo hinein. Sie hatten Menschen. Oder zum Großteil menschliche Menschen. Ich wusste nicht, wie weit ihr Netzwerk reichte.

Ich versuchte, meinen Atem zu beruhigen, mich zu beherrschen, mich zu konzentrieren. Mein Kopf begann zu schmerzen, obwohl ich nicht wusste, ob das von der Explosion oder der Situation kam, auf die Alenda mich aufmerksam gemacht hatte.

„Sind Sie okay, Sir?", fragte Alenda.

Ich nickte, ohne sie anzusehen. „Es geht mir gut.“ Meine Gedanken wanderten zurück zu Seratas Nachricht. *Eindämmen.* Shit. Wie dämmte ich das hier ein? Ich saß wer weiß wie lange da. Versuchte, mir einen Reim darauf zu machen. Alenda stand da, ohne etwas zu sagen. Ich weiß nicht, wieso. Vielleicht spürte sie etwas. Vielleicht dachte sie, sie bräuchte meine Erlaubnis, um zu gehen.

„Wir müssen es Stirling sagen“, sagte ich schließlich.

„Ja, Sir.“ Ihr Tonfall sagte, dass sie einverstanden war. Wenn Leute einem andauernd mit „Ja, Sir“ antworteten, lernte man, mehr hineinzulesen.

„Ich muss hier warten, für den Fall, dass Karikov mir schreibt. Gehen Sie und briefen Colonel Stirling. Reden Sie persönlich mit ihm. Ich will nicht, dass das durch einen Analysten gefiltert oder in irgendeinem Bericht begraben wird. Sagen Sie ihm genau, was Sie mir gesagt haben, und wenn er die Bedeutsamkeit nicht versteht, sagen Sie ihm, was ich davon halte“, sagte ich.

„Ja, Sir“, sagte sie.

Kapitel Vierunddreißig

Genau sieben Minuten später öffnete sich zischend die Tür und Stirling betrat mein Quartier. Ich hatte mich von meinem Platz vor dem Monitor nicht entfernt, aber ich minimierte meine Nachrichten. Er musste mich nicht aufstehen und schwanken sehen.

„Geht es Ihnen gut, Carl? Diese Explosion–"

„Ja. Mir geht es gut. Wie geht es Plazz?"

„Sie ist okay. Milde Gehirnerschütterung, kein Schrapnell."

„Das ist ein Wunder. Glück gehabt. Das Bombenkommando sagt, dass Sergeant Gutierrez den Großteil der Explosion abbekommen hat."

„Sergeant?" G1 war Corporal gewesen.

„Wir haben sie befördern lassen", sagte er. „Es wird nicht viel bedeuten, bringt aber ein bisschen mehr Geld für ihre Familie."

„Smart. Danke", sagte ich.

„Ich wünschte, es wäre meine Idee gewesen. Mein XO hat sich das einfallen lassen."

Ich nickte. „Dennoch. Es ist eine gute Tat."

„Es ist nicht genug."

„Nein." Ich hielt inne. „Das ist es nie. Doch Sie können das Arschloch fassen, das es getan hat. Das würde ihr auch nicht helfen, aber es würde *mir* definitiv ein besseres Gefühl geben."

„Wir suchen bereits nach ihm. Wir haben die gesamte Basis abgeriegelt. Niemand bewegt sich ohne ausdrückliche Freigabe durch die Korridore. Wir gehen von Raum zu Raum", sagte er. „Wir haben sämtliche Reisen von der Basis herunter gestrichen."

Ich hob die Augenbrauen. Das war ein ernstzunehmender Schritt, der sämtliche kommerziellen Organisationen, die Cappa Base nutzten, anpissen würde. Die Situation erforderte es, aber ich hatte nicht gedacht, dass Stirling es in sich hatte, solche Wellen zu schlagen. Vielleicht war er zu demselben Schluss gekommen wie ich. Dass wir diese Sache nicht länger eindämmen konnten. „War vermutlich angebracht. Wer immer es war, er hat eine Soldatin getötet."

Stirling nickte. „Es ist mehr als das. Wir haben Glück, dass die Bombe in einem inneren Korridor war, aber wenn jemand das tun kann ... Was, wenn es das nächste Mal eine Außenwand ist? Oder ein überfüllter Raum? Wir müssen jede Gelegenheit ergreifen, um dem ein Ende zu machen, und wenn das bedeutet, alle auf der Basis zu behelligen ... nun, sie hatten es eine Weile lang leicht. Sie werden es überleben."

Jetzt ergab es einen Sinn. Er ergriff Maßnahmen, denn wenn jemand die Außenhülle der Station durchbrach – schwer, aber möglich –, könnten Dutzende getötet werden, ehe das Notfallsystem den Durchbruch versiegelte. Vielleicht sogar mehr, wenn der Angreifer es richtig anstellte. Die Karriere eines Kommandanten würde so etwas nicht überleben. Gut zu wissen, dass ich mich immer noch auf Stirlings Selbsterhaltungstrieb verlassen konnte. Das ersparte es mir, ihm einen Befehl zu geben.

„Aber Sie sind nicht hier, um mir bezüglich der Suche ein Update zu geben“, sagte ich.

„Nein.“

„Hat Alenda Sie aufgesucht? Ihnen den Bericht gegeben?“

„Hat sie. Ich habe ihr gesagt, dass sie draußen warten soll.“ Er ging zum Sofa hinüber und setzte sich auf die Armlehne.

„Was denken Sie?“, fragte ich.

Er saß ein Moment lang schweigend da. „Ich weiß es nicht. Tritium. Schiff oder Waffe. Das muss es sein, richtig? Mindestens neunzig Prozent.“

Ich nickte. „Ja. Aber was davon?“

Er holte tief Luft und stieß sie aus. „Schwer zu sagen. Ich denke, wir werden planen müssen, als wäre es beides.“

„Ich stimme Ihnen zu“, sagte ich. „Und ich glaube, Sie müssen Ihre Leute von der Oberfläche abziehen. Augenblicklich.“

Er saß schweigend da. „Das ist ein großer Schritt. Das wird den gesamten Krieg für immer verändern.“

Ich sorgte dafür, dass meine Stimme ausgeglichen klang, hielt den Sarkasmus fern. „Wenn sie neben einem unserer Camps eine Fusionswaffe zünden, wird das den gesamten Krieg auch für immer verändern. Und es ist sehr viel wahrscheinlicher, dass sie das tun können, als eine erfolgreich hier hochzuschießen.“

Er wiegte sich leicht vor und zurück, ehe er sprach. „Ein Schiff ist einfacher. Ich habe bereits ein vorübergehendes Embargo befohlen. Abgesehen von Militärschiffen darf nichts auf die Oberfläche, und nichts kommt rauf, ohne durchsucht zu werden. Wenn sie entkommen wollen, müssen sie fliehen. Wir können nicht alles eindämmen, wenn sie einen Sprint zu einem Sprungpunkt hinlegen, aber zumindest wissen wir dann Bescheid.“

Ich nickte. „Wenn Sie Schiffe durchsuchen, werden sie wissen, dass wir ihnen auf den Fersen sind.“

„Definitiv. Aber was haben wir für eine Wahl?“

Ich saß einen Moment lang da und dachte nach. Was hatten wir für eine Wahl? Diesen Teil hatte ich noch nicht durchdacht. Ich hatte mich auf die Soldaten auf der Oberfläche konzentriert. „Geben Sie Ihnen keine Zeit.“

Stirling setzte an, etwas zu sagen, dann unterbrach er sich. Er faltete die Hände. „Wie meinen Sie das?“

„Zwingen Sie sie zum Handeln. Empfehlen Sie allen Schiffen, die Oberfläche innerhalb der nächsten vier Stunden zu verlassen, unabhängig von ihrer Mission.“

Er saß da und dachte darüber nach. „Das würde es schwieriger machen, sie alle zu durchsuchen. Leichter, dass eines durchrutscht.“

„Es würde ihnen außerdem keine Zeit lassen, etwas zu laden, das sie nicht zu laden vorhatten, ohne dass es Ihnen auffällt“, sagte ich.

Er nickte langsam, dann stand er auf und klatschte einmal in die Hände. „Das gefällt mir. Wir wissen, wo die Schiffe der Unternehmen sind. Wir können die Aufklärungsmittel bündeln, bevor wir den Befehl geben.“

„Gut.“ Mir gefiel, dass er seine eigenen Ansichten ergänzte. Je mehr er glaubte, dass es seine eigene Idee war, desto besser würde er sie umsetzen. „Konfiszieren Sie auch Silber. Das werden die Dienstleister rausbringen wollen.“

„Das wird Sie anpissen. Gute Idee“, sagte er.

„Was ist mit den Truppen auf der Oberfläche?“, fragte ich.

Er setzte sich wieder. „Ich hasse es, das zu tun, aber Sie haben recht. Ich werde SPACECOM eine Nachricht schicken, und um Erlaubnis bitten.“

„Nein!“ Ich wollte von meinem Stuhl aufspringen, aber mir wurde schwindelig und ich fiel zurück auf den Sitz.

„Ruhig bleiben, Carl.“

„Machen Sie sich um mich keine Sorgen. Aber Sie können SPACECOM nicht kontaktieren. Wenn Sie auf Erlaubnis warten, werden die darüber debattieren, um mehr Daten bitten, dann noch mehr debattieren. Vielleicht bekommen Sie innerhalb eines Tages eine Antwort. Wahrscheinlicher sind zwei oder drei. Und all diese Zeit werden Ihre Leute da unten sitzen und angreifbar sein.“

Er warf die Hände hoch. „Ich weiß. Aber ich kann das nicht entscheiden. Ich kann den Krieg nicht beenden.“

„Gut, wenn Sie die Entscheidung nicht treffen, werde ich es tun. Ich gebe Ihnen einen direkten Befehl. Ziehen Sie Ihre Leute jetzt sofort vom Planeten ab. Sie können SPACECOM benachrichtigen, nachdem Sie angefangen haben.“

Ich wartete darauf, dass er explodierte. Er wusste nicht, dass ich die Befugnis hatte, diesen Befehl zu geben, und es musste so wirken, als überschritte ich meine Zuständigkeit. Er saß da ohne etwas zu sagen. Ich hatte ihn zum Schweigen gebracht. Jedenfalls hatte ich das gedacht.

„Okay, ich werde den Befehl geben“, sagte er.

Ich setzte an, etwas zu sagen, ehe ich das registriert hatte – bereit, ihn meinem Befehl zu unterstellen –, dann unterbrach ich mich, sprachlos. *Er wusste es.* Er wusste, dass ich die Befugnis hatte, bevor er mich überhaupt aufgesucht hatte. Wichtiger noch, er *wollte*, dass ich den Befehl gab. Er wollte, dass ich ihm den Arsch rettete, damit er das Richtige tun konnte, aber jemanden hatte, dem er die Schuld geben konnte, falls etwas schiefging.

Und es würde schiefgehen. Egal, was passieren würde, es war die Art Entscheidung, die von Nachrichtenleuten, Politikern und sogar militärischen Führern hinterfragt werden würde. Hätten sie doch nur hierüber nachgedacht, hätten sie doch nur diese anderen Faktoren erwogen. Wie Hobby-Strategen würden sie die Entscheidung zu Tode denken, nachdem sie mehr Informationen hatten, als wir je sehen würden. Sie würden etwas Falsches an der Entscheidung finden, egal welche Entscheidung ich traf. Das war es, was sie immer taten. Also ...

Scheiß auf sie.

Ein Teil von mir wollte Stirling in sein Feiglingsgesicht schlagen. Ein anderer Teil von mir wollte mich selbst ohrfeigen, weil ich ihm aus der Patsche geholfen und es ihm leicht gemacht hatte. Aber das änderte nichts. Wir hatten die Informationen, die wir hatten, und ich hatte die Entscheidung getroffen, die ich treffen musste. Andererseits hatte Serata genau deswegen einen Colonel auf dem Abstellgleis hier rausgeschickt. Jemand, der eine Entscheidung ohne politischen Druck treffen konnte.

Dann traf mich die Erkenntnis.

„Wie lange wissen Sie es schon?“, fragte ich.

„Weiß ich was?“, fragte er, aber seine Stimme stockte. Er war immer noch nicht gut darin, zu lügen.

Ich fixierte seinen Blick. „Aaron … Sie wissen genau, wonach ich frage. Wie lange wissen Sie schon, dass ich diese Befugnis habe?“

Er blickte zu Boden. „Eine Weile. Ich weiß nicht. Mindestens ein paar Tage.“

Ich holte tief Luft und atmete langsam durch die Nase aus. „Okay. Das ist wichtig. Wie haben Sie es herausgefunden?“ Ich hatte einen Verdacht, aber ich wollte, dass er ihn bestätigte. Was er sagte, könnte mein Denken verändern.

Er begegnete meinem Blick nicht. „Ich weiß es einfach“, sagte er nach einem Moment.

„Das ist nicht gut genug. Ich muss es wirklich wissen.“ Schon als ich das sagte, wusste ich, dass er umso mehr Widerstand leisten würde, je mehr Druck ich ausübte.

„Sorry“, sagte er. „Es spielt keine Rolle.“

Ich verkniff mir eine Antwort, setzte an, etwas zu sagen, dann wartete ich ein paar Sekunden, um mich zu beruhigen. Arschloch.

„Gut. Geben Sie den Befehl, den Planeten zu evakuieren. Lassen Sie mich wissen, wenn es getan ist.“ Ich wandte mich wieder meinem Monitor zu und rief einen Bildschirm voller Informationen auf. Ich las sie nicht. Ich wollte nur nicht länger Stirling anschauen.

Ich saß eine lange Zeit da, nachdem Stirling gegangen war, und starrte denselben bedeutungslosen Bildschirm an. Alenda war nicht gekommen. Vielleicht hatte sie den Ausdruck aufs Stirlings Gesicht gesehen und es sich anders überlegt. Vielleicht hatte er etwas gesagt, ihr befohlen, nicht reinzukommen. Ich war mir recht sicher, dass sie das, wovon ich ihr berichtet hatte, vertraulich behandelt hatte, aber es begann an mir zu nagen, wie es das nun mal tat, wenn die Dinge aus dem Ruder liefen und man zu viel Zeit zum Nachdenken hatte. Was hätte sie verraten können? Ich hatte ihr von dem Befehl nichts erzählt. Das hatte er anderswo erfahren. Ich wusste, wo er es herhatte, aber mein Verstand weigerte sich immer noch, es zu akzeptieren.

Serata musste es ihm erzählt haben. Es hätte jemand sein können, der Serata nahestand, eine andere hohe Führungskraft. Stirling hatte sicher Verbindungen. Aber mein Bauchgefühl sagte mir, dass Serata es getan oder zumindest den Befehl gegeben hatte. Aber wieso? Ich dachte etwas länger darüber nach, dann entschied ich, dass es keine Rolle spielte. Stirling wusste es und wenn er es nicht gewusst hätte, hätte er es erfahren, als ich den Befehl gab. Es änderte nichts.

Ich konnte nicht stillsitzen und darüber nachdenken, also stand ich trotz meines störrischen Beins auf und humpelte zur Tür. Vier Soldaten, die ich nicht kannte, standen draußen.

„Suchen Sie Sergeant Mac", sagte ich. „Sagen Sie ihm, ich will Karen Plazz aufsuchen." Karikov rief vielleicht an, aber ich dachte mir, dass ich noch etwas Zeit hatte. Ich hatte ihm vier Stunden gegeben und ich nahm nicht an, dass er sich beeilen würde.

Sie brauchten fünf Minuten, um Mac zu holen, und ich brauchte weitere fünf, um ihn davon zu überzeugen, dass ich gehen konnte. Es dauerte zehn Minuten, zu Plazz' Zimmer zu laufen, fünf Minuten länger, als es gedauert hätte, wenn ich die Wahrheit gesagt hätte und tatsächlich in der Lage gewesen wäre zu gehen. Ich schlurfte und schleppte meine Füße über den rutschfesten Boden des Decks. Ich rechnete es ihm hoch an, dass Mac nicht sagte: „Ich hab es Ihnen ja gesagt.“

Ich begann zu würdigen, wie mein Rang mich in jüngster Vergangenheit davor bewahrt hatte, das zu hören.

Die Tür öffnete sich und enthüllte ein Zimmer, das gerade groß genug war für ein Bett und einen kleinen Schreibtisch. Eine halb gepackte Tasche stand auf dem Boden, Plazz war damit beschäftigt, Kleider hinein zu stopfen.

„Die haben Ihnen wirklich nicht viel Platz gegeben.“ Ich trat ein und ließ meine Entourage von Wachen im Flur stehen.

Sie blickte von ihrer Arbeit auf. „Sie sehen fürchterlich aus.“

Ich kicherte. „Danke. Wie fühlen Sie sich?“

„Ich habe Kopfschmerzen.“ Sie stand auf. „Macht es Ihnen was aus, wenn ich die Tür schließe?“

Ich warf einen Blick nach draußen, von wo aus zwei meiner Wachen hereinschauten. „Wir kommen klar“, sagte ich zu ihnen. „Legen Sie los.“

Sie drückte den Knopf und die Tür schloss sich zischend. Sie zog den Stuhl unterm Schreibtisch hervor und bot ihn mir an, dann setzte sie sich aufs Bett.

„Gehen Sie irgendwo hin?“ Ich nickte in Richtung ihrer Tasche.

Sie zuckte mit den Schultern. „Ich denke, ich werde das hier an den Nagel hängen, ja.“

„Wie kommt's? Der Angriff?“

Sie dachte darüber nach. „Die Perspektive. Der Angriff hat es lediglich ausgelöst. Ich bin eine lange Zeit hier draußen gewesen, weit entfernt vom echten Leben. Und wofür? Was ist hier?"

„Sie wurden auf einer SPACECOM-Basis angegriffen. Das ist eine Story."

Sie zuckte erneut mit den Schultern. „Sicher. Es ist eine Story, für einen Tag. Vielleicht zwei. Aber es ist nicht die Art Story, die ich zu erzählen hergekommen bin."

„Was wollen Sie erzählen?"

Sie antwortete nicht unmittelbar. „Wieso sind Sie hier, Carl? Ich meine … nicht hier in diesem Zimmer. Hier. Auf Cappa."

Ich begegnete ihrem Blick. „Sie wissen, warum. Die Untersuchung."

„Richtig. Die Untersuchung, das weiß ich. Aber wieso *Sie*? Wieso schicken die einen Kerl, der seine Tochter hier verloren hat? Was an dieser Ermittlung war *so* wichtig?"

Ich senkte den Blick und dachte über die Frage nach. Sie hatte die Frage ausgesprochen, die in meinem Hinterkopf gebrannt hatte. Es war nie darum gegangen, Mallot zu finden. Als ich den Blick wieder hob, starrte sie mich immer noch an.

„Dachten Sie, ich wüsste nichts davon?", fragte sie.

„Das ist es nicht", sagte ich. In Wahrheit hatte ich nicht darüber nachgedacht. Natürlich wusste sie es.

„Sie sind plötzlich so still."

Ich nickte. „Sie sind eine gute Reporterin."

„Wieso sagen Sie das?", fragte sie.

„Sie stellen eine Menge wirklich harte Fragen."

Sie seufzte. „Tut mir leid.“

„Nein, muss es nicht. Jemand muss diese Fragen stellen.“ Sie hatte die Fragen gestellt, die ich mir selbst hätte stellen sollen. Ich stand auf, benutzte meinen gesunden Arm, um mich aus dem Stuhl hochzustoßen. „Sie sollten Ihre Tasche wieder auspacken.“

Sie stand ebenfalls auf. „Wieso das?“

„Weil es hier eine Story gibt, die Sie werden erzählen wollen.“

„Was–“

Ich winkte ab und unterbrach sie. „Fragen Sie nicht, denn jetzt kann ich nicht antworten. Geben Sie der Sache einen Tag. Ich denke, Sie werden Ihre Antworten kriegen.“

Sie starrte mich einige Sekunden lang an. „Okay. Einen Tag kann ich warten.“

Ich nickte. Sie hätte sowieso nicht aufbrechen können, angesichts von Stirlings Flug-Embargo, aber ich nahm es als kleinen Sieg, dass sie die Entscheidung von sich aus getroffen hatte. „Ich hoffe, es geht Ihnen bald besser.“

Ich ließ Mac ein elektrisches Cart rufen, um zurückzufahren. Ich brauchte die zusätzliche Belastung meines Beines nicht, und wichtiger noch: Ich musste nachdenken. Serata hatte mich in eine unmögliche Situation gebracht, von der er einiges wusste und einiges vermutlich nicht. Serata tat nichts aus Versehen. Er hatte mich aus einem Grund hergeschickt und er traute mir zu, diesen Grund zu durchschauen und zu handeln. Als ich das, was ich tun musste, in meinem Kopf hin und her wälzte, erschauderte ich, trotz der einheitlichen Temperatur der Raumstationsprozessluft.

Kapitel Fünfunddreißig

Ich schaltete die Übertragung auf meinem Monitor auf Operationen um und betrachtete die jüngsten Bewegungen, um sicherzugehen, dass Stirling Ernst gemacht hatte mit seiner Entscheidung, sich zurückzuziehen. Das hatte er.

Die Befehle waren bereits rausgegangen, was mich glauben ließ, dass Stirling sich vorbereitet hatte, was wiederum bedeutete, dass er vermutet hatte, dass ich ihm die Anordnung zur Evakuierung geben würde. Arschloch.

Ich fragte mich, wo er meine Antwort sonst noch hätte voraussehen können. Ich dachte über meine jüngsten Handlungen nach, fand aber nichts Offensichtliches. Jemand hatte den Gang von meinem Zimmer zum Fitnessraum vorausgesehen und eine Bombe platziert, aber das war nicht Stirling gewesen. Unmöglich.

Ich sah, wie sich der Bildschirm aktualisierte, was er mit etwa der gleichen Geschwindigkeit tat, mit der auch die Sonne nachmittags am Himmel vorüberzieht. Es erfüllte keinen Zweck, aber ich konnte mich nicht entziehen. Ich konnte daraus nicht einmal einen Zeitplan für den Rückzug ableiten. Es würde davon abhängen, wie viel sie von der Oberfläche mitzunehmen versuchten und welche Ausrüstung sie zurücklassen wollten. Menschen konnten wir mühelos abziehen. Die etlichen Jahre von aufgebautem Zeug … das würde Zeit brauchen. Ich widerstand dem Verlangen, Stirling anzurufen. Er hatte die Entscheidung getroffen, was mitzunehmen und was zurückzulassen war, und damit konnte ich leben, was immer er entschieden hatte.

Die Cappaner hatten nichts gegen uns unternommen, was eine angenehme Auszeit bot. Ich wusste nicht, wie lange ich mich darauf würde verlassen können. Sie könnten Flugabwehrraketen auf ein abfliegendes Schiff schießen, wenn sie wussten, dass wir uns zurückzogen. Mittlerweile mussten sie wissen, dass etwas passierte, aber ich konnte ihre Reaktion nicht voraussehen. Sie wollten uns loswerden, aber sie waren sicher nicht so naiv zu glauben, dass wir nicht jederzeit zurückkommen könnten, also würde sie das nicht abhalten. Sie würden schnell planen. Das musste ich annehmen. Ich hätte es an ihrer Stelle getan und musste ihnen zu Gute halten, dass sie das gleiche Denkvermögen hatten wie wir. Irgendetwas darunter anzunehmen, wäre idiotisch. Unterschätze nie deinen Feind.

Als das Telefon piepte, sprang ich beinahe von meinem Stuhl auf. Ich ließ es ein zweites Mal piepen, ehe ich dranging.

„Butler hier.“

„Butler. Hier ist Karikov.“

„Karikov. Schön zu hören, dass Sie leben.“

„Ha! Es braucht mehr als ein kleines Feuergefecht, um mich auszuknocken.“

„Ja. Kleines Feuergefecht am Arsch.“ Meine Gedanken rasten. Ich hatte nicht ganz durchdacht, was ich tun wollte, falls er anrief. Da Mallot tot war, musste ich wissen, ob Karikov die Kontrolle wiedererlangt hatte oder ob es noch mehr Menschen gab, die mit den Cappanern zusammenarbeiteten. Wenn irgendjemand ihre Pläne kannte, dann wäre das Karikov oder jemand in seiner Nähe.

„Sind Sie allein?"

„Ja, ich bin allein. Hey, Butler ... Ich hatte vor, Sie zu fragen, als Sie hier unten waren. Kennen Sie einen Kerl von Polla 5 namens Kapinski? Kleiner, weißer Kerl."

„Kappy? Ja, ich kannte Kappy." Ich wusste auch, dass Kapinski groß, dünn und schwarz war. Ein Signal. Karikov war nicht allein, und mehr noch, er wollte mich das wissen lassen.

„Was ist aus dem Bastard geworden?", fragte er.

„Kappy ist auf Ferra 3. Er ist im Ruhestand. Arbeitet als Unternehmer, saugt der Regierung Geld aus."

„Ha!", antwortete er. „Das klingt logisch. Egal, man hat mir gesagt, dass Sie mit mir reden wollten. Es hieß, es könne nicht warten."

„Ja. Stirling zieht sämtliche Kräfte von der Oberfläche ab. Dachte, das sollten Sie wissen. Ohne konventionelle Truppen zur Unterstützung sollten Sie vermutlich dar-über nachdenken, ebenfalls abzurücken. Nur für eine Weile." Ich verriet nichts. Falls die Leute, die zuhörten, noch nichts vom Rückzug wussten, hätten sie das bald genug durchschaut.

„Gut zu wissen. Wir schauen uns das an", sagte er.

„Was, glauben Sie, werden die Cappaner tun? Denken Sie, sie werden versuchen, uns anzugreifen, wenn wir uns zurückziehen, oder haben sie andere Pläne?" Auf der Oberfläche war das exakt die Art Frage, die ein kon-ventioneller Kommandant einem Special Operator stellen würde. Sie kannten die Einheimischen am besten. Aber ich benutzte sie, um ihm eine Chance zu geben, mir etwas anderes zu sagen, falls er konnte. Ich wollte, dass er mir einen Grund lieferte, nicht das zu tun, was ich in meinem Kopf bereits plante. Irgendeinen.

Die Verbindung blieb für eine Sekunde still. „Scheiß drauf", sagte Karikov mit gedämpfter Stimme, vermutlich abseits des Kommunikators. „Wir ziehen uns vermutlich nicht zurück", sagte er, jetzt deutlicher. Die Leitung übertrug einen Knall und einen Moment später war sie tot.

Ich wusste nicht, was das Geräusch verursacht hatte, aber es hatte geklungen wie ein Gewehrkolben, der den Kopf eines Mannes getroffen hatte. Karikov hatte den Preis dafür gezahlt, mir diese Antwort zu geben. Oberflächlich betrachtet klang es nicht wichtig, aber ihm hatte es eindeutig etwas bedeutet. Es gab mir die Antwort, die ich brauchte, so ungern ich sie auch hören wollte. Karikov hatte auf der Oberfläche nicht das Sagen, und wer immer es war, würde ihm nicht erlauben, mir noch mehr zu sagen.

Ich stieß mich von meinem Stuhl hoch, holte mir einen Plastikbecher und füllte ihn halb mit Whisky. Ich gab noch vier Eiswürfel dazu. Ich wirbelte sie herum, sodass sie an die Innenseite stießen. Ich vermisste Glas. Das Geräusch von Eis, das gegen Plastik klapperte, hatte nicht denselben Effekt. Ich hatte noch 1 1/3 Flaschen übrig. Ich musste diese Sache abschließen. Ich bin mir sicher, dass ein Arzt übers Trinken nach einer möglichen Gehirnerschütterung etwas gesagt hätte. Gut, dass keine Ärzte anwesend waren.

In einer Schublade suchte ich nach etwas zum Schreiben. Alles, was ich fand, war ein mieser Stift, aber er funktionierte. Ich fand etwas Papier und setzte mich. Ich musste einiges aufschreiben und wollte es nicht im Netzwerk haben.

Ich erwachte etliche Stunden später, das Licht war noch an, aber zumindest hatte ich es ins Bett geschafft. Ich wusste nicht, wie spät es war, doch mein Bauchgefühl sagte mir, dass es vermutlich mitten in der Nacht war. Ich hatte zweimal ignoriert, dass es an der Tür geklingelt hatte, und das waren nur die Male gewesen, die ich mitbekommen hatte. Wer weiß, wie viel häufiger es noch geklingelt hatte, während ich ohnmächtig im Bett gelegen hatte. Die Besucher hatten offensichtlich aufgegeben und waren gegangen.

Der Druck hinter meinen Augen sagte mir, dass mir ein Kater bevorstand, also holte ich mir eine große Tasse Wasser und leerte sie, um den Effekt abzuschwächen. Ich ging den Monitor ausschalten und checkte meine Nachrichten. Nichts Neues. Ich rief die Operationsübertragung nicht auf, weil ich nicht wieder in dieses schwarze Loch fallen wollte. Ich hatte vor, wieder schlafen zu gehen, und das könnte ich mir dann sicher abschminken. Aus einer Laune heraus, öffnete ich eine Nachricht an Serata.

Sir – egal was passiert, kümmern Sie sich um Sharon.

Butler

Ich drücke auf Senden und fuhr das System herunter. Ich blieb am Tisch stehen und trank den letzten

Schluck meiner vorletzten Flasche, dann schaltete ich das Licht aus.

Das Klingeln an meiner Tür schickte knirschenden Schmerz in mein pochendes Gehirn. Wie erwartet war es eine dumme Idee gewesen, einen Haufen Schnaps mit zu wenig Wasser und einer potenziellen Gehirnerschütterung zu mischen. Der Geschmack in meiner Mundhöhle erinnerte mich an eine verschwitzte Socke, die in der Sonne getrocknet war.

„Öffnen", krächzte ich. Ich machte mir nicht die Mühe, mich im Bett aufzurichten. „Licht."

„Sir ... Sie sind immer noch im Bett. Und vor Ihrer Tür steht ein halbes Bataillon."

„Hardy. Sie haben recht. Und Sie sind aus dem Krankenhaus raus. Wie geht es der Hüfte?", fragte ich.

„Immer noch steif, Sir. Aber ich werde die Therapie auf ambulanter Basis fortführen."

Ich nickte, dann überlegte ich es mir anders, weil es dazu führte, dass mein Kopf pochte. „Seien Sie vorsichtig im Krankenhaus."

„Ja, Sir. Mac hat das erwähnt, als er sagte, dass ich dort verschwinden sollte, aber ich habe es nicht verstanden. Was ist los?"

„Sie haben genetische Experimente gemacht, mit Menschen und Cappanern. Ich weiß davon. Kann sein, dass sie nicht allzu glücklich darüber sind, dass ich das weiß. Natürlich wissen auch Sie jetzt davon", sagte ich.

„Heilige Scheiße. Sorry, Sir, ich meinte–"

„Nein, ist okay", sagte ich. „‚Heilige Scheiße' trifft es in etwa."

„Was werden Sie deswegen unternehmen, Sir?"

Ich lächelte halb über die Unschuld, ein Lieutenant zu sein und zu denken, dass der Colonel etwas unternehmen könnte. Ich wünschte, ich könnte dieses Gefühl teilen. „Unglücklicherweise haben wir vermutlich größere Probleme."

Hardy stand da blickte mich erwartungsvoll an. „Ihnen ist eine Menge entgangen", sagte ich. „Besorgen Sie sich einen Einsatzbericht. Da wird das meiste dessen drinstehen, was Sie wissen müssen."

„Ja, Sir. Soll ich das Licht ausschalten, wenn ich gehe?"

„Nein, lassen Sie es an", sagte ich. „Ich stehe auf."

Ich lag noch einige Minuten lang da, nachdem er gegangen war, aber schließlich zwang ich mich aus dem Bett und rüber zur Kaffeemaschine, dann schaltete ich meinen Monitor ein. Eine Nachricht von Serata blitzte in der oberen Ecke auf und ich berührte sie, um sie zu öffnen. Seine Antwort auf meine betrunkene Nachricht, sich um Sharon zu kümmern. Ein Wort.

Immer.

Ich kannte die Antwort, bevor ich die Bitte überhaupt abgeschickt hatte, aber sie auf dem Bildschirm zu sehen, ließ mich dennoch erschaudern. Wir hatten einander vor langer Zeit versprochen, dass, wenn einem von uns etwas zustieß, der andere sich um dessen Familie kümmern würde. Das war in einer Zeit gewesen, als die Wahrscheinlichkeit, dass etwas passieren würde, größer schien. Angesichts der jüngsten Ereignisse und dem Fehlen direkter Führung, tat eine Bestätigung gut.

Nach einem Moment öffnete ich die Übertragung der Operationen, um zu sehen, welchen Fortschritt Stirling gemacht hatte, und wichtiger noch, ob es irgendwelche Einmischungen des Feindes gegeben hatte. Ich brauchte einen Moment, um mich durch den Nebel in meinem Kopf zu kämpfen und alles zu verdauen, aber als ich es zusammengesetzt hatte, sah es gut aus. Stirling hatte schnell gehandelt und die Truppen die ganze Nacht hindurch mit Shuttles raufgebracht. Er hatte mehr als die Hälfte der Truppen von der Oberfläche geholt, und die Geschwindigkeit würde sich nur noch steigern. Sie hätten zuerst unterstützende Mitarbeiter entfernt und leichtere Kampftruppen zurücklassen, um das Gebiet zu sichern, damit die Transporter ihre Mission weiterführen konnten.

Ich schaltete aus, starrte den leeren Bildschirm an und nippte an meinem Kaffee. In diesem Augenblick wünschte ich mir wirklich, jemanden zu haben, mit dem ich über meine Gedanken sprechen konnte, aber es gab niemanden, dem ich gänzlich vertraute. Alenda hatte sich bewiesen, aber das Schicksal eines Planeten – das ging über ihren Verstand hinaus. Stirling fiel definitiv aus. Hardy ... Sein Kopf würde explodieren. Ich hatte Mac, aber diese Bürde konnte ich ihm nicht auflasten.

Was es schlimmer machte, war, dass ich mehrere Stunden Zeit hatte. Stunden, bis die Oberfläche sauber war, Stunden, bis ich irgendeine Art von Maßnahme ergreifen konnte. Stunden, in denen ich nichts zu tun hatte, außer über die schrecklichste Tat in hundert Jahren nachzudenken. Ich konnte sie vor mir selbst nicht schönreden. Es war leicht, den Cappanern die Schuld zu geben, aber es war wirklich nicht ihre Schuld. Sie hatten uns nicht gebeten, aufzutauchen und ihren

Planeten zu übernehmen. Wir waren die Eindringlinge, und es wäre heuchlerisch gewesen, ihnen zu verübeln, dass sie sich wehren wollten.

Deswegen hatte er mich geschickt. Er wusste, ich würde den Job machen, trotz meiner Bedenken, trotz meines Gewissens. Ich würde damit leben müssen. Es war ein zu großes Risiko, irgendetwas anderes zu tun. Falls die Cappaner mit Fusionswaffen vom Planeten runterkämen, war es unmöglich zu sagen, wie viele Menschen sterben würden. Das machte es nicht richtig, sie anzugreifen. Aber es gab mehr als ein Richtig, und ich wählte immer das Richtig, das unserer Seite half.

Ich erwog eine weitere Nachricht an Serata, entschied mich aber dagegen. Er hatte gesagt, was er sagen würde. Ich überlegte, Sharon eine Nachricht zu schreiben, entschied mich aber auch dagegen. Sie würde sich lediglich Sorgen machen, dass ich die Routine änderte.

Ich blickte mich im Zimmer nach irgendetwas anderem um, das ich tun könnte. Ich rief die Karte auf und prüfte zum vierten oder fünften Mal die Aufklärungsberichte, die Alenda besorgt hatte, nur für den Fall, dass ich etwas anderes finden würde. Ich tat es nicht. Es klingelte an der Tür und Alenda trat ein.

„Hallo, Lex. Irgendwelche Neuigkeiten?"

„Nichts, was nicht in Ihren Übertragungen wäre, Sir. Was tun wir jetzt?", fragte sie.

„Wir gehen in den Fitnessraum", sagte ich. Es war ein dummer Gedanke, angesichts meines schlimm zugerichteten Körpers, aber Gewohnheiten lassen sich nur schwer überwinden. Ich wusste nicht, was ich dort tun würde, aber ich würde etwas finden.

„Entschuldigung, Sir?", fragte sie. „Sie wollen, dass ich mitkomme?"

Ich lächelte. „Nein, Lex. Will ich nicht. Ihr Part in dieser Mission ist zu Ende. Es ist Zeit für Sie, zu Ihren regulären Pflichten zurückzukehren."

Kränkung huschte über ihr Gesicht, aber sie sammelte sich schnell. „Was meinen Sie damit, Sir? Es gibt immer noch Arbeit."

„Ja. Aber die kann nur ich tun."

„Ich kann helfen, Sir."

Ich schüttelte den Kopf. „Sie haben großartige Arbeit geleistet. Ich hätte es ohne Sie nicht geschafft." Ich hielt inne. „Aber jetzt müssen Sie mir etwas Freiraum lassen. Das ist wichtig."

Sie sah mich an, als erwartete sie, dass ich das weiter ausführen würde, aber ich traute mir nicht zu, weiterzureden. Sie ging zur Kaffeemaschine und machte sich einen Kaffee, dann setzte sie sich aufs Sofa und lehnte sich in die Kissen.

„Das ist Bullshit, Sir." Sie nippte an ihrem Kaffee.

„Wie bitte?"

„Ich bin Teil dieser Sache. Sie können mich nicht einfach so wegstoßen." Sie blickte mich über ihre Tasse hinweg an. „Was immer Sie tun, ich will dabei sein."

„Sie ..." Ich setzte an, sie anzublaffen, beherrschte mich aber. Ich nickte, langsam, sodass mein Kopf nicht allzu sehr wehtat. Ich musste ihr helfen zu verstehen. Es wäre leichter gewesen, wenn ich ihr alles hätte erzählen können, aber das konnte ich nicht. „Lex, ich vertraue Ihnen. Aber jetzt muss ich Sie bitten, mir zu vertrauen, dass Sie nicht Teil davon sein können."

„Ich kann helfen!" Ich bin mir nicht sicher, ob es Wut oder Frustration war, die sich in ihre Stimme schlich.

Ich seufzte. „Sehen Sie für mich nach Lieutenant Hardy. Sorgen Sie dafür, dass er eine gute Mission bekommt."

Sie hielt meinen Blick ein Moment lang, ohne zu sprechen. „Sir, was werden Sie tun? Wenn Sie wollen, dass ich mich um Hardy kümmere ..." Ihre Stimme verstummte.

Ich saß schweigend da und ließ sie ihre Gedanken zu Ende denken.

Nach einer Minute nickte sie, stellte ihre Tasse ab und stand auf. „Sir, es war mir eine Ehre, mit Ihnen zu dienen."

Ich kämpfte mich auf die Beine. Ich streckte meine Hand aus und wartete, bis sie sie mit ihrem festen Griff nahm. „Die Ehre war ganz meinerseits."

Kapitel Sechsunddreißig

Nach dem Abendessen stand ich im Hangar und sah dem letzten Schiff zu, das Truppen von der Oberfläche raufbrachte. Ein großes Transportschiff, lang und schmal, mit sechzig Soldaten. Ich wartete geduldig, bis sie durch die Dekontamination kamen, stand im Hintergrund, sodass sie mich nicht bemerken würden. Ich wollte ihre Stimmung einschätzen, versuchen, ein Gefühl dafür zu bekommen, was die letzten Soldaten auf der Oberfläche darüber dachten, abzurücken.

Ich glaube, ich erwartete, Enttäuschung zu sehen, aber sie zeigten keine. Sie lächelten und scherzten miteinander, aber ich schätze, das bedeutete nicht viel. Sie waren vielleicht einfach froh, der elenden Existenz auf der Oberfläche entkommen und wieder im relativen Komfort einer Raumstation zu sein. Ihre wahren Gefühle würden sich erst später zeigen, und ich kam mir etwas dumm vor, weil ich geglaubt hatte, etwas herausfinden zu können.

Ich sammelte meine Beerdigungsprozession von Wachen ein und machte mich auf dem Weg zurück zu meinem Quartier. Als wir eintrafen, bat ich einen der Soldaten, dessen Namen ich nicht kannte, Mac zu holen, und einer der anderen Soldaten eilte los.

Ich blickte zur ungeöffneten Flasche Whisky hinüber und dachte darüber nach, sie zu öffnen. Ich dachte intensiv darüber nach. Aber ich rührte sie nicht an. Es waren lange fünf Minuten, die ich wartete, bis Mac an der Tür klingelte und hereinkam.

„Sie wollten mich sehen, Sir?“

„Ja.“ Ich nahm zwei Briefumschläge vom Schreibtisch. „Nehmen Sie die. In vierundzwanzig Stunden, egal was passiert, will ich, dass Sie diesen hier Plazz geben.“

„Ja, Sir.“ Mac musste Fragen haben. Wo ich sein würde, wieso Plazz. Aber er fragte nicht. Ich wusste, das würde er nicht tun, und ich liebte ihn dafür.

„Den zweiten lassen Sie an Sharon schicken“, sagte ich.

„Sir, das wird Monate dauern“, sagte er.

„Ich weiß. Ich habe meine Gründe.“

Mac stand schweigend da und sah mich an. „Ja, Sir“, sagte er schließlich. „Sir ... Ist alles in Ordnung?“

Ich zwang mich zu einem Lächeln. „Es ist alles in Ordnung. Ich regle nur ein paar Dinge, das ist alles.“ Ich stand da, ohne mich zu bewegen, und sah zu, wie er ging. Sobald er fort war, setzte ich mich vor mein Terminal und öffnete einen Kanal zum Operationsdeck.

„Operationen.“ Die Stimme einer Frau, um sie herum das Rauschen von Aktivität. In Ops bewegte sich immer etwas und es war geschäftig.

„Hier spricht Colonel Butler. Lassen Sie mich mit der Feuerleitung sprechen“, sagte ich.

„Ja, Sir.“ Einige Sekunden schwieg die Verbindung.

„Feuerleitung, Sir. Hier spricht Major Salcedo.“

„Hier spricht Colonel Butler. Ich will, dass Sie mir einen Link zum Feuerleitprogramm auf mein Terminal übertragen.“

Die Leitung war für einige Sekunden still, aber ich wusste, dass er da war, wegen des Lärms im Hintergrund. „Sind Sie sich sicher, Sir?"

„Checken Sie meine Befugnisse. Ich werde eine biologische Bestätigung schicken." Ich tippte auf meinen Bildschirm, um das entsprechende Feld zu öffnen, dann drückte ich meinen Daumen darauf.

„Hab's, Sir. Ich bestätige Ihre Befugnisse."

„Okay. Gut. Schicken Sie mir den Link", sagte ich.

„Sir, wenn Sie Ziele haben, kann ich das für Sie ausführen."

„Salcedo."

„Ja, Sir?"

„Wissen Sie, wer ich bin?", fragte ich.

„Ja, Sir."

„Okay. Wenn Sie wissen, wer ich bin, dann wissen Sie, dass ich vollkommen in der Lage bin, das Interface eines Feuerleitcomputers zu bedienen. Richtig?"

Ich hatte eine Menge Zeit bei der Feuerleitung verbracht. Es war kein Geheimnis und als Feuerleitoffizier würde Salcedo das wissen.

Stille. „Der Link ist offen, Sir."

„Danke". Ich unterbrach die Verbindung, dann öffnete ich den Link. Ich hatte nicht viel Zeit. In diesem Moment würde Salcedo in Panik geraten und zu entscheiden versuchen, ob er meine Aktivität überwachen oder melden sollte. Er würde den Ops Chief rufen, der weniger als eine Minute brauchen würde, um zu entscheiden, ob er Stirling anrufen sollte oder nicht. Stirling allerdings würde länger brauchen. Er würde darüber nachdenken und sich fragen, ob er mich aufhalten konnte. Sich fragen, ob er es tun sollte. Ich hatte genug Zeit.

Ich dachte ein letztes Mal darüber nach, wie ich an diesen Punkt gekommen war. Ob es anders hätte enden können, wenn auch nur eines von einem halben Dutzend Dinge anders gelaufen wäre. Wenn ich meine Beziehung mit Elliot besser gehandhabt hätte. Oder mit Stirling.

Oder mit Serata.

Ich nahm eine handgeschriebene Seite Notizen aus meiner Schublade und tippte elf Koordinatensätze vom Papier ab. Ich ließ das Munitionsfeld auf dem Feuerbefehl leer, bis es das Letzte war, das auszufüllen war, für den Fall, dass Salcedo zusah.

XB25

Der Kommunikator piepte beinahe sofort. Ich wartete nicht darauf, dass er ein zweites Mal piepte.

„Hier ist Butler."

„Sir, hier spricht Major Salcedo. Sie haben im Feuerbefehl XB25 eingegeben."

Ich lächelte freudlos vor mich hin. Ich hatte gewusst, dass er zusehen würde. „Ich weiß, was ich eingegeben habe."

„Sir, mit dieser Munition und diesem Feuerkonzept, wird das Resultat–"

„Ich bin mir vollkommen im Klaren über das Resultat. Danke." Ich legte auf.

Ich blickte vielleicht für weitere zwei Sekunden auf den Bildschirm, dann drückte ich auf Ausführen. Ich konnte das Resultat nicht sehen, aber innerhalb weniger Sekunden würden von Schiffen im Orbit rund um den Planeten Raketen abgefeuert werden. Sie waren dort zur Blockade eingesetzt, aber ihre Feuersysteme waren immer noch aktiv und der ferngesteuerte Befehl würde sie auslösen. Ich stand auf, ging rüber zur ungeöffneten Whiskyflasche und nahm sie, dann öffnete ich die Tür.

„Sir!“ Das Team draußen stand stramm.

„Gehen wir“, sagte ich. „Colonel Stirlings Büro.“

Wir schafften es nicht ganz bis zu Stirlings Büro. Stirling kam uns im Flur entgegen, lief auf eine merkwürdige Weise, bei der er versuchte, es so aussehen zu lassen, als ginge er ganz normal. Er blieb unvermittelt stehen, als er mich erblickte.

„Was haben Sie getan?“, fragte er.

„Reden wir in Ihrem Büro.“

Er starrte mich einen Moment lang an, dann sah er die Soldaten um mich herum an. Er drehte sich um und ging auf sein Büro zu. Mein Sicherheitsteam vollführte einen Tanz, um ihm aus dem Weg zu gehen. Ich folgte, ohne mich zu beeilen. Mein Bein pochte. Keiner von uns sprach, bis wir sein Büro erreicht hatten und er die Tür geschlossen hatte.

„XB25er! Was verfickt noch mal haben Sie getan?“

„Ich habe Ihnen meine letzte Flasche Whisky mitgebracht.“ Ich hielt sie ihm hin. Er blickte die Flasche in meiner Hand mindestens vier oder fünf Sekunden lang an.

„Carl ...“

„Sie werden mich verhaften müssen“, sagte ich.

„Sie verhaften? Wofür?“

„Vermutlich Genozid“, sagte ich. „Man wird sich über die Anklage schon noch einig werden“.

Er ließ einen Moment lang die Schultern hängen, seine normalerweise starre Haltung sank in sich zusammen. Er streckte eine Hand aus und nahm mir die Flasche ab. „Carl …"

„Ich kenne mich mit der Feuerleitung aus, Aaron. Ich habe die Ziele sorgfältig ausgewählt."

„Fusionswaffen. Planetenbrecher …" Er ging zu seinem Schreibtisch hinüber und holte zwei Gläser aus der Schublade. Echtes Glas, schwer und vollkommen. Er öffnete die Flasche und schenkte uns beiden je zwei Finger breit ein, dann holte er Eis aus einem Spender und gab zwei Würfel in jedes Glas. Er kam zu mir zurück und reichte mir eins, dann hielt er seins hoch.

Ich stieß meinen Drink gegen seinen, dann wirbelte ich die braune Flüssigkeit herum und lausche dem Eis, wie es gegen das Glas klimperte. „Die Situation ist eingedämmt."

Er trank einen Schluck, dann nickte er. „Zu einem hohen Preis."

Ich trank einen Schluck und kostete ihn aus. Ich würde eine lange Zeit keinen mehr bekommen. „Ein hoher Preis, in der Tat. Aber ich habe ihn gezahlt. Ich habe alleine gehandelt. Ich hatte die Befugnisse. Niemand hätte mich aufhalten können."

Er stand schweigend da und blickte in sein Glas, versuchte vermutlich, die Sache zu Ende zu denken und zu schauen, ob sie auf ihn zurückfallen könnte. „Also was jetzt?"

„Jetzt – nachdem ich meinen Drink ausgetrunken habe – verhaften Sie mich. Sie versetzen mich in Kälteschlaf, stecken mich in ein Schiff und schicken mich zurück zu SPACECOM. Wenn ich dort in etwa sechs

Monaten ankomme, wird man entschieden haben, was als Nächstes passiert."

Er stieß Luft durch die Nase aus. „Ja. Okay."

„Kümmern Sie sich um Mac. Sergeant McCann. Ich meine es ernst. Was immer er braucht, lassen Sie es geschehen."

Er nickte. „Sicher. Natürlich."

„Eine weitere Sache müssen Sie tun", sagte ich. „Ich kann es in einen schriftlichen Befehl verpacken, wenn Sie das brauchen."

„Ich bin mir nicht sicher, ob ein schriftlicher Befehl eine große Rolle spielt, nachdem ich Sie verhaftet habe. Zu dem Zeitpunkt wäre ein Befehl eine ziemlich schlechte Tarnung."

„Ja", sagte ich.

„Was brauchen Sie?" Er nahm die Flasche und schenkte mir nach.

„Sie müssen ins Krankenhaus gehen. Suchen Sie den Genetiker und verhaften Sie ihn. Elliot und ihre Leute haben genetische Experimente an Cappanern und Menschen durchgeführt. Es ist mir egal, ob Sie das Krankenhaus niederbrennen müssen. Schicken Sie ihn mit demselben Schiff wie mich zurück."

Stirling lächelte. „*Diesen* Befehl führe ich nur zu gern aus."

„Es wird einige Leute anpissen", sagte ich.

Er zuckte mit den Schultern. „Scheiß auf sie. Geht es Ihnen gut?"

Ich dachte einen Moment darüber nach, aber ich wusste es nicht. Es spielte keine Rolle. Ich nickte und lächelte ihn halb gespielt an, dann leerte ich meinen Drink mit einem großen Schluck.

„Sind Sie bereit?", fragte er.
Ich stellte mein Glas ab. „Ja, ich bin bereit."

Danksagung

Ein Roman ist kein Unterfangen für einen allein. Viele, viele Menschen waren hieran beteiligt. Ich hätte es nicht ohne meine Agentin Lisa Rodgers geschafft. Sie glaubte an das Buch, hat es verkauft und meine lächerlichen Debütautorfragen beantwortet, aber zudem hat sie absolut brillanten textlichen Rat gegeben, der die Story zu dem veredelt hat, was sie heute ist.

Ich danke David Pomerico und dem gesamten Team von Harper Voyager für ihren Glauben an mein Buch und ihre harte Arbeit daran, es Wirklichkeit werden zu lassen. Ich danke Sebastian Hue für seine Kunst und allen anderen, die am großartigen Cover beteiligt waren. Ich schulde Dan Koboldt und der gesamten Patchwork-Crew Dank. Dan war bei mehr als bloß dem Pitch-Wars-Wettbewerb eine große Hilfe. Er hat mir wahnsinnig viel darüber beigebracht, was es bedeutet, professioneller Autor zu sein, und er betreut mich bis heute.

Ich danke meinem Bruder Steve Mammay, der der Erste war, der irgendetwas hiervon gelesen hat. Sein Rat und Vertrauen gaben mir den ersten Anstoß, den ich brauchte, um es zu etwas Besserem zu machen. Ich danke meiner Schwägerin Melissa Mammay für ihr exzellentes Feedback. Ich danke meinen frühen Leserinnen und Lesern David Kristoph, Jessika Bloczynski,

Tahani Nelson und etlichen anderen, die kleinere Teile des Buches gelesen und Rat angeboten haben.

Drei kritische Partnerinnen waren vor, während und nach dem Schreiben dieses Buches bei mir. Ich habe von jeder von ihnen mehr gelernt, als ich zum Ausdruck bringen kann. Morgan Levine tut wundervolle Dinge mit Worten, die ich nur anstreben kann. Ihre Fingerabdrücke finden sich auf ein Dutzend subtiler Arten in diesem Buch. Rebecca Enzor hat dafür gesorgt, dass ich während der harten Zeiten, von denen jedes Buch begleitet wird, nicht verrückt wurde, und sie tut es nach wie vor.

Ich kann unmöglich die Wichtigkeit der Unterstützung und des Rates von Colleen Halverson zum Ausdruck bringen. Ihre Arbeit an diesem Buch und besonders ihre Hilfe dabei, mich als Autor zu entwickeln, entbehren jeglicher Worte. Ich weiß ihre Haltung, ihren Arbeitsethos und ihre Freundschaft zu schätzen.

Vor allem aber möchte ich meiner Frau Melody danken. Ihre unerschütterliche Unterstützung und ihr Glaube sind erstaunlich. Die Opfer, die sie für mich und unsere Familie bringt, nicht nur in diesem Projekt, sondern in allen Dingen, machen mich demütig. Ohne ihre Liebe würde nichts hiervon eine Rolle spielen.